DuMont's Kriminal-Bibliothek

Anne Perry, 1938 in London geboren, lebt heute in Suffolk. Sie ist Autorin von zahlreichen Detektivromanen, in denen Inspector Pitt selbstbewußt und umsichtig ermittelt. Unterstützt wird er dabei von seiner – für die viktorianische Zeit – ungewöhnlich emanzipierten Frau Charlotte. Von Anne Perry sind in der DuMont's Kriminal-Bibliothek erschienen: »Der Würger von der Cater Street« (Band 1016), »Callander Square« (Band 1025), »Nachts am Paragon Walk« (Band 1033) und »Rutland Place« (Band 1044).

Herausgegeben von Volker Neuhaus

Anne Perry

Tod
in Devil's Acre

DuMont Buchverlag Köln

Die Deutsche Bibliothek - CIP-Einheitsaufnahme

Perry, Anne:
Tod in Devil's Acre / Anne Perry. [Aus dem
Engl. von Beate Felten]. - Köln: DuMont, 1994
(DuMont's Kriminal-Bibliothek; 1050)
ISBN 3-7701-2680-7
NE: GT

Umschlagmotiv von Pellegrino Ritter
Aus dem Englischen von Beate Felten

Die der Übersetzung zugrundeliegende englischsprachige Originalausgabe erschien 1985 unter dem Titel »Death in the Devil's Acre« im Verlag St. Martin's Press, New York
Satz: Boss-Druck, Kleve
Druck und buchbinderische Verarbeitung: Clausen & Bosse, Leck

Printed in Germany ISBN 3-7701-2680-7

Kapitel 1

Constable Withers nieste, als der eisige Januarwind von der Themse her die Gasse hochfegte. Bis Tagesanbruch waren es noch drei Stunden, und das Licht der Gaslaternen auf der Hauptstraße erleuchtete diesen düsteren, vor Schmutz starrenden Durchgang am Rande von Devil's Acre im Schatten von Westminister nur schwach.

Er mußte wieder niesen. Der Geruch des nur fünfzig Yard entfernten Schlachthauses, der Gestank der verrottenden Abflußrohre, die Abfälle und der Schmutz vieler Jahre schnürten ihm die Kehle zu.

Aber das war in der Tat merkwürdig – das Tor zum Hof des Schlachthauses stand offen! Es hätte eigentlich geschlossen sein müssen – jedenfalls so früh am Morgen. Wahrscheinlich gab es dafür eine einfache Erklärung. Einer der Lehrjungen hatte wieder einmal vergessen, es zuzumachen – die jungen Burschen waren heutzutage einfach viel zu nachlässig. Hauptsache das Fleisch, das sich noch im Schlachthaus befand, war sicher in den Kühlräumen untergebracht. Trotzdem würde er nachsehen, immerhin ein Grund, den eintönigen Rundgang auf dem grauen Pflaster zu unterbrechen.

Er ging hinüber zu den Kühlräumen. Er sah besser schnell nach, ob alles in Ordnung war.

Er blickte sich suchend um. Alles ruhig – bloß ein alter Trunkenbold, der mitten im Hof lag und seinen Rausch ausschlief. Am besten, er sorgte dafür, daß der Mann von hier verschwand, zu seinem eigenen Besten, bevor die Schlachter eintrafen und ihn hinauswarfen. Es gab immer ein paar Männer, die sich mit Saufbrüdern wie diesem ihre Späße erlaubten.

»Aufwachen, alter Knabe«, sagte er laut, als er sich zu dem Mann hinunterbeugte und seine kräftigen Schultern schüttelte.

»Du sollst von hier verschwinden. Hier hast du nichts zu suchen. Und warum du dir ausgerechnet diesen Platz hier zum Pennen ausgesucht hast, ist mir wirklich schleierhaft.«

Doch der Mann regte sich nicht.

»Jetzt komm schon, alter Knabe!« Er schüttelte ihn noch heftiger und hob die Laterne hoch, um besser sehen zu können. Der arme alte Kerl war doch wohl nicht etwa erfroren? Nicht daß Constable Withers so etwas zum ersten Mal sah – und alt waren die Erfrorenen beileibe auch nicht immer. Wenn der Winter hart war, lagen oft auch Kinder, kaum ein paar Jahre alt, erfroren auf der Straße.

Das Licht seiner Laterne fiel auf das Gesicht des Mannes. Tatsächlich, der arme Teufel war wirklich tot, seine Augen waren weit offen und glasig.

»Komisch«, sagte er laut. »Sonst erwischt's die doch immer im Schlaf.« Dieses Gesicht dagegen hatte einen erstaunten Ausdruck, als wäre der Tod überraschend gekommen. Er hielt die Laterne ein wenig tiefer.

»Gott im Himmel!« Der Schritt und die Schenkel waren blutverschmiert, die Hose aus braunem Wollstoff mit einem Messer aufgeschlitzt worden, und jemand hatte die Genitalien vollkommen entfernt. Sie lagen nutzlos zwischen den Knien des Mannes – ein blutiger, zerfetzter Fleischklumpen, eine formlose, rote Masse.

Schweiß sammelte sich auf Constable Withers' Gesicht und gefror auf der Stelle. Übelkeit stieg in ihm auf, und seine Beine begannen, unkontrolliert zu zittern. Gütiger Herrgott – welche Kreatur konnte einem Menschen so etwas antun? Er wankte rückwärts und lehnte sich gegen die Wand, neigte den Kopf ein wenig, um gegen den aufkommenden Brechreiz anzukämpfen..

Mehrere Minuten verstrichen, bevor er wieder klar genug denken konnte, um zu entscheiden, was zu tun war. Auf jeden Fall mußte er Hilfe holen. Und von hier fort, weg von diesem grausigen Fund, der vor ihm auf dem Boden lag.

Er richtete sich auf, eilte durch das Tor hinaus und zog es heftig hinter sich zu. Er war froh über den eisigen Ostwind, der die beißende Kälte des Meeres mit sich führte. Morde waren in den überfüllten Londoner Slums im Jahre des Herrn 1887 nichts Ungewöhnliches, doch hier handelte es sich um eine bestialische Tat, und in seinem ganzen Leben hatte er noch nie etwas Ähnliches zu Gesicht bekommen.

Er mußte zunächst einen Kollegen finden, der bei der Leiche Wache stand, dann erst konnte er den Vorfall melden und seinem Vorgesetzten überlassen. Gott sei Dank war er aufgrund seines niedrigen Ranges nicht befugt, diesen Fall selbst zu übernehmen!

Zwei Stunden später schloß Inspector Thomas Pitt, eine Laterne in der Hand, das Tor zum Schlachthaus hinter sich und trat in den Hof. Er starrte auf die Leiche, die noch genauso dalag, wie der Constable sie gefunden hatte. Im grauen Licht des Morgens sah sie geradezu grotesk aus.

Pitt beugte sich herab und hob die Schulter des Toten an, um nachzusehen, ob irgend etwas darunter lag, eine Waffe vielleicht, oder ob es eine weitere Verletzung gab. Die Verstümmelung selbst konnte nicht zum Tode geführt haben. Und ganz gewiß hätte ein Mann, der auf so grausame Weise zugerichtet worden war, jeden Versuch unternommen, sich zu schützen und den hervorquellenden Blutstrom aufzuhalten. Allein der Gedanke daran bereitete ihm Übelkeit, und er verbannte ihn mit aller Macht wieder aus seinem Kopf. Er achtete nicht einmal auf den kalten Schweiß, der sich auf seiner Haut sammelte und sein Hemd durchnäßte.

Er schaute sich die Leiche genau an. An den Händen des Toten befand sich kein Blut, nicht die geringste Spur. Sogar die Nägel waren sauber, höchst ungewöhnlich für jemanden, der eine Gegend wie diese aufsuchte, erst recht, wenn sich dieser Mensch auch noch ausgerechnet im Hof eines Schlachthauses zum Schlafen niederlegte!

Als er den Toten genauer untersuchte, fand er auf dem Boden unter dem Körper des Mannes einen großen, dunklen Fleck, der von dem Blut stammte, das durch die Jacke gesickert war, direkt neben der Wirbelsäule, genau an den Rippen, hinter denen das Herz lag. Er hielt die Laterne höher, um besser sehen zu können, doch sonst befand sich kein Blut auf den Steinen. Er atmete heftig aus und erhob sich wieder, wobei er sich unbewußt die Hände an seinen Hosenbeinen abwischte. Jetzt erst konnte er sich dem Gesicht des Toten zuwenden.

Er hatte mächtige Kiefer und eine breite Nase, die Haut war bläulichrot, der Mund umgeben von Lachfältchen. Die Augen wirkten klein und rund – das Gesicht eines Menschen, der ein Leben in Wohlstand geführt hatte. Der Körper erschien Pitt gut genährt und von durchschnittlicher Größe, die Hände waren kräftig, feist, aber tadellos gepflegt, Haarfarbe graubraun.

Der Anzug aus dickem braunem Wollstoff war an einigen Stellen vom häufigen Tragen ausgebeult und wies über dem Bauch Knitterfalten auf. In den Falten der Weste waren ein paar Krümel hängengeblieben. Pitt nahm einen heraus, zerdrückte ihn vorsichtig zwischen den Fingern und roch daran. Eindeutig Käse, Stilton oder eine ähnliche Sorte, wenn ihn nicht alles täuschte. Doch die Bewohner von Devil's Acre konnten sich ganz bestimmt keinen Stilton leisten!

Er hörte hinter sich ein Geräusch, jemand scharrte mit den Füßen. Er drehte sich um, um herauszufinden, wer es war, froh darüber, endlich Gesellschaft zu haben.

»Morgen, Pitt. Was haben Sie denn diesmal für mich?« Es war Meddows, der Polizeiarzt, ein Mann mit unverwüstlichem Humor, der ihn selbst in den unpassendsten Situationen nicht im Stich ließ. Doch diesmal wirkte seine Art nicht anstößig, seine Stimme drang vielmehr wie ein tröstlicher Hauch in diesen furchtbaren Alptraum.

»Ach, du lieber Gott!« Er stand neben Pitt und starrte auf den Toten. »Der arme Kerl.«

»Er wurde von hinten erstochen«, sagte Pitt schnell.

»Tatsächlich?« Meddows zog eine Augenbraue hoch und sah Pitt von der Seite an. »Da hätten wir ja schon mal etwas für den Anfang.« Er hockte sich auf den Boden, brachte seine Blendlaterne in die richtige Position und begann, den Körper zu untersuchen. »Nicht nötig, daß Sie dabei zuschauen«, bemerkte er, ohne den Kopf zu bewegen. »Ich sage Ihnen Bescheid, wenn ich was Interessantes finde. Zunächst einmal die Verstümmelung, ganz schön wüst – da hat einfach jemand ein scharfes Messer genommen und wild drauflos geschnitten! Und sowas kommt dann dabei heraus!«

»Also kein Fachmann?« fragte Pitt leise, als er über Meddows' Kopf hinweg auf die Fenster des Schlachthofes starrte, in denen sich das Licht der Morgendämmerung brach.

»Ganz im Gegenteil, nur ...« Meddows seufzte. »Nur blanker, gottverdammter Haß.«

»Ein Wahnsinniger?«

Meddows verzog das Gesicht. »Wer weiß? Fangen Sie ihn, dann werde ich es Ihnen sagen können – wenn Sie Glück haben. Aber wer ist dieser arme Teufel überhaupt? Wissen Sie es schon?«

Pitt hatte gar nicht daran gedacht, den Toten zu durchsuchen. Das hätte er als erstes tun müssen. Ohne zu antworten, beugte er sich herunter und begann, die Taschen des Mannes zu inspizieren.

Er fand genau das, was er erwartet hatte, mit Ausnahme von Geld - aber vielleicht hatte er dies auch gar nicht erwartet. Der Mann trug eine goldene Uhr bei sich, recht zerkratzt, aber noch immer funktionstüchtig, und einen Schlüsselring mit vier Schlüsseln. Einer der Schlüssel schien zu einem Tresor zu gehören, zwei waren Türschlüssel, und einer paßte der Größe nach möglicherweise zu einem Schrank oder einer Schublade - alles Dinge, die wohl jeder relativ wohlhabende Mann mittleren Alters bei sich führte. Außerdem fand er zwei Taschentücher, beide schmutzig, doch aus guter ägyptischer Baumwolle, mit fein gerollten Säumen. Zum Schluß stieß er noch auf drei Quittungen, zwei über einfache Haushaltsausgaben, die dritte über ein Dutzend ziemlich teurer Flaschen Burgunder. Der Tote war anscheinend ein Mann, der sich sein Vergnügen etwas hatte kosten lassen - jedenfalls was seine Tafelfreuden anging.

Viel wichtiger war jedoch, daß auf den Rechnungen ein Name und eine Adresse standen: Dr. Hubert Pinchin, 23 Lambert Gardens - ziemlich weit entfernt von Devil's Acre, sowohl was die gesellschaftliche Stellung als auch alle anderen Aspekte der Lebensführung betraf. Was hatte Dr. Pinchin bloß hier im Hof dieses Schlachthauses zu suchen gehabt, warum war er auf so grausame Weise ermordet und zugerichtet worden?

»Haben Sie was gefunden?« fragte Meddows.

Pitt wiederholte Namen und Adresse.

Meddows Gesicht nahm den Ausdruck amüsierten Erstaunens an. »Na sowas!« bemerkte er. »Übrigens war er höchstwahrscheinlich bewußtlos und schon halbtot, als man ihm das hier angetan hat.« Er wies auf den Unterleib der Leiche. »Immerhin ein schwacher Trost. Ich vermute, Sie wissen bereits von dem anderen?«

»Dem anderen? Wovon sprechen Sie überhaupt? Welcher andere?«

Meddows Gesicht erstarrte. »Von der anderen Leiche, Mann. Wir haben vor kurzem jemanden gefunden, der genauso kastriert wurde wie dieser Mann hier. Sagen Sie bloß, Sie haben noch nichts davon gehört?«

Pitt war wie vor den Kopf geschlagen. Wieso hatte er von dieser Abscheulichkeit noch nichts erfahren?

»Irgendein Spieler oder Zuhälter«, fuhr Meddows fort. »Auf der anderen Seite des Acres - nicht Ihr Zuständigkeitsbereich. Aber, wie ich bereits sagte, der arme Teufel ist auch entmannt worden, selbst wenn er nicht ganz so gräßlich zugerichtet war wie der hier. Sieht ganz so aus, als hätten wir es mit einem Wahnsinnigen zu tun, der die Gegend hier unsicher macht. Glücklicherweise haben wir die Zeitungen davon abhalten können, zu viel Wind um die erste Geschichte zu machen. Das Opfer gehörte zu der Sorte Männer, die sowieso früher oder später erstochen werden - in dem Beruf durchaus üblich.« Er stand langsam mit knackenden Kniegelenken auf. »Aber hier liegt die Sache anders. Dieser Mann hat vielleicht schon bessere Tage gesehen, aber gegessen hat er anscheinend immer noch gut. Und wenn ich mir seine schäbige Kleidung ansehe, würde ich eher auf einen Exzentriker tippen als auf fehlende finanzielle Mittel. Der Anzug sieht zwar reichlich ramponiert aus, aber die Unterwäsche ist neu - und ziemlich sauber. Er kann sie kaum länger als einen Tag angehabt haben, wenn Sie mich fragen.«

Pitt dachte an den Stilton und die makellos gepflegten Fingernägel. »Ja«, sagte er tonlos. Er wußte, daß Meddows ihn erwartungsvoll ansah. »In Ordnung. Wenn Sie hier fertig sind, sollten wir ihn wohl besser fortbringen lassen. Machen Sie eine Autopsie, und teilen Sie mir alles weitere mit - falls Sie überhaupt etwas finden sollten.«

»Natürlich.«

Jetzt kam der schlimmste Teil, und Pitt erwog wieder einmal im stillen, ob er nicht jemand anderen mit der unangenehmen Aufgabe, die Familie zu informieren, betrauen sollte - in diesem Fall wahrscheinlich die Witwe, falls der Mann überhaupt verheiratet gewesen war. Und wie immer kam er zu dem Schluß, daß er es selbst erledigen mußte. Andernfalls würde er das Gefühl haben, sowohl den Untergebenen, den er damit beauftragt hatte, als auch die Trauernden, denen er vielleicht Trost hätte spenden können, betrogen zu haben.

Er gab den draußen wartenden Männern die notwendigen Anweisungen. Die Leiche mußte weggebracht werden, der Hof abgesperrt und nach möglichen Spuren, die Aufschluß über den Täter liefern konnten, durchsucht werden. Es mußte nach Vagabunden, die sich in der Gegend herumgetrieben hatten, geforscht werden, nach Anwohnern, die vielleicht beim Heimweg etwas gesehen hatten, nach Prostituierten, die draußen nach Freiern Ausschau gehalten hatten, nach Zeugen, denen etwas Verdächtiges aufgefallen war.

In der Zwischenzeit würde er zum Haus 23 Lambert Gardens gehen - um diese Zeit saß man dort wahrscheinlich bereits beim Frühstück - und die Bewohner informieren, daß der Hausherr ermordet worden war.

Pitt wurde an der Haustür von einem äußerst stilbewußten Butler empfangen. »Guten Morgen, Sir«, sagte der Mann zuvorkommend. Pitt war ihm nicht bekannt, und für einen Höflichkeitsbesuch war es noch zu früh.

»Guten Morgen«, antwortete Pitt leise. »Ich bin von der Polizei. Wohnt hier ein gewisser Dr. Hubert Pinchin?«

»Sehr richtig, Sir, aber Dr. Pinchin ist leider momentan nicht zu Hause. Ich könnte Ihnen jedoch einen anderen Arzt empfehlen, falls es sich um einen dringenden Fall handeln sollte.«

»Ich benötige keinen Arzt. Es tut mir sehr leid, aber ich habe schlechte Nachrichten für Sie. Dr. Pinchin ist tot.«

»Du meine Güte.« Das Gesicht des Butlers erstarrte, doch seine Haltung blieb untadelig. Er ging einen Schritt zurück, damit Pitt eintreten konnte. »Am besten, Sie kommen ins Haus, Sir. Wären Sie wohl so freundlich, mir mitzuteilen, was genau sich zugetragen hat? Es könnte mir möglicherweise die Aufgabe erleichtern, Mrs. Pinchin davon in Kenntnis zu setzen. Ich bin zwar sicher, daß Sie sehr taktvoll vorgehen würden, aber ...« Er beließ es diskret bei dieser Andeutung.

»Ja, sicher«, sagte Pitt und empfand dabei ein so intensives Gefühl der Erleichterung, daß er sich schuldig fühlte. »Natürlich.«

»Wie ist es passiert, Sir?«

»Jemand hat ihn überfallen und von hinten erstochen. Ich glaube nicht, daß er lange gelitten hat. Es tut mir leid.«

Der Butler starrte ihn einen Augenblick entgeistert an, dann schluckte er. »Er ist ermordet worden?«

»Ja. Es tut mir leid«, wiederholte Pitt. »Gibt es jemanden, der ihn identifizieren könnte - vielleicht nicht ausgerechnet Mrs. Pinchin? Es wird sehr unangenehm sein.« Sollte er jetzt schon die Verstümmelung erwähnen?

Der Butler hatte seine Haltung wiedergewonnen, er war wieder ganz der souveräne Repräsentant seines Haushalts. »Selbstverständlich, Sir. Ich werde Mrs. Pinchin über Dr. Pinchins Tod informieren. Sie hat eine äußerst fähige Kammerzofe, die sich um sie kümmern wird. Außerdem gibt es einen anderen Arzt in unserer Nachbarschaft, der nach ihr sehen kann. Einer unserer Diener, Peters, ist seit zwölf Jahren bei uns. Er wird die Leiche identifizieren.« Er zögerte. »Ich vermute, es besteht nicht der geringste Zweifel? Dr. Pinchin war ein wenig kleiner als ich, Sir, von kräftiger Statur, glatt rasiert, er besaß eine gesunde Gesichtsfarbe ...« In seiner Stimme lag eine letzte, vage Hoffnung. Doch er hoffte vergebens.

»Ja«, antwortete Pitt. »Besaß Dr. Pinchin einen Anzug aus grobem braunem Tweed, möglicherweise schon etwas abgetragen, könnte man sagen?«

»In der Tat, Sir. Er trug ihn gestern, als er das Haus verließ.«

»Dann gibt es leider kaum Zweifel an der Identität des Toten, fürchte ich. Doch vielleicht sollte der Diener ihn erst eindeutig identifizieren, bevor Sie etwas zu Mrs. Pinchin sagen.«

»Selbstverständlich, Sir.«

Pitt gab ihm zuerst die Adresse des Leichenschauhauses und unterrichtete ihn dann über die Art der anderen Verletzungen und über seine Befürchtungen, daß die Zeitungen unweigerlich in allen Einzelheiten darüber berichten würden. Dabei wäre es ein Akt der Barmherzigkeit, die Reporter so lange wie möglich von diesem Haus fernzuhalten, bis ein neues Geschehen den Mord aus dem Bewußtsein der Öffentlichkeit verdrängt hatte.

Pitt ging wieder, ohne die Witwe überhaupt gesehen zu haben. Sie war noch nicht aufgestanden, und nur in seiner Vorstellung sah er ihr Entsetzen, gefolgt von Ungläubigkeit, dem langsamen Erkennen der Wahrheit und schließlich dem Einsetzen einer überwältigenden Trauer.

Natürlich mußte er den Polizeibeamten aufsuchen, der in dem ähnlichen Mordfall die Ermittlungen leitete. Vielleicht hatten die beiden Verbrechen nichts miteinander zu tun, doch es wäre unsinnig, die Möglichkeit einer Verknüpfung außer acht zu lassen. Vielleicht würde man Pitt sogar von dem Fall entbinden, was ihn nicht im geringsten stören würde, denn er verspürte keinerlei Ehrgeiz, ihn aufzuklären, wie es bei anderen Fällen vorkam. Wer auch immer der Mörder gewesen war, er hatte mit dieser grauenvollen Tat den Bereich des gewöhnlichen Verbrechens und dessen Bestrafung überschritten.

Während er gegen den heftigen Wind ankämpfte, der den Unrat von der Straße hochwirbelte, wurde ihm klar, daß es ihm tatsächlich überhaupt nichts ausmachen würde, wenn man ihm diesen Fall entzog. Er überquerte die Straße noch gerade rechtzeitig, bevor eine Droschke an ihm vorbeiklapperte. Ein Junge, der den Pferdemist zur Seite kehrte, hielt inne und lehnte sich auf seinen Besen. Seine kleinen Hände waren rot und rissig, die Finger ragten aus den verschlissenen Fäustlingen heraus. Ein Brougham donnerte vorbei und bespritzte sie beide mit einer Mischung aus Matsch und Pferdemist.

Der Junge grinste, als er Pitts Verärgerung bemerkte. »Sie hätten lieber hier auf meinem gepflegten Weg gehen sollen, Mister«, sagte er fröhlich. »Dann hätten Sie auch den Dreck nich' abgekriegt.«

Pitt schenkte ihm ein Geldstück und mußte ihm wohl oder übel recht geben.

Auf dem Polizeirevier wurde er mit unerwarteter Wärme begrüßt. »Inspector Pitt? Wir haben Sie schon erwartet, Sir. Vermute, Sie kommen wegen dem Mord, Sir – weil Sie ja heute morgen auch so einen Fall hatten, nich'?«

Pitt war verblüfft. Wie konnte dieser junge Constable von Hubert Pinchins Tod wissen? Sein Gesicht hatte wohl wie so oft seine Gedanken verraten, denn der Constable beantwortete seine Frage schon, bevor Pitt sie überhaupt gestellt hatte.

»Is' schon in allen Extrablättern drin, Sir. Überall redet man von nichts anderem. Wirklich furchtbar. Ich weiß natürlich, daß die Zeitungsleute immer alles aufbauschen und wer weiß was dazuerfinden, damit die Leute richtig hysterisch werden. Aber trotzdem ...!«

»Ich vermute, in diesem Fall war das gar nicht nötig«, erwiderte Pitt trocken. Er wickelte sich den Wollschal vom Hals und nahm seinen Hut ab. Sein Mantel sah unordentlich aus, eine Seite war viel länger als die andere, Pitt hatte ihn wieder einmal falsch zugeknöpft. »Könnte ich vielleicht mit dem Beamten sprechen, der Ihren Mordfall bearbeitet, falls er erreichbar ist?«

»Sicher, Sir, das is' Inspector Parkins. Ich nehm' an, er wird heilfroh sein, Sie zu sehen.«

Pitt wagte dies zwar zu bezweifeln, folgte dem Constable aber dennoch bereitwillig in ein warmes, dunkles Büro, das nach altem Papier und Bohnerwachs roch. Es war größer als sein eigenes, und auf dem Schreibtisch stand eine Fotografie, auf der eine Frau und vier Kinder zu sehen waren. Parkins war ein dunkler, gepflegter Mann, der auf seinem Stuhl saß und finster auf ein Bündel Papiere in seiner Hand starrte. Der Constable stellte Pitt mit einem triumphierenden Unterton in der Stimme vor.

Sofort verschwand der sorgenvolle Ausdruck aus Parkins' Gesicht. »Kommen Sie herein«, sagte er herzlich. »Kommen Sie herein – bitte, nehmen Sie Platz. So, die Akten hier schieben wir weg – machen Sie es sich bequem. Wirklich eine scheußliche Geschichte. Sie wollen sicher alles darüber erfahren? Wir haben ihn in der Gosse gefunden! Mausetot. Schon ganz kalt – was ja auch kein Wunder ist, bei dem Wetter! Fürchterlich! Und es soll noch schlechter werden. Jemand hat den armen Teufel von hinten erstochen – mit einer langen, scharfen Klinge, wahrscheinlich war es ein Küchenmesser oder etwas ähnliches.« Er hielt einen Moment inne, um Luft zu holen, verzog das Gesicht und fuhr sich mit den Händen durch sein spärliches Haar. »Der Mann war ein Kuppler – eine hiesige Prostituierte hat die Leiche gefunden. Unter anderen Umständen hätte ich dies nicht mal für besonders wichtig gehalten. Ich nehme an, Sie möchten den Fall gern auch übernehmen, da er höchstwahrscheinlich mit Ihrem Mord in Verbindung steht.« Es klang, als sei das bereits beschlossene Sache.

Pitt war entsetzt. »Nein!« sagte er unwillkürlich. »Ich dachte eigentlich, daß Sie ...«

»Aber ich bitte Sie!« Parkins fuchtelte mit den Armen, als könne er ein derart großzügiges Angebot unmöglich annehmen. »Auf gar keinen Fall. Schließlich sind Sie der Dienstältere, außerdem haben Sie viel mehr Erfahrung als ich. Habe Sie immer schon dafür bewundert, wie Sie damals den Bluegate Fall aufgeklärt haben.« Er bemerkte Pitts erstaunten Gesichtsausdruck. »O ja, man erfährt hier so einiges, wissen Sie. Man hat schließlich Freunde – hier ein Wort, da ein Wort.« Er hielt einen Finger hoch und machte eine Handbewegung, die wohl sein Verständnis bekunden sollte.

Pitt war überrascht und fühlte sich geschmeichelt. Er war eitel genug, um es zu genießen, wenn man seinen Mut bewunderte – es war ein einzigartiges, wärmendes Gefühl. Während der Ermittlungen im Bluegate Fall hatte er große Angst gehabt, schließlich hatte er damals Kopf und Kragen riskiert.

»Der Bursche, den wir gefunden haben, war nur ein Zuhälter«, fuhr Parkins fort. »Eigentlich ist es nicht schade um ihn – aber was heißt das schon. Kaum ist er weg, schon tritt der nächste an seine

Stelle – ist wahrscheinlich schon längst passiert. Genausogut könnte man einen Eimer voll Wasser aus einem Fluß schöpfen, Ebbe und Flut würden sich dadurch nicht im geringsten stören lassen – man merkt nicht mal, daß was fehlt. Nicht das geringste! Ihr Toter war Arzt? Ein rechtschaffener Mann. Am besten Sie nehmen alle Unterlagen an sich, die wir hier haben – Autopsiebericht und so weiter. Und Sie wollen sich bestimmt auch noch die Leiche ansehen.«

»Ist sie denn noch hier?« fragte Pitt.

»O ja, ist ja erst eine Woche her, wissen Sie. Bei diesem Wetter, wenn es so kalt ist, kann man Leichen fast endlos aufbewahren. Sie sollten sich den Mann wirklich mal ansehen. Man kann nie wissen, vielleicht können Sie sogar erkennen, ob er von demselben Irren umgebracht worden ist.«

Pitt folgte ihm schweigend in das Leichenschauhaus. Parkins öffnete die Tür, sprach leise mit dem diensthabenden Beamten und führte Pitt hinein. Der Raum war kalt und trocken, ein schwacher, schaler Geruch wie nach alter Medizin hing in der Luft.

Parkins ging zu einem der weißen Tische, die mit einem Laken bedeckt waren, und zog das Tuch vollständig herunter, so daß man nicht nur das Gesicht, sondern den ganzen Körper sehen konnte. Es war eine eigenartig respektlose Geste, selbst einem Toten gegenüber. Pitt verspürte den Impuls, das Laken zu greifen und den Unterkörper wieder zu bedecken, aber er wußte, daß dies lächerlich war. Schließlich war er hergekommen, um genau das zu sehen.

Die Wunde war anders als bei Pinchins Leiche. Hier handelte es sich um eine stümperhaft und äußerst dilettantisch durchgeführte Kastration. Die Hoden waren entfernt worden und das Glied war fast völlig abgetrennt.

»In Ordnung.« Pitt schluckte, seine Stimme klang belegt.

Parkins legte das Laken zurück, schaute Pitt an und verzog den Mund zu einem gequälten, traurigen Lächeln. »Scheußlich, finden Sie nicht?« sagte er leise. »Wirklich widerlich. Ich vermute, Sie kennen den Mann nicht zufällig, oder? Wäre zwar reichlich unwahrscheinlich, aber man kann ja nie wissen.« Er schlug den oberen Teil des Lakens wieder zurück.

Pitt hatte bis jetzt noch keinen Blick auf das Gesicht des Toten geworfen. Als er es jetzt tat, durchzuckte ihn ein jäher Schreck. Er hatte diese düsteren, groben Züge, die schweren Lider und die aufgeworfenen, sinnlichen Lippen schon einmal gesehen. Er war sich ziemlich sicher, daß er diesen Mann kannte.

»Wer ist es?« fragte er.

»Ein gewisser Max. Hat zwei oder drei verschiedene Nachnamen benutzt: Bracknall, Rawlins, Dunmow. Hat mehr als ein Etablissement geführt. Äußerst unternehmungslustiger Bursche. Wieso? Kennen Sie ihn etwa?«

»Ich glaube schon«, erwiderte Pitt langsam. »Zumindest sieht er jemandem sehr ähnlich, mit dem ich vor einigen Jahren zu tun hatte – bei den Morden am Callander Square.«

»Callander Square?« Parkins war überrascht. »Wohl kaum eine Gegend für eine Kreatur dieser Art. Sind Sie auch ganz sicher?«

»Nein, sicher bin ich mir nicht. Er war dort als Diener beschäftigt. Damals nannte er sich Max Burton – falls es sich tatsächlich um denselben Mann handelt.«

Parkins' Stimme bebte vor Aufregung. »Können Sie es nicht herausfinden? Es könnte sehr wichtig sein.« Doch dann wurde seine Stimme wieder ruhig, und er lächelte resigniert über seinen Eifer. »Aber das ändert wahrscheinlich gar nichts. Er hat seine Lebensweise seit damals mehr als drastisch geändert!«

»Ich denke schon, daß ich es herausfinden kann«, sagte Pitt nachdenklich. »So schwierig ist es sicher nicht. Oh, wo ist übrigens die Wunde, die seinen Tod verursacht hat?«

»Hier«, erwiderte Parkins, als habe auch er dieses wichtige Detail bis jetzt vergessen. »Es war ein Stich in den Rücken, etwa hier.« Er wies auf eine Stelle an Pitts Körper, einige Zentimeter links neben der Wirbelsäule, etwas tiefer als die Stichwunde in Pinchins Rücken, doch nur ganz wenig, und sie befand sich noch dazu auf derselben Seite. Aber Max war auch größer gewesen als Pinchin.

»Welche Waffe wurde benutzt? Wie lang war sie? Wie breit?«

»Etwa zwanzig Zentimeter lang und am Schaft vier Zentimeter breit. Hätte ein gewöhnliches Küchenmesser sein können. Wie man es in jedem Haus findet. Mehr kann ich leider auch nicht sagen.« Parkins zog eine Augenbraue hoch, er hatte genau verstanden, worauf Pitts Frage hinauslief. »Genau wie bei Ihrem Fall, nicht?«

Pitt gefiel es nicht, daß Pinchin als »sein« Fall angesehen wurde, doch er wußte, was Parkins meinte. »Ja«, gab er zu. »Fast identisch.« Doch leider war dies noch nicht alles. »Nur daß bei der Leiche, die wir heute gefunden haben, die Geschlechtsorgane völlig abgetrennt waren und zwischen seinen Knien lagen.«

Parkins Gesicht verhärtete sich. »Fangen Sie ihn«, sagte er leise. »Fangen Sie das Schwein, Mr. Pitt.«

Pitt war seit den Morden vor drei Jahren nicht mehr am Callander Square gewesen. Er fragte sich, ob die Balantynes immer noch dort wohnten. Er stand in der bitteren Nachmittagskälte unter den kahlen Bäumen, deren Rinde naß war vom Regen, den der Wind vor sich her trieb. Es würde schon früh dunkel werden. Er befand sich nur zwanzig Fuß entfernt von der Stelle, wo man damals die Leichen gefunden hatte, die ihn später veranlaßt hatten, die Bewohner der eleganten georgianischen Häuser mit den hohen Fenstern und makellosen Fassaden zu verhören. Hier lebten Leute, die Diener hatten, um Besuchern die Tür zu öffnen, Hausmädchen, um sie zu empfangen, und Butler, die sich um die Vorratskammern kümmerten, die Kellerschlüssel in Verwahrung hielten und mit eiserner Hand ihre eigene Domäne hinter den mit grünem Boi bespannten Türen regierten.

Er schlug den Kragen höher, setzte seinen Hut ein klein wenig lässiger auf und versenkte seine Hände tief in die Taschen, die sich bereits ausbeulten, weil sich darin diverse Kordelstückchen, Münzen, ein Messer, drei Schlüssel, zwei Taschentücher, ein Stück Siegelwachs und unzählige Papierfetzen befanden. Er weigerte sich, den Lieferanteneingang zu benutzen, obwohl er wußte, daß man dies von ihm erwartete, sondern begab sich wie jeder andere Besucher zur Vordertür.

Der Diener empfing ihn mit kühler Verachtung. »Guten Tag ... Sir.« Das Zögern war kaum merklich, doch es genügte, um anzudeuten, daß er Pitt nur aus Höflichkeit »Sir« nannte und sein Gegenüber diese Bezeichnung seiner Meinung nach nicht verdiente.

»Guten Tag«, erwiderte Pitt vollkommen gelassen. »Mein Name ist Thomas Pitt. Ich hätte gern General Balantyne in einer geschäftlichen Angelegenheit gesprochen, die äußerst dringend ist. Andernfalls wäre ich nicht hergekommen, ohne vorher sicherzugehen, daß mein Besuch genehm ist.«

Das Gesicht des Dieners zuckte, denn Pitt war ihm mit seiner Erklärung zuvorgekommen.

»General Balantyne empfängt keine Besucher, nur weil sie sich zufällig gerade in dieser Gegend aufhalten, Mr. Pitt«, sagte er, noch eisiger als zuvor. Er musterte Pitt mit Expertenblick von oben bis unten. Ein Mann in diesem Aufzug konnte wohl kaum von vornehmem Stand sein, auch wenn er es verstand, sich gewählt auszudrücken. Seine Kleidung war sicher nicht das Werk eines Schneiders, und was den Kammerdiener betraf - jeder Kammerdiener, der diese Bezeichnung wirklich verdiente und seine Stelle ernstnahm, würde sich eher selbst die Kehle durchschneiden als seinen Herrn in diesem Aufzug der Öffentlichkeit preiszugeben. Die Weste paßte nicht zum Hemd, die Jacke war eine Katastrophe, und die Krawatte sah aus, als habe sie ein Blinder mit zwei linken Händen gebunden.

»Tut mir leid«, wiederholte er, inzwischen absolut von der Richtigkeit seines Verhaltens überzeugt. »General Balantyne empfängt keinen Besucher ohne vorherige Anmeldung - es sei denn, der Betreffende gehört zu seinem Bekanntenkreis. Vielleicht möchten Sie sich schriftlich an ihn wenden? Oder dies von jemand anderem erledigen lassen?«

Die Andeutung, daß Pitt möglicherweise des Schreibens nicht mächtig sein könnte, setzte dem ganzen schließlich die Krone auf.

»Ich bin mit General Balantyne bereits bekannt«, fuhr Pitt ihn an. »Und es handelt sich um eine polizeiliche Angelegenheit. Wenn Sie es allerdings vorziehen sollten, den Fall hier vor der Haustüre zu besprechen, möchte ich Sie keinesfalls daran hindern. Doch ich könnte mir sehr gut vorstellen, daß der General es lieber sähe, wenn wir unsere Unterhaltung im Inneren des Hauses fortsetzen würden! Es wäre schließlich bedeutend diskreter - finden Sie nicht?«

Der Diener war verblüfft und machte keinen Hehl daraus. Vor den Augen der gesamten Nachbarschaft von der Polizei aufgesucht zu werden war ungeheuerlich. Zum Teufel mit der Impertinenz dieses Mannes! Er versuchte, sein Gesicht wieder unter Kontrolle zu bekommen, doch es ärgerte ihn, daß Pitt beinahe einen ganzen Kopf größer war als er, so daß er nicht einmal den Vorteil nutzen konnte, eine Stufe höher zu stehen als er, um in angemessener Weise auf den Mann herabzuschauen.

»Falls es sich um einen Diebstahl oder etwas dergleichen handeln sollte«, erwiderte er, »sollten Sie besser um das Haus herumgehen und den Lieferanteneingang benutzten. Der Butler wird Ihnen dort zweifellos weiterhelfen - falls es wirklich nötig sein sollte.«

»Es handelt sich keineswegs um Diebstahl oder dergleichen«, sagte Pitt frostig. »Sondern um einen Mord, und ich bestehe darauf, General Balantyne persönlich zu sprechen und nicht seinen

Butler. Ich kann mir schlecht vorstellen, daß er sehr entzückt sein wird, wenn Sie mich zwingen, mit einer amtlichen Vollmacht zurückzukehren!«

Der Diener gab sich schließlich geschlagen. Er trat zurück. »Wenn Sie mir bitte folgen würden.« Das »Sir« ließ er wohlweislich weg. »Wenn Sie im Frühstückszimmer warten würden, der General wird zu Ihnen kommen, sobald es ihm möglich ist.« Er ging federnden Schrittes durch die Diele und öffnete eine Tür, die in einen großen Raum mit einem Kamin führte, dessen Glutreste zwar die Kälte etwas milderten, jedoch nicht mehr warm genug waren, um Pitts verfrorene Hände aufzutauen oder seinen Körper durch die eisige Kleidung hindurch zu wärmen.

Der Diener schaute auf die Asche und gönnte sich ein befriedigtes Lächeln. Er drehte sich um und verließ den Raum wieder, wobei er die polierte Holztür mit einem leisen Klicken hinter sich schloß. Er hatte Pitt nicht angeboten, ihm Hut oder Mantel zu geben. Fünf Minuten später kehrte er mit ärgerlich verkniffenem Gesicht zurück. Diesmal nahm er Pitts Sachen an sich und bat ihn, dem Hausmädchen in die Bibliothek zu folgen.

In diesem Raum loderte ein mächtiges Feuer, dessen Schein die ledernen Buchrücken rötlich färbte und sich in den glänzenden Trophäen an der gegenüberliegenden Wand spiegelte. Der General stand hinter einem großen Schreibtisch, der mit Tintenfässern, Schreibgeräten, Briefbeschwerern, geöffneten Büchern und einer Miniaturkanone aus Messing, einer detailgetreuen Imitation eines Krimgeschützes, beladen war. Äußerlich hatte er sich seit ihrem letzten Treffen nicht verändert: dieselben breiten, steifen Schultern, das stolze Gesicht, das hellbraune Haar war vielleicht ein wenig grauer geworden, doch ganz sicher war sich Pitt nicht. Sein Gesicht wurde fast ausschließlich von den ausgeprägten Backenknochen dominiert, Haar- und Augenfarbe erschienen eher unwesentlich.

»Nun, Mr. Pitt?« sagte er förmlich. Er war ein Mann, der unfähig war, sich zwanglos zu geben. Sein ganzes Leben hatte er sich stets streng an Regeln gehalten, selbst in Momenten des Schreckens oder tiefsten Schmerzes. Als junger Soldat, fast noch ein Kind, hatte er entsetzt am Rande der Felsen über Balaclawa gestanden und den Angriff der leichten Brigade gesehen. Das Blutbad auf der Krim war unauslöschlich in sein Gedächtnis eingebrannt. Er kannte die Männer der »dünnen roten Linie«, die sich der geballten Gewalt der russischen Armee entgegengestellt hatten, Männer, die selbst im Angesicht des Unmöglichen ihren Posten nicht verlassen hatten. Hunderte waren gefallen, doch kein einziger war von der Stelle gewichen.

»Mein Diener sagt, Sie wünschen mich wegen eines Mordfalls zu sprechen? Trifft dies zu?«

Pitt ertappte sich dabei, daß er etwas aufrechter stand als gewöhnlich - er nahm zwar nicht direkt Haltung an, doch seine Füße standen eindeutig fest zusammen, und er hielt den Kopf hoch erhoben. »Richtig, Sir. Vor einer Woche geschah ein äußerst unangenehmer Mord in einer Gegend, die unter dem Namen Devil's Acre bekannt ist, in unmittelbarer Nähe von Westminster.«

»Ich weiß, wo das ist.« Der General runzelte die Stirn. »Aber deshalb sind Sie doch sicher nicht gekommen?«

»Leider haben wir heute morgen eine zweite Leiche gefunden. Der erste Mord hat bei der Presse nicht viel Beachtung gefunden. Ich leite die Ermittlungen in diesem Mordfall, und als ich von dem früheren hörte, bin ich natürlich hingegangen und habe mir die Leiche angesehen.«

»Selbstverständlich«, der General runzelte noch stärker die Stirn. »Und inwiefern kann ich Ihnen behilflich sein?«

Nun da sie auf das eigentliche Thema zu sprechen kamen, war es Pitt peinlich, diesen Mann zu bitten, mitzukommen und sich die Leiche eines Zuhälters anzusehen. Was machte es schon aus, ob dieser Tote tatsächlich der Mann war, der zur Zeit der Morde am Callander Square bei ihm als Diener gearbeitet hatte? Was tat dies jetzt noch zur Sache.

Er räusperte sich, jetzt war es zu spät, es gab kein Zurück mehr. »Ich glaube, daß es sich dabei um einen Mann handelt, den Sie gekannt haben.«

Der General hob überrascht die Augenbrauen. »Den ich gekannt habe?«

»Ja, Sir, das nehme ich an.« Pitt schilderte so kurz wie möglich die Umstände von Pinchins Tod und berichtete über das, was Inspector Parkins ihm gezeigt hatte.

»Wenn Sie meinen«, sagte der General zögernd und griff nach der Klingelschnur, um die Kutsche vorfahren zu lassen.

Die Tür öffnete sich, aber statt des Dieners erschien eine der beeindruckendsten Frauen, denen Pitt je in seinem Leben begegnet war: Lady Augusta Balantyne. Ihr Gesicht war so zart wie Porzellan, wirkte dabei jedoch keineswegs zerbrechlich. Ihre Kleidung war außergewöhnlich elegant, in der dezenten Art derer, die schon immer wohlhabend gewesen waren und daher nicht das Bedürfnis verspürten, ihren Reichtum aufdringlich zur Schau zu stellen. Der Blick, mit dem sie Pitt fixierte, verriet ihre Abneigung, ihre ganze Körperhaltung schien nach einer Erklärung zu verlangen, nicht nur was seine Anwesenheit in ihrem Haus betraf, sondern sogar was seine bloße Existenz anging.

Pitt ließ sich nicht einschüchtern. »Guten Tag, Lady Augusta«, sagte er mit einer leichten Verbeugung. »Ich hoffe, es geht Ihnen gut?«

»Es geht mir immer gut, vielen Dank, Mr. ...« Sie konnte unmöglich seinen Namen vergessen haben, immerhin waren sie einander schon mehrere Male begegnet, und der Anlaß war viel zu grotesk und schmerzlich gewesen. »Mr. Pitt.« Sie zog ihre Brauen kaum merklich hoch, und die Augen darunter waren eisig. »Welchem unangenehmen Umstand verdanken wir diesmal die Ehre Ihres Besuches?«

»Es handelt sich um eine Identifizierung, Madam«, antwortete er ruhig. Er spürte, wie der General sich entspannte, obwohl er ihn nur im äußersten Blickfeld wahrnehmen konnte. »Ein Mann, dessen Namen General Balantyne uns möglicherweise nennen kann, was unsere Arbeit beträchtlich erleichtern würde.«

»Meine Güte – warum kann der Mann seinen Namen denn nicht selbst nennen?«

»Die Menschen pflegen nicht immer die Wahrheit zu sagen, Ma'am«, sagte er trocken.

Sie errötete über ihre eigene Kurzsichtigkeit, ärgerlich darüber, daß sie an das Nächstliegende nicht gedacht hatte.

»Außerdem ist der Mann, um den es in diesem Fall geht, bereits tot, soweit ich weiß«, fügte der General spitz hinzu. »Mach dir bitte keine Gedanken, meine Liebe. Es ist meine Pflicht, in dieser Angelegenheit behilflich zu sein. Ich werde ganz bestimmt nicht lange fort sein.«

»Du hast hoffentlich nicht vergessen, daß wir heute abend mit Sir Harry und Lady Lisburne dinieren?« Sie ignorierte Pitt, als wäre er einer ihrer Dienstboten. »Ich will auf keinen Fall zu spät kommen. Ich möchte nicht, daß man mich für unhöflich hält, ganz gleich, was du für richtig hältst.«

»Der Mann liegt in einem Leichenschauhaus, die Fahrt dorthin dauert weniger als eine halbe Stunde.« Das Gesicht des Generals zuckte ärgerlich. Er verabscheute Dinner Partys, und mit Harry Lisburne als Gastgeber konnte der Abend nur unendlich langweilig werden. »Ich werde ihn mir nur kurz ansehen und sagen, ob er mir bekannt ist oder nicht. Ich bin wieder zurück, bevor es dunkel wird.«

Sie stieß einen resignierten Seufzer aus und verließ den Raum, ohne Pitt auch nur eines Blickes zu würdigen. General Balantyne ging in die Diele, ließ sich von seinem Butler, der schon bereitstand, den Mantel reichen und ging gemeinsam mit Pitt in den Regen hinaus, während der Kutscher den Wagen um die Ställe herumlenkte und neben ihnen am Straßenrand anhielt, um sie einsteigen zu lassen.

Während der Fahrt entstand kein Gespräch. Pitt wollte Balantyne nicht beeinflussen, indem er ihm den Fall vor der Identifizierung darlegte, und er verspürte keine Lust, sich über Belangloses zu unterhalten.

Die Kutsche hielt in unmittelbarer Nähe des Leichenschauhauses, und Pitt und der General stiegen aus und gingen gemeinsam den Weg hoch, immer noch in Schweigen versunken. Der diensthabende Beamte im Inneren des Gebäudes wirkte erstaunt, einen vornehmen Gentleman wie Balantyne an diesem Ort zu sehen, doch dann erkannte er Pitt und führte die Männer ohne Umschweife zu der Leiche.

»Hier ist der Tote, Sir.« Er schlug das Laken hoch mit dem Gebaren eines Zauberers, der aus seinem Hut ein Kaninchen hervorzieht.

Der General reagierte genau wie Pitt, als dieser die Leiche zum ersten Mal gesehen hatte. Er schaute zuerst auf die gräßliche Wunde am Unterkörper und nicht auf das Gesicht des Toten. Er holte tief Luft und atmete heftig aus. Er hatte dem Tod schon oft ins Auge geschaut, viele Male, aber fast immer hatte es sich um Menschen gehandelt, die im Krieg ihr Leben hatten lassen müssen oder von Krankheiten dahingerafft worden waren. Was diesen Fall so abscheulich machte, war die Tatsache, daß es absichtlich geschehen war, hier zu Hause, in den Straßen Londons. Die grauenhafte Verstümmelung war nicht zufällig durch ein Kanonenfeuer verursacht worden, sondern war die Folge eines leidenschaftlichen, persönlichen Hasses gegen diesen Menschen.

Wer war der Tote? Der General lenkte seinen Blick auf das Gesicht. Pitt, der ihn genau beobachtete, sah den erschrockenen Ausdruck des Erkennens.

»General?« Er hob seine Stimme nur ein klein wenig.

Balantyne sah langsam wieder hoch. Pitt konnte in seinen Augen keine Gefühle erkennen. Balantyne war ein äußerst reservierter Mann, der Trost menschlichen Mitgefühls war ihm fremd. Es gelang Pitt nicht, ihn zu verstehen, ihre Herkunft trennten Welten. Balantyne gehörte zu den letzten Vertretern von Generationen von Soldaten, die im Dienst an König und Vaterland in jedem Krieg seit den Tagen von Agincourt alles gegeben hatten. Pitt war der Sohn eines Wildhüters, den man für eine geringfügige Straftat, die er nie begangen hatte, zur Rechenschaft gezogen hatte. Pitt war auf dem Landgut seines Arbeitgebers aufgewachsen und hatte dort seine gepflegte, angenehme Ausdrucksweise erlernt, da er dem Sohn des Hauses als Spielgefährte gedient und ihn bei seinen Studien unterstützt hatte. Pitts Wißbegierde war eine Herausforderung gewesen und hatte oft genug als Ansporn gedient, um seinen Kameraden aus seiner Trägheit zu reißen.

Pitt mochte Balantyne, er bewunderte ihn sogar. Der General war ein Mann, der sich streng an seine Prinzipien hielt, an die er glaubte, wie es einst die Ritter oder Mönche getan hatten.

»Kennen Sie ihn?« erkundigte er sich, obwohl die Frage inzwischen überflüssig war, denn die Antwort stand dem General im Gesicht geschrieben.

»Allerdings«, erwiderte Balantyne leise. »Es ist Max Burton, mein ehemaliger Diener.«

Kapitel 2

Gracie kam mit den Frühausgaben der Nachmittagszeitungen ins Wohnzimmer gestürmt. Ihr Gesicht war hochrot, ihre Augen weit aufgerissen. »Oh, Ma'am! Da hat es 'nen ganz grausigen Mord gegeben – der schlimmste, der je in London passiert is', steht hier drin. So furchtbar, daß selbs' dem stärksten Mann die Knie zittern!«

»Tatsächlich?« Charlotte ließ sich beim Nähen nicht stören. Zeitungen neigten stets zu Übertreibungen – wer blieb schon mitten im Januar auf einer kalten Straße stehen, um eine Zeitung zu kaufen, wenn nicht Haarsträubendes darin stand?

Gracie war über ihre Gleichgültigkeit entsetzt. »Also, Ma'am – ich mein's wirklich ernst! Es is' schrecklich! Er war ganz in Stücke gehackt, an 'nem Ort, von dem 'ne Lady nich' mal weiß, daß es ihn gibt! Und wenn, dann würd' sie es bestimmt nich' zugeben, weil man sie dann nämlich nich' mehr für 'ne Lady halten würde. Es stimmt wirklich, was die Zeitungen da schreiben, Ma'am. Da draußen in Devil's Acre läuft 'n Wahnsinniger frei rum – un' vielleicht stimmt das doch, was die Prediger immer sagen, daß unsere Tage gezählt sind, un' es is' der Satan persönlich!« Gracies Gesicht wurde bei der bloßen Vorstellung ganz blaß.

»Unsinn!« sagte Charlotte scharf. Sie sah genau, daß das Mädchen jeden Moment in Hysterie ausbrechen würde, wenn sie nicht vorsichtig vorging. »Also gut, dann gib mir endlich die Zeitungen, und geh zurück zu deinem Gemüse, sonst müssen wir noch auf das Abendbrot verzichten. Wenn der Herr aus diesem Wetter nach Hause kommt und es nichts Heißes für ihn zu essen gibt, wird er sehr verärgert sein.«

Es war eine leere Drohung. Gracie brachte Pitt größte Hochachtung entgegen, schließlich war er der Hausherr. Außerdem war er Polizist und vertrat somit das Gesetz. Und dann all die faszinierenden und gefährlichen Dinge, mit denen er immer zu tun hatte! Schockierende Dinge! Viel schlimmer als in den Zeitungen! Trotzdem hatte sie kein bißchen Angst vor ihm. Er gehörte nicht zu den Leuten, die einen Dienstboten wegen einer einzigen verpatzten Mahlzeit auf die Straße setzten, und das wußte sie genau.

»Es is' wirklich schrecklich, Ma'am«, wiederholte sie kopfschüttelnd, als wolle sie beweisen, daß sie es von Anfang an gewußt habe. »Möchten Sie, daß ich heut' abend den Kohl koche oder doch lieber die Rüben?«

»Beides«, antwortete Charlotte abwesend, inzwischen selbst in die Lektüre der Zeitungen vertieft.

Gracie gab sich zufrieden und ging zurück in die Küche, in Gedanken immer noch bei den Ereignissen des Morgens. Sie war wirklich sehr stolz darauf, für eine Lady arbeiten zu dürfen, noch dazu eine echte, keine dieser hochnäsigen Emporkömmlinge, die sich für besser hielten, als sie in Wirklichkeit waren, sondern eine Lady aus einer richtig vornehmen Familie, die in einem Haus mit richtigem Hauspersonal aufgewachsen war, mit echten Dienstboten, einem Butler, der eine eigene Vorratskammer hatte, einer Köchin und Küchenhilfen, Kammerzofen und Hausmädchen und weiß der Himmel was sonst noch – und noch dazu richtigen Dienern! Keine von Gracies Schwestern oder Freundinnen hatte eine Herrin wie sie! Gracie war deshalb bei ihnen hochangesehen und konnte den anderen Mädchen genau sagen, wie der Hase lief und wie man seine Arbeit ordentlich erledigte.

Natürlich war Charlotte in der Achtung der Gesellschaft ein wenig gesunken, als sie einen Polizisten und keinen Gentleman geheiratet hatte – jeder wußte das. Aber manchmal war es bei ihr schon sehr aufregend! All die Geschichten, die sie erzählen konnte, wenn sie nur wollte! Aber natürlich war es viel feiner, bloß Andeutungen fallenzulassen, als alles haarklein zu erörtern. Man durfte schließlich nicht indiskret sein.

Doch um ganz ehrlich zu sein, es war ihr gar nicht recht, wie ihre Herrin sich manchmal in die Arbeit der Polizei einmischte. Mehr als einmal hatte sie Auge in Auge mit Leuten gestanden, die einen richtigen Mord auf dem Gewissen hatten. Solche Leute aufzuspüren, selbst wenn sie aus vornehmen Kreisen stammten, war nun wirklich nicht Sache einer Lady.

Gracie schüttelte den Kopf, kippte die Rüben ins Spülbecken und begann sie zu waschen und zu schälen. Wenn sie sich nicht allzusehr täuschte, war ihre Herrin auch jetzt wieder im Begriff, sich irgendwo einzumischen. Sie sah wieder so unruhig aus, trödelte mit diesem und jenem herum und legte es halbfertig wieder weg oder schrieb Briefe an ihre Schwester Emily, die jetzige Vicomtesse Ashworth. Die hatte es richtig angefangen, sie hatte in eine vornehme Familie eingeheiratet. Aber sie war trotzdem sehr nett gewesen, die paar Male, die Gracie ihr begegnet war. Meistens ging Charlotte ja zu ihr, in das große vornehme Haus am Paragon Walk. Und wer konnte ihr das schon verübeln?

Gracie gab sich einem angenehmen Tagtraum hin, in dem sie sich ausmalte, wie das Haus einer Vicomtesse wohl aussehen mochte. Bestimmt gab es dort wunderschöne Diener, alle großgewachsen und gutaussehend, und natürlich in Livree! Männer sahen in Livree einfach hinreißend aus, egal, was die Leute auch sagten!

Als Pitt abends nach Hause kam, wurde er bereits von Charlotte erwartet. Sie hatte die Zeitungen sorgfältig gelesen. Die grauenhaft zugerichtete Leiche war in Pitts Bezirk gefunden worden, und jetzt wußte sie, daß der Grund dafür, daß man ihn am Morgen noch vor Tagesanbruch aus dem Haus geholt hatte, mit dem Mord in Zusammenhang stand.

Leider konnte sie ihm natürlich in diesem Fall in keiner Weise behilflich sein. Sie war zwar bereit für eine neue Herausforderung, sie war sogar auf die Gefahren einer weiteren Nachforschung auf eigene Faust gefaßt, doch der Mann war in einer Gegend gefunden worden, die sie nur kannte, weil sie so verrufen war. Und Lambert Gardens, wo der Mann anscheinend gewohnt hatte, gehörte auch nicht zu den Orten, an denen ihre Familie gesellschaftlichen Umgang pflegte, daher konnte sie auch in diesem Punkt nicht hilfreich sein.

Aber wenn Pitt bereit war, den Fall mit ihr zu besprechen, konnte er vielleicht doch von ihrem Wissen profitieren. Sie hatte bislang Geschick bewiesen, wenn es darum ging das Motiv einer Tat zu erkennen, und die Natur des Menschen blieb schließlich ein und dieselbe, auch wenn die jeweiligen Lebensumstände noch so sehr variieren mochten.

Sie eilte ihrem Ehemann entgegen, sobald sie die Eingangstür ins Schloß fallen hörte, und war noch vor Gracie bei ihm. Sie nahm seinen Mantel in Empfang, hängte ihn zum Trocknen auf, drehte sich sofort wieder zu Pitt um und küßte ihn. Sein Gesicht fühlte sich kalt an. Sie wußte, daß er müde war, er war über zwölf Stunden fort gewesen und hatte vorher nicht einmal gefrühstückt. Ihr Instinkt riet ihr, ihre Neugier wenigstens so lange in Zaum zu halten, bis er fertig zu Abend gegessen hatte. Sie ging ihm voran ins Wohnzimmer und sprach über Belangloses, während Pitt sich vor dem Feuer aufwärmte, bis Gracie schließlich das Abendessen auftrug.

Gegen neun jedoch glaubte sie, dem Takt mehr als Genüge getan zu haben. »Dieser Constable, der dich heute morgen abgeholt hat«, begann sie. »War er wegen des Toten in Devil's Acre hier?«

Ein schwaches Lächeln huschte über sein Gesicht. Wenn Charlotte versuchte, subtil zu sein, durchschaute er sie meist sofort, daher hatte sie es inzwischen aufgegeben. Außerdem hatte sie nicht genug Zeit gehabt, sich eine raffiniertere Vorgehensweise zurechtzulegen.

»Ja«, sagte er vorsichtig. »Aber er wohnte in Lambert Gardens, was nicht zu der Gegend gehört, in der deine Eltern normalerweise verkehren. Diesmal kannst Du mir also überhaupt nicht helfen.«

Sie ließ sich nicht beirren. »Nein, natürlich nicht«, sagte sie. »Aber es interessiert mich trotzdem. Alle Zeitungen sind heute abend voll davon.«

Er zog ein Gesicht.

Sie änderte ihre Taktik. »Sei bitte vorsichtig, Thomas. Es scheint ganz so, als liefe da ein gefährlicher Wahnsinniger frei herum. Ich meine, es handelt sich schließlich nicht um ein normales Verbrechen, oder? Was glaubst du eigentlich, was ein Mann wie Dr. Pinchin in einer Gegend wie Devil's Acre gesucht haben mag? Hatte er etwa seine Praxis dort? In einer der Zeitungen stand, er sei ein sehr ehrbarer Mann gewesen.« Doch was hatte das schon zu sagen, sie hatte schließlich selbst genügend »ehrbare« Bürger gekannt. Alles, was diese Bezeichnung im Grunde aussagte, war, daß jemand klug genug oder in der glücklichen Lage war, den äußeren Schein zu wahren. Dahinter konnte sich alles Mögliche verbergen.

Pitt lächelte, sein Blick war beunruhigend durchdringend. »Vielen Dank, meine Liebe, aber um mich brauchst du dir wirklich keine Sorgen zu machen. Ich habe nicht vor, allein in dieser Gegend herumzuspazieren. Von Wahnsinnigen droht mir also keinerlei Gefahr.«

Sie überlegte, ob sie so tun sollte, als sei sie beleidigt oder als habe sie ihn mißverstanden, entschied sich jedoch dagegen, weil sie wußte, daß es sinnlos gewesen wäre. »Natürlich nicht«, sagte sie schließlich. »Wahrscheinlich rede ich nur Unsinn. Aber ich vermute, daß Dr. Pinchin gar nicht so ehrbar gewesen ist, wie die Zeitungen uns glauben machen wollen. Immerhin müssen sie sehr vorsichtig sein mit dem, was sie sagen. Außerdem ist der arme Mann schließlich gerade erst tot.« Sie sah ihn direkt an, mit großen Augen und vollkommen offenem Blick. »Hatte er Familie?«

»Charlotte!«

»Ja, Thomas?«

Er seufzte. »Das ist wirklich kein Fall, mit dem du dich beschäftigen solltest. Dr. Pinchin war nicht das einzige Opfer – er war das zweite, von dem wir wissen, und was immer da auch vor sich gehen mag, es hat etwas mit Devil's Acre zu tun. Die andere Leiche wurde ebenfalls dort gefunden. Es ist diesmal kein Verbrechen aus Leidenschaft, Charlotte. In diesem Fall geht es ganz und gar nicht um die Art von Motiven, mit denen du dich so gut auskennst.«

Sie ignorierte das Kompliment. »Noch eine Leiche? Davon weiß ich ja noch gar nichts! In den Zeitungen hat nichts davon gestanden. Wollt ihr das geheimhalten? Wer war es denn?«

Einen Augenblick lang sah er etwas irritiert aus. Charlotte war sich nicht sicher, ob sie der Grund war oder ob es mit den besonderen Umständen zusammenhing.

Pitt wartete einige Sekunden, bevor er antwortete, und als er schließlich sprach, klang seine Stimme resigniert. »Es war jemand, den du gekannt hast.«

Ein Schrecken durchfuhr sie, doch gleichzeitig verspürte sie eine prickelnde Aufregung, für die sie sich sofort schämte.

»Jemand, den ich gekannt habe?« wiederholte sie ungläubig.

»Erinnerst du dich noch an General Balantyne – vom Callander Square?«

Ihre Aufregung verwandelte sich in blankes Entsetzen, so daß ihr beinahe übel wurde. Das Zimmer begann sich zu drehen, sie befürchtete schon, ohnmächtig zu werden. Die Vorstellung, daß der General mit seinem Stolz, seiner Verschlossenheit und Einsamkeit, seinem tiefempfundenen Pflichtbewußtsein – wie konnte es möglich sein, daß er so tief gesunken war, daß er in Devil's Acre den Tod gefunden hatte, nicht etwa im Dienst für das Vaterland, sondern auf diese grauenhafte Weise.

»Charlotte!«

Sicher mußte es eine Möglichkeit geben, es geheimzuhalten? Er war der letzte Mensch auf Erden, der es verdiente, auf so furchtbare Art zu sterben!

»Charlotte!« Endlich gelang es Pitts Stimme, in ihre Gedanken einzudringen.

Sie sah wieder hoch.

»Es war nicht Balantyne!« sagte er schroff. »Es war sein ehemaliger Diener, Max - erinnerst du dich noch an ihn?«

Natürlich! Wie hatte sie nur etwas so Lächerliches denken können. Sie holte tief Luft. »Max - ja, natürlich erinnere ich mich an Max. Ein wirklich widerlicher Mensch. Immer wenn er mich ansah, hatte ich das Gefühl, daß er durch meine Kleider hindurchsehen könnte.«

Einen Moment wirkte Pitts Gesicht beunruhigt, doch dann weiteten sich seine Augen belustigt. »Wie anschaulich! Ich hatte keine Ahnung, daß du so gut beobachten kannst!«

Sie fühlte, wie sie errötete. Sie hatte nicht beabsichtigt, ihn merken zu lassen, wie gut sie diesen Blick verstanden hatte, besonders wenn er von einem Dienstboten kam. Warum hatte sie sich bloß verraten!

»Nun ja, ich ...« Sie versuchte, eine Erklärung zu finden, gab aber schließlich auf.

Er wartete, doch Charlotte verspürte keine Lust, sich noch mehr bloßzustellen. »Was hatte Max in Devil's Acre zu suchen?« fragte sie. »Ich hatte keine Ahnung, daß Leute, die in so einer Gegend leben, Diener haben.«

»Haben sie auch nicht. Er hat dort ein Bordell geführt - und nicht nur eins, wenn du es genau wissen willst.«

Charlotte behielt die Fassung. Im Laufe der Jahre hatte sie auf verschiedensten Wegen sowohl über Armut als auch über die Prostitution von Erwachsenen und von Kindern erfahren müssen.

»Oh.« Sie erinnerte sich an Max' dunkles Gesicht mit den zusammengekniffenen Augen und dem ausgeprägten, sinnlichen Mund. Er hatte auf sie immer so gewirkt, als sei er sich seiner körperlichen Kraft in höchstem Maße bewußt, als sei er sowohl Sklave als auch Herr seiner Leidenschaft. »Ich kann mir vorstellen, daß er das sehr gut gekonnt hat.«

Pitt sah sie erstaunt an.

»Ich meine natürlich ...« begann sie von neuem, hielt jedoch inne. Warum sollte sie sich rechtfertigen? Sie wußte vielleicht nicht soviel wie Pitt, aber sie war keineswegs naiv! »Dann hatte er bestimmt auch ziemlich viele Feinde«, folgerte sie. »Wenn er mehrere dieser Häuser geführt hat, muß er viel Geld gehabt haben – und ich kann mir vorstellen, daß Menschen in diesem Gewerbe nicht allzu wählerisch sind, wenn es darum geht, Konkurrenten auszuschalten.«

»Nein, allzu wählerisch sind sie nicht«, stimmte er ihr zu, wobei sein Gesicht so viele unterschiedliche Gefühle gleichzeitig widerspiegelte, daß sie nicht in der Lage war, sie zu deuten.

»Vielleicht hatte Dr. Pinchin auch ein Bordell«, mutmaßte sie. »Auch ehrbare Bürger besitzen manchmal in solchen Gegenden Häuser, weißt du.«

»Ja, das weiß ich allerdings«, erwiderte er gelassen.

Ihre Blicke trafen sich. »Natürlich weißt du das. Entschuldige bitte.«

»Du kannst in diesem Fall wirklich nichts unternehmen, Charlotte. Das ist einfach nicht deine Welt.«

»Nein, natürlich nicht«, sagte sie gehorsam. Es war im Moment nicht ratsam, den Fall weiter zu verfolgen, weil ihr kein geeignetes Argument mehr einfiel. »Ich weiß so gut wie gar nichts über Devil's Acre.«

Trotzdem begann Charlotte schon am nächsten Morgen, sofort nachdem Pitt das Haus verlassen hatte, alle möglichen Vorbereitungen zu treffen, da sie beabsichtigte, den größten Teil des Tages abwesend zu sein. Gracie, die sich viel lieber damit beschäftigte, Kinder zu hüten als den Herd zu polieren, den Dielenboden zu schrubben oder die Eingangstreppe zu putzen, nahm Charlottes Anweisungen begeistert entgegen – sie brauchte gar nicht erst darauf hingewiesen zu werden, daß sie strengstes Stillschweigen zu bewahren hatte. Sie wußte genau, wann sie es mit einer Verschwörung zu tun hatte, selbst wenn sie persönlich nicht viel davon hielt. Die Neugier einer Lady sollte sich auf die romantischen Abenteuer anderer Leute beschränken, darauf, wer was anhatte und wieviel es gekostet hatte – und selbst dann sollte sie stets würdevoll auftreten. Wenn ein Gentleman ermordet wurde, mochte es ja noch angehen – aber bei einem Arzt, der in Devil's Acre praktizierte, war wohl kaum etwas anderes zu erwarten! Gracie hatte schon viel über solche Gegenden gehört – und auch über die Leute, die dort verkehrten!

Charlotte hatte zwar gesagt, sie wolle ihre Schwester Emily besuchen, aber Gracie hatte ihre eigenen Vermutungen, warum sie dies tat! Sie wußte genau, daß auch Lady Ashworth keine Scheu empfand, sich in die entsetzlichsten Angelegenheiten einzumischen.

»Ja, Ma'am.« Sie machte einen artigen Knicks. »Ich hoff', Sie haben 'nen schönen Tag, Ma'am. Un' daß Sie wieder heil nach Haus' kommen.«

»Selbstverständlich werde ich das!« Charlotte manövrierte ihren Rock an einem Stuhl vorbei und nahm ihren Mantel aus Gracies ausgestreckten Händen entgegen. »Ich gehe schließlich nur zum Paragon Walk.«

»Ja, Ma'am, natürlich.«

Charlotte sah sie von der Seite an, war jedoch anscheinend der Meinung, sich bereits klar genug ausgedrückt zu haben, was die Frage der Diskretion betraf. Jedes weitere Wort würde Gracies Verdacht nur noch bestärken.

»Was soll ich dem Herrn sagen, Ma'am?« fragte Gracie.

»Nichts. Ich werde lange vor ihm wieder zu Hause sein. Falls Lady Ashworth eine Verabredung hat, bin ich sogar schon zum Lunch zurück.« Mit diesen Worten rauschte sie aus dem Haus, die Eingangsstufen hinunter und eilte zur Straßenecke, wo sich eine Haltestelle für den öffentlichen Bus befand.

Die Wintersonne warf ihr Licht auf die prächtigen Häuser am Paragon Walk. Charlotte schritt selbstbewußt über den Bürgersteig und ging die glatte Kutschenauffahrt hoch bis zum Vordereingang von Emilys Haus. Noch bevor sie nach der Klingelschnur gegriffen hatte, wurde die Tür von einem Diener geöffnet. Alle vornehmen Häuser verfügten selbstverständlich über eine Vorratskammer, die auf die Auffahrt hinausging, so daß jeder Besucher sofort bemerkt wurde.

»Guten Morgen, Mrs. Pitt«, sagte er höflich.

»Guten Morgen, Albert«, erwiderte sie befriedigt, nahm seine stumme Einladung an und trat ins Haus. Es war wirklich überaus angenehm, so schnell erkannt zu werden. Es gab ihr das flüchtige Gefühl, wieder zu dieser Welt zu gehören.

»Lady Ashworth erledigt gerade ihre Korrespondenz«, sagte der Diener fast im Plauderton, als er vor ihr durch die große Eingangshalle ging. An den Wänden hingen farbenprächtige Gemälde,

Portraits von Mitgliedern der Familie Ashworth, die zurückreichten bis in die Zeit der Halskrausen und elisabethanischen Pantalons. »Aber ich bin sicher, sie wird hocherfreut sein, Sie zu sehen.«

Charlotte, die wußte, wie sehr Emily Briefeschreiben haßte, war sich dessen genauso sicher. Und sie würde geradezu entzückt sein, wenn sie die unerhörten Neuigkeiten von Charlotte erfuhr.

Der Diener öffnete die Tür zum Frühstückszimmer. »Mrs. Pitt, M'Lady«, sagte er.

Emily erhob sich und schob Schreibgerät und Papier zur Seite, noch bevor Charlotte eingetreten war. Sie war nicht ganz so groß wie Charlotte, hatte helleres Haar und Locken, die so weich fielen, daß Charlotte sie ihr ganzes Leben darum beneidet hatte. Sie eilte ihr entgegen und umarmte sie herzlich, wobei ihr Gesicht vor Freude strahlte.

»Wie reizend von dir, mich zu besuchen! Ich bin es wirklich leid, den ganzen Tag Briefe zu schreiben. Sie sind alle an Georges Cousinen, die ich samt und sonders nicht ausstehen kann. In dieser Ballsaison scheinen die jungen Mädchen tatsächlich noch alberner zu sein als im letzten Jahr, weißt du. Und die waren weiß Gott schon töricht genug! Ich wage gar nicht daran zu denken, wie es im nächsten Jahr sein wird! Wie geht es dir?« Sie trat einen Schritt zurück und musterte Charlotte kritisch. »Du siehst viel zu gesund aus, um der Mode zu entsprechen. Du solltest zerbrechlich und zart aussehen, wie eine Lilie, nicht wie eine große Rosenknopse, die gerade erblüht! Das ist nämlich augenblicklich das Schönheitsideal. Und du weißt sicher, daß es vulgär ist, so aufgeregt auszusehen? Was in aller Welt ist denn geschehen? Wenn du es mir nicht auf der Stelle erzählst, werde ich ...« Ihr fiel keine geeignete Strafe ein, daher begab sie sich zu einem der bequemen Sessel vor dem Kaminfeuer und kuschelte sich hinein.

Charlotte machte es sich auf dem gegenüberliegenden Sofa bequem, sie fühlte sich behaglich, wohlig warm und selbstsicher. »Erinnerst du dich noch an die Morde am Callander Square?« begann sie.

Emily setzte sich ein wenig gerader, ihre Augen leuchteten. »Was für eine schwachsinnige Frage! Wer vergißt schon einen Mord? Warum fragst du? Ist wieder jemand umgebracht worden?«

»Erinnerst du dich noch an diesen abscheulichen Diener, Max?«

»Vage. Warum? Charlotte, um Himmels willen, hör endlich auf, in Rätseln zu reden! Was in aller Welt willst du damit sagen?«

»Hast du heute morgen oder gestern in den Zeitungen von dem Mord an Dr. Hubert Pinchin gelesen?«

»Nein, selbstverständlich nicht!« Emily saß so kerzengerade auf dem äußersten Rand ihres Sessels, als habe sie einen Stock verschluckt. »Du weißt doch genau, daß George mir immer nur die Gesellschaftsseiten gibt. Wer ist dieser Hubert Pinchin und was hat er mit diesem unsympathischen Diener zu tun? Du kannst mich wirklich ganz schön hinhalten!«

Charlotte schmiegte sich tiefer in die Sofakissen und berichtete ihrer Schwester alles, was sie wußte.

Emilys Hände verkrampften sich und zerknitterten den blaßrosa Seidenstoff ihres Kleides. »Du liebe Zeit – das ist ja grauenhaft! Obwohl ich den Mann nie habe leiden können«, fügte sie freimütig hinzu. »Er hat die Balantynes damals verlassen, nicht wahr – bevor die Sache ganz geklärt war, wenn ich mich recht erinnere?«

»Richtig. Und es sieht ganz so aus, als sei er danach ein ziemlich erfolgreicher Kuppler geworden.«

Emily schüttelte sich. »Dann war es vielleicht gar nicht so unpassend, daß man ihn in der Gosse gefunden hat. Und daß er ausgerechnet von einer Prostituierten entdeckt wurde. Meinst du, Gott hat Sinn für Humor? Oder hältst du so etwas für Blasphemie?«

»Er hat schließlich den Menschen erschaffen«, antwortete Charlotte. »Also muß er zumindest einen ausgeprägten Sinn für das Abwegige besitzen. In den Zeitungen steht, daß Dr. Pinchin ein sehr ehrenhafter Mann war.«

»Und was hatte er dann in Devil's Acre zu suchen? Hat er sich dort etwa als Wohltäter oder dergleichen betätigt?«

»Ich weiß es nicht. Ich nehme an, Thomas wird es schon herausfinden.«

»Nun ja, wenn ein Mann, der etwas auf sich hält, auf der Suche nach einer Frau für eine Nacht ist, könnte er doch in ein Varieté oder zum Haymarket gehen. Aber er würde sich bestimmt nicht an einem so gefährlichen Ort wie Devil's Acre herumtreiben.«

Charlotte fühlte sich ein wenig enttäuscht. Ihre Gedanken überstürzten sich. Dann hatten sie das Geheimnis möglicherweise bereits gelüftet? »Vielleicht waren ihm die Frauen am Haymarket zu teuer. Wenn Max ein Bordell geführt hat, muß es in Devil's

Acre auch Freier geben! Wenn nun Dr. Pinchin einer dieser Männer war . . .«

»Aber warum hätte man ihn dann getötet?« unterbrach Emily sie mit einem unangenehm logischen Gegenargument. »Bloß ein Idiot tötet seine eigenen Kunden.«

»Vielleicht war es seine Frau.«

Emily zog die Augenbrauen hoch. »In Devil's Acre?«

»Nicht persönlich, du Dummkopf! Sie hat vielleicht jemanden dafür bezahlt. Man muß einen Menschen schon leidenschaftlich und abgrundtief hassen, um ihm so etwas anzutun.«

Emilys Gesicht wurde mit einem Mal sehr ernst. »Da hast du recht. Aber, meine Liebe, alle Männer geben sich von Zeit zu Zeit mit losen Frauenzimmern ab, und solange sie es diskret anfangen, wird jede auch nur halbwegs vernünftige Ehefrau sich in diese Dinge nicht einmischen. Wenn ein Mann nicht von sich aus sagen will, wo er gewesen ist, ist es dem eigenen Glück zuträglicher, wenn man ihn nicht weiter bedrängt.«

Charlotte fiel keine passende Antwort ein, die nicht verletzend oder naiv gewesen wäre. Jeder Mensch mußte selbst wissen, wie er mit seiner Wahrheit fertig wurde.

Aber Emilys Gedanken kreisten um etwas ganz anderes. »Kaum zu glauben, daß dieser scheußliche Diener auf einmal wieder aufgetaucht ist. In seiner Gegenwart habe ich mich immer sehr unwohl gefühlt. Ich würde zu gern wissen, wer ihm das Geld gegeben hat, ein Bordell aufzumachen. Ich meine, wem hat das Haus gehört und wer hat für die Einrichtung bezahlt? Vielleicht war es Dr. Pinchin?«

Doch Charlotte schoß ein weit häßlicherer Gedanke durch den Kopf, der mit den Erinnerungen an das Haus der Balantynes, den Morden am Callander Square und dem plötzlichen, unauffälligen Verschwinden von Max in Zusammenhang stand.

»Ja«, sagte sie abrupt. »Ja, das könnte sehr wohl sein. Ich denke mir, daß Thomas es schon herausfinden wird.«

Emily sah sie mit zusammengekniffenen Augen an, eine Spur von Mißtrauen im Blick, verfolgte jedoch das Thema nicht weiter. »Du bleibst doch zum Lunch?«

Während Charlotte sich für ihren Besuch bei Emily vorbereitet hatte, war Pitt aus seiner Droschke geklettert und die Stufen zur Eingangstür des Hauses 23 Lambert Gardens hochgestiegen. Es war ein hohes Haus mit einer stattlichen Vorderfront, obwohl natürlich heute alle Vorhänge zugezogen waren und man an den Fenstern schwarzen Crêpe und an der Tür einen Trauerkranz befestigt hatte. Das Haus wirkte merkwürdig blind.

Es hatte keinen Zweck, den Besuch aufzuschieben, also hob er die Hand und klopfte an die Tür. Es vergingen mehrere Minuten, bevor ein niedergeschlagen aussehender Diener öffnete. Der Todesfall im Hause hatte ihn verunsichert, er hatte keine Ahnung, was man von ihm erwartete, wieviel Trauer er zeigen sollte, besonders unter diesen grotesken Umständen. Vielleicht sollte er einfach so tun, als wisse er von nichts? Wie sollte er sich auch verhalten? Das Küchenmädchen hatte bereits die Kündigung eingereicht, und er überlegte noch, ob er es ihr nachtun sollte.

Er erkannte Pitt nicht. »Mrs. Pinchin empfängt keine Besucher«, sagte er hastig. »Aber wenn Sie so nett sind, Ihre Karte hierzulassen, wird sie Ihre Kondolenzwünsche sicher annehmen.«

»Ich heiße Thomas Pitt und bin von der Polizei«, erklärte Pitt. »Auch ich empfinde natürlich tiefes Mitgefühl für Mrs. Pinchin, aber es ist leider unerläßlich, daß ich sie persönlich spreche.«

Der Diener befand sich in einem peinlichen Dilemma, denn er wußte nicht, welche seiner Pflichten Priorität hatte; einerseits war es seine Aufgabe, das Trauerhaus vor Eindringlingen wie Pitt zu schützen, andererseits war dieser Mann eindeutig ein Vertreter des Gesetzes, dem man zu gehorchen hatte.

»Sie könnten vielleicht den Butler rufen«, schlug Pitt taktvoll vor. »Und lassen Sie mich bitte nicht vor dem Haus stehen. Wir möchten schließlich nicht die Aufmerksamkeit der Nachbarn erregen und dem Geschwätz von Hausmädchen und Stiefeljungen Vorschub leisten.«

Das Gesicht des Dieners wirkte mit einem Mal beinahe komisch vor Erleichterung. Das war die perfekte Lösung. Es würde unweigerlich geklatscht werden, doch er wollte auf keinen Fall mitverantwortlich dafür sein.

'Oh – ja, Sir – ja – das werde ich tun. Wenn Sie bitte mitkommen wollen, Sir.« Er führte Pitt durch die Diele, die von einem leicht muffigen Geruch erfüllt war, ganz so, als habe man seit Tagen die Türen nicht geöffnet. Die Spiegel waren wie die Fenster schwarz verhangen. Auf einer Säule stand eine Vase mit Lilien, die Blüten sahen künstlich aus, obwohl sie echt waren, und hatten zweifellos zu dieser Jahreszeit ein Vermögen gekostet.

Der Diener ließ Pitt in einem Zimmer mit einem schwarzen Eisenrost ohne Feuer zurück. Hinter den zugezogenen Vorhängen war es dunkel, und es schien ganz so, als wolle jeder in diesem Haus alles tun, um die Kälte des Grabes nachzuempfinden, selbst wenn der Leichnam des Hausherrn nicht in seinem eigenen Heim ruhen konnte.

Es dauerte nur wenige Minuten, bis Mr. Mullen, der Butler, eintraf, das schüttere, sandfarbene Haar sorgfältig zurückgekämmt, einen Ausdruck der Entschlossenheit auf dem Gesicht. »Es tut mir leid, aber es wird noch mindestens eine halbe Stunde dauern, bis Mrs. Pinchin in der Lage ist, Sie zu empfangen. Vielleicht hätten Sie gern eine Tasse Tee, während Sie auf sie warten? Es ist ein sehr unfreundlicher Tag.«

Pitt fühlte sich schon etwas wärmer. Er respektierte diesen Mann, der offenbar seine Arbeit verstand und sie mit mehr als gewöhnlichem Geschick zu meistern schien.

»Das würde ich sehr gern, Mr. Mullen, sehr freundlich von Ihnen. Und falls es Ihre Pflichten erlauben, hätten Sie vielleicht einige Minuten Zeit für mich?«

»Gewiß, Sir.« Mullen zog an der Klingelschnur, und als der Diener eintraf, bat er ihn, eine Kanne Tee und zwei Tassen zu bringen. Er hätte sich niemals erdreistet, mit einem Gentleman Tee einzunehmen, und einen Händler hätte er durch die mit grünem Boi bespannte Tür in die Küche geschickt. Doch Pitt stand seiner Meinung nach ungefähr auf der gleichen gesellschaftlichen Stufe wie er selbst, was dieser durchaus als eine Art Kompliment auffaßte. Ein Butler war in vielerlei Hinsicht der wahre Haushaltsvorstand, ihm unterstanden manchmal ein Dutzend oder mehr Diener. Unter Umständen verfügte er sogar über mehr Intelligenz als der Hausherr und genoß zweifellos auch beim Personal größeren Respekt.

»Sie sind schon seit längerem bei Dr. Pinchin tätig?« begann Pitt das Gespräch.

»Seit elf Jahren, Mr. Pitt«, erwiderte Mullen. »Vorher war ich bei Lord und Lady Fullerton am Tavistock Square beschäftigt.«

Pitt war neugierig, warum der Mann wohl eine offensichtlich bessere Stellung aufgegeben hatte, wußte aber nicht so recht, wie er sich nach dem Grund erkundigen sollte, ohne sein Gegenüber vor den Kopf zu stoßen. Eine direkte Frage wäre nicht nur unhöflich, sondern zu diesem Zeitpunkt aus taktischen Gründen auch höchst unklug gewesen.

Mullen beantwortete sie jedoch aus freien Stücken. Vielleicht war es ihm wichtig, über jeden Verdacht der Inkompetenz erhaben zu sein. »Die Herrschaften pflegten sich jeden Winter nach Devon zurückzuziehen.« Ein Anflug von Unmut huschte über sein Gesicht. »Ich machte mir nichts aus der Reise, verspürte jedoch auch nicht den Wunsch, jedes Jahr mehrere Monate lang untätig mit dem Reinigungspersonal in dem leeren Haus zurückzubleiben.«

»Das kann ich gut verstehen«, gab Pitt mitfühlend zu. Ein Haus in der Nähe von London wäre natürlich etwas ganz anderes, dort hätte man zweifellos Bälle geben, Jagdgesellschaften veranstalten und zu Weihnachten Gäste einladen können. Doch der Rückzug in die Abgeschiedenheit von Devon glich eher einem Exil. »Ich nehme an, Dr. Pinchin war kein uninteressanter Dienstherr?« versuchte er ein wenig nachzuhaken.

Mullen lächelte höflich. Er war viel zu diskret, um das umfassende, detaillierte Wissen, das er sich im Haushalt von Dr. Pinchin angeeignet hatte, einem Fremden gegenüber preiszugeben. Butler, die das ihnen entgegengebrachte Vertrauen enttäuschten, waren in seinen Augen verachtenswert und bedeuteten eine Schande für den gesamten Berufsstand.

Er mißverstand Pitt daher ganz absichtlich, und beide wußten es. »Das war er, Sir, obwohl er hier kaum praktiziert hat. Er besitzt eine Praxis in Highgate. Aber verschiedene distinguierte Gentlemen haben gelegentlich hier bei uns diniert.«

»Tatsächlich?«

Mullen nannte einige bedeutende Chirurgen und Ärzte. Pitt versuchte, sich die Namen einzuprägen, er beabsichtigte, die Betreffenden später aufzusuchen, um festzustellen, ob er von ihnen noch zusätzliche Informationen über Hubert Pinchin erhalten hatte, obwohl er aus Erfahrung wußte, daß Kollegen sich gegenseitig zu decken und gegen Außenstehende zusammenzuhalten pflegten, selbst wenn dies manchmal lächerliche Formen annahm. Doch es bestand immer noch die Möglichkeit, daß er auf einen persönlichen und beruflichen Neider stieß, dem die Gefühle die Zunge lockerten.

Er erfuhr von Mullen noch ein wenig mehr über Pinchins Gewohnheiten, besonders daß er abends oft erst sehr spät nach Hause gekommen war. Es war sogar schon vorgekommen, daß er die ganze Nacht fortgeblieben war. Es wurde keine andere Erklärung dafür gegeben als der diskrete Hinweis, daß Krankheiten eben auf die Sprechstunden eines Arztes keine Rücksicht nahmen.

Einige Momente später klopfte Mrs. Pinchins Zofe an die Tür. Ihre Herrin sei jetzt bereit, mit Mr. Pitt zu sprechen, er möge sich doch bitte in das Frühstückszimmer begeben.

Valeria Pinchin war eine Frau von wahrhaft wagnerianischer Statur, üppig und blauäugig, über der breiten Stirn eine Welle aus ergrauendem Haar. Sie war ganz in Schwarz, wie es einer Witwe anstand, die gerade erst vom Hinscheiden ihres Gatten erfahren hatte und sich in tiefer Trauer befand, schließlich war ihr Ehemann nicht nur völlig unerwartet, sondern noch dazu auf die grausamste Weise aus dem Leben geschieden. Ihr Gesicht war bleich und verriet eine grimmige, wachsame Entschlossenheit. Sie blickte Pitt argwöhnisch an.

»Guten Morgen, Ma'am«, begann er mit einer Mischung aus Respekt, wie es der Situation angemessen war, und echtem Mitgefühl. »Darf ich Ihnen zu dem traurigen Verlust mein aufrichtiges Beileid aussprechen.«

»Vielen Dank«, erwiderte sie mit einem kaum hörbaren Schnauben und hob ihr ausgeprägtes Kinn. »Nehmen Sie doch bitte Platz, Mr. – eh, Pitt.«

Er wählte den Stuhl direkt gegenüber auf der anderen Tischseite. Sie trank weiter ihren Tee, bot ihm jedoch nichts an. Für sie war es nichts weiter als eine äußerst unangenehme Notwendigkeit, Teil der grauenhaften Katastrophe, die so unerwartet über sie hereingebrochen war – wie der Kammerjäger oder der Kanalreiniger. Es war nicht notwendig, ihn wie einen gesellschaftlich Gleichgestellten zu behandeln.

»Es tut mir sehr leid, Ma'am«, begann er erneut, »aber ich bin gezwungen, Ihnen einige Fragen zu stellen.«

»Ich kann Ihnen nicht im geringsten helfen.« Sie starrte ihn entrüstet an, der bloße Gedanke machte sie bereits schaudern. »Sie nehmen doch wohl nicht an, daß ich irgend etwas weiß, das mit diesem unsagbaren ...« Sie hielt inne, unfähig, ein Wort zu finden, das extrem genug war.

»Natürlich nicht.« Sie gehörte nicht zu den Frauen, die Pitt auf Anhieb sympathisch waren. Er mußte sich zwingen, an andere Menschen zu denken, mit denen er hatte reden müssen, während sie unter Schock gestanden hatten, an die unterschiedlichen Schutzmechanismen, mit denen sie ihre Wunden zu verbergen versucht hatten.

Mrs. Pinchin schien etwas beschwichtigt, funkelte ihn jedoch weiterhin an, und ihr mit schwarzen Perlen geschmückter Busen hob und senkte sich vor Entrüstung.

»Sie können mir dabei helfen, mehr über Ihren Gatten herauszufinden«, versuchte er ein weiteres Mal sein Glück. »Vielleicht können wir auf diese Weise feststellen, ob er irgendwelche Feinde hatte.« Er versuchte, so höflich wie möglich zu sein, konnte jedoch nicht umhin, die Tatumstände genauestens zu erforschen. Hubert Pinchin war ermordet worden. Jemand mußte ein persönliches Motiv gehabt haben, gewöhnliche Räuber entmannten ihre Opfer schließlich nicht.

Sie wollte gerade etwas sagen, besann sich jedoch anders und trank einen weiteren Schluck Tee.

Pitt wartete.

»Mein Gatte war ...« Sie fand es anscheinend schwierig, ihre Gedanken in Worte zu fassen, ohne dabei einen Teil ihres Lebens preiszugeben, der viel zu persönlich - und zu schmerzlich - war, um vor einem Außenstehenden bloßgelegt zu werden, und es war geradezu undenkbar, ausgerechnet mit diesem - Polizisten darüber zu sprechen! »Er war ein unkonventioneller Mann, Mr. Pitt«, sagte sie. »Er hat es vorgezogen, sein ärztliches Können einigen äußerst merkwürdigen Leuten zugute kommen zu lassen. Man könnte sie sogar als ›unwürdig‹ bezeichnen.« Sie rümpfte die Nase. »Es liegt mir fern, mich bedauernswerten Menschen gegenüber hartherzig zu zeigen, doch er hätte eine blendende Karriere machen können, müssen Sie wissen. Mein Vater ...«, sie schob ihr Kinn vor, »Dr. Albert Walker-Smith. Sie haben sicher von ihm gehört?«

Pitt hatte den Namen noch nie gehört, nahm jedoch seine Zuflucht zu einer Lüge. »Ein sehr berühmter Mann, Ma'am«, pflichtete er ihr bei.

Ihr Gesicht nahm einen friedfertigeren Ausdruck an, und Pitt befürchtete einen Moment lang, daß sie jetzt eine qualifizierte Bemerkung von ihm erwartete. Er hatte nicht die leiseste Ahnung, wer dieser Albert Walker-Smith gewesen war, außer daß er anscheinend das Ideal war, an dem Mrs. Pinchin ihren eigenen Gatten gemessen hatte.

»Sie sagten gerade, Dr. Pinchin sei unkonventionell gewesen, Ma'am«, sagte Pitt. »Haben Sie damit nur gemeint, daß er seine beruflichen Fähigkeiten nicht zu seinem Besten genutzt hat?«

Sie zerknitterte eine Serviette in ihren kräftigen Händen. »Ich bin nicht sicher, was Sie damit sagen wollen, Mr. Pitt. Er hatte jedenfalls keine verwerflichen Gewohnheiten – wenn Sie darauf anzuspielen versuchen!« Alle erahnten männlichen Verirrungen, alle widernatürlichen Praktiken, die sie in ihrer Unwissenheit aus dem Dunkel ihrer Phantasie heraufbeschwor, schwangen in ihren Worten mit.

Pitt sah sie ratlos an. Ihr Stolz umgab sie wie ein Panzer, und sie war so sehr in den Formalitäten ihrer Trauer befangen, daß er mit seinen vorhersehbaren Fragen nichts erreichen würde. Ihre Gedanken verliefen in Bahnen, die so festgelegt waren wie das Bett eines alten Flusses, der in das immer gleiche Meer mündet.

»Hat er gern Stilton gegessen?« fragte er statt dessen.

Ihre schmalen Augenbrauen hoben sich, und ihre Stimme wurde hart. »Wie bitte?«

Er wiederholte seine Frage.

»Ja, das hat er, aber ich empfinde Ihre Frage als beleidigend nebensächlich, Mr. Pitt. Ein Wahnsinniger hat meinen Gatten angefallen und auf die ...«, Tränen schossen ihr in die Augen, und sie schluckte, »gräßlichste Weise ermordet, und Sie sitzen hier in seinem Haus und wagen es, mir die Frage zu stellen, ob er gern Käse gegessen hat!«

»Die Frage ist durchaus relevant, Ma'am«, erwiderte Pitt und bemühte sich, nicht die Geduld zu verlieren. Die Frau konnte schließlich nichts dafür, daß die gesellschaftlichen Normen und ihr Stolz ihre einzigen Waffen gegen die schreckliche Angst waren. »Wir haben nämlich Stiltonkrümel auf seiner Kleidung gefunden.«

»Oh.« Sie entschuldigte sich steif. »Es tut mir leid. Ich nehme an, Sie verstehen Ihr Handwerk. Ja, mein Gatte war kulinarischen Genüssen sehr zugetan. Er hat immer gut gegessen.«

»Habe ich eben richtig verstanden, daß Ihr Gatte oft seine medizinischen Fähigkeiten für wohltätige Zwecke eingesetzt hat?«

»Für unrentable Zwecke!« erwiderte sie mit plötzlich aufwallender Verachtung. »Er hat den Großteil seiner Zeit mit Menschen verschwendet, die – man kann es einfach nicht anders nennen – seiner nicht würdig waren. Falls Sie beabsichtigen, unter seinen Kollegen nach Konkurrenten zu suchen, Mr. Pitt, verschwenden Sie nur Ihre Zeit. Mein Gatte war hochbegabt, doch er hat sein Talent nicht so genutzt, wie er es hätte tun sollen.«

In ihrer Stimme schwang die jahrelange Enttäuschung über unzählige verpaßte Gelegenheiten mit.

»Trotzdem war er sehr geachtet, glaube ich.« Pitt war hin- und hergerissen zwischen seiner instinktiven Abneigung gegen die Frau und einem Gefühl des Mitleids, weil man sie so enttäuscht hatte. Sie war an einen Mann gebunden gewesen, der ihren Erwartungen nicht entsprochen hatte, und es hatte für sie keine Möglichkeit gegeben, der Situation zu entkommen. Ihre Träume waren zum Greifen nah gewesen, und er hatte sich geweigert, sie zu erfüllen.

Sie seufzte. »O ja, auf seine Weise war er das wohl. Er ist sehr unterhaltsam gewesen, wissen Sie. Die Leute mochten ihn.« Ihre Stimme klang ein klein wenig überrascht, als könne sie den Grund dafür selbst nicht verstehen; vielleicht teilte sie diese Meinung auch einfach nicht. Ihre eigene Enttäuschung war so tief, daß sie seine Kavaliersdelikte nicht amüsant finden konnte. »Gelegentlich hat er wirklich brilliante Diagnosen gestellt. Diagnosen waren nämlich sein Spezialgebiet, wissen Sie.«

Pitt stellte die nächstliegende Frage. »Können Sie sich an irgend etwas erinnern, Ma'am, das uns weiterhelfen könnte – vielleicht an jemanden, der sich an ihrem Gatten rächen wollte? Vielleicht ein ehemaliger Patient oder jemand, der den Tod eines Familienmitgliedes nicht verwinden konnte und den Arzt dafür verantwortlich gemacht hat? Hat sich Dr. Pinchin in der letzten Zeit irgendwie ungewöhnlich verhalten oder die Bekanntschaft eines Menschen gemacht, der Ihnen sonderbar vorgekommen ist?«

»Mein Gatte hat seine weniger angesehenen Freunde nicht in dieses Haus gebracht, Mr. Pitt.« Ihre Lippen wurden schmal. »Es hat gewisse Menschen gegeben, die er an anderen Orten unterhalten hat, wie Sie sicher verstehen werden. Und ich habe in der letzten Zeit nichts Ungewöhnliches an seinem Verhalten bemerkt – er war genauso wie sonst auch.« Einen Moment lang sah ihr Gesicht unglücklich aus, eine Mischung aus Mißbilligung, was die Gewohnheiten des Toten betraf, und ein plötzliches Gefühl der Einsamkeit, weil er nicht mehr da war. Trotz seiner Schwächen und ärgerlichen Eigenheiten hatte sie sich an ihn gewöhnt, hatte dreißig Jahre lang ihr Leben mit ihm geteilt. Jetzt war sie ganz allein.

Einen Augenblick lang fühlte Pitt tiefes Mitleid mit ihr, doch er wußte, daß die Kluft zwischen ihnen so groß war, daß sie nicht überbrückt werden konnte. Sein Verständnis würde ihren Schmerz nicht im geringsten mildern, ganz im Gegenteil, sie würde es als anmaßend empfinden.

Er stand auf. »Vielen Dank für Ihre Hilfe, Ma'am. Ich hoffe, daß ich Sie nicht noch einmal belästigen muß. Ich bin sicher, Mr. Mullen kann mir alles weitere mitteilen, falls ich noch Fragen haben sollte.«

»Guten Tag, Mr. Pitt.« Sie schaute ihn trübsinnig an, bis er die Tür erreicht hatte. Dann nahm sie die Teekanne, goß sich eine neue Tasse Tee ein und betupfte mit der Serviette zuerst ihren Mund und dann die Wangen, auf denen die Tränen herunterrannen.

Pitt verließ das Zimmer und schloß die Tür mit einem leisen Klicken.

Mullen wartete bereits in der Eingangshalle auf ihn. »Kann ich Ihnen sonst noch behilflich sein, Sir?«

Pitt seufzte. »Ja, das können Sie. Ich möchte Sie bitten, mir die Haushaltsbücher und Ihren Keller zu zeigen. Ich vermute, Sie haben selbst das Personal begutachtet, bevor es eingestellt wurde, und die Referenzen überprüft?«

Mullen erstarrte, sein Gesicht nahm einen frostigen Ausdruck an. »Das habe ich in der Tat. Darf ich fragen, was Sie zu finden erwarten, Mr. Pitt? Die Bücher sind vollkommen einwandfrei, das kann ich Ihnen versichern, und die Dienstboten sind über jeden Zweifel erhaben, sowohl was die Moral als auch die Ehrlichkeit betrifft, sonst hätten wir uns längst von ihnen getrennt! Und falls Sie vermuten sollten, daß einer der Dienstboten sich nachts außer Haus aufgehalten hätte, kann ich Ihnen versichern, daß dies unmöglich ist.«

Pitt tat es leid, den Mann beleidigt zu haben. In Wirklichkeit verdächtigte er keinen der Hausangestellten. Er suchte lediglich nach Anhaltspunkten für Pinchins Lebensstandard, um seine Auslagen beurteilen zu können. Normalerweise ging ein Mann aus seiner Gesellschaftsschicht nicht auf den Acre, selbst wenn er auf billige Unterhaltung aus war. War Pinchin weitaus weniger vermögend, als es den Anschein hatte, oder viel wohlhabender, als seine Arztpraxis es ihm erlaubte? Gab er Geld in Bordellen oder Spielhöllen aus? Oder verdiente er es dort? Er wäre bei weitem nicht der erste äußerlich unbescholtene Mann, der in einem Armenviertel über Immobilien verfügte und sich daran bereicherte.

»Es handelt sich um eine reine Routineuntersuchung, Mr. Mullen«, sagte er freundlich. »Genauso wie Sie die Referenzen Ihrer zukünftigen Dienstboten auch dann noch überprüfen, wenn Sie von ihrer Richtigkeit überzeugt sind.«

Mullen entspannte sich ein wenig. Er respektierte es, wenn jemand seine Arbeit ernst nahm. »Sie haben vollkommen recht, Mr. Pitt. Ich bin mit Polizeiarbeit vertraut. Wenn Sie mir bitte folgen würden ...«

Nach seinem Besuch in Pinchins Haus verbrachte Pitt den Nachmittag damit, die Praxis in Highgate zu überprüfen und mit den entsetzten und äußerst zurückhaltenden Kollegen zu sprechen. Als er schließlich gegen fünf nach sieben zu Hause ankam, war er müde, durchgefroren und mit seinen Ermittlungen kaum einen Schritt weiter. Wenn Pinchin tatsächlich Immobilien in Devil's Acre besaß, hatte er jeden Hinweis darauf gut versteckt – dasselbe galt für etwaige andere geschäftliche Transaktionen außerhalb seiner Praxis in Highgate. Sein Lebensstandard ließ jedoch darauf schließen, daß er auf beträchtlich mehr Einnahmen zurückgreifen konnte, als seine medizinischen Fähigkeiten vermuten ließen. Eine Erbschaft? Besaß er Sparguthaben? Hatte er Geschenke erhalten? Vielleicht die Bücher ein bißchen frisiert? Oder vielleicht Patienten erpreßt mit Indiskretionen über seine medizinische Hilfe bei Geschlechtskrankheiten oder ungewollten Schwangerschaften – es gab unzählige Möglichkeiten.

Gracie empfing Pitt an der Tür und nahm seinen Mantel zum Trocknen mit in die Spülküche. »Scheußliches Wetter heut' abend, Sir«, sagte sie und schüttelte den großen Mantel wie eine Decke, wobei sie fast das Gleichgewicht verlor. Sie eilte ihm voraus, murmelte etwas vor sich hin, wie schrecklich es doch sei, daß er so spät arbeiten müsse und noch dazu bei diesem Wetter. Dabei schaute sie ihm kein einziges Mal in die Augen. Aus irgendeinem Grund tat er ihr leid, und ihr verspannter kleiner Rücken drückte tiefste Mißbilligung aus.

Es dauerte nicht lange, bis er zwei und zwei zusammengezählt hatte, vor allem als er Charlotte übertrieben aufmerksam und äußerst redselig vorfand. »Bist du fort gewesen?« fragte er sie.

»Nur ganz kurz«, sagte sie beiläufig. »Ich war schon wieder zurück, bevor es zu regnen angefangen hat. Es war wirklich nicht so schlimm.«

»Und du bist sicher mit der Kutsche gekommen«, fügte er hinzu.

Sie schaute kurz hoch, die Wangen leicht gerötet. »Kutsche?«

»Dann hast du Emily also nicht besucht?«

Ihr Gesicht verriet unverhohlene Bewunderung. »Woher weißt du das?«

»Von Gracies Rücken.«

»Wie bitte?«

»Von Gracies Rücken. Er ist vor Mißbilligung ganz verspannt. Da ich gerade erst nach Hause gekommen bin, kann es mit mir nichts zu tun haben. Demnach mußt du der Grund sein. Ich nehme an, du hast Emily besucht, um ihr alles mitzuteilen, was du über die Morde in Devil's Acre weißt – besonders da es sich bei einem der Toten um den ehemaligen Diener einer euch bekannten Familie handelt. Und jetzt sag mir bitte, ob ich mich irre.«

»Ich ...«

Er wartete.

»Natürlich haben wir darüber gesprochen!« Ihre Augen glänzten, das Blut stieg ihr ins Gesicht. »Aber das war alles – ich schwöre! Was können wir denn schon tun? Schließlich können wir kaum selbst auf den Acre gehen. Wir haben uns allerdings gefragt, was in aller Welt Dr. Pinchin dort zu suchen hatte. Es gibt bedeutend bessere Orte, um sich eine Frau für eine Nacht zu suchen, falls er wirklich darauf aus gewesen sein sollte, weißt du.«

»Ja, das weiß ich, vielen Dank für die Belehrung.«

Ihre Augen blitzten ihn kurz an, dann nahm ihr Gesicht wieder den Ausdruck völliger Unschuld an. »Hast du schon daran gedacht, daß er vielleicht Max das Geld gegeben haben könnte, Thomas? Du weißt ja, daß auch Leute, denen man es überhaupt nicht zutrauen würde, in dunkle Machenschaften ...«.

»Vielen Dank für den Hinweis«, erwiderte er und konnte sich ein Lächeln kaum verkneifen. »Der Gedanke ist mir tatsächlich auch schon gekommen.«

»Oh.« Sie sah enttäuscht aus.

Er nahm ihre Hand und zog sie zu sich herüber. »Charlotte«, sagte er zärtlich.

»Ja, bitte?«

»Kümmere dich bitte um deine eigenen Angelegenheiten!«

Kapitel 3

Am nächsten Tag fuhr Pitt mit seinen Ermittlungen fort. Er nahm dazu seinen ältesten Mantel und einen arg zerbeulten Hut, den selbst er normalerweise nicht mehr getragen hätte, ging hinaus in den Nieselregen und begab sich nach Devil's Acre, um dort nach Max' Etablissements - oder wenigstens einem davon - zu suchen.

Die Gegend war nicht viel anders als die meisten der älteren Londoner Armenviertel, in denen eine merkwürdige Mischung von Bewohnern auf engstem Raum zusammengepfercht lebte. In den höchsten, stattlichsten Häusern, deren Vorderfronten auf beleuchtete Straßen hinausgingen, wohnten wohlhabende Kaufleute und Privateigentümer. Unter ihnen, in den kleineren Häusern in den Nebenstraßen, befanden sich die Wohnungen der Schreiber und Händler. Darunter wiederum hausten die Ärmsten der Armen in schäbigen, verfallenen Behausungen und Kellerlöchern, die manchmal so vollgestopft mit Menschen waren, daß zwei oder drei Familien sich ein einziges Zimmer teilen mußten. Der Gestank von Unrat und Exkrementen schnürte einem die Kehle zu. Überall wimmelte es von Ratten, und es konnte durchaus vorkommen, daß ein unbeaufsichtigter Säugling von ihnen bei lebendigem Leibe gefressen wurde. Es war bedeutend wahrscheinlicher, als Kind an Unterernährung oder einer unbehandelten Krankheit zu sterben, als das erwerbsfähige Alter von sechs oder sieben Jahren zu erreichen, die übliche Zeit, sich einer Schule für Taschendiebe und angehende Einbrecher anzuschließen.

In diesem Gewirr von engen Straßen fand man die berüchtigten Sweatshops, die Büros der heruntergekommenen Anwälte oder Schreiber, die falsche eidesstattliche Erklärungen aufsetzten, Geschäftsbücher und Belege manipulierten, der Fälscher und der Hehler, die mit gestohlenem Gut Geschäfte machten. Und natürlich gab es hier Spelunken, billige Absteigen, Freudenhäuser – und Polizeispitzel.

Über allem lag der Schatten der großen Türme von Westminster Abbey, der Krönungskathedrale der Könige, in der Edward der Bekenner seine letzte Ruhestätte gefunden hatte, lange bevor der Normanne Wilhelm der Eroberer von Frankreich herübergesegelt war, um den Sachsenkönig zu besiegen und die Herrschaft über England an sich zu reißen. Und hinter Westminster Abbey lagen Big Ben und der Palast von Westminster, das Parlamentsgebäude, die berühmte »Mutter der Parlamente«, seit der Zeit Simon de Montforts vor sechshundert Jahren.

Pitt hegte keinerlei Hoffnung, in diesem wimmelnden Rattennest Antworten auf seine Fragen zu finden. Hier war die Polizei der Erzfeind, und die unzähligen Bewohner witterten mit den geschärften Sinnen eines Jagdhundes sofort jeden Fremden. Im Laufe der Jahre hatte er hier einige Verhaftungen durchgeführt, doch er hatte auch etliche Täter entkommen lassen. Er hatte Freunde hier – zwar keine richtigen, aber er kannte jedenfalls Leute, die Bescheid wußten und ihr Wissen dazu benutzten, den eigenen Hals aus der Schlinge zu ziehen.

Pitt schritt durch graue Gassen, vorbei an finsteren jungen Burschen, die sich herumdrückten und ihn mit hinterhältigen Blicken verfolgten. Er zog die Schultern hoch, um den verstohlenen Gang der ewig Unterdrückten nachzuahmen. Er schaute sich nicht um. Sie würden seine Angst riechen und wie geifernde Hunde seiner Fährte folgen. Er ging zielstrebig, als wisse er genau wohin, als seien die schmalen Gassen, von denen manche gerade breit genug waren, daß zwei Männer sich aneinander vorbeidrücken konnten, ihm genauso vertraut wie sein eigenes Heim.

Balken krachten, Holz verfaulte und zerfiel. Ein Dutzend Ratten stob auseinander, als er sich näherte, man konnte ihre kleinen Füße auf den nassen Steinen scharren hören. Alte Männer lagen zusammengesunken in Hauseingängen, vielleicht waren sie nur bis zur Besinnungslosigkeit betrunken, vielleicht waren sie auch tot.

Es dauerte eine halbe Stunde, bis Pitt den Mann, nach dem er suchte, gefunden hatte, auf einem halbverfallenen Dachboden, wo er seiner Arbeit nachging. Squeaker Harris, der seinen Namen seiner schrillen, hohen Stimme verdankte, war ein kleiner Mann mit schmalen Augen und einer spitzen Nase – er sah einer Ratte ziemlich ähnlich, dachte Pitt. Es fehlte nur noch der lange, haarlose Schwanz. Er war ein Schreiber, der Referenzen und amtliche Dokumente fälschte.

»Was woll'n Sie von mir?« verlangte er angriffslustig zu wissen. »Ich hab' nix auf'm Kerbholz, was Sie mir beweisen könnten!«

»Das habe ich auch gar nicht vor, Squeaker«, entgegnete Pitt. »Obwohl ich mir gut vorstellen kann, daß ich es durchaus könnte, wenn ich nur wollte.«

»Nee!« Squeaker wies diese Möglichkeit entrüstet von sich. »Nee - nie im Leben!«

»Wir werden es nie herausfinden, nicht wahr - solange ich es nicht versuche«, konterte Pitt.

»Also, was woll'n Sie dann von mir? Sind ja wohl sicher nich' zum Vergnügen nach Devil's Acre gekommen, oder was?«

»Ich brauche ein paar Informationen.« Pitt blickte ihn mißbilligend an. Der Mann wußte genau, was er meinte, seine gespielte Entrüstung war reine Zeitverschwendung.

»Ich weiß nix, aber auch gar nix von irgendwelchen Verbrechen!« sagte Squeaker warnend.

»Selbstverständlich nicht«, sagte Pitt trocken. »Du bist nichts weiter als ein ehrbarer Bürger, der sich ein paar Pence verdient, indem er Briefe für Leute aufsetzt, die selbst des Schreibens nicht mächtig sind.«

»Haargenau - Sie ham den Nagel auf'n Kopf getroffen!« Squeaker nickte heftig.

»Aber du kennst dich in Devil's Acre aus«, insistierte Pitt.

»Na klar doch - bin ja schließlich verdammt noch mal hier geboren!«

»Jemals von einem Zuhälter namens Max gehört? Und lüg' mich bloß nicht an, Squeaker, oder ich sperre dich ein, weil du mir Informationen vorenthältst, die im Zusammenhang mit einem Mordfall stehen, und dann kannst du lange schmoren! Diesmal ist es wirklich ernst.«

»O, mein Gott! Sie meinen den armen Teufel, dem man - o Gott!« Squeakers Gesicht wurde unter der Schmutzschicht ganz blaß. »O Gott!« wiederholte er.

»Und?« bohrte Pitt weiter. »Was weißt du also über Max?«

»Keine Ahnung, wer den umgebracht hat, ich schwör's Ihnen, Mr. Pitt. Muß 'n Irrer gewesen sein! Wer sons' würd' sowas 'nem anderen Menschen antun? Sowas Widerliches.«

»Natürlich hast du keine Ahnung, wer ihn umgebracht hat«, räumte Pitt mit einem nachsichtigen Lächeln ein, »denn sonst hättest du uns natürlich schon längst alles darüber gesagt.«

»Genau«, stimmte Squeaker zu und wandte nervös den Blick ab. Er vermutete, daß Pitt sich über ihn lustig machte, doch er wollte es lieber nicht darauf ankommen lassen. »Ich schwör's Ihnen.«

»Und was ist mit Max?« wollte Pitt wissen. »Wie war er?«

»Hat sein Geschäft verstanden«, mußte Squeaker widerwillig zugeben. Zuhälterei war bedeutend einträglicher als kleine Fälscherarbeiten und wahrscheinlich auch weitaus unterhaltsamer. »Der Kerl war'n echtes Naturtalent – jedenfalls für die Art von Arbeit!« Sein Lob durfte auf keinen Fall übertrieben klingen. Schließlich war Max absolut unbegabt gewesen, was gute Fälschungen betraf. Squeaker war sich nicht einmal sicher, ob Max überhaupt fähig gewesen war, leserlich zu schreiben! Eine schöne Handschrift erforderte großes Geschick, eine Tatsache, die auf keinen Fall unterschätzt werden durfte.

Wenn Pitt an das derbe, sinnliche Gesicht mit den dunklen Augen dachte, konnte er sich dieses Talent bei Max sehr gut vorstellen. »Ja«, sagte er, »das habe ich auch schon gehört. Er hatte mehrere Häuser, nicht wahr?«

Squeaker sah ihn mißtrauisch an. »Das wissen Sie also auch schon?«

»Allerdings. Wie sah sein Kundenkreis aus?«

»Kommt ganz drauf an, welches von den Häusern Sie meinen«, sagte Squeaker. »Wenn Sie das in der Partridge Lane meinen – na ja, da konnte jeder hin, der bezahlen konnte. Richtige Flittchen laufen da rum. Aber wenn Sie das an der George Street meinen – na ja, da liegt die Sache völlig anders. Da gibt's auch Mädchen mit richtig Klasse. Un' ich hab' läuten hören, daß er 'nem Gentleman mit genug Geld richtig feine Damen verschafft, wie man so schön sagt.« Er grinste anzüglich, als wisse er genau Bescheid, und entblößte dabei seine braunen Zähne. Die Vorstellung amüsierte ihn anscheinend, als sei sie eine obszöne Form der Rache an einer Gesellschaft, die ihn vollständig ausgeschlossen hatte.

»Feine Damen, sagst du?« Pitt zog die Augenbrauen hoch. Das klang vielversprechend. Er fixierte Squeaker mißtrauisch. »Feine Damen?« wiederholte er zweifelnd.

»Ja, das hab' ich gesagt – ob Sie's nun glauben oder nich'.« Squeaker wußte, daß er Pitts Interesse geweckt hatte, und genoß dieses Gefühl. »Könnte ja sein, daß Sie da Ihren Mörder finden, nich'? Laß dich nie mit den feinen Leuten ein – das is' 'ne goldene Regel von mir. Die sind nich' gewöhnt, daß man ihnen auf die Schliche kommt, das können die nich' ertragen – kann schlimme Folgen haben. Halt dich an deine eignen Leute – dann gibt's auch keinen, der die Regeln nich' kennt un' dir krumm kommt un' dir 'n Messer in'n Bauch rammt. Aber was die mit Max gemacht ham, das war schlimm, Mr. Pitt – wirklich schlimm. Ich weiß wirklich nich', wie ihr Polypen sowas zulassen könnt!«

Pitt mußte lächeln. »Grauenhaft«, stimmte er zu. »Aber ein eifersüchtiger Mann ist zu unvorstellbaren Dingen fähig, wenn man ihm die Frau wegnimmt und sie anderen Männern als Hure anbietet.«

Squeaker seufzte. Er hatte weder Frau noch Kinder, doch manchmal träumte er davon: von einer Frau, deren Wärme man nicht erkaufen oder bezahlen mußte, von jemandem, der einem mit der Zeit vertraut wurde, von Kindern, die einen mit Respekt behandelten – etwas, das jeder Mann besitzen sollte, jedenfalls eine Zeitlang.

»Ich denk', da könnten Sie recht haben, Mr. Pitt«, sagte er langsam. »Mit 'ner Frau, die 'nen Mann hat, soll man sich nie einlassen – noch 'ne goldene Regel, die man sich hinter die Ohren schreiben sollte. So gesehen, denk' ich mir, is' Zuhälter sein doch nich' so'n gesunder Beruf. Mit Frauen zu handeln kann ganz schön gefährlich sein – ganz zu schweigen von dem, auf was manche Männer so aus sind; hab' mir sagen lassen, daß die Männer oben aus'm Westen merkwürdige Vorstellungen haben. Da gibt's Geschichten, kann ich Ihnen sagen! Da steh' ich mich mit meinen Papieren noch besser. Da weiß man wenigstens, woran man is'. Wegen Papieren dreht so schnell keiner durch.«

Pitt hatte nicht die Absicht, weiter darauf einzugehen. »Und was ist mit dem teureren Haus, das Max in der George Street hatte?«

»Hab' ich das nich' grade gesagt?« Squeaker zeigte sich so geduldig wie ein Schullehrer bei einem Schüler, der ungewöhnlich schwer von Begriff ist.

»Ja – vielen Dank.« Pitt griff in eine seiner Taschen und holte einen Shilling hervor. Er reichte ihn Squeaker, der ihn rasch mit seiner schmutzigen Hand umschloß. Er führte das Geldstück zum Mund und biß kräftig hinein. Das Ergebnis fiel zu seiner Zufriedenheit aus, und er schob die Münze in seine Tasche.

»Besten Dank, Mr. Pitt«, sagte er.

»Und wehe, wenn du den Acre verläßt«, warnte Pitt. »Falls du mich angelogen hast, komme ich zurück und ziehe dir das Fell über die Ohren!«

Squeaker schien entsetzt. »Ihnen würd' ich bestimmt keine Lügen erzählen, Mr. Pitt! Das wär' doch wirklich dumm von mir, oder nich'? Sie würden doch bloß zurückkommen un' mir mein Geschäft ruinieren. Is' nich' gut für's Geschäft, wenn man Polypen im Haus hat, wenn Sie mir die Bemerkung gestatten, kann einem glatt den guten Ruf vermasseln!«

Pitt schnaubte und verließ das »Geschäft« und ging an dem faulenden Holz im Hof, einem Haufen Unrat und zwei Betrunkenen in der Gosse vorbei. Er eilte durch den Regen in Richtung George Street. Sie lag in einem bedeutend angenehmeren Teil des Acres, nur einige Minuten vom Parlamentsgebäude entfernt.

Max hatte offenbar wirklich ein außergewöhnliches Geschäftstalent besessen. Falls er es tatsächlich geschafft hatte, einige »richtig feine« Damen, wie Squeaker so schön sagte, aufzutreiben, und dazu noch drei oder vier wirklich attraktive Huren, die ihr Gewerbe verstanden, hätte er innerhalb von wenigen Jahren ein reicher Mann sein können.

Pitt fand das Haus ohne große Schwierigkeiten. Ein Mann, der nach einem solchen Ort fragte, war nichts Ungewöhnliches, und diejenigen, die gewillt waren, ihm Auskunft zu geben, wurden von den Inhabern des betreffenden Etablissements häufig für ihre Mühe entschädigt.

Das Haus, nach dem er gesucht hatte, war unauffällig, äußerlich vielleicht sogar ein wenig heruntergekommen. Man hätte es leicht für eines der vielen Absteigequartiere halten können; Anonymität war ein wichtiger Bestandteil dieses Gewerbes.

Im Inneren des Hauses sah es allerdings völlig anders aus. Die Eingangshalle war von diskreter Eleganz. Pitt fühlte sich an die vornehmen Häuser erinnert, in denen Max gearbeitet hatte und in denen Menschen lebten, deren Geschmack durch den Wohlstand und vornehmen Lebenswandel von Generationen vor ihnen geprägt war. Menschen, die mit den Gemälden der alten Meister und den Feinheiten von Stilmöbeln ebenso selbstverständlich vertraut waren wie mit dem korrekten Gebrauch der Grammatik und die selbstbewußt und mit erhobenem Haupt einherzuschreiten verstanden.

Von der Diele aus gelangte man in den großen Empfangsraum, dessen Harmonie durch keinerlei Opulenz oder Anstößigkeit gestört wurde. Ruhige, warme Farben vermittelten Sinnlichkeit und täuschten darüber hinweg, wie sorgfältig jedes Möbelstück und jedes Gemälde ausgesucht und auf die übrige Einrichtung abgestimmt war. Die besonderen Reize, die dieser Raum vermittelte, waren auch taktiler Art: weiche Samtstoffe, ein Teppich, der so dick war, daß man sich geräuschlos darauf bewegen konnte, beinahe als ginge man auf Gras. Max hatte in der Tat einen erlesenen Geschmack besessen!

Ein Mann in Livree, eine Art Kreuzung zwischen einem Diener und einem Butler, kam auf ihn zu. Seine Funktion bestand anscheinend darin, zu entscheiden, wer als möglicher Kunde in Frage kam und wen man besser diskret an eine andere Adresse weiterverwies.

»Guten Tag, Sir.« Er musterte Pitts Kleidung und entschied mit einer kaum merklichen Veränderung seines Gesichtsausdrucks, daß sein Gegenüber höchstwahrscheinlich nicht in der Lage sein würde, den in diesem Haus üblichen Preis zu zahlen. Doch er war zu erfahren, um ihn sofort wegzuschicken. Man wußte schließlich, daß die vornehmsten und wohlhabendsten Gentlemen zuweilen in die merkwürdigsten Verkleidungen schlüpften.

»Guten Tag.« Pitt verstand genau, was in seinem Gegenüber vor sich ging, und spielte seine Rolle leicht amüsiert weiter, indem er sich so vornehm wie möglich gab. »Sie wurden mir empfohlen.« Er achtete darauf, daß er kerzengerade stand, als erfülle seine unglaubliche Aufmachung nur den Zweck, die anderen glauben zu machen, er sei ein Bewohner des Acres – was ja auch zutraf, wenn auch aus völlig anderen Gründen. »Ich habe von verschiedenen Freunden gehört« – falls man Squeaker Harris als einen Freund bezeichnen konnte –, »daß Sie über Damen von weitaus besserer Qualität verfügen als jedes andere Etablissement.«

Das Gesicht des Mannes entspannte sich. Er entschied, daß es sich bei Pitt allem Anschein zum Trotz nur um einen Gentleman handeln konnte. Seine Stimme, nicht seine Kleidung hatte ihn verraten: seine gewählte Ausdrucksweise, seine vornehme Haltung.

»Das ist richtig, Sir. An welche Qualitäten hatten Sie denn gedacht? Wir können sowohl mit Erfahrung als auch, falls Sie dies vorziehen sollten, mit vornehmer Herkunft dienen – obwohl letzteres selbstverständlich einige besondere Vorbereitungen erforderlich macht.«

Das Geschäft lief also auch nach Max Burtons dramatischem Ableben genauso gut wie zuvor!

Pitt blähte kaum merklich die Nasenflügel und sah den Mann mit erstaunten Augen und einer Spur von Herablassung an. »Vornehme Herkunft«, erwiderte er in einem Ton, der keinen Zweifel daran ließ, daß für ihn keine andere Antwort in Frage kam.

»Selbstverständlich, Sir«, erwiderte der Mann. »Wenn Sie einen festen Termin im voraus mit mir vereinbaren würden, werde ich alles Nötige veranlassen. Sie verstehen sicher, daß wir unter diesen besonderen Umständen etwas weniger Rücksicht auf den individuellen Geschmack nehmen können. Aber wenn Sie mir verraten, welche Haarfarbe und welchen Typ Sie bevorzugen, werde ich mich bemühen, Ihren Wünschen zu entsprechen.«

Max hatte nicht nur Talent gehabt, er war geradezu genial gewesen!

»Hervorragend«, antwortete Pitt ungeniert. »Am liebsten ist mir Kastanienbraun« – er stellte sich automatisch Charlotte vor –, »anderenfalls Dunkelbraun oder Schwarz. Außerdem schätze ich weder dicke noch sehr dünne Frauen. Also geben Sie mir bitte keine Dame, bei der man die Knochen fühlen kann!«

»Selbstverständlich, Sir«, sagte der Mann noch einmal und verbeugte sich. »Wirklich ein exzellenter Geschmack, wenn ich mir die Bemerkung erlauben darf.« Er hätte genausogut ein Butler sein können, der die Qualität eines Tafelweines kommentierte. »Wenn Sie in drei Tagen wiederkommen, werden wir etwas für Sie gefunden haben, das zu Ihrer vollsten Zufriedenheit ausfallen wird. Die Bezahlung beträgt fünfzig Guineen – im voraus zu entrichten –, aber natürlich erst dann, wenn Sie die Dame kennengelernt und für gut befunden haben.«

»Natürlich«, erwiderte Pitt. »Ich muß sagen, mein Freund hatte recht. Sie scheinen wirklich das bei weitem anspruchsvollste Etablissement in dieser Gegend zu sein.«

»Wir haben keinerlei Konkurrenz, Sir«, sagte der Mann arglos. »Männer wie Mr. Mercutt, die glauben, sie könnten uns nachahmen, können sich mit uns nicht messen – wie Sie vielleicht schon gehört haben.«

»Mercutt?« wiederholte Pitt mit leichtem Stirnrunzeln. »Ich glaube nicht, daß mir der Name bekannt ist.« Seine Stimme klang fragend, als erwarte er nähere Informationen.

»Ambrose Mercutt.« Der Mann hob mit einem Ausdruck leiser Verachtung kaum merklich die Augenbrauen. »Ein Dilettant, kann ich Ihnen versichern, Sir, allerdings mit Ambitionen.« Eine Herzogin hätte sich möglicherweise über einen Emporkömmling mit dergleichen müder Herablassung geäußert.

Pitt kannte nun den Namen, nach dem er gesucht hatte. Er hatte sein Ziel erreicht. Das hiesige Polizeirevier würde ihm sagen können, wo er diesen Mr. Mercutt finden konnte.

»Nein.« Er schüttelte den Kopf. »Ich kann mich nicht entsinnen, daß jemand mir gegenüber diesen Namen erwähnt hat. Er kann nicht sehr bedeutend sein.« Er hielt es für das Beste, dem Mann zu schmeicheln und ihn in Sicherheit zu wiegen. Unbefangene Menschen verrieten sich sehr viel leichter als mißtrauische.

Der Mann lächelte zufrieden. »Sehr richtig, Sir – wirklich völlig unbedeutend. Wenn Sie bitte in drei Tagen nachmittags um diese Zeit wiederkommen würden?«

Pitt nickte zustimmend und verabschiedete sich, auch er war mit dem Ausgang des Gesprächs sehr zufrieden.

Inspector Parkins empfing Pitt mit dem Gesichtsausdruck erwartungsvoller Entspannung. Der Fall Max Burton war in der Zwischenzeit Pitt übertragen worden, und Parkins war heilfroh, von dieser Bürde befreit zu sein. Es gab mehr als genug ungelöste Fälle in seiner Abteilung, und dieser Mord war besonders unerfreulich.

»Ah! Mr. Pitt, kommen Sie herein. Grauenhafter Tag. Was kann ich für Sie tun?«

Pitt zog seinen Mantel aus, nahm den abscheulichen Hut ab und fuhr sich mit den Fingern durch die Haare, die danach so aussahen, als habe ihm etwas einen entsetzlichen Schrecken eingejagt. Er nahm auf dem Stuhl gegenüber von Parkins Platz.

»Ambrose Mercutt?« fragte er.

Parkins' Gesicht verzog sich zu einem schwachen Lächeln. »Ambrose Mercutt«, wiederholte er. »Ein eleganter Zuhälter mit Ambitionen. Sie glauben, er könnte Max aus Konkurrenzgründen ermordet haben?«

»Max hat ihm das Geschäft kaputtgemacht.«

Parkins zuckte mit den Schultern und verdrehte die Augen. »Wissen Sie, wie viele Bordelle es hier bei uns gibt?« Es war eine rhetorische Frage.

Pitt nahm sie wörtlich. »Es gibt in London etwa fünfundachtzigtausend Prostituierte«, antwortete er.

Parkins verbarg sein Gesicht in seinen Händen. »O Gott - sind es wirklich so viele? Manchmal sehe ich sie mir an und frage mich, wie sie wohl zu diesem Beruf gekommen sind. Albern, nicht? Aber es gibt allein hier in meinem Zuständigkeitsbereich wenigstens ein paar Tausend. Wir können sie nicht loswerden - außerdem würde es sowieso nichts nützen, sie würden nur irgendwo anders hingehen und dort genau dasselbe tun. Man nennt es nicht umsonst das älteste Gewerbe der Welt. Und eine Menge Stammkunden sind wohlhabend - und einflußreich. Aber das wissen Sie vermutlich genauso gut wie ich. Ein Police Inspector, der diese Leute in Schwierigkeiten bringt, hat mehr Mut als Verstand.«

Pitt wußte, daß er völlig recht hatte, doch es war eine häßliche, bittere Wahrheit. »Sie haben sich also weder für Max noch für Ambrose Mercutt sonderlich interessiert?«

Parkins zog ein Gesicht. »Wir können uns schließlich nicht um alles kümmern. Besser wir konzentrieren uns auf die Verbrechen, bei denen es eindeutige Opfer gibt und wir jemanden verhaften können, falls wir ihn erwischen - Diebstahl, Fälschung, Raub, Überfälle. Es gibt so viele davon, daß wir die ganze Zeit beschäftigt sind.«

»Was hat man denn über Ambrose Mercutt und Max gemunkelt?«

Parkins entspannte sich wieder und lehnte sich auf seinem Stuhl zurück. »Bevor Max aufgetaucht ist, hatte Mercutt die Kutschenkundschaft. Aber Max konnte die besseren Frauen anbieten - soweit ich gehört habe, sollen einige sogar aus sehr gutem Hause stammen. Der Himmel weiß, warum sie so etwas tun!« Auf seinem Gesicht spiegelten sich Betroffenheit, der Versuch zu verstehen und schließlich Resignation: »Ja, Mercutt hatte wirklich allen Grund, Max zu hassen. Aber da war er bestimmt nicht der einzige! Zuhälterei ist ein gnadenloses Geschäft - lauter Halsabschneider ...« Er hielt inne, als ihm einfiel, daß der Täter bei diesen Morden tatsächlich ein Messer benutzt hatte.

»Wie ist Max an diese Frauen herangekommen?« Pitt sprach seine Gedanken laut aus. »Die Gesellschaft weiß sich doch sonst auch sehr gut zu helfen, wenn es darum geht, ein paar Damen Zerstreuung zu verschaffen, die auf ein kleines außereheliches Abenteuer aus sind.«

Parkins schaute Pitt interessiert an. Er hatte seine gesamte Dienstzeit hier auf dem Acre oder in ähnlichen Gegenden, beispielsweise Whitechapel oder Spitalfields, verbracht, samt und sonders Orte, an denen man nie die Gelegenheit hatte, mit der ›feinen Gesellschaft‹ auch nur zu sprechen. »Ist das wirklich wahr?« Parkins tat einen flüchtigen Blick in eine Welt, die jenseits seines Erfahrungsbereiches lag.

Pitt bemühte sich verzweifelt, nicht überheblich zu klingen. »Ich habe einige Fälle erlebt, in denen es so war«, antwortete er mit einem matten Lächeln.

»Frauen der Gesellschaft?« Parkins war schockiert.

Pitt zögerte. Parkins arbeitete in Devil's Acre inmitten von Schmutz und Verzweiflung, wo die meisten Bewohner nur geboren werden, um sich mühsam durchs Leben zu schlagen und jung zu sterben. Aber jeder Mensch hatte das Recht, Ideale zu haben, selbst wenn sie für immer unerreichbar blieben – Träume durften nicht zerstört werden.

»Sehr wenige.« Er sagte bewußt die Unwahrheit. »Nur sehr wenige.«

Parkins schien sich wieder zu entspannen, und die Angst wich aus seinem Gesicht. Vielleicht wußte er selbst, daß er Illusionen nachhing, doch er wollte sie trotzdem nicht verlieren. »Wollen Sie wissen, wo Sie Ambrose Mercutt finden können?« bot er Pitt an.

»Ja, bitte.« Pitt schrieb sich die Adresse auf, die Parkins nannte, unterhielt sich noch ein wenig mit ihm, verabschiedete sich und begab sich nach draußen in den bitterkalten Abend. Der Himmel war aufgeklart, und der Ostwind peitschte ihm so scharf ins Gesicht, daß ihm die Haut brannte.

Am folgenden Tag ging er zuerst in sein Büro, um nachzusehen, ob es neue Informationen gab, fand jedoch nur den Autopsiebericht von Hubert Pinchins Leiche vor, der lediglich das bestätigte, was er bereits wußte. Also machte er sich auf den Weg zum Acre, um Ambrose Mercutt aufzuspüren.

Es stellte sich jedoch heraus, daß dieses Unterfangen schwieriger war, als er angenommen hatte. Ambrose überwachte den größten Teil seiner Geschäfte persönlich und war um elf Uhr morgens weder aufgestanden noch in der Stimmung, Besucher zu empfangen, schon gar nicht, wenn sie von der Polizei kamen. Es dauerte eine halbe Stunde, bis Pitt schließlich seinen Diener überzeugt hatte und Ambrose unter Protest im Eßzimmer mit dezentem Teppichboden, imitierten Sheraton-Möbeln und erotischen Gemälden von ›dekadenten‹ Künstlern erschien. Er war ein schlanker Mann, der auf elegante Weise erschöpft wirkte und einen seidenen Morgenmantel trug. Sein welliges Haar fiel ihm tief ins Gesicht und verbarg seine recht dünnen Brauen und verquollenen, hellen Augen.

Pitt sah sofort, warum Max ihm die Kutschenkundschaft hatte ausspannen können. Max hatte eine Sinnlichkeit besessen, die die Frauen, die für ihn gearbeitet hatten, fasziniert hatte, und einen ausgeprägten Geschmack, der ihn befähigt hatte, die besten neuen Huren für seinen Betrieb aufzuspüren und auszuwählen – vielleicht hatte er ihnen sogar noch etwas beigebracht? Die Natur hatte ihn mit einer Gabe ausgestattet, die Ambrose trotz aller Intelligenz für immer versagt bleiben würde.

»Ich habe noch nie von Ihnen gehört!« sagte Ambrose, der Pitt kritisch von oben bis unten musterte. »Sie müssen neu auf dem Acre sein. Ich kann mir nicht vorstellen, was Sie hier wollen. Ich habe einige sehr einflußreiche Kunden. Es wäre unklug von Ihnen, mir Unannehmlichkeiten zu bereiten, Inspector.« Er hielt inne, als wolle er sehen, ob Pitt scharfsinnig genug war, ihn zu verstehen.

Pitt lächelte. »Ich glaube Ihnen gern, daß Sie einige sehr einflußreiche Kunden haben«, erwiderte er kühl. »Wenn auch vielleicht nicht mehr ganz so viele wie damals, bevor Max Burton hergekommen ist?«

Ambrose war bestürzt. Seine Hand bewegte sich nach unten und schloß sich um den Seidenstoff des Morgenmantels, den er ein wenig enger um seinen Körper zog. »Dann sind Sie also wegen dem Mord an Max hier?«

Er hatte also nicht vor, sich dumm zu stellen. Das war eine Erleichterung. Pitt war nicht in der Stimmung, sich auf irgendwelche Spielchen einzulassen. »Ja. Ich interessiere mich nicht für Ihre Geschäfte. Aber Max hat Ihnen eine Menge Kunden abgeworben, und vielleicht sogar einige Ihrer Frauen – und verschwenden Sie bitte Ihre Zeit nicht damit, dies abzustreiten.«

Ambrose zuckte die Achseln und wandte sich ab. »Es ist ein riskanter Beruf. In einem Jahr läuft alles hervorragend, im nächsten klappt gar nichts mehr – hängt ganz von den Mädchen ab. Max hatte gerade eine Glückssträhne – seine Mädchen hätten ihn früher oder später sowieso verlassen. Bei Frauen der Gesellschaft bleibt das nicht aus. Entweder sie fangen an, sich zu langweilen, oder sie haben ihre Schulden ausgeglichen oder heiraten jemanden und steigen ganz aus. Es hätte nicht ewig gedauert.«

Ambrose konnte sich einreden, was er wollte, Pitt war weiterhin davon überzeugt, daß Max problemlos in der Lage gewesen wäre, jede Frau, die ihn verlassen hätte, durch eine neue zu ersetzen.

Anscheinend spürte Ambrose seine Zweifel, denn er wandte sich wieder um und starrte Pitt herausfordernd an. »Jemals daran gedacht - Inspector«, in seiner Stimme schwang ein Hauch von Sarkasmus, als ob Pitt diesen Titel nicht verdiente, »jemals daran gedacht, wie sich Max seine feinen Damen beschafft hat? Frauen wie diese kommen schließlich nicht von selbst darauf, hier in Devil's Acre als Huren zu arbeiten, wissen Sie, bloß weil sie sich ein bißchen Abwechslung wünschen! In ihren Kreisen gibt es für sie mehr als genug Möglichkeiten herumzuhuren, falls das alles ist, was sie im Sinn haben. Das überrascht Sie wohl, wie?« Er schaute Pitt in die Augen und sah, daß er sich geirrt hatte. Sein Gesicht wurde hart.

»Wenn Sie herausfinden wollen, wer Max umgebracht und dann kastriert hat, schauen Sie sich am besten mal die Ehemänner oder Liebhaber von einigen der vornehmen Frauen an, die er hergebracht hat! Sie können mir glauben, wenn ich tatsächlich einen Rivalen beseitigen wollte, würde ich ihm vielleicht ein Messer in den Rücken bohren und ihn anschließend in den Fluß werfen - oder ihn in einem der Rattenlöcher hier mitten auf dem Acre verschwinden lassen. Aber ich würde bestimmt nicht an ihm herumschneiden und ihn ausgerechnet da herumliegen lassen, wo ihr ihn finden würdet! Nein - Inspector«, wieder hielt er einen Moment lang inne, so daß der Titel wieder wie eine Beleidigung wirkte »wenden Sie sich lieber an einen der Männer, die er zum Hahnrei gemacht hat oder deren Frau oder Tochter er zur Hurerei verleitet hat.«

Pitt provozierte ihn noch ein wenig mehr. »Und wie hätte er eine Dame der Gesellschaft zur Hurerei verleiten können?« fragte er mit einem Anflug von Zweifel. »Wie hätte er an diese Frauen überhaupt herankommen können?«

»Er hat früher mal irgendwo als Diener gearbeitet. Hat wahrscheinlich noch andere sogenannte ›Diener‹ gekannt.« Ambrose legte seinen ganzen Haß und seine ganze Verachtung für Max im besonderen und Dienstboten im allgemeinen in dieses Wort.

»Wahrscheinlich steckt Erpressung dahinter. Da finden Sie Ihren Mörder, wenn Sie mich fragen!«

»Vielleicht«, gab Pitt zu und tat dabei so, als falle es ihm sehr schwer, dies zu glauben. Er empfand zwar keinerlei Sympathie für Ambrose, doch was er sagte, klang absolut überzeugend. »Und was war mit Dr. Hubert Pinchin?«

Ambrose riß mit einer theatralischen Geste die Hände hoch. »Weiß der Himmel! Vielleicht hat er die Leute erpreßt. Vielleicht hat er seine Arztpraxis dazu benutzt, die Frauen für Max ausfindig zu machen oder ihnen ihre Geheimnisse zu entlocken. Vielleicht waren die beiden auch Partner. Woher soll ich das wissen? Wollen Sie etwa, daß ich die ganze Arbeit für Sie erledige?«

Pitt lächelte und bemerkte eine Spur von Gereiztheit auf Ambrose' Gesicht, denn er hatte ihn lediglich beleidigen, nicht aber amüsieren wollen.

»Ich bin immer wieder froh, wenn mir ein Experte zur Seite steht«, erwiderte Pitt ruhig. »Ich habe schon mit den unterschiedlichsten Mordfällen zu tun gehabt. Auch mit Brandstiftung, Einbruch – und ich weiß eine Menge über Kunstgegenstände –, aber wie man ein Bordell führt, das weiß ich beim besten Willen nicht.«

Ambrose atmete tief ein, um etwas zu erwidern, aber ihm wollte nichts Passendes einfallen. Doch schon hatte Pitt sich umgedreht und den eleganten Raum mit seiner dezenten Ausstattung verlassen und Ambrose in seinem Seidengewand einfach stehen gelassen.

Pitt ging hinaus in die verregnete Straße zwischen den grauen Mauern. Er verspürte ein tiefes Gefühl der Befriedigung, weil er es Mercutt einmal richtig gezeigt hatte.

Außerdem war es durchaus möglich, daß Ambrose mit seiner Vermutung recht hatte.

Kapitel 4

Lady Augusta Balantyne sah dem Morgen mit Unbehagen entgegen. Sie hatte beschlossen, daß es an der Zeit war, endlich ihre Tochter Christina aufzusuchen, um sich mit ihr in aller Offenheit über ihr Benehmen zu unterhalten. Christina und Alan Ross würden zwar am Abend zum Dinner kommen, doch was Augusta zu sagen hatte, konnte nur unter vier Augen besprochen werden. Wie immer, wenn es um Christinas Indiskretionen ging, beabsichtigte Augusta auch diesmal, die Angelegenheit vor General Balantyne geheimzuhalten. Was Kanonen und Pferde anging, mochte er zwar ein hervorragender militärischer Stratege sein, doch wenn es sich um Gefühlsdinge und einen drohenden Skandal handelte, war er ein richtiges Kind.

Während des Frühstücks führten sie wie gewöhnlich ein höfliches Gespräch über die üblichen Nebensächlichkeiten. General Balantyne erwähnte natürlich mit keinem Wort die Morde in Devil's Acre, über die alle Zeitungen ausführlich berichteten, um seine Frau nicht unnötig zu beunruhigen, wußte jedoch nicht, daß sie bereits alles gelesen hatte. Und ihr machte es nichts aus, ihm seine Illusionen zu lassen, wenn es ihn glücklich machte.

Um zehn Uhr ließ Lady Augusta die Kutsche vorfahren und gab dem Kutscher Anweisung, sie zum Haus ihrer Tochter zu bringen. Sie wurde mit einiger Überraschung empfangen.

»Guten Morgen, Mama!«

»Guten Morgen, Christina.« Sie betrat das Haus, ausnahmsweise einmal ohne darauf zu achten, ob die Blumen frisch waren oder ob es neue Nippsachen gab – sie bemerkte nicht einmal, ob Christina nach der neuesten Mode gekleidet war. Sie hatte oft genug gesagt, was sie von Extravaganzen hielt, von jetzt an war es die Sache ihres Ehemannes. Heute war sie mit weitaus ernsteren Problemen beschäftigt.

Christina sah immer noch überrascht aus. »Ich bin gerade erst mit dem Frühstück fertig. Möchtest du vielleicht eine Tasse Tee, Mama?«

»Nein, vielen Dank. Ich möchte nicht von hin- und hereilenden Dienstboten gestört werden oder mich mit lästigen Tassen aufhalten.«

Christina öffnete den Mund, um etwas zu sagen, entschied sich jedoch dagegen. Sie setzte sich auf das Sofa und nahm eine Stickarbeit in die Hand. »Ich hoffe doch nicht, daß du mir mitteilen willst, daß unser Dinner heute abend nicht stattfinden kann?«

»Ich habe Dienstboten, die solche Aufgaben für mich erledigen«, sagte Augusta trocken. »Ich möchte ein persönliches Gespräch mit dir führen, und heute abend wird sich diese Möglichkeit nicht ergeben.« Sie betrachtete das hübsche Profil ihrer Tochter, ihr weiches Kinn, ihre großen, schräg geschnittenen Augen. Wie konnte jemand einen so leidenschaftlichen Willen besitzen und gleichzeitig einen so wenig ausgeprägten Überlebensinstinkt? Augusta hatte immer wieder versucht, ihrer Tochter ihre eigenen Erfahrungen von dem, was erlaubt war, und von dem, was ausgeschlossen war, zu vermitteln, aber sie hatte versagt. Dieses Gespräch würde unangenehm werden, doch es ließ sich nicht vermeiden.

»Würdest du das bitte weglegen, ich wünsche deine ungeteilte Aufmerksamkeit! Es hat sich eine Situation ergeben, die es mir unmöglich macht, dein gegenwärtiges Betragen weiter zu tolerieren.«

Christinas blaue Augen weiteten sich vor Erstaunen über die Beanstandung ihres Verhaltens. Sie war immerhin eine verheiratete Frau und höchstens ihrem Ehemann verantwortlich, aber ganz gewiß nicht ihrer Mutter.

»Mein Betragen, Mama?«

»Behandle mich bitte nicht, als sei ich dumm, Christina. Ich weiß sehr genau, daß du dich an einigen höchst anstößigen Orten zu amüsieren pflegst. Ich kann deine Langeweile verstehen.«

»Kannst du das wirklich?« sagte Christina scharf. »Hast du auch nur die leiseste Ahnung, was es bedeutet, sich so zu langweilen, daß man das Gefühl hat, das ganze Leben glitte an einem vorbei, und daß man so wenig damit anfängt, daß man es genausogut schlafend verbringen könnte?«

»Natürlich kann ich das. Bildest du dir etwa ein, du wärst die einzige Frau, die ihren Ehemann langweilig findet und ihre Bekannten und Freunde so unoriginell, daß sie genau weiß, was sie sagen werden, so daß sie schon vor einer Unterhaltung das gesamte Gespräch herunterbeten kann?«

»Aber Papa!« Ein Schatten glitt über Christinas Gesicht. War es Schmerz oder nur Verwirrung? »Aber er ist doch sicher aufregend gewesen, als er noch jung war und in der Armee gekämpft hat?«

»Mein liebes Kind, was meinst du wohl, wie faszinierend es für mich ist, mir wieder und wieder seine detaillierten Berichte über die genaue Position der Geschütze in Balaclava oder sonstwo anzuhören? Er hat es immer für nicht loyal gehalten, über die Fehler und Ambitionen anderer Offiziere zu sprechen, und für vulgär, in Gegenwart von Frauen über ihre Liebesverhältnisse zu reden. Gütiger Gott! Es hat Zeiten gegeben, da hat er mich so sehr gelangweilt, daß ich ihn am liebsten angeschrien und mitten ins Gesicht geschlagen hätte, wenn ich keine Lady gewesen wäre, nur um ihn aus seiner verdammten Selbstzufriedenheit zu reißen! Aber es hätte rein gar nichts genutzt. Er hätte es nicht verstanden. Er hätte lediglich angenommen, ich sei hysterisch geworden, und mir vorgeschlagen, mich auszuruhen oder mir zur Beruhigung eine Tasse Tee bringen zu lassen. Also habe ich gelernt, so zu tun, als hörte ich interessiert zu, und dabei meine Gedanken schweifen zu lassen. Ein wenig Selbstdisziplin würde auch dir sehr gut anstehen und dir außerdem die Möglichkeit geben, zu erkennen, was wirklich wichtig für dich und dein Leben ist. Alan verwöhnt dich.«

»Verwöhnt mich? Er gibt mir alles, was ich brauche, und dann behandelt er mich wie jedes andere gesellschaftliche Wesen, wie jemand, zu dem man höflich zu sein hat!« Christinas Gesicht war rot vor Wut. »Er ist so fromm, daß ich es kaum noch ertragen kann! Er hätte lieber eine Nonne heiraten sollen! Manchmal wundere ich mich, ob er auch nur die Spur von Leidenschaft besitzt – echte Leidenschaft!«

Augusta verspürte einen Anflug von Mitleid, den sie jedoch unterdrückte. Dazu war jetzt nicht der richtige Zeitpunkt. »Du darfst nicht Leidenschaft mit bloßer Erregung verwechseln«, sagte sie kühl. »Erregung ist genauso, als wenn man mit Karten um Streichhölzer spielt – man gewinnt, man verliert, man spielt unentschieden, aber am Ende bleibt einem nichts weiter als ein Haufen Holzstückchen.«

Christinas Gesicht verhärtete sich, sie schob trotzig das Kinn vor. »Du brauchst mich gar nicht so zu bevormunden. Ich werde ohnehin das machen, was ich für richtig halte.«

Augusta änderte ihre Taktik. »Hast du die Zeitungen gelesen?«

»Und wenn es so wäre? Wenn es Alan nicht stört, hat es dich nicht zu kümmern.«

»Dann hast du bestimmt auch gelesen, daß es in Devil's Acre zwei besonders unerfreuliche Morde gegeben hat«, fuhr Augusta fort.

Die Farbe wich aus Christinas Gesicht. Max Burton hatte im Haus ihrer Eltern als Diener gearbeitet, bevor sie Alan Ross geheiratet hatte. Es schmerzte Augusta, sie an diese unglückselige Angelegenheit zu erinnern, doch Christinas törichtes Verhalten und jetzt auch noch der Starrsinn, mit dem sie es abstritt, ließen ihr keine andere Wahl. »Eines der Opfer hat früher in unserem Haus als Diener gearbeitet.«

»Ich weiß«, sagte Christina leise. Sie holte mühsam Luft. »Es ist äußerst unangenehm.«

»Die Polizei ermittelt in beiden Fällen.«

»Natürlich. Obwohl ich zu bezweifeln wage, daß etwas dabei herauskommt. Leute wie diese legen es manchmal regelrecht darauf an, ermordet zu werden. Ich kann mir nicht vorstellen, daß sie den Täter aufspüren werden, und seine Motive sind ohnehin kaum von Bedeutung. Ich glaube nicht einmal, daß sie sich ernsthaft Mühe geben. Sie müssen nur so tun als ob, weil man es von ihnen erwartet.«

»Zweifellos. Aber das tut jetzt nichts zur Sache. Inspector Pitt ist mit den Ermittlungen beauftragt worden – du erinnerst dich doch noch an Pitt?«

Christina zuckte zusammen.

»Es gibt Häuser auf dem Acre«, fuhr Augusta fort, »in denen sich wohlhabende Frauen gelegentlich die Zeit vertreiben. Ich kann mir gut vorstellen, daß es ihnen ein gewisses Gefühl der Erregung bereitet, sich in diese Welt aus Schmutz und Gefahr zu begeben. Vielleicht erscheint ihnen ihre eigene danach um so angenehmer?«

Christinas Augen nahmen einen harten, wütenden Ausdruck an, die Haut über ihren Wangenknochen spannte sich. »Ich habe wirklich keine Ahnung!«

Augusta seufzte. »Stell' dich nicht dumm, Christina. Und tu vor allem nicht so, als sei ich es! Alan zieht es vielleicht vor, so zu tun, als bemerke er vieles von dem, was du tust, nicht – er scheint mir wirklich erstaunlich geduldig zu sein. Aber er kann unmöglich einen Skandal ignorieren – das kann niemand. Man wird Devil's Acre genau unter die Lupe nehmen. Die Verbrechen haben die Öffentlichkeit schockiert – und da Pinchin ein recht angesehener Mann war, haben die Leute Angst bekommen. Wenn du es schon nicht lassen kannst, dich unter das gemeine Volk zu mischen, such' dir wenigstens einen anderen Ort dafür aus. Obwohl es wohl das Vernünftigste wäre, wenn du es ganz aufgeben würdest. London ist sehr viel kleiner, als du denkst – man bleibt nicht lange unerkannt. Deine feinen Freundinnen werden zwar die Spielhöllen und Varietés nicht aufsuchen, aber ihre Ehemänner könnten es tun. Für dich mag es ja ein gefährliches Abenteuer bedeuten, aber für sie ist es vielleicht nur ein Ulk?«

»Heuchler!« fauchte Christina.

»Mein liebes Mädchen, hör' bitte auf, dich wie ein Kind zu gebärden. Dafür bist du viel zu alt. Naivität mit zwanzig mag entschuldbar sein, mit fünfundzwanzig ist sie langweilig, mit dreißig nur noch lächerlich. Du bist dabei, deinen guten Ruf zu verlieren. Bitte denk' genau darüber nach, was das bedeutet!«

»Ganz im Gegenteil, ich bin sehr beliebt, und man hält mich für höchst unterhaltsam!«

»Das sind Possenreißer und Huren auch! Möchtest du etwa eine von ihnen sein?«

Christinas Gesicht war bleich geworden. »Es tut mir leid, daß du mir zutraust, ich würde in billige Varietés gehen, Mama. Ich habe noch nie in meinem Leben einen Fuß in diese Häuser gesetzt, daher weiß ich auch nicht, was dort geboten wird. Und wenn ich Lust hätte, mich im Glücksspiel zu versuchen, wüßte ich genügend absolut respektable Häuser, in denen ich dies tun könnte. Außerdem habe ich es überhaupt nicht nötig, mir einen Liebhaber zu suchen – ich habe auch so schon mehr Angebote, als ich annehmen könnte!«

Augusta zeigte sich unbeeindruckt. Christinas verletzter Stolz war nichts Neues für sie. »Tatsächlich? Willst du mir etwa weismachen, du wärst noch nie in Devil's Acre gewesen?«

»Ich hege nicht die Absicht, mich mit dir darüber zu unterhalten!«

Die Angelegenheit war zu wichtig, als daß Augusta es sich hätte leisten können, die Geduld zu verlieren. Sie wollte auf keinen

Fall, daß Christina erfuhr, daß sie durch die Loyalität eines alten Dieners von ihren Ausflügen in die Armenviertel im Schatten von Westminster erfahren hatte. Es könnte den Diener seine Stellung kosten – was sie wiederum ihrer Informationsquelle berauben würde, und da Christina so unberechenbar war, konnte nur Augusta sie schützen.

»Das bezweifle ich nicht«, sagte sie spitz. »Daher ist es auch gut, daß ich es ohnehin weiß. Man hat dich gesehen. Du mußt auf der Stelle damit aufhören.«

Christina bekam allmählich Angst. Augusta kannte sie zu gut, um sich von ihrer arroganten Haltung, den starren Schultern unter dem dicken Satin täuschen zu lassen. Gütiger Gott – sie war immer noch ein richtiges Kind, unbekümmert wie ein Sommertag. Sie machte sich über die Folgen ihres Handelns keine Gedanken. Wenn sie etwas sah, das sie haben wollte, griff sie danach. Von wem in aller Welt hatte sie diese Hemmungslosigkeit nur? Ganz sicher nicht von ihrem Vater! Er war in seinem ganzen Leben noch nie verschwenderisch mit seinen Gefühlen umgegangen – Gott sei's geklagt! Und Augusta selbst hatte immer genügend Willensstärke besessen, um wenigstens diskret zu sein. Sie kannte die Grenze zwischen Vergnügen und Verpflichtung sehr genau und bewegte sich darauf mit der Sicherheit einer Seiltänzerin. Warum war Christina bloß so töricht?

»Du stellst meine Geduld wirklich auf eine harte Probe!« sagte sie aufgebracht. »Manchmal scheinst du nicht einmal mehr die Intelligenz zu besitzen, die du bei deiner Geburt hattest!«

»Wenn du noch nie eine richtige Affäre gehabt hast, die auch nur der Rede wert gewesen ist, tust du mir wirklich leid!« schrie Christina ihre Mutter an und ließ ihre ganze Enttäuschung, ihre Sehnsucht und ihren Stolz in die brennende Verachtung einfließen, die sie für all die Frauen empfand, die sich mit ihrem traurigen Dasein kampflos abfanden. »Ja, ich war auf dem Acre und habe ein Haus aufgesucht, das einem Freund von mir gehört. Und wenn du es genau wissen willst, ich habe dort tatsächlich einen Liebhaber getroffen. Aber du wirst Alan nichts davon erzählen, denn du willst meine Ehe noch viel weniger zerstören, als ich es will! Du hast schließlich gewollt, daß ich Alan Ross heirate!«

»Er war der beste Kandidat, den du hattest, mein Kind, und du warst darüber genauso glücklich wie ich – jedenfalls damals«, erinnerte sie Augusta. »Wer ist dieser Liebhaber?«

»Sei lieber froh, daß ich es an einem äußerst diskreten Ort tue und nicht bei einer dieser Landhauspartys, wo sich die Leute heimlich von einem Schlafzimmer ins andere schleichen«, fuhr Christina sie an. »Wer es war, geht dich überhaupt nichts an. Auf jeden Fall handelt es sich um einen Gentleman - wenn es das ist, was du wissen willst.«

»Dann muß sich dein Geschmack aber bedeutend verfeinert haben!« sagte Augusta brutal und erhob sich. »Aber von jetzt an wirst du dich auf dein eigenes Haus beschränken. Vergiß nicht, Christina, daß die Gesellschaft einer Frau einen Fehltritt nicht verzeiht und ihn niemals vergißt. Ein kleiner Flirt wird vielleicht noch toleriert - möglicherweise sogar eine Affäre, wenn sie diskret genug verläuft. Doch eine Frau, die Gefallen daran findet, sich in den Häusern in Devil's Acre herumzutreiben, ist für alle Zeiten gebrandmarkt. Es ist ein Verrat an deiner eigenen Klasse.« Sie ging zur Tür und öffnete sie. Es befand sich kein Diener im Flur. »Sei vorsichtig, meine Liebe. Du kannst dir keinen Fehler mehr leisten.«

»Ich habe noch überhaupt keinen gemacht!« fauchte Christina. »Ich bin dir für deine Sorge zu Dank verpflichtet, aber sie ist wirklich grundlos.«

Augusta hatte beschlossen, das Dinner ganz formell zu gestalten. Die Dienstboten trugen Livree, und das beste Kristall wurde herausgestellt. Auf dem Tisch standen drei georgianische Kerzenleuchter aus Silber und ein Blumenarrangement, das wahrscheinlich aus einem ganzen Dutzend Treibhäusern stammte. General Balantyne zog es vor, über den Preis gar nicht erst nachzudenken.

Augusta trug ihre Lieblingsfarben, Schwarz und Weiß, die ihr dunkles Haar mit den Silberfäden und ihre immer noch makellosen weißen Schultern zur Geltung brachten. General Balantyne mußte sich zu seiner Überraschung eingestehen, daß sie großartig aussah. Er konnte in ihr auch jetzt noch die Schönheit und Vornehmheit erkennen, die ihn als jungen Mann so entzückt hatten. Natürlich war es eine Standesehe gewesen. Er selbst stammte aus einer ausgezeichneten Familie, die überall hoch angesehen war und einen ausgezeichneten Leumund hatte. Doch sämtliche Titel seiner Familie waren militärischer Natur, und es war auch kein großes Vermögen vorhanden. Augustas Vater dagegen war ein Earl gewesen, sie konnte ihren Titel auf Lebenszeit führen, ganz gleich, wen sie auch heiratete - ausgenommen natürlich, sie heiratete jemanden mit einem noch höheren Titel! Und sie verfügte über eine großzügige Aussteuer und hatte einmal ein stattliches Erbe zu erwarten.

Ihre Persönlichkeit und ihr Charakter hatten ihn schließlich veranlaßt, mit beträchtlichem Enthusiasmus um ihre Hand anzuhalten, und sie war anscheinend glücklich über seinen Antrag gewesen und hatte ihn angenommen. Überraschenderweise hatte auch ihr Vater der Verbindung zugestimmt.

Dieser Gedanke erinnerte den General wieder an seine eigene Tochter Christina und ihre Ehe mit Alan Ross. Das war natürlich etwas ganz anderes. Christina war mit ihrer Mutter nicht zu vergleichen, auch wenn sie, jedenfalls soweit er es beurteilen konnte, mit ihm sogar noch weniger Ähnlichkeit aufwies. Sie besaß zwar nicht die vornehme Schönheit ihrer Mutter, war aber dennoch ausgesprochen hübsch. Und sie war immer bezaubernd gewesen und besaß noch dazu einen ausgeprägten Sinn für Humor - den sie allerdings für seinen Geschmack zu häufig auf Kosten anderer einsetzte. Doch die feine Gesellschaft fand dies offenbar höchst amüsant. Ein Witz ohne Stachel galt sozusagen als Widerspruch in sich.

Er war sich nicht sicher, ob sie Alan Ross je wirklich geliebt hatte oder ob sie überhaupt in der Lage war, einen anderen Menschen zu lieben. Aber sie war zweifellos fest entschlossen gewesen, ihn zu heiraten, und Augusta hatte jede Diskussion darüber abgelehnt. Diese Erinnerungen riefen ihm die schreckliche Zeit vor drei Jahren ins Gedächtnis, als hier am Callander Square mysteriöse Morde verübt worden waren, die sie wochenlang in Angst und Schrecken versetzt hatten.

Sein Mißtrauen erfüllte ihn auch jetzt noch mit Unbehagen. Er mochte Alan Ross, er war ein ungewöhnlich schweigsamer Mensch. Auf den ersten Blick wirkte er durch seine markante Adlernase stark, sogar arrogant. Doch dieser Eindruck wurde sofort durch seinen überaus sensiblen Mund wieder zunichte gemacht, der eine Ahnung von den Leidenschaften vermittelte, die vielleicht unerreichbar tief in ihm verborgen lagen. Balantyne hatte nie ganz herausfinden können, was Ross wirklich für Christina empfand.

Andererseits hatte er durch die traurigen Vorfälle seinen Sohn sehr viel besser kennengelernt. Brandy hatte Augustas dunkle Schönheit geerbt, doch er war sanfter als sie. Er war immer zum

Lachen aufgelegt – man konnte sogar sagen, er habe ein Gespür für die Absurdität des Lebens –, und Balantyne beneidete ihn darum. Diese Gabe brachte eine spontane Fröhlichkeit mit sich, die er selbst auch gern besessen hätte.

Und Brandy hatte damals, als er darauf bestanden hatte, Reggie Southerons Gouvernante Jemima zu heiraten, außerdem großen Mut bewiesen, eine Charakterstärke, die ihm niemand zugetraut hätte! Sie war eine charmante junge Frau mit ausgezeichneten Manieren und offenbar noch dazu sehr gebildet, auch wenn sie vor ihrer Heirat kaum mehr als eine höhere Dienstbotenstellung bekleidet hatte.

Die beiden waren anscheinend glücklich miteinander. Sie hatten ihre Tochter nach Balantynes Mutter genannt – eine Geste, die ihn sehr gerührt hatte. Ja, Brandy hatte wirklich eine gute Wahl getroffen.

Das Dinner bestand aus sieben Gängen und nahm daher eine beträchtliche Zeit in Anspruch. Augusta beaufsichtigte alles vom anderen Ende des Tisches aus, obwohl dies eigentlich Balantynes Aufgabe war, denn er saß, wie es ihm gebührte, an der Stirnseite. Die moosgrünen Samtvorhänge waren zugezogen, um die Nacht und den heftigen Schneeregen auszusperren. Auf der Fensterseite saß Alan Ross, dessen helles Haar im Licht der Kerzen glänzte. Wie gewöhnlich sprach er kaum. Neben ihm saß Jemima. Sie trug Blaßgrün und Weiß, und die Blumen auf ihrem Kleid sahen so echt aus, als brauche man nur die Hand auszustrecken, um sie zu pflücken. Sie erinnerte Balantyne viel mehr an den Frühling oder einen milden Frühsommertag als an diesen eisigen Januar. Jemima hatte immer diese Wirkung auf ihn, sie ließ ihn an Gänseblümchen und junge Schößlinge denken, die sich im Wind wiegten. Sie unterhielt sich gerade mit Augusta, und Brandy schaute sie vom anderen Ende des Tisches lächelnd an.

Neben ihm saß Christina, perfekt gekleidet in einem satten Goldton, ihr dunkles Haar glänzte. Balantyne konnte verstehen, warum die Männer sie schön fanden, obwohl ihre Nase ein wenig klein war, ihre Augenbrauen zu sehr nach außen geschwungen und ihre Lippen zu voll für den klassischen Geschmack waren. Doch sie strahlte etwas ganz Besonderes aus, eine Art Verwegenheit. Sie besaß einen Anflug von Brandys Humor, jedoch ohne seine Großzügigkeit und seinen Sinn für das Absurde.

Der letzte Gang wurde abgeräumt und der nächste aufgetragen.

»Erinnert ihr euch noch an einen gewissen Pitt?« fragte Brandy und schaute von seinem Teller hoch. Sie aßen gerade Weißfisch, gerollt und gebacken, mit Mandelsauce, ein Gericht, das Balantyne nicht sonderlich zusagte.

»Nein«, sagte Augusta kühl. »Der einzige Pitt, den ich kenne, war First Minister von England und hat während der Napoleonischen Kriege die Einkommenssteuer eingeführt.«

Alan Ross verkniff sich ein Lächeln, und Jemima senkte den Kopf. Die Wölbung ihres Nackens verriet Balantyne, daß sie ebenfalls lächelte.

»Der Polizist, der immer so aussah, als käme er gerade aus einem Sturm«, fuhr Brandy fort, als bemerke er die frostige Reaktion nicht. »Vor drei Jahren.« Selbst er vermied es, die tragischen Ereignisse beim Namen zu nennen, die damals alle so erschüttert hatten.

»Warum in aller Welt sollte ich mich an eine solche Person erinnern?« fragte Augusta tadelnd.

Brandy schien das Eis in ihrer Stimme nicht wahrzunehmen – auch nicht die Warnung, die darin mitschwang. »Ein recht ungewöhnlicher Mensch.«

»Du lieber Himmel!« unterbrach ihn Christina. »Er war ein Polizist! Genausogut könntest du erwarten, daß man sich an die Dienstboten anderer Leute erinnert!«

Brandy ignorierte auch diesen Einwurf. »Er leitet die Ermittlungen bei den Mordfällen, die auf das Konto dieses Wahnsinnigen in Devil's Acre gehen«, fuhr er fort. »Wußtet ihr das?«

Augustas Gesicht erstarrte, doch bevor sie etwas erwidern konnte, wandte sich Christina ihrem Bruder zu, ihre Stimme klang ungewöhnlich spröde. »Ich finde es höchst ungehörig von dir, dieses Thema hier am Tisch zur Sprache zu bringen, Brandy. Ich sehe außerdem wirklich keinen Grund, mich über diese Begebenheiten auch nur zu unterhalten! Und ich wäre dir äußerst dankbar, wenn wir während des Essens über etwas Erfreulicheres sprechen könnten. Weißt du beispielsweise schon, daß Lady Summervilles älteste Tochter sich mit Sir Frederick Byers verlobt hat?«

Augusta beruhigte sich wieder, die Anspannung ihrer Schultern unter der straffen Seide des Kleides löste sich. Doch sie aß noch nicht weiter, als sei sie darauf gefaßt, jeden Moment die Situation retten zu müssen.

»Ich weiß nur, daß Freddie Byers von seinem Glück noch nichts weiß«, erwiderte Brandy trocken. »Jedenfalls wußte er es am Dienstag noch nicht.«

Christina lachte, doch ihr Lachen klang nicht so kehlig und fröhlich wie sonst.

»Oh, wie wundervoll! Das könnte einen echten Skandal heraufbeschwören, meint ihr nicht auch? Ich kann Rose Summerville sowieso nicht ausstehen. Habe ich euch schon erzählt, wie sie der Prinzessin von Wales vorgestellt wurde und was dann mit ihren Federn passiert ist?«

Balantyne konnte sich beim besten Willen nicht erinnern, auf was sie anspielte. »Federn?« wiederholte er ungläubig.

»Ach, Papa!« Christina winkte mit ihrer kleinen, zarten Hand, an der zwei wunderschöne Diamantringe blitzten. »Wenn man bei Hofe vorgestellt wird, muß man die Federn der Prinzessin von Wales als Kopfschmuck tragen. Es ist wirklich furchtbar schwierig, sie gerade zu halten, besonders wenn man so dünnes Haar hat wie Rose.« Sie fuhr fort, die Katastrophe auf so scharfzüngige Weise zu schildern, daß sogar Balantyne, dem die Vorstellung von Debütantinnen bei Hofe eher wie eine recht grausame Farce erschien, gezwungen war zu lächeln.

Er schaute wieder zu Jemima herüber, die natürlich niemals in ihrem Leben auch nur in die Nähe des Hofes gekommen war. Doch ihre Augen leuchteten vor Vergnügen, auch wenn ihr Mund verriet, daß sie ein wenig unsicher war, wieviel Mitleid sie mit den armen Mädchen haben sollte, die wie konkurrierendes Vieh zusammengetrieben und eine nach der anderen vorgeführt wurden, in sündhaft teure Gewänder gehüllt, nur weil sie an diesem Tag in die »Gesellschaft« eingeführt wurden. Es war zudem eine Frage der Ehre, daß sie vor Jahresfrist einen geeigneten Ehemann finden mußten.

Das Geschirr wurde abgeräumt und der nächste Gang, Hühnchen in Gelee, hereingebracht. Farbe und Textur erinnerten Balantyne an die Haut eines Toten, und einen Augenblick lang verwandelte sich das Gesicht des Dieners in das von Max, als er sich vorbeugte, um die Silberplatten anzureichen.

Plötzlich verspürte er keinen Appetit mehr. Auf dem Tisch stand nicht mehr Essen als sonst, und doch erschien es ihm zuviel. Er dachte an den kalten Körper auf dem Seziertisch. Auch das war Fleisch, grauweißes Fleisch, wie Geflügel, alles Blut im Rücken und im Unterkörper gestaut. Und selbst als verstümmelte, entmannte Leiche war ihm Max nicht fremd vorgekommen wie die meisten Männer, die er tot gesehen hatte. Das grobe Gesicht hatte seine Erinnerungen an den lebenden Mann wach gerufen.

Augusta starrte ihn an. Er konnte ihr unmöglich erklären, was ihm gerade durch den Kopf ging. Besser er zwang sich, noch etwas zu essen, selbst wenn es ihm im Hals steckenblieb. Zur Not konnte er es mit einem Schluck Chablis hinunterspülen, und das körperliche Unbehagen war immer noch erträglicher als der qualvolle Versuch einer Erklärung.

»Ich fand übrigens Miss Ellison auch sehr sympathisch«, sagte Brandy aus heiterem Himmel. »Sie war eine der eigenwilligsten Frauen, die ich je kennengelernt habe.«

»Miss Ellison?« Augusta sah verblüfft aus. »Ich glaube nicht, daß ich jemanden kenne, der Ellison heißt. Wann ist sie bei Hofe vorgestellt worden?«

»Überhaupt nicht, würde ich sagen.« Brandy lächelte breit. »Sie war die junge Dame, die Papa geholfen hat, seine Unterlagen zu ordnen, als er angefangen hat, über die militärische Vergangenheit unserer Familie zu schreiben.«

»Du meine Güte, warum sollen wir denn jetzt ausgerechnet über sie reden?« Christina warf ihm einen verächtlichen Blick zu. »Sie war eine höchst gewöhnliche Kreatur. Das einzige, was mir an ihr bemerkenswert schien, war ihr schönes Haar. Aber schönes Haar findet man auch bei einem einfachen Stubenmädchen.«

»Meine liebe Christina, ein Stubenmädchen muß schönes Haar haben«, antwortete Brandy spöttisch. »Und alle anderen körperlichen Vorzüge ebenfalls. Jedes Haus, das etwas auf sich hält, wählt seine Stubenmädchen aufgrund ihres Aussehens aus. Aber das weißt du schließlich genauso gut wie ich.«

»Gibt es wirklich kein anderes Thema mehr für uns als das Aussehen von Zimmermädchen?« Augustas Nasenflügel bebten, als habe sie einen leicht unangenehmen Geruch wahrgenommen.

Balantyne fühlte sich gezwungen, Charlotte zu verteidigen – oder war es nur seine Erinnerung an sie? Etwas, das ihm sehr wichtig war, mußte beschützt werden. »Miss Ellison war wohl kaum ein Stubenmädchen«, sagte er rasch. »Sie war alles andere als ein Dienstmädchen!«

»Eine Lady war sie jedenfalls auch nicht!« brauste Christina eine Spur zu schnell auf. »Ich kann den Unterschied sehr wohl feststellen, selbst wenn Brandy dazu nicht in der Lage ist! Manchmal habe ich wirklich den Eindruck, daß alles, was auch nur annähernd hübsch ist und einen Rock trägt, bestimmten Männern jedes Urteilsvermögen raubt.«

»Christina!« Augustas Stimme klang wie brüchiges Eis, und Balantyne konnte sich nicht erinnern, daß ihr Gesicht je so weiß ausgesehen hatte. War sie nur deshalb so aufgebracht, weil seine Tochter ihn an seinem eigenen Tisch beleidigt hatte? Oder war es wegen Jemima, die selbst einst kaum mehr als ein einfaches Dienstmädchen gewesen war? Merkwürdigerweise erschien ihm der Gedanke, daß Jemima der Grund war, angenehmer.

Er wandte sich seiner Tochter zu und starrte sie an. »Eine der Tugenden einer Lady, Christina«, sagte er leise, »besteht darin, daß sie gute Manieren besitzt und niemals, nicht einmal versehentlich, andere Menschen durch ihre Taktlosigkeit vor den Kopf stößt.«

Christina saß bewegungslos auf ihrem Stuhl, mit blitzenden Augen und blutleeren Wangen, und preßte mit der Hand ihre Serviette zusammen.

»Ganz im Gegenteil, Papa, es sind die Dienstboten und die gesellschaftlich Aufgestiegenen, die niemals Anlaß zu Tadel geben, weil sie nämlich genau wissen, daß sie es sich nicht leisen können.«

Die Anwesenden versanken in peinliches Schweigen. Alan Ross sprach schließlich als erster, nachdem er seine Gabel neben seinen Teller gelegt hatte. Er hatte schöne Hände, sie waren stark und muskulös.

»Dienstboten geben keinen Anlaß zum Tadel, weil sie es nicht wagen, meine Liebe,« sagte er leise zu seiner Frau. »Eine Dame tut es nicht, weil sie es nicht möchte. Das ist der Unterschied. Es gibt Menschen, die keinem verantwortlich sind, aber weder Selbstbeherrschung noch genügend Sensibilität besitzen, um sich in die Gefühle anderer zu versetzen, die tadelnswert sind.«

»Das hast du dir wirklich fein zurechtgelegt, Alan!« Sie sagte es so, als habe er sie herausgefordert, sogar beleidigt, als wolle sie ihm unterstellen, daß er nur darauf gewartet habe, ihr dies zu sagen.

Balantyne spürte, daß Traurigkeit wie eine kalte Welle über ihm zusammenschlug, und schob seinen Teller fort. Alan Ross besaß Würde, er hatte ein Gefühl für Anstand. Er verdiente es nicht, von seiner Frau so schlecht behandelt zu werden. Schönheit allein war nicht alles. Ein Mann sehnte sich auch nach der Zärtlichkeit einer Frau, ganz gleichgültig, wie sprühend ihr Witz, wie hübsch ihr Gesicht oder wie begehrenswert ihr Körper sein mochte.

Christina tat besser daran, dies zu erkennen, bevor es zu spät war und sie Alans Zuneigung für immer verlor. Er mußte Augusta unbedingt veranlassen, mit Christina darüber zu reden. Jemand mußte sie warnen.

Brandy brachte die Sprache auf ein noch schlimmeres Thema. »Der Mann, der in Devil's Acre umgebracht worden ist, war Max Burton, unser früherer Diener, nicht wahr?« Er sah alle der Reihe nach an.

Seine Bemerkung erzielte die gewünschte Wirkung, indem sie das vorherige Gesprächsthema gänzlich in den Hintergrund drängte. Augustas Hände hingen wie gelähmt über ihrem Teller. Christina ließ ihr Messer fallen. Alan Ross saß bewegungslos auf seinem Stuhl.

Ein Blütenblatt fiel von einer der Blumen auf den Tisch herab, es war noch weißer, noch makelloser als das gestärkte Tischtuch.

Christina schluckte. »Also wirklich, Brandy, woher um Himmels willen sollen wir das wissen? Und warum sollten wir uns überhaupt dafür interessieren? Max arbeitet seit Jahren nicht mehr bei uns, und die ganze Sache ist mehr als widerwärtig!«

»Wir haben wirklich mit Devil's Acre und seinen Bewohnern nicht das Geringste zu tun«, stimmte ihr Augusta mit belegter Stimme zu. »Und ich lehne es entschieden ab, die Obszönitäten dieser Leute hier an meinem Tisch zum Gesprächsthema zu machen.«

»Da bin ich anderer Meinung.« Brandy zeigte sich nicht sonderlich beeindruckt. »So lange niemand bereit ist, darüber zu reden ...«

»Ich kann mir gut vorstellen, daß die halbe Stadt von nichts anderem spricht«, schnitt ihm Augusta das Wort ab. »Es gibt genug Menschen, die sich liebend gern über diese Dinge auslassen. Ich habe jedoch nicht die Absicht, mich zu ihnen zu gesellen – und du wirst dies auch nicht tun, so lange du dich in meinem Haus befindest, Brandon!«

»Ich interessiere mich nicht für die Einzelheiten.« Brandy beugte sich mit ernstem Gesicht nach vorn. »Ich spreche von den allgemeinen sozialen Bedingungen in unseren Armenvierteln. Anscheinend hat Max dort als Zuhälter gearbeitet. Er hat Frauen als Prostituierte ...«

»Brandon!«

Er ignorierte die Unterbrechung. »Weißt du, wie viele Prostituierte es hier in London gibt, Mama?«

Balantyne beobachtete Augustas Gesicht und hatte das Gefühl, daß er diesen Gesichtsausdruck sein ganzes Leben lang nicht vergessen würde.

Ihre Augenbrauen fuhren in die Höhe, und ihre Augen weiteten sich. »Soll ich etwa daraus schließen, daß du es weißt, Brandon?« fragte sie mit einer Stimme, die einen Stein hätte zertrümmern können.

Brandys Wangen röteten sich ein wenig, doch sein Gesicht nahm denselben trotzigen Ausdruck an, den er vor vielen Jahren schon als Kind gezeigt hatte, wenn es um unwichtige Dinge wie Reisbrei oder Mittagsschlaf gegangen war. Er schluckte. »Fünfundachtzigtausend.« Wenn er »ungefähr« hinzugefügt hätte, wäre die Feststellung weniger schlagkräftig gewesen. »Und einige von ihnen sind nicht älter als zehn oder elf Jahre.«

»Unsinn!« fuhr sie ihn an.

Zum ersten Mal griff Alan Ross in das Gespräch ein. »Es tut mir leid, dir widersprechen zu müssen, Schwiegermutter, aber es stimmt wirklich. Verschiedene bekannte und ehrenhafte Personen haben sich in der letzten Zeit für diese Menschen eingesetzt, und es sind umfangreiche Untersuchungen angestellt worden.«

»Mach dich doch nicht lächerlich!« Christina lachte, doch es klang schrill und freudlos. »Mama hat vollkommen recht. Warum sollte ein ehrenhafter Mensch sich ausgerechnet für dieses Problem einsetzen? Das ist einfach grotesk. Es ist wirklich nicht wert, daß wir uns darüber streiten. Wir sinken damit in den Bereich der Absurdität herab, und es ist außerdem höchst unerquicklich.«

Balantyne wunderte sich, daß Christina ihrer Mutter ohne weiteres zustimmte, es paßte so gar nicht zu ihr. Er war überrascht, als er seine eigene Stimme hörte. »Fünfundachtzigtausend gefallene Mädchen in London!« Er hatte unbewußt den gängigen Euphemismus für Prostituierte benutzt. Das Wort ließ das düstere, gestaltlose Elend weniger schrecklich erscheinen und erlaubte einem zu glauben, die Menschen würden Mitgefühl für diese Wesen verspüren.

»Gefallene Mädchen!« Brandy hatte seine Augen verächtlich zusammengekniffen. Er zerriß Balantynes Überlegungen genauso, als hätte er seine Gedanken gelesen. »Das klingt ganz so, als hätten wir Mitleid mit ihnen, Papa. Dabei wollen wir doch überhaupt nichts von ihnen wissen! Gerade haben wir noch festgestellt, daß sie nicht das geeignete Gesprächsthema für unseren Tisch sind.

Wir ziehen es vor, so zu tun, als gäbe es sie nicht oder als führten sie dieses Leben nur aus Lust und Sündhaftigkeit, nur weil sie es selbst nicht anders wollten.«

»Hör endlich auf mit dem Unsinn, Brandy!« brauste Christina auf. »Du hast keine Ahnung, wovon du sprichst. Und Mama hat vollkommen recht. Es ist wirklich ein unerfreuliches Thema, und ich finde es ungehörig, daß du uns zwingen willst, darüber zu sprechen. Wir haben bereits klar genug ausgedrückt, daß wir von diesen unanständigen Themen nichts mehr hören wollen! Jemima.« Sie starrte ihre Schwägerin über den Tisch weg an. »Ich bin sicher, du möchtest beim Essen auch nichts über Prostituierte hören, oder?«

Balantyne beugte sich vor, bereit, Jemima zu verteidigen. Sie war ganz besonders verletzlich. Sie war in Brandy verliebt – und sie hatte ihn geheiratet, obwohl er gesellschaftlich weit über ihr stand.

Doch Jemima lächelte Christina an, ihre grauen Augen waren klar und ruhig. »Ich finde es zwar ebenfalls äußerst unerfreulich«, antwortete sie, »aber wenn ich dem Unglück anderer Frauen, sei es moralischer oder körperlicher Art, ohne ein Gefühl der Betroffenheit begegnen könnte, müßte ich mir den Vorwurf gefallen lassen, meine Verpflichtungen als Mensch vernachlässigt zu haben.«

Einen Moment lang war alles still.

Ein strahlendes Lächeln überzog Brandys Gesicht, und seine Hand bewegte sich einen Moment vorwärts, als wolle er sie über den Tisch hinweg ausstrecken, um seine Frau zu berühren.

»Eine wahrhaft fromme Einstellung«, sagte Christina mit leiser Verachtung. »Du klingst immer noch genau wie eine Erzieherin. Du solltest wirklich lernen, etwas phantasievoller zu sein, meine Liebe. Wie langweilig das alles ist! Und es gibt wirklich nichts auf der Welt, das die Gesellschaft so sehr haßt wie eine Langweilerin!«

Die Farbe wich aus Brandys Gesicht. »Aber den Heuchlerinnen verzeiht sie, Liebste.« Er wandte sich seiner Schwester zu. »Daher wirst du auch in Zukunft erfolgreich sein. Du mußt nur darauf achten, nicht allzu deutlich zu werden – was du momentan allerdings vergessen zu haben scheinst. Plumpe Heuchler sind weiß Gott schlimmer als Langweiler – sie sind kränkend und verletzend!«

»Du hast wirklich keine Ahnung von der Gesellschaft.« Christinas Stimme klang schneidend, ihr Gesicht war heiß. »Ich wollte ihr doch nur einen Rat geben. Schließlich ist Jemima meine Schwägerin. Keine Frau möchte gern wie eine Gouvernante klingen, selbst wenn sei wie eine denkt! Um Himmels willen, Brandy - diese Belehrungen haben wir uns als Kinder schließlich lange genug anhören müssen!«

»Dem kann ich nur zustimmen.« Augusta wurde endlich wieder aktiv. »Wer läßt sich schon gern über gesellschaftliche Mißstände belehren, Brandy. Werde doch Parlamentsmitglied, wenn du dich so brennend für diese Themen interessierst. Christina hat recht. Aber die arme Jemima ist gar nicht langweilig - sie verhält sich nur loyal dir gegenüber, wie es einer Ehefrau ansteht. Du bist derjenige, der uns heute über alle Maßen langweilt. Und jetzt unterhalte uns entweder mit etwas Angenehmem oder halte endlich den Mund und überlasse diese Aufgabe jemand anderem.«

Sie wandte sich Alan Ross zu und ignorierte Balantyne am Kopfende des Tisches. Er war immer noch niedergeschlagen und suchte nach Worten, denn es war seine ehrliche Überzeugung, daß man dieses Thema keineswegs einfach abtun konnte. Ganz gleich, ob es den Anwesenden angenehm war oder nicht, es war allein die Wahrheit, die zählte.

»Alan«, sagte Augusta mit dem Anflug eines Lächelns. »Christina hat mir erzählt, daß du die Ausstellung in der Royal Academy besucht hast? Was gibt es Interessantes zu berichten? Hat Sir John Millais diesmal ein Bild ausgestellt?«

Es blieb Ross nichts anderes übrig als zu antworten. Er ging höflich auf die gestellte Frage ein und schilderte anschaulich und mit feinfühligem Humor die Gemälde, die er in der Academy gesehen hatte.

Wieder einmal wurde Balantyne bewußt, wie sehr er diesen Mann schätzte.

Nachdem der Nachtisch abgeräumt worden war, erhob sich Augusta, und die Damen zogen sich in den Salon zurück. Den Männern war es nun überlassen zu rauchen, falls ihnen der Sinn danach stand, und den Portwein zu trinken, den der Diener Stride in einer Kristallkaraffe aus Waterfordglas mit silbernem Hals und einem exquisiten Stöpsel hereintrug. Er stellte sie auf den Tisch und verließ diskret den Raum.

Balantyne, dem die Geschehnisse schon seit Tagen nicht mehr aus dem Kopf gehen wollten, kam automatisch wieder auf Max und den Acre zu sprechen. »Der Ermordete war tatsächlich unser ehemaliger Diener.« Er füllte sein Glas, nahm es in die Hand, drehte es hin und her und betrachtete, wie sich das Licht in den rubinrot schimmernden Facetten brach. »Pitt ist hier gewesen. Er hat mich gebeten, mitzukommen und den Toten zu identifizieren.«

Das Gesicht von Alan Ross blieb ausdruckslos. Er war ein sehr zurückhaltender Mann. Es war oft nicht festzustellen, was er wirklich dachte oder fühlte. Balantyne erinnerte sich an Helena Doran, die Ross geliebt hatte, bevor er Christina kennenlernte, und der schmerzliche Gedanke, daß er vielleicht nie ganz aufgehört hatte, sie zu lieben, ging ihm durch den Kopf. Es tat ihm für sie beide leid – für Ross, aber auch für Christina. Vielleicht war sie deshalb manchmal so – so zerbrechlich und verhielt sich so lieblos. Jemimas Glück mußte auf sie wirken wie Salz in einer Wunde.

Doch basierte nicht das Glück der meisten Ehen lediglich darauf, daß man gemeinsam durchs Leben ging und gemeinsame Erfahrungen machte, die einen zusammenschweißten? Eine glückliche Ehe konnte mit der Zeit zu einer Art Freundschaft reifen. Aber hatte Christina überhaupt versucht, Alan Ross' Liebe zu gewinnen? Intelligenz und Schönheit waren ihr in die Wiege gelegt worden, doch Zärtlichkeit und Großzügigkeit mußte sie sich selbst erarbeiten und ihren Mann spüren lassen. Wieder dachte er daran, daß er unbedingt Augusta veranlassen mußte, mit Christina zu sprechen.

Brandy starrte ihn an. »Pitt ist hier gewesen? Wußte die Polizei denn nicht, wer der Tote war?«

Balantynes Gedanken kehrten zu Max zurück. »Anscheinend nicht. Er hat verschiedene Namen benutzt, aber Pitt hat sein Gesicht wiedererkannt oder hat zumindest vermutet, daß er es sein könnte.«

Die drei Männer schwiegen. Vielleicht hatten sie doch noch gehofft, es wäre ein anderer gewesen. Jetzt wußten sie, daß dem nicht so war, und es bestand kein Zweifel mehr daran, daß sie den Mann gekannt hatten, einmal mit ihm unter einem Dach gelebt und ihn jeden Tag gesehen hatten, selbst wenn er als Diener mehr ein Bestandteil des Haushalts gewesen war und weniger ein Individuum wie sie selbst.

»Der arme Teufel«, sagte Brandy schließlich.

»Glaubst du, daß man je herausfinden wird, wer es getan hat?« fragte Ross und blickte dabei Balantyne an. Er wirkte äußerst angespannt. »Wenn er tatsächlich als Zuhälter gearbeitet hat, kann man seinen Mörder vielleicht sogar irgendwie verstehen. Tiefer kann ein Mensch, der über einen gesunden Verstand verfügt, wohl kaum noch sinken.«

»Kinderprostitution ist noch abstoßender«, sagte Brandy leise. »Besonders, wenn es Knaben sind.«

Ross zuckte zusammen. »O Gott!« stieß er hervor. »Daran habe ich noch gar nicht gedacht. Wie unverzeihlich naiv wir doch sind, was Verbrechen betrifft! Ich kann mir überhaupt nicht vorstellen, was einen Menschen veranlassen könnte, so etwas zu tun. Und doch muß es Tausende davon geben, hier in unserer Heimatstadt. Und ich gehe vielleicht jeden Tag auf der Straße an ihnen vorbei.«

»Knaben«, wiederholte Balantyne. Er hätte es eigentlich wissen müssen. Dreißig Jahre in der Armee hatten ihn gelehrt, daß Männer fern der Heimat unter dem Druck des Krieges die absonderlichsten Gelüste und Verirrungen entwickelten. Wahrscheinlich waren diese Neigungen schon unterschwellig vorhanden gewesen, bevor die Einsamkeit und die Abwesenheit von Frauen sie in körperlichen Drang verwandelten. Aber er hatte nie daran gedacht, daß es Menschen geben könnte, die davon lebten, daß sie die Körper unschuldiger Kinder an diese Menschen verkauften. Es war ihm unmöglich, sich auch nur vorzustellen, was diese Personen fühlten oder dachten.

»Hat Max denn Knaben verkauft?« fragte er.

»Ich glaube, es waren Frauen«, erwiderte Brandy. »Das stand jedenfalls in den Zeitungen. Aber vielleicht hätten sie genau dasselbe geschrieben, wenn es Knaben gewesen wären. Die Leute wollen von Kinderprostitution nichts hören. Erwachsene Frauen kann man verantwortlich machen, man kann sie als unmoralische Wesen abstempeln, und wenn ihnen etwas zustößt, ist die Gesellschaft dafür nicht verantwortlich. Prostitution ist so alt wie die Menschheit und wird wahrscheinlich erst enden, wenn es keine Menschen mehr gibt. Wir ignorieren sie einfach – selbst gebildete Frauen tun so, als wüßten sie von nichts. Auf diese Weise brauchen sie auch nichts dagegen zu unternehmen. Unwissenheit ist immer noch der beste Schutz.«

Balantyne wurde plötzlich bewußt, wie wenig er Brandy wirklich kannte. Es war eine Wut und Bitterkeit in ihm, die er nie zuvor bemerkt hatte. Es waren viele Jahre vergangen, und die Tatsache, daß Balantyne selbst sich kaum verändert hatte, verleitete ihn zu der Annahme, daß auch Brandy ganz der alte geblieben sei. Der Unterschied zwischen fünfundvierzig und fünfzig war kaum der Rede wert, doch zwischen dreiundzwanzig und achtundzwanzig konnten Welten liegen.

Er schaute seinen Sohn an, betrachtete sein Profil, das so ganz anders aussah als das von Alan Ross: sehr dunkle, glatte, gerade Linien, und der eigensinnige, leidenschaftliche Mund. Irgendwie erwartete man als Vater wohl immer, daß der Sohn so werden würde wie man selbst. War Brandy ihm je wirklich ähnlich gewesen? Wenn er ihn jetzt so betrachtete – vielleicht niemals?

»Sind wir denn wirklich so oberflächlich?« fragte er laut.

»Wir versuchen, uns zu wehren«, erwiderte Brandy. »Uns zu schützen.«

Alan Ross strich sich mit der Hand über das Haar. »Die meisten von uns vermeiden den Anblick des Unerträglichen«, sagte er so leise, daß man ihn kaum verstehen konnte. »Besonders dann, wenn wir nichts daran ändern können. Wer will schon eine Frau verurteilen, die lieber die Augen davor verschließt, daß ihr Mann zu einer Prostituierten geht – besonders wenn diese Prostituierte noch ein Kind ist. Wenn sie sich der Tatsache stellen müßte, daß dieses Kind gar kein Mädchen, sondern ein Junge ist, wäre sie gezwungen, ihren Mann zu verlassen. Und wir alle wissen, daß eine Scheidung diese Frau ruinieren würde. Selbst für die relativ großzügige Gesellschaft würde sie danach einfach aufhören zu existieren. Sie würde zum Gegenstand unerträglichen Mitleids, ganz zu schweigen von den obszönen Phantasien und Anspielungen der weniger Rücksichtsvollen. Nein.« Er schüttelte den Kopf. »Sie hat nur die eine Wahl, sein Geheimnis schweigend zu dulden und unter allen Umständen an ihren letzten kostbaren Zweifeln festzuhalten. Sonst kann sie gar nichts tun.«

Seine Ausführungen hatten selbst Brandy zum Schweigen gebracht.

Balantyne starrte in die Flammen eines Kerzenleuchters. Er versuchte sich vorzustellen, wie es wohl sein könnte, in so einer Beziehung gefangen zu sein, den Ehemann zwar zu verdächtigen, aber nicht wagen zu dürfen, der Wahrheit ins Gesicht zu sehen. Ganz im Gegenteil, um das eigene Überleben und vielleicht auch das der Kinder zu sichern, mußte man selbst sogar am meisten darauf bedacht sein, daß niemand das Geheimnis entdeckte. Augusta war in seinen Augen immer eine tugendhafte und zufriedene Ehefrau gewesen. War dies unverzeihlich selbstgefällig von ihm gewesen - war er auf blinde, törichte Weise unsensibel gewesen? Oder war seine Haltung vielmehr ein Zeichen seines Vertrauens oder vielleicht sogar eine Art von Glück? Er war noch nie in seinem Leben zu einer Prostituierten gegangen, nicht einmal als junger Mann in der Armee. Natürlich war er vor seiner Heirat hin und wieder schwach geworden - doch nur, weil beide das Bedürfnis danach verspürt hatten, nie für Geld. Seit seiner Heirat hatte er seine moralische Verpflichtung zur Enthaltsamkeit niemals in Frage gestellt, auch nicht, wenn er oder Augusta unpäßlich oder außer Haus waren. Augusta war keine leidenschaftliche Frau, vielleicht wurde sie durch ihre Sittsamkeit daran gehindert? Und er selbst besaß seit langem soviel Selbstdisziplin, daß er Herr seiner Begierden war, Selbstbeherrschung war schließlich Bestandteil seines Soldatendaseins. Erschöpfung, Schmerzen und Einsamkeit mußten gemeistert werden.

Alan Ross lehnte sich zurück. »Es tut mir leid«, sagte er und strich sich wieder mit der Hand über das Haar. »Es war wirklich nicht das richtige Gesprächsthema. Ich habe euch das Dinner verdorben.«

»Nein.« Balantyne schluckte und zwang seine Gedanken wieder zurück in die Realität. »Was du gesagt hast, entspricht der Wahrheit«, stellte er schnell richtig. »Die Situation ist wirklich abscheulich. Aber man darf die Menschen nicht verurteilen, wenn sie die Augen vor dem verschließen, was sie nur zerstören würde. Bei Gott - ein Mann, der als Zuhälter arbeitet, verdient es nicht zu leben. Aber Mord ist keine Lösung. Und diese Verstümmelung ist barbarisch.«

»Bist du je in Devil's Acre gewesen, Papa?« Brandys Stimme klang jetzt ganz ruhig, sein Gesicht war ernst. »Oder in einem unserer anderen Armenviertel?«

Balantyne wußte, was sein Sohn dachte. Wenn Menschen gezwungen waren, in dieser schmutzstarrenden, hoffnungslosen Armut um ihr Überleben zu kämpfen, wurden sie unweigerlich zu Barbaren. Erinnerungen an Armeelager stiegen in ihm auf, an die Krim, Scutari, an den plötzlichen, grausamen Tod - an das, was Männer während der Wochen und Nächte, in denen sie auf den Kampf warteten, in den Städten machten. Sie mußten jeden Tag damit rechnen, daß ihre Körper zerfetzt und unkenntlich unter der afrikanischen Sonne oder vergessen und erfroren im Schnee des Himalaya enden konnten. Möglich, daß er Brandy nicht wirklich kannte, doch Brandy wußte auch nicht mehr über ihn.

»Ich bin seit dreißig Jahren in der Armee, Brandy«, antwortete er. »Ich weiß, was mit Menschen geschehen kann. Genügt dir das als Antwort?«

»Nein.« Brandy trank seinen letzten Schluck Portwein. »Ich kann es einfach nicht mehr ertragen, das Thema immer wieder totzuschweigen.«

Balantyne stand auf. »Ich glaube, wir sollten uns allmählich in den Salon begeben und den Damen Gesellschaft leisten, bevor sie herausfinden, daß wir wieder darüber gesprochen haben.«

Alan Ross erhob sich ebenfalls. »Ich kenne einen Abgeordneten, den ich gern aufsuchen würde. Hast du Lust, mich zu begleiten, Brandy? Vielleicht können wir ihm von Nutzen sein. Ich habe gehört, er hat einen Gesetzentwurf ausgearbeitet, den er der Kammer vorlegen will.«

»In welcher Angelegenheit?« Brandy folgte ihnen.

»Kinderprostitution natürlich«, antwortete Ross und öffnete die Tür. »Aber sprich bitte nicht vor Christina darüber, wenn es dir nichts ausmacht. Ich glaube, das Thema geht ihr nahe.«

Balantyne war angenehm überrascht. Er hatte aus Christinas Bemerkungen geschlossen, daß sie das Thema mied, weil es ihr geschmacklos erschien, und nicht, weil es sie betroffen machte. Plötzlich sah er alles in einem anderen Licht. Er schämte sich, sie falsch eingeschätzt zu haben. Aber er konnte ihr nicht sagen, daß es ihm leid tat; eine Entschuldigung hätte ihn bloßgestellt.

Kurz vor Mitternacht, als die anderen bereits gegangen waren, stieg Balantyne langsam hinter Augusta die Treppe hinauf. »Weißt du, Alan Ross wird mir immer sympathischer, je öfter ich ihn sehe. Christina sollte sich glücklich schätzen«, bemerkte er.

Sie wandte sich um und schaute ihn frostig an. »Und wie meinst du das?«

»Genauso, wie ich es gesagt habe – auch mit den besten Vorsätzen kann es passieren, daß man irgendwann feststellen muß, daß ein Mensch nicht so ist, wie man erwartet hat. Aber Alan Ross übertrifft sogar alle Erwartungen, die wir anfänglich in ihn gesetzt haben.«

»Meine nicht«, antwortete sie bestimmt. »Glaubst du etwa, ich hätte zugelassen, daß meine Tochter einen Mann heiratet, dessen Vorzüge ich nicht genau kenne?«

Ihre Worte hatten ihn verletzt, und er sprach die Wahrheit aus, ohne nachzudenken. »Es fragt sich nur, ob wir bei Christina überhaupt noch eine andere Wahl hatten.«

Augustas Augen erschienen ihm genauso fremd wie die eines Unbekannten, den man zufällig auf der Straße anrempelte. Das Gefühl der Behaglichkeit, das er beim Dinner zwischen den Weingläsern empfunden hatte, war nichts weiter als eine Illusion gewesen.

»Ich kann jede Wahl treffen, die mir beliebt«, sagte sie schneidend. »Dafür habe ich stets gesorgt. Hältst du mich etwa für unfähig?«

Dieser Gedanke war ihm wirklich noch nie gekommen, seit er Augusta auf ihrem Debütantinnenball zum ersten Mal gesehen hatte. Selbst damals war sie erstaunlich gelassen gewesen. Sie war weder nervös gewesen, noch hatte sie geflirtet oder gekichert, Eigenschaften, die ihm damals so gut gefallen hatten. Doch diese Tage lagen weit zurück. Er versuchte, die Empfindungen, die ihn damals bewegt hatten, wieder aufleben zu lassen – die Aufregung, das Gefühl der Erwartung –, doch es gelang ihm nicht. Er spürte einen diffusen Schmerz. Genau die Vorzüge, die ihn damals so entzückt hatten, waren heute eher beängstigend, wie eine verschlossene Tür.

»Mach dich doch nicht lächerlich!« Sie hatte ihn so gekränkt, daß er das Bedürfnis hatte, sich zu schützen, indem er die Arroganz vortäuschte, die ihm einst seine zweite Natur gewesen war. »Ich kenne Christina ebensogut wie du.« Eine dreiste Lüge. »Sie besitzt einen unerbittlichen Willen. Und selbst du, meine liebe Augusta, bist nicht gegen jeden Irrtum gefeit.«

Sie war müde, ihr Gesicht verhärtete sich und nahm einen vollkommen abweisenden Ausdruck an. Sie drehte sich wieder um und ging die Treppe hinauf. Sie hielt ihren Rücken kerzengerade, doch das Treppensteigen fiel ihr schwer.

»Das mag schon sein«, sagte sie. »Doch du ebenfalls nicht, Brandon. Es wäre gut, wenn du in Zukunft davon absehen könntest, bei Tisch so unappetitliche Themen wie die Armenviertel und die diversen Unglückseligen, die dort leben, zur Sprache zu bringen – besonders in Anwesenheit von Gästen. Es ist äußerst taktlos und kann nur zu Peinlichkeiten führen. Das hättest du eigentlich selbst sehen müssen! Ein soziales Gewissen mag eine wertvolle Tugend sein, doch es gibt zweifellos bessere Anlässe und Orte, an denen man es üben kann. Angesichts der Tatsache, daß dieser beklagenswerte Diener einst in unserem Haus gearbeitet hat, wäre ich dir mehr als dankbar, wenn du ihn nie mehr erwähnen würdest. Ich wünsche nicht, daß alle unsere Dienstboten der Hysterie anheimfallen, sonst hat, ehe man sich's versieht, schon das halbe Personal die Kündigung eingereicht – und du weißt selbst, daß es heutzutage ohnehin schwierig genug ist, gute Dienstboten zu halten!« Sie erreichte den Treppenabsatz und machte Anstalten, sich in ihr Schlafzimmer zurückzuziehen. »Gute Nacht, Brandon.«

Es blieb ihm nichts anderes übrig, als ihr ebenfalls eine gute Nacht zu wünschen und in sein eigenes Schlafzimmer zu gehen. Er schloß die Tür und blieb regungslos stehen. Der Raum erschien ihm mit einem Mal fremd, obwohl doch jedes Möbelstück, jedes Buch und jeder Gegenstand seit vielen Jahren in seinem Besitz war.

Am folgenden Morgen wurde Balantyne in der Eingangshalle bereits von Stride erwartet, der mit bleichem Gesicht vor ihm stand und verzweifelt die Hände rang, statt sie wie sonst entspannt herabhängen zu lassen. Vom weiblichen Dienstpersonal war niemand zu sehen. Einen Augenblick lang durchzuckte Balantyne der Gedanke, daß Augusta vielleicht doch recht gehabt hatte. Alle Dienstmädchen hatten gekündigt und noch in der Nacht fluchtartig das Haus verlassen, aus Angst, mit einer ähnlichen Kreatur wie Max unter demselben Dach arbeiten zu müssen und jeden Moment in ein Bordell verschleppt zu werden.

Stride wartete mit düsterem Gesicht.

»Was ist passiert?« verlangte Balantyne zu wissen. »Was ist denn bloß geschehen?«

»Die Zeitungen, Sir ...«

Wenn das alles war! Balantyne war wütend und erleichtert zugleich. »Gottverdammich, Mann, dann sind sie eben noch nicht da! Wenn sie in einer Stunde immer noch nicht gekommen sind, dann schicken Sie eben jemanden, um sie zu holen!« Er drehte sich um und machte Anstalten, an ihm vorbei ins Frühstückszimmer zu gehen.

Aber Stride rührte sich nicht vom Fleck. »Sie haben mich mißverstanden, Sir. Ich befürchte, ich habe mich nicht klar genug ausgedrückt. Die Zeitungen sind sehr wohl gekommen – es ist der Inhalt, Sir. Es hat wieder einen Mord in Devil's Acre gegeben, Sir, diesmal einen noch viel schlimmeren.«

Balantyne konnte sich nicht vorstellen, daß es etwas geben konnte, das schlimmer war als die Verstümmelung von Hubert Pinchin. Er suchte voll Entsetzen nach noch abscheulicheren Grausamkeiten, doch es gelang ihm nicht.

»Er war nicht so schwer ...« Stride zögerte und schluckte. »So verletzt, Sir.«

Balantyne war verwirrt und gleichzeitig erleichtert. »Nicht so schwer? Aber warum sagten Sie dann, noch schlimmer?«

Strides Stimme wurde leise. »Es war Sir Bertram Astley, Sir. Er wurde vor einem Freudenhaus gefunden, das nur für Männer ist.«

»Nur für Männer ...? Gütiger Herrgott! Sie meinen, es war ein Bordell für Homosexuelle?«

Stride zuckte zusammen, er war an derartig drastische Ausdrücke nicht gewöhnt. »Ja, Sir.«

»Bertie Astley ...« Balantyne fühlte sich mit einem Mal unwohl. Der Duft, der von dem Reisgericht auf der Anrichte im Frühstückszimmer herüberwehte, verursachte ihm plötzlich Übelkeit.

»Wünschen Sie vielleicht ein Glas Brandy in der Bibliothek?« erkundigte sich Stride.

»Ja, bitte.« Der Mann war wirklich unbezahlbar. Balantyne hatte ihn bisher nie richtig gewürdigt. »Ja, sehr gern«, antwortete er dankbar und machte Anstalten, in die Bibliothek zu gehen.

»Was möchten Sie, daß ich Ihrer Ladyschaft sage, Sir?«

Balantyne blieb stehen. Er hätte ihr die häßliche Wahrheit gern erspart, es war besser, wenn Augusta von diesen Dingen nichts erfuhr.

»Sagen Sie ihr, es hätte einen weiteren Mord gegeben.« Sie würde der Wahrheit früher oder später sowieso ausgesetzt sein, er konnte es nicht verhindern. Aber es war besser, wenn sie es aus dem Munde eines taktvollen Mannes wie Stride erfuhr und nicht durch die anonymen Sensationsmeldungen der Zeitungen oder durch das gedankenlose Geschwätz eines Fremden. »Am besten sagen Sie ihr auch, daß es Sir Bertram Astley war, aber bitte erwähnen Sie nicht, wo man ihn gefunden hat.«

»Sehr wohl, Sir. Bedauerlicherweise wird Sir Bertrams Tod schon sehr bald in aller Munde sein«, sagte Stride.

»Ja.« Balantyne fiel nichts mehr ein, das er noch sagen konnte. »Ja. Vielen Dank, Stride.« Er begab sich in die Bibliothek und stellte fest, daß die Brandyflasche schon auf einem Tablett neben der Zeitung bereitstand. Er goß sich einen ordentlichen Schluck ein und setzte sich, um die Zeitung zu lesen.

Die Leiche von Sir Bertram Astley war in Devil's Acre gefunden worden, vor einem Haus mit zweifelhaftem Ruf. Was für eine idiotische Formulierung! Todesursache war eine tiefe Stichwunde im Rücken gewesen, doch der Leichnam wies außerdem Schnittverletzungen in der Leistengegend und in der Magengrube auf. Die Geschlechtsteile wurden zwar nicht erwähnt, doch die Folgerung war offensichtlich und wirkte merkwürdigerweise durch die Auslassung noch grotesker. Anscheinend hatte der Mörder beabsichtigt, ihn auf dieselbe Weise wie die früheren Opfer zu verstümmeln, war jedoch gestört worden, so daß ihm nur Zeit geblieben war, seinem wahnsinnigen Haß mit einem einzigen, brutalen Hieb Luft zu machen. Inspector Thomas Pitt war wie schon bei den anderen Mordfällen mit den Ermittlungen betraut worden.

Balantyne legte die Zeitung fort und leerte sein Glas in einem einzigen, brennenden Zug.

Kapitel 5

In den frühen Morgenstunden, noch vor Einbruch der Dämmerung, wurde Pitt von einem bleichen Sergeanten in einem Hansom abgeholt. Der Mann machte sich mit tauben Fingern an seiner Mütze zu schaffen und hielt sie fest umklammert, als er versuchte, die Dringlichkeit seiner Nachricht in Worte zu fassen, ohne dabei über die entsetzlichen Dinge sprechen zu müssen, die er gesehen hatte.

Pitt verstand. Ein weiterer Mord. Nur eine wirklich grausige Entdeckung konnte den Sergeanten um diese Zeit zu seinem Haus geführt haben.

»Eine Grabeskälte draußen, Sir«, meinte der Sergeant, der versuchte, hilfsbereit zu sein.

»Vielen Dank.« Pitt zog zuerst seine Jacke an und darüber einen riesigen Mantel, der aussah, als könne ein starker Wind ihn aufblähen wie ein Segel. Er nahm den Wollschal aus der ausgestreckten Hand des Sergeanten in Empfang, wickelte ihn um den Hals, stülpte seinen Hut über, der ihm die Haare über den Ohren flachdrückte, und öffnete die Tür. Der Sergeant hatte vollkommen recht, es war wirklich mordsmäßig kalt.

Kurze Zeit später saßen sie zusammen in dem Hansom, der über das unebene Kopfsteinpflaster in Richtung Devil's Acre holperte.

»Nun?« fragte Pitt.

Der Sergeant schüttelte den Kopf. »Schlimme Sache«, sagte er niedergeschlagen. »Sir Bertram Astley. Übel zugerichtet - aber nich' - nun ja, nich' richtig zerstückelt, könnte man sagen.«

»Nicht verstümmelt wie die anderen?«

»Nein - sieht ganz so aus, als hätt' jemand unseren Irren gestört. War wohl noch 'n später Kunde.« Er schüttelte wieder den Kopf. »Weiß auch nicht.«

Pitt war verwirrt. »Noch ein später Kunde - was meinen Sie damit?«

»Man könnte sagen, der schlimmste Teil kommt noch, Sir. Wer soll das bloß der Familie beibringen! Man hat ihn im Eingang von 'nem Bordell gefunden - nur für Männer.«

»O Gott!« Pitt verstand mit einem Mal, warum sich der Sergeant so unwohl fühlte, warum es ihm so schwer fiel, die richtigen Worte zu finden. Wie sagte man einer vornehmen Familie, daß ihr Sproß ermordet und grausam zugerichtet vor dem Eingang eines Männerbordells gefunden worden war? Jetzt verstand er auch das Mitgefühl im Gesicht des Sergeanten, die unnötige Warnung, daß es draußen kalt sei.

Zuerst mußte er sich die Leiche ansehen und die Stelle, an der man sie gefunden hatte.

»Tut mir leid, Sir.« Der Sergeant setzte seine Mütze wieder auf und brachte sie mit der flachen Hand in die richtige Form.

»Wer hat ihn gefunden und um wieviel Uhr?« fragte Pitt.

»Constable Dabb, Sir. Ich hab' ihn bei der Leiche zurückgelassen, damit er Wache hält und aufpaßt, daß nichts angerührt wird. Guter Mann. Hat die Leiche - ich mein' natürlich Sir Bertram - gegen Viertel nach vier oder 'n paar Minuten später gefunden. Big Ben hatte grade geschlagen. Der Leichnam lag im Eingang. Constable Dabb is' also hin und hat nachgesehen, was er da so macht. Da hat er natürlich gesehen, daß er tot war. Wir finden immer 'ne Menge Leichen bei uns auf'm Acre un' in der ganzen Umgegend, also hat er sich nichts dabei gedacht un' mich zuerst auch nich' rufen lassen, bis der Mantel aufgegangen is' und der arme Dabb gesehen hat, was mit seinen - was man mit dem armen Kerl gemacht hat. Und dann hat er natürlich sofort nach uns geschickt - auf der Stelle. Un' wir haben dann Sie geholt.«

»Woher wußten Sie, wer der Mann war?« Wie lange konnte ein Toter in Devil's Acre liegen, ohne daß man ihm bis auf die Kleidung, die er am Leibe trug, alles geraubt hatte?

Der Sergeant verstand. »Das Geld war natürlich schon weg, aber er hatte noch 'n paar Visitenkarten und 'n paar Briefe bei sich. Na ja, ich weiß zwar noch nich', was der Doc sagen wird, aber lange kann er nich' da gelegen haben, bestimmt nich' länger als 'ne Stunde. Die Kundschaft wär' sonst beim Rein- und Rausgehen bestimmt über ihn gestolpert. Die verschwinden natürlich möglichst früh wieder. Vor Morgengrauen woll'n die alle wieder da sein, wo sie sich nich' zu schämen brauchen, wenn man sie sieht. Zurück ins traute Heim, denk' ich mal, um mit der Familie das Morgengebet zu sprechen!« Die Verachtung in seiner Stimme war dunkel und beißend wie Teer, obwohl Pitt nicht genau wußte, ob sie sich auf die Tatsache bezog, daß jemand einen derartigen Ort aufsuchte, oder auf die Heuchelei, mit der dieser Besuch später vertuscht wurde. Vielleicht würde er den Sergeanten ein anderes Mal danach fragen.

Der Hansom kam abrupt zum Stehen, und die beiden Männer kletterten hinaus. Sie befanden sich am südlichen Rand des Acres, in unmittelbarer Nähe des Flusses. Es hatte aufgehört zu regnen. Der feuchte Atem der Themse hing über der eisverkrusteten Straße. Über und hinter ihnen zeichneten sich in der unheimlichen Dunkelheit drohend die gotischen Türme des Parlamentsgebäudes ab.

Ein junger Constable mit einer Laterne in der Hand stand neben einem zusammengekrümmten Körper, der in einem Hauseingang lag, und hielt Wache. Bis auf das Gesicht war die am Boden liegende Gestalt mit einem schweren Mantel bedeckt. Der Constable hatte respektvoll seinen eigenen Umhang auf das Gesicht des Toten gelegt und zitterte selbst vor Kälte. Eine merkwürdige Ehrfurcht, dachte Pitt, die uns gebietet, unsere eigene Kleidung abzulegen und selbst frierend in der schneidenden Kälte auszuharren, um das Antlitz eines Menschen zu verhüllen, den die eisige Hand des Todes bereits berührt hat.

»Morgen, Sir«, sagte der Constable respektvoll. »Morgen, Mr. Pitt.«

Anscheinend war er wirklich berühmt.

»Guten Morgen, Constable Dabb«, erwiderte er das Kompliment, indem er den Mann ebenfalls mit Namen begrüßte. Es war eine scheußliche Straße, sie stank nach Schmutz und Unrat. In den Eingängen auf der anderen Seite schliefen Obdachlose und Ausgestoßene. Wenn man sie in diesem grauen Licht betrachtete, sahen sie nicht viel anders aus als Bertram Astleys Leichnam. »Woher wußten Sie, daß er tot war?« fragte er, weil er sich nicht erklären konnte, warum der Constable ausgerechnet bei diesem Körper stehengeblieben war.

Constable Dabb richtete sich ein wenig auf. »Westseite der Straße, Sir«, antwortete er.

»Westseite?«

»Wir haben Ostwind, Sir. Und geregnet hat's auch. Keiner, nicht mal ein Betrunkener, schläft im Nassen, wenn er zwanzig Fuß weiter auf der anderen Seite ein trockenes Plätzchen finden kann.«

Pitt schenkte ihm ein anerkennendes Lächeln und hob dann das Cape auf, um es ihm zurückzugeben. Er beugte sich über die Leiche. Bertram Astley war ein gutaussehender Mann gewesen: regelmäßige Gesichtszüge, eine kräftige Nase, helles Haar und Backenbart, ein etwas dunklerer Schnauzbart. Seine Augen waren geschlossen, so daß es unmöglich war, sich vorzustellen, welche Vitalität ihn zu Lebzeiten geprägt hatte.

Pitt schaute herab und öffnete den Mantel an der Stelle, an der sich die Wunde befand, die Constable Dabb aus Anstand bedeckt hatte. Diese Verletzung war mit entschlossener Hand zugefügt worden, ein einziger Schnitt, der allerdings nicht tief war. Der Blutverlust war gering. Er hob die Schulter an, um einen Blick auf den Rücken werfen zu können. Der Mantel war zerschnitten, und er entdeckte einen langen, dunklen Fleck ein wenig links von der Wirbelsäule. Dies mußte die tödliche Verletzung sein, genau wie bei den anderen Opfern. Er ließ den Körper vorsichtig wieder in die Position zurückgleiten, in der man ihn vorgefunden hatte.

»Haben Sie nach dem Polizeiarzt geschickt?« fragte er.

»Ja, Sir.« Natürlich hatte er das, sein Berufsethos würde nicht zulassen, daß er eine so wichtige Pflicht vergaß.

Pitt sah sich auf der Straße um. Sonst gab es nichts Ungewöhnliches zu sehen. Es war eine schmale Straße, gesäumt von Häusern, die zusammensackten, weil das Holz faulte und der Putz schimmelte, sich wölbte und abbröckelte. Die Sickerrohre quollen über. Ob es hier überhaupt jemandem aufgefallen wäre, wenn ein Mann eine Leiche abgeladen oder zwei Männer gekämpft hätten? Er bezweifelte es. Falls es tatsächlich Zeugen gab, die das Haus betreten oder verlassen hatten, würde man sie je finden können - oder würden sie überhaupt bereit sein auszusagen? Wohl kaum. Homosexualität war ein Verbrechen, das mit harten Gefängnisstrafen geahndet wurde und für den Betreffenden den gesellschaftlichen Ruin bedeutete. Natürlich gab es viele Männer, die heimlich ihren Neigungen nachgingen. Es war jedoch etwas völlig anderes, Leute dazu zu bringen auszusagen, daß sie davon wußten.

»Sehen Sie zu, was Sie hier sonst noch herausfinden können«, ordnete er an. »Haben Sie die Adresse seiner Familie?«

»Die haben wir, Sir.« Der Sergeant reichte sie ihm auf einem Stück Papier, das er aus seinem Notizbuch gerissen hatte.

Pitt seufzte. »Dann mache ich mich wohl besser auf den Weg und informiere seine Angehörigen, bevor die Presse genug Zeit hat, eine Sonderausgabe herauszubringen. Es wäre furchtbar, wenn sie es aus der Zeitung erfahren würden.«

»Ja, Sir. Allerdings waren schon vor über 'ner Stunde Reporter hier. Ich hab' keine Ahnung, wie sie davon Wind gekriegt haben.«

Es lohnte sich nicht, darüber zu diskutieren. Es gab überall Augen und Ohren – Menschen, die an den Tod gewöhnt und scharf auf einen Sixpence waren. Den konnten sie sich verdienen, wenn sie einem Zeitungsreporter die Chance gaben, als erster mit einer Sensationsmeldung in der Fleet Street einzutreffen.

Pitt kletterte zurück in den Hansom und gab dem Fahrer die Londoner Adresse der Familie Astley.

Als Pitt aus der Droschke stieg und den Fahrer fortschickte, zeigten sich am Himmel die ersten Anzeichen des Morgens. Er hatte keine Ahnung, wie lange er bleiben würde.

Die Straße war so gut wie menschenleer. Ein einsames Küchenmädchen trug den Abfall nach draußen, ein Stiefelputzer schlug eine Hintertür zu. In den Dienstbotenquartieren war schon reges Leben. Er stieg die Stufen zum Hauseingang empor und klopfte. Ein erstaunt aussehender Diener öffnete die Tür. Pitt ließ ihm keine Zeit, sich selbst ein Urteil zu bilden.

»Guten Morgen«, sagte er entschlossen. »Ich bin von der Polizei. Es tut mir leid, aber ich muß Ihnen eine schlechte Nachricht überbringen. Würden Sie mich bitte an einen geeigneten Ort führen und das Familienoberhaupt informieren? Und am besten holen Sie eine Flasche Brandy oder was Sie sonst als Schockbehandlung für angemessen halten.«

Der Diener war wie vor den Kopf geschlagen. Er protestierte nicht einmal, als Pitt an ihm vorbei ins Haus trat und die Tür hinter sich zuzog.

»Sir Bertram ...« begann er.

»Ist nicht zu Hause, das weiß ich bereits«, unterbrach ihn Pitt ruhig. »Es tut mir leid, aber ich muß Ihnen leider mitteilen, daß er tot ist.«

»Oh.« Der Diener versuchte, seine Fassung zu bewahren, doch er war der Situation nicht gewachsen. »Am besten, ich hole ...«

Er schluckte. »Ich hole Mr. Hodge, den Butler - und Mr. Beau, Sir Bertrams Bruder.« Noch bevor Pitt etwas sagen konnte, riß der Diener die Tür zum kalten Frühstückszimmer auf, wo ein Dienstmädchen zwar den Rost gesäubert, aber noch kein Feuer angezündet hatte. »Sir.« Er überließ Pitt sich selbst und verschwand im Dunkel des Korridors, wo sich die mit grünem Boi bespannte Tür befand, die zu den Dienstbotenräumen führte, hinter der er sich sicher fühlte.

Pitt schaute sich in dem Zimmer um. Das Mobiliar war geschmackvoll und teuer, viele Möbelstücke waren exotisch, es gab japanische Lacktische, Einlegearbeiten aus Elfenbein, Gemmen, und an den Wänden hingen französische Aquarelle. Die Astleys besaßen Geld und Stilgefühl, um sich alles leisten zu können, was ihnen gefiel, und sie hatten einen ausgesprochen vielseitigen Geschmack.

Ein älterer Butler trat ins Zimmer, mit ernster Miene, ein silbernes Tablett mit Brandy und französischen Gläsern aus Bleikristall in der Hand.

»Hat Frederick richtig verstanden, Sir, daß Sir Bertram einen Unfall hatte und tot ist?«

Es war sinnlos zu lügen, der Butler würde schließlich derjenige sein, der für die Dienstboten verantwortlich war und dafür zu sorgen hatte, daß während der ersten, für die Familie besonders qualvollen Tage die notwendigen Haushaltspflichten wie gewohnt erfüllt wurden. »Es tut mir leid, aber es war kein Unfall. Sir Bertram wurde ermordet.«

»Ach, du meine Güte.« Hodge setzte den Brandy abrupt auf den Tisch. »Ach, du meine Güte.«

Es war ihm noch nichts anderes eingefallen, das er hätte sagen können, als einige Minuten später ein junger Mann die Tür öffnete und sie anstarrte. Er trug noch sein Nachtgewand und darüber einen Morgenmantel. Sein helles Haar war noch feucht von der Morgenwäsche, doch er hatte sich noch nicht rasiert. Er sah dem Toten frappierend ähnlich, er besaß die gleiche markante Nase und breite Stirn. Doch sein Gesicht wirkte auch jetzt, trotz aller Anspannung in Erwartung der furchtbaren Nachricht, noch sehr lebhaft, sein Mund war von Lachfältchen umgeben, und seine Augen waren groß und blau.

Er schloß die Tür. »Was ist geschehen?«

Pitt wurde bewußt, wie leicht es ihm Mullen und Valeria Pinchin gemacht hatten. Er hatte geglaubt, genau zu wissen, wie schwer ihm die Aufgabe immer fiel, doch jetzt spürte er die ganze Bürde seiner traurigen Pflicht.

»Es tut mir leid, Sir«, sagte er kaum hörbar. Es war leichter, sofort alles auf einmal zu sagen, barmherziger, als die quälenden Einzelheiten nacheinander zu beschreiben. »Ich muß Ihnen leider mitteilen, daß wir gerade die Leiche Ihres Bruders Sir Bertram in Devil's Acre gefunden haben. Er ist ermordet worden, auf ähnliche Weise wie Dr. Hubert Pinchin, auch wenn er weit weniger verstümmelt wurde.« Er unterbrach sich, wußte nicht, was er noch sagen konnte. »Es tut mir wirklich leid, Sir«, widerholte er.

Beau Astley stand sekundenlang unbeweglich da, straffte dann seine Schultern und ging hinüber zum Tisch. Hodge bot ihm Brandy an, doch er nahm keine Notiz davon. »In Devil's Acre?«

War es schlimmer, ihn jetzt sofort zu fragen, wo er vor Schreck wie gelähmt war, oder sollte Pitt warten, bis der Schock ein wenig abgeklungen und die Wunde um so empfindlicher und schmerzhafter war? Egal was er auch tat, er mußte die Frage stellen, denn es gab nur eine Antwort, die er zu seinen weiteren Handlungen benötigte.

»Wissen Sie zufällig, was Sir Bertram in diese Gegend geführt haben könnte?«

Beau Astley schaute auf. Jetzt endlich nahm er Hodges Brandy und leerte das Glas in zwei Zügen. Er goß sich noch zwei Fingerbreit ein und trank auch dies.

»Ich nehme an, es wäre sinnlos zu lügen, Inspector. Bertie hat gelegentlich gespielt, nicht viel, und ich glaube nicht, daß er je verloren hat. Für gewöhnlich ist er zu einem der Gentlemen's Clubs gegangen. Aber hin und wieder hat er auch ganz gern die Armenviertel aufgesucht, beispielsweise Whitechapel oder den Acre. Ich kann mir nicht erklären, warum – eine abscheuliche Gegend!« Er hielt inne, als könne die Unbegreiflichkeit der Tatsachen die Tragödie ungeschehen machen.

Pitt war überrascht, daß der Schock Beau Astley anscheinend so sehr aus der Fassung gebracht hatte, daß er nicht einmal mehr Verachtung für einen Polizisten zu empfinden schien, der in seinem eigenen Frühstückszimmer saß und ihm intime Fragen über seine Familie stellte. In seiner Stimme lag keinerlei Spur von Herablassung.

»Und gestern abend ist Sir Bertram ausgegangen, um zu spielen?« insistierte Pitt.

Beau griff nach einem Stuhl. Hodge schob ihn sofort für ihn zurecht. Er setzte sich. Hodge zog sich wortlos zurück und schloß die Tür hinter sich.

»Nein.« Beau stützte den Kopf in die Hände und starrte auf den Tisch. »Nein, jetzt fällt es mir wieder ein. Er wollte May besuchen. Er war dort zum Dinner eingeladen.«

»May?«

»Ach so, entschuldigen Sie bitte, das können Sie nicht wissen. Miss Woolmer, sie und Bertie waren verlobt – jedenfalls nehme ich das an. O Gott! Ich muß unbedingt zu ihr und es ihr sagen. Ich darf nicht zulassen, daß sie davon durch die Polizei erfährt oder durch irgendeinen idiotischen Klatsch.« Er sah unglücklich zu Pitt auf. »Ich vermute, es besteht keine Möglichlichkeit, die Zeitungen davon abzuhalten, darüber zu berichten? Mein Vater ist tot – aber Mutter lebt in Gloucestershire. Ich muß ihr unbedingt schreiben ...« Seine Stimme verlor sich.

»Es tut mir leid, aber die Presse war da, bevor ich selbst eingetroffen bin«, antwortete Pitt. »In einer solchen Gegend sind Sixpence eine Menge Geld.« Er nahm an, daß dies als Erklärung genügte.

»Natürlich.« Beau wirkte plötzlich völlig erschöpft, sein Gesicht hatte alle Lebendigkeit verloren, die noch Minuten zuvor darin gelegen hatte. »Hätten Sie etwas dagegen, wenn ich mich anziehen und so schnell wie möglich zu Miss Woolmer gehen würde? Ich möchte nicht, daß sie es von jemand anderem erfährt.«

»Nein, Sir, das wäre sicher das Beste«, sagte Pitt. Er betrachtete Beau, wie er sich erhob. Er mußte ihm den Rest auch noch erzählen, am späten Morgen würde man sicher überall davon sprechen. »Ich – ich muß Ihnen leider noch etwas mitteilen, Sir. Er wurde an einem sehr«, er suchte verzweifelt nach dem richtigen Wort, »einem verrufenen Ort gefunden.«

»Das sagten Sie bereits. In Devil's Acre.«

»Richtig, Sir – aber vor der Tür eines Bordells, das ausschließlich für Männer ist.«

Beaus Gesicht verkrampfte sich bei dem Versuch zu lächeln. Er glaubte sich gegen jeden weiteren Schock gefeit. »Das sind Bordelle doch immer, oder nicht, Inspector?«

Pitt, dem der Mann bereits sympathisch war, erklärte es nur höchst ungern. »Nein«, sagte er sehr leise. »Aber in den meisten Freudenhäusern arbeiten Frauen ...« Er beließ es bei dieser Andeutung.

Beaus dunkelblaue Augen weiteten sich. »Das ist doch absolut lächerlich ... Bertie war doch kein ...«

»Nein«, sagte Pitt schnell. »Er befand sich wohl in der Nähe des Hauses - ich nehme an, daß ihn sein Mörder dort eingeholt hat. Aber ich mußte Sie einfach vorbereiten - die Zeitungen werden wahrscheinlich darüber berichten.«

Beau fuhr sich mit der Hand durch die Haare, die ihm in die Stirn fielen. »Ja, da haben Sie sicher recht. Wenn sie schon den Prinzen von Wales nicht unbehelligt lassen können, haben sie bestimmt auch bei Bertie keine Hemmungen. Wenn Sie mich bitte entschuldigen würden, ich möchte mich jetzt gern ankleiden. Hodge wird Ihnen einen Brandy oder ein anderes Getränk bringen, wenn Sie möchten.« Er war fort, bevor Pitt sich bedanken konnte.

Pitt beschloß, um eine Tasse heißen Tee und dazu vielleicht eine Scheibe Toast zu bitten. Der Gedanke allein genügte, um ihm die kalte Leere in seinem Inneren noch bewußter werden zu lassen. Einen Leichnam ansehen zu müssen war schon schlimm genug, aber die Toten hatten wenigstens keine Gefühle mehr. Den Lebenden die schreckliche Nachricht überbringen zu müssen gab ihm ein Gefühl der Schuld und der Hilflosigkeit. Er war der Überbringer von Schmerz und Leid, der unbeteiligte Zuschauer, der alles wie in einem Spiegel betrachtete.

Er würde seinen Tee in der Küche trinken. Im Moment gab es nichts, das er Beau Astley noch fragen konnte, doch von den Dienstboten konnte er vielleicht etwas erfahren, das ihn weiterbrachte, selbst wenn es sich nur zufällig ergeben sollte. Und später, wenn Miss Woolmer die furchtbare Nachricht erfahren hatte, würde er auch sie aufsuchen müssen, da sie anscheinend die letzte Person gewesen war, die mit Bertie Astley gesprochen hatte, bevor er den Weg nach Devil's Acre eingeschlagen hatte.

Während seiner kurzen Verschnaufpause in der warmen Küche, die dampfende Tasse in beiden Händen, erfuhr Pitt eine ganze Menge von Hodge, dem Diener, dem Kammerdiener und verschiedenen Dienstmädchen. Später nahm er noch ein ausgezeichnetes Mittagessen mit dem gesamten Personal ein, das sich sehr ernst um den langen Tisch versammelt hatte. Die Hausmädchen schnieften, die Diener schwiegen, Köchin und Küchenmädchen hatten rote Nasen.

Doch nichts von dem, was er erfuhr, lief auf mehr hinaus, als daß der Verstorbene ein ganz gewöhnlicher junger Mann aus guter

Familie gewesen war, der über mehr als genügend finanzielle Mittel verfügt hatte und äußerst gutaussehend gewesen war. Sein Charakter war nicht ungewöhnlich gewesen, anscheinend war Bertie ein wenig selbstsüchtig gewesen, wie man es bei dem älteren Sohn erwarten konnte, der von Geburt an wußte, daß er der alleinige Erbe sein würde. Doch falls er wirklich böswillig oder habgierig gewesen sein sollte, war dies dem Dienstpersonal offenbar entgangen. Sie wußten von keinen ausgefallenen Gewohnheiten: Hin und wieder hatte er ein wenig dem Glücksspiel gefrönt – doch wer tat das nicht, wenn er es sich leisten konnte? Gelegentlich ein bißchen zuviel Alkohol, doch war er weder streitsüchtig noch ausschweifend gewesen. Keines der Hausmädchen hatte sich beklagt, und knauserig war er auch nicht gewesen, was die Ausgaben für den Haushalt betraf. Im großen und ganzen schien er ein sehr sympathischer junger Mann gewesen zu sein.

Kurz nach zwei Uhr wurde Pitt in das Haus der Familie Woolmer gelassen, auch hier nur widerwillig und allein deshalb, weil die neugierigen Nachbarn nicht sehen sollten, wie er wartend auf der Eingangstreppe stand. Wer wollte schon vor aller Augen die Polizei im Hause haben, ganz gleich aus welchem Grund!

»Miss Woolmer ist nicht in der Verfassung, Sie zu empfangen«, sagte der Diener kühl. »Sie hat Nachricht von einem Trauerfall erhalten und fühlt sich nicht wohl.«

»Ich weiß bereits von dem Trauerfall«, antwortete Pitt. »Da sie jedoch gestern abend offenbar mit Sir Bertram diniert hat, muß ich leider darauf bestehen, ihr einige Fragen zu stellen. Ich möchte gern wissen, in welcher Stimmung er gestern war, ob er irgend etwas über seine Pläne gesagt hat ...«

Der Mann starrte ihn an, entsetzt über seine Direktheit. »Ich bin sicher, wenn Miss Woolmer etwas weiß, was für Sie wichtig sein könnte, wird sie Sie gern darüber informieren, sobald sie sich besser fühlt«, sagte er frostig.

Den ganzen Tag hatte Pitt nichts als Niedergeschlagenheit verspürt, jetzt konnte er seinen Gefühlen Luft machen. »Es tut mir sehr leid, aber die Aufklärung eines Mordfalles kann wohl kaum so lange warten, bis sich Miss Woolmer wieder besser fühlt«, entgegnete er wütend. »In Devil's Acre treibt ein Wahnsinniger sein Unwesen. Drei Personen sind bereits umgebracht und grausam zugerichtet worden, und wenn wir ihn nicht fangen, besteht Grund zu der Annahme, daß er sehr bald ein viertes und fünftes Mal zuschlägt. Wir haben nicht die Zeit, auf Indisponiertheiten Rücksicht zu nehmen! Würden Sie bitte Miss Woolmer informieren, daß ich bedaure, darauf bestehen zu müssen, sie in dieser schweren Stunde zu stören«, fuhr Pitt fort, »sie kann mir vielleicht wichtige Informationen geben, die uns helfen könnten, den Mörder von Sir Bertram ins Gefängnis zu bringen.«

Das Gesicht des Dieners war bleich geworden. »Ja – wenn es sich wirklich nicht vermeiden läßt«, räumte er widerwillig ein. Er ließ Pitt stehen und ging den Korridor hinunter, in Gedanken nach den richtigen Worten suchend, um Pitts Ansinnen weiterzugeben.

Mehr als eine halbe Stunde verstrich, bevor Pitt schließlich in den Salon geführt wurde, einen Raum, der mit Bildern, Verzierungen, Spitzen, Häkeleien und Stickereien überladen war. Im Kamin prasselte ein loderndes Feuer, und alle Lampen waren angezündet. Natürlich waren die Vorhänge zugezogen, wie es Sitte war in einem Haus, das einen tragischen Verlust erlitten hatte.

May Woolmer, eine ausgesprochen attraktive junge Frau mit einer schönen Figur, ruhte in eleganter Trauerpose auf einer Chaiselongue. Sie war ganz in Taubengrau gekleidet – weder zu farbenfroh für die traurige Situation noch eine zu übertriebene Zurschaustellung ihrer momentanen Verfassung. Sie hatte volles Haar, das wie Honig glänzte, und ihre Gesichtszüge waren regelmäßig. Sie starrte Pitt mit großen, weit auseinanderstehenden Augen an und hielt ein Taschentuch in ihrer weißen Hand.

Mrs. Woolmer stand hinter ihr wie eine Wächterin, den üppigen Busen in perlenbesetztes Lila gezwängt, eine Farbe, die für den Zustand der Halbtrauer angemessen erschien, genau das Richtige für eine schwierige Situation wie diese. Ihr Haar war so hell wie das ihrer Tochter, an einigen Stellen jedoch ergraut, und ihr Gesicht war gröber, das Kinn zu weich, der Hals zu dick. Es bestand kein Zweifel, daß sie sich aufs Tiefste beleidigt fühlte, und Pitt war offensichtlich die geeignete Zielscheibe für ihren Ärger. Jetzt stand er vor ihr, und sie nahm an, daß er ihr nicht gewachsen war. Sie funkelte ihn wütend an.

»Ich kann mir nicht vorstellen, was Sie veranlaßt haben könnte, uns in unserem Kummer zu belästigen«, sagte sie mit eisiger Stimme. »Ich hoffe nur, Sie verfügen über genug Anstand, sich kurz zu fassen.«

Pitt hatte nicht übel Lust, seinerseits unhöflich zu sein. Er hätte ihr gern gesagt, was er unter Anstand verstand: Selbstbeherrschung, Rücksicht auf andere, damit man ihnen keine vermeidbaren Verletzungen zufügte, am wenigsten natürlich denjenigen, die sich ohnehin nicht wehren konnten. »Ich werde es versuchen, Ma'am«, sagte er ruhig. »Mr. Beau Astley hat mir gesagt, daß Sir Bertram beabsichtigte, gestern abend hier zu dinieren. Ist er tatsächlich hier gewesen?«

Niemand bot ihm an, sich zu setzen, und Mrs. Woolmer blieb ebenfalls abwartend stehen. »Ja, das ist er«, antwortete sie schroff.

»Um wieviel Uhr ist er gegangen?«

»Kurz nach elf. Genauer kann ich es Ihnen nicht sagen.«

»Fühlte er sich gesund, war er gut aufgelegt?« Die Frage war so gut wie überflüssig. Falls es eine Auseinandersetzung gegeben hatte, würde keine der Frauen willens sein, ihm darüber Auskunft zu geben.

»Es ging ihm ausgezeichnet.« Mrs. Woolmer schob ihr Kinn vor. »Sir Bertram hat sich hier bei uns immer sehr wohl gefühlt. Er hat meine Tochter vergöttert. Er hat mich sogar darüber unterrichtet, daß er um ihre Hand anzuhalten gedachte.« Sie holte tief Luft, und ein Anflug von Unschlüssigkeit huschte über ihr Gesicht.

War es eine Lüge, die nun niemand mehr hinterfragen konnte? Nein – Beau Astley hatte ungefähr dasselbe gesagt. Aber warum zweifelte sie dann? Hatte es gestern abend ein Zerwürfnis gegeben, hatte er vielleicht seine Pläne geändert?

»Mein aufrichtiges Mitgefühl, Ma'am«, sagte er automatisch. »Hat Sir Bertram auf irgendeine Weise angedeutet, wohin er anschließend gehen wollte?«

Ihre Augenbrauen schossen in die Höhe. »Nun ja – nach Hause, nehme ich doch an!«

»Ich kann das alles nicht verstehen.« Zum ersten Mal sprach auch May. Sie hatte eine schöne Stimme, ein wenig leise vielleicht, aber angenehm tief. »Ich kann es einfach nicht fassen.«

»Natürlich kannst du das nicht!« sagte Mrs. Woolmer nervös. »Es ist unbegreifbar für jeden anständigen Menschen. Wir können nur annehmen, daß ihn jemand gekidnappt hat. Sie sollten lieber dieser Spur nachgehen, Mr. ...« Sie maß seinem Namen keinerlei Bedeutung bei und hob eine Schulter, um ihre Geringschätzung zu unterstreichen. »Der arme Sir Bertram muß entführt worden sein. Und als die Verbrecher festgestellt haben, wen sie entführt hatten, bekamen sie es mit der Angst zu tun.«

»Vielleicht hat Bertie sogar mit ihnen gekämpft?« schlug May vor. Tränen schossen ihr in die Augen. »Wie mutig von ihm! Bestimmt war es so!«

Mrs. Woolmer gefiel diese Theorie. »Eine gemeine, heimtückische Tat! Genauso hat es sich zugetragen, da bin ich mir ganz sicher. Ich weiß wirklich nicht, warum wir die Polizei bezahlen, wenn sie solche Verbrechen nicht zu verhindern weiß!«

Pitt hatte beim Mittagessen bereits den Kutscher der Astleys befragt. »Aber Sir Bertram fuhr nicht in seiner eigenen Kutsche nach Hause?« sagte er laut.

»Wie bitte?« Mrs. Woolmer hatte eine Entschuldigung oder einen Verteidigungsversuch erwartet, auf keinen Fall jedoch diese ungewöhnliche Frage.

»Nein«, antwortete May an ihrer Stelle. »Er hat seinen eigenen Brougham fortgeschickt und sich von Willis einen Hansom rufen lassen. Wir haben ihm unsere Kutsche angeboten, doch er wollte nichts davon hören. Er war immer äußerst rücksichtsvoll.« Sie betupfte ihre Wange mit dem Taschentuch. »Wirklich äußerst rücksichtsvoll.«

»Wenn wir doch nur darauf bestanden hätten, dann wäre er bestimmt nicht entführt worden!« Mrs. Woolmer richtete ihre Vorwürfe immer noch gegen Pitt; die Polizei war an allem schuld. Ihre Aufgabe war es schließlich, Personen von Stand auf den Straßen vor Gesindel zu schützen.

Es war zwar möglich, daß Astley entführt worden war, jedoch äußerst unwahrscheinlich. Aber falls die Woolmers von seiner Gewohnheit, gelegentlich den Acre aufzusuchen, noch nichts wußten, bestand auch kein Grund, es ihnen jetzt mitzuteilen. Sie würden ihm sowieso nicht glauben. Und vielleicht war diese ungerechte Wut ihre ganz persönliche Art, mit ihrem Schmerz fertig zu werden. So etwas kam häufig vor. Bei einer Krankheit beschuldigte man den Arzt, der den Kranken nicht hatte retten können, bei einem Verbrechen die Polizei.

Pitt schaute die beiden Frauen an, May hielt sich immer noch streng an die Verhaltensregeln für junge Damen aus gutem Hause. Sie zeigte noch nicht die Unbeholfenheit echter Trauer. Sie hatte die Füße behutsam auf die Chaiselongue gezogen und ihren Rock in dezenten Falten um sich drapiert. Ihre Hände, die auf ihrem Schoß ruhten, waren ein wenig verkrampft, doch sie waren trotz allem wunderschön, und die junge Dame wirkte ruhig und gefaßt.

Sie hätte genauso für einen neoklassizistischen Maler Modell sitzen können, man hätte nur vorher zwei Drittel der Verzierungen von den Tischen und dem Pianoforte hinter ihr entfernen müssen.

Mrs. Woolmer spannte gerade alle Kräfte an, wie Britannia, die bereit war, ihren Feind in die Flucht zu schlagen. Beide Frauen versuchten immer noch, ihre Gedanken zu ordnen, und waren viel zu bestürzt, um zum jetzigen Zeitpunkt schon etwas preiszugeben. Es wäre sinnlos, sie weiter zu bedrängen. Sie hatten noch nicht richtig begriffen, was geschehen war. Vielleicht würde ihnen später noch etwas einfallen – eine Bemerkung, die Astley gemacht hatte, vielleicht auch nur eine Geste, die wichtig sein könnte.

»Er ist also gegen elf mit einem Hansom fortgefahren«, wiederholte Pitt. »Und soweit Sie wissen, fühlte er sich gesund, war gut aufgelegt und beabsichtigte, direkt nach Hause zurückzukehren.«

»Sehr richtig«, bestätigte Mrs. Woolmer. »Ich weiß wirklich nicht, was Sie überhaupt von uns erfahren wollten.«

»Nur die Uhrzeit, Ma'am, und welches Fahrzeug er benutzt hat. Und daß er, soweit Sie wissen, nicht die Absicht hatte, noch jemand anderen zu besuchen.«

Sie atmete mit einem kleinen Schnauben aus, was ihn an ein Zugpferd erinnerte. »Wenn das jetzt alles ist, wären Sie dann bitte so freundlich, sich zu verabschieden und uns allein zu lassen.«

Er verließ das Zimmer und schritt an einem Diener vorbei die Eingangstreppe hinunter auf die Straße. Er schlug wieder den Weg nach Osten ein, dem Wind entgegen. Er überlegte, wie sich May Woolmer wohl verhielt, wenn ihre Mutter nicht anwesend war. Ob Bertram Astley sie wirklich geliebt hatte? Sie war zweifellos hübsch und wohlerzogen genug, um jedem Gentleman eine Gattin sein zu können, die von der Gesellschaft akzeptiert wurde. Ob sie auch Mut und Witz besaß, ehrlich genug war, um über sich selbst lachen zu können und andere ohne Neid zu loben? War sie zärtlich? Waren diese Dinge für Bertie Astley überhaupt ein Kriterium? Vielleicht war er auch mit Schönheit und einem angenehmen Wesen zufrieden gewesen. Den meisten Männern schien dies zu genügen.

Und was mochte der Ausdruck bedeutet haben, den er in Beau Astleys Gesicht gesehen hatte, in dem Augenblick, als er an May gedacht hatte, trotz seiner eigenen Betroffenheit über den Tod seines Bruders? War das vielleicht auch Liebe gewesen?

Pitt mußte bei ihrem nächsten Treffen unbedingt daran denken, daß Beau jetzt Sir Beau war! Und höchstwahrscheinlich sehr viel wohlhabender als zuvor. Nach einer angemessenen Trauerzeit würde er vielleicht sogar in die Fußstapfen seines Bruders treten und Mary Woolmer heiraten? Es war durchaus möglich, daß Mrs. Woolmer alles daransetzen würde. Es gab nicht allzu viele geeignete junge Männer, die über Titel und Geld verfügten, und das Jahr neigte sich bereits dem Ende zu – die nächste Ballsaison nahte schon.

Pitt zog seinen Kragen höher, der Ostwind blies ihm Schneeregen ins Gesicht. Der Gedanke, sich mit den persönlichen Fehlern und Schwächen im Leben der Astleys beschäftigen zu müssen, war ihm mehr als unangenehm.

Am nächsten Morgen wurde er zu seinem Vorgesetzten gerufen.

Dudley Athelstan stand in seinem Büro. Sein Anzug paßte ihm so tadellos wie es die Kunstfertigkeit eines Schneiders überhaupt zuließ, doch seine Krawatte saß schief, und der Kragen schien ihm zu eng. Die Morgenzeitungen lagen ausgebreitet auf seinem großen Schreibtisch.

»Pitt! Pitt, kommen Sie herein. Wir müssen etwas tun in dieser Sache – es ist abscheulich! Der Kommissar hat mich schon in der Angelegenheit gesprochen, ist persönlich hergekommen. Als nächstes bekomme ich noch Post vom Premierminister!«

»Weil es drei Mordfälle im Armenviertel gegeben hat?« Pitt betrachtete das Chaos auf Schreibtisch und dann Athelstans gerötetes Gesicht. »In ein oder zwei Tagen gibt es einen neuen Gesellschaftsskandal, über den sie reden können, und sie vergessen die Morde wieder.«

»Können Sie mir das garantieren?« Athelstans Augen traten hervor, und er fuchtelte aufgeregt mit den Händen. »Wollen Sie etwa persönlich dafür sorgen? Gütiger Herrgott, Mann, haben Sie eine Ahnung, welchen Wirbel der letzte Mord ausgelöst hat? Ehrbare Männer haben Angst, nach ...« Er unterbrach sich abrupt.

»Nach Devil's Acre zu gehen?« beendete Pitt den Satz mit einem Lächeln.

Athelstan knurrte. »Sie haben gut reden, Pitt. Sie brauchen sich schließlich vor diesen Leuten nicht zu rechtfertigen – dem Himmel sei Dank! –, sonst säße wohl sehr bald die gesamte Polizei auf der Straße! Einige sehr einflußreiche Männer suchen gelegentlich Etablissements wie das von Max Burton auf. Sie gehen bewußt das Risiko ein, überhöhte Preise zu zahlen oder sogar auf der Straße überfallen oder ausgeraubt zu werden. Aber doch nicht ermordet und entmannt! Gott – selbst der Gedanke daran ist unerträglich! Und der Skandal, die Schande!«

»Vielleicht ist der Täter ein leidenschaftlicher Reformer, der auf diese Weise versucht, den Hurenhäusern das Geschäft zu verderben«, sagte Pitt ironisch.

»Seien Sie nicht so verdammt unverschämt«, wies Athelstan ihn resigniert zurecht. »Jetzt ist wirklich nicht der geeignete Zeitpunkt für leichtfertige Äußerungen, Pitt.« Er griff mit der Hand an seinen Kragen, um ihn ein wenig zu lockern. »Ich muß sehen, daß diese Sache schleunigst geklärt wird und der Wahnsinnige, der dafür verantwortlich ist, in Bedlam landet, wo er auch hingehört. Und es ist mir egal, ob es ein übergeschnappter Priester ist, der versucht, eigenhändig die Hölle auszumerzen, oder ein habgieriger Zuhälter, der denkt, er kann sich sein eigenes Imperium aufbauen. Was haben Sie bis jetzt in Erfahrung bringen können?«

»Nicht sehr viel, Sir.«

»Kommen Sie mir bloß nicht mit Entschuldigungen, verdammt nochmal! Ich will Fakten, Zeugen – was wissen wir?«

Pitt wiederholte die wenigen medizinischen Befunde.

»Was können wir damit schon anfangen!« sagte Athelstan verzweifelt.

»Keine Zeugen«, fügte Pitt hinzu.

»Nicht einen einzigen?«

Pitt zuckte die Achseln und versuchte zu lächeln. »Haben Sie das wirklich erwartet? Würde auch nur einer der erbosten Gentlemen, von denen Sie eben gesprochen haben, zugeben, daß er dort gewesen ist?«

Athelstan bedachte ihn mit einem vernichtenden Blick. »Und wie steht es mit anderen Zuhältern – Huren, Herumtreibern –; irgendwer muß doch da gewesen sein?«

»Nein.«

Athelstan schloß die Augen. »Verdammt! Verdammt! Verdammt! Wir müssen diesen Fall aufklären, Pitt.« Er vergrub das Gesicht in seinen Händen. »Können Sie sich vorstellen, was man mit uns macht, wenn das nächste Opfer ein Mitglied des Adels ist oder ein Parlamentsabgeordneter? Die werden uns in der Luft zerreißen!«

»Was erwartet man denn von uns? Sollen wir etwa die einschlägigen Straßen auf dem Acre auf und ab patroullieren?«

»Reden Sie keinen Schwachsinn! Man will, daß wir diesen Irren dingfest machen und alles wieder seinen gewohnten Gang gehen kann.« Er schaute Pitt flehend an. »Wir müssen es einfach schaffen! Fragen Sie Ihre Schnüffler, Ihre Informanten - wenn nötig, bezahlen Sie sie meinetwegen auch. Aber nicht zu großzügig, selbstverständlich! Verlieren Sie bloß nicht den Kopf! Irgendeiner wird schon reden, irgendeiner wird etwas wissen. Suchen Sie nach Motiven, nach Rivalitäten, Eifersucht. Finden Sie heraus, wer beim Spiel Geld verloren hat. Wenn Sie meinen Rat hören wollen: Finden Sie den Mann, der diesen Zuhälter Max umgebracht hat, dann wird sich alles weitere von selbst ergeben. Welche Verbindung besteht zwischen Max und diesem Dr. Pinchin?«

»Wir haben noch nichts finden können.« Pitt war sich seines Versagens bewußt und fühlte, wie seine Gesichtszüge einfroren.

»Na, dann suchen Sie gefälligst weiter!« Athelstan ballte die Fäuste. »Und finden Sie um Himmels willen etwas, Pitt! Sperren Sie jemanden ein. Wir müssen unbedingt diesem - diesem ...« Mit der Hand wischte er die nächstbeste Zeitung vom Tisch, so daß ein Stapel Beschwerdebriefe auf geprägtem Briefpapier sichtbar wurde. »Die sind völlig in Panik geraten! Wichtige Leute sind absolut fassungslos!«

Pitt schob die Hände in seine Taschen. »Ja, das kann ich mir vorstellen.«

»Na, dann tun Sie gefälligst was!« schrie Athelstan wütend. »Machen Sie, daß Sie fortkommen, und unternehmen Sie endlich etwas!«

»Ja, Sir.«

Pitt ging also wieder zurück nach Devil's Acre, um Ambrose Mercutt genauer über seine Rivalitäten gegenüber Max zu befragen. Er traf ihn an, in einem scharlachroten Morgenmantel mit Samtkragen und Samtaufschlägen. Mercutt war denkbar schlechter Laune.

»Ich weiß wirklich nicht, was zum Teufel Sie von mir wollen!« sagte er aufgebracht. »Ich habe keine Ahnung, wer diesen elenden Halunken umgebracht hat! Ich habe Ihnen bereits alles gesagt, was ich weiß. Mein Gott, der Mann hat mehr als genug Feinde gehabt!«

»Sie scheinen offenbar der schlimmste von ihnen zu sein, Mr. Mercutt.« Pitt war in Begleitung von zwei zusätzlichen Constables erschienen und nicht in der Stimmung, sich von einem übermüdeten Zuhälter, der um zehn Uhr morgens noch in einem scharlachroten Morgenmantel herumlief, herablassend behandeln zu lassen. »Max Burton hat Ihnen einen Großteil Ihrer Kunden weggenommen und Ihnen wenigstens vier Ihrer besten Frauen abgeworben. Der Mann hat immerhin Ihre Existenz bedroht.«

»Blödsinn!« Mit einer Bewegung seiner langen Finger tat Ambrose diese Theorie als lächerlich ab. »Ich habe Ihnen doch schon gesagt, daß die Frauen bei uns kommen und gehen. Und irgendwann hätten sie auch Burton verlassen und wären zu jemand anderem gegangen. Es ist wirklich nichts Ungewöhnliches. Wenn Sie Ihren Beruf auch nur einigermaßen gut verstünden, Inspector, hätten Sie sich schon längst um die verheirateten Frauen gekümmert, die für ihn angeschafft haben! Versuchen Sie es mal bei Louisa Crabbe! Ich wette, die Idee ist Ihnen noch gar nicht gekommen, was?« Seine Augen funkelten mit bösartiger Genugtuung, als er sah, wie überrascht Pitt war. »Nein – genau das habe ich mir gedacht! Ich wüßte wirklich gern, was Albert Crabbe von Max gehalten hat! Ich wette, er hätte ihn liebend gern auf die grausamste Weise, die man sich vorstellen kann, in Stücke geschnitten!« Er zog ein Gesicht. Diese Vorstellung war vulgär und abscheulich. Er machte zwar ein mehr als gutes Geschäft mit den körperlichen Begierden anderer, doch er selbst fand diese Dinge abstoßend. Er setzte sich und schlug die Beine übereinander.

Pitt durchzuckte der Gedanke, daß Louisa Crabbe nur eine Erfindung war, doch Ambroses Gesicht wirkte zu sicher, zu befriedigt.

»Tatsächlich?« sagte Pitt so ausdruckslos wie möglich. »Und wo finde ich diesen Albert Crabbe?«

Ambrose lächelte. »Mein lieber Inspector, sind Sie denn völlig unfähig? Woher zum Teufel soll ich das wissen? Schauen Sie sich die Bücher von Max an – irgendwo wird schon etwas darüber stehen, wie er sich mit ihr in Verbindung gesetzt hat. Er hat die Frauen auf die Freier abgestimmt, wissen Sie. Das ist nämlich keine Sache des bloßen Zufalls. Man muß schon ein besonderes Gespür dafür haben! Die Etablissements, die wir am oberen Ende des Gewerbes führen, sind alles andere als gewöhnliche, primitive Bordelle!«

»Vielen Dank für die Belehrung«, sagte Pitt sarkastisch. »Ich muß zugeben, ich habe Ihr außerordentliches unternehmerisches Talent wohl bisher tatsächlich nicht genügend gewürdigt.«

»Was?«

Pitt schenkte sich die Erklärung. Er verspürte eine gewisse Befriedigung, doch es war ihm bewußt, daß dies nur ein armseliger Triumph war. Der Nachgeschmack war fade.

»Ich nehme an, Louisa Crabbe war nicht die einzige – lediglich die einzige, deren Namen Sie mir mitzuteilen bereit sind«, sagte Pitt.

»Ich habe Ihnen bereits gesagt, Inspector, daß Max Burton vollkommen unbedeutend für mich war.« Ambrose' Gesicht war wieder ganz glatt, völlig unbeteiligt. »Ich habe meine Zeit nicht damit verschwendet festzustellen, wer bei ihm verkehrt hat. Warum sollte ich das auch. Ich habe meine Stammkundschaft und lebe sehr gut davon. Natürlich hat es Leute gegeben, denen er das Geschäft ruiniert hat. Wenn ich Sie wäre, würde ich mich mal bei den Daltons erkundigen. Sie arbeiten am unteren Ende unseres Gewerbes. Ich bin mir ziemlich sicher, daß sie genug Grund hatten, sich über Max aufzuregen.«

Pitt konnte zwar zurück aufs Revier gehen und Nachforschungen über die Daltons anstellen, doch es war ihm gleichgültig, was Mercutt von ihm dachte. Es tat seinem Stolz nicht den geringsten Abbruch. »Wo finde ich sie?« fragte er.

Ein überlegenes Lächeln spielte um Ambrose' Mund. »Crossgate Street. Also wirklich, Inspector, was würden Sie wohl ohne mich anfangen?«

»Jemand anderen fragen«, erwiderte Pitt. »Führen Sie mich nicht in Versuchung, darüber nachzudenken. Wenn der Devil's Acre nicht so ein Sündenpfuhl wäre, würde ich sicher dafür sorgen, daß es bald das erste Bordell weniger gäbe.« Er schaute sich in dem nichtssagenden Raum um. »Aber wahrscheinlich wäre es sowieso sinnlos. Haben Sie je von den Taten des Herakles gelesen?«

Ambrose wußte, daß er sowohl direkt als auch indirekt beleidigt wurde. Da er die Beleidigung nicht verstand, haßte er sie noch mehr.

»Nein, wahrscheinlich nicht«, beantwortete Pitt seine eigene Frage. »Schauen Sie sich gelegentlich mal die Ställe des Augias an. Vielleicht könnte man ja sogar die Themse umleiten!«

»Ich habe keinen blassen Schimmer, wovon Sie reden!« brauste Ambrose auf. »Wäre es nicht besser, wenn Sie endlich Ihrer Arbeit nachgehen würden? Ich habe nicht den Eindruck, daß Sie so große Fortschritte gemacht haben, daß Sie es sich leisten können, hier untätig herumzustehen und Ihre Zeit zu vergeuden – und meine dazu!«

Womit er leider nur recht hatte. Und jetzt, da Hubert Pinchin und Bertie Astley ebenfalls tot waren, wurde das Motiv für den Mord an Max sowieso immer unwichtiger.

»War Sir Bertram einer Ihrer Kunden?« fragte Pitt boshaft beim Hinausgehen.

Ambrose hob seine dünnen Augenbrauen. »Also wirklich, Inspector, Sie glauben doch wohl nicht, daß ich die Gentlemen nach ihren Namen frage? So naiv können Sie doch nicht sein!«

»Nein, ich habe keineswegs geglaubt, daß Sie sie danach fragen, Ambrose«, erwiderte Pitt leichthin. »Ich hatte vielmehr angenommen, daß Sie sie ohnehin wüßten!«

Ambrose lächelte. Irgendwie war diese Bemerkung als Zugeständnis an seine Kompetenz zu verstehen, an seine beruflichen Fähigkeiten. Einen Augenblick wirkte sein Gesicht unentschlossen, doch dann verschwand dieser Ausdruck wieder. »Nein«, sagte er schließlich. »Weder Bertram Astley – noch Dr. Pinchin.« Sein Lächeln wurde breiter. »Tut mir leid.«

Pitt glaubte ihm. Er hatte seine Unentschlossenheit so gedeutet, daß Ambrose sich nicht entscheiden konnte, ob er die Wahrheit zugeben oder etwas prahlen und mit der Wichtigkeit seiner Kundschaft glänzen sollte – er hätte damit auch deutlich gemacht, daß er von Max nichts zu befürchten gehabt hätte.

»Nein.« Pitt blickte sich ein weiteres Mal in dem Raum um und verzog ein wenig abfällig den Mund. »Nein – das kann ich mir auch nicht vorstellen.« Er schloß die Tür und ließ Ambrose wutentbrannt und mit funkelnden Augen zurück.

Crossgate Street war schmutzig und kalt, aber Pitt hatte keinerlei Schwierigkeiten, das Etablissement der Daltons zu finden. Es war recht geräumig, machte einen freundlichen Eindruck und war vollgestopft mit leuchtend roten und rosafarbenen Möbeln. Im Hauptempfangszimmer brannte ein Feuer, obwohl es erst Nachmittag war. Anscheinend versorgten die Daltons ihre Kundschaft rund um die Uhr. In den Räumen hing jedoch keineswegs der fade, beißende Geruch eines Wirtshauses außerhalb der Öffnungszeiten, hier schien es Dienstmädchen zu geben wie in jedem anderen größeren Haushalt auch.

Pitt wurde von einem molligen Mädchen mit einem rundem Gesicht empfangen, einer ganz gewöhnlichen Person, deren Teint frisch wie der eines Landmädchens war. Pitt verspürte einen Anflug von Mitleid, die junge Frau in diesem Beruf zu finden. Trotzdem ging es ihr immer noch besser in einem Bordell wie diesem, mit einem Dach über dem Kopf und regelmäßigen Mahlzeiten, als den meisten anderen Frauen. Viele mußten auf der Suche nach Freiern durch die Straßen streifen, um mit dem Geld, das er für ihren Körper bezahlte, ihrem Kind eine Mahlzeit oder ein Kleidungsstück kaufen zu können.

Er ersparte ihr die Peinlichkeit eines Mißverständnisses. »Ich bin von der Polizei«, sagte er sofort. »Ich würde gern mit Mr. Dalton sprechen. Er könnte mir möglicherweise mit Informationen behilflich sein.«

»Mr. . . . ? Ach so!« Auf ihrem Gesicht spiegelten sich plötzliches Begreifen und Belustigung. »Sie meinen sicher Miss Dalton. Woll'n Sie lieber mit Miss Mary oder mit Miss Victoria sprechen, Sir? Obwohl ich mir nich' ganz sicher bin, ob die große Lust haben, jemanden von der Polizei zu sehen.«

»Miss?« Der Gedanke, daß es sich bei den Daltons um Frauen handeln könnte, war ihm noch gar nicht gekommen, obwohl es dagegen natürlich nichts einzuwenden gab. Die Atmosphäre wirkte allerdings schon irgendwie feminin, auf einfache Art sinnlich, nicht so selbstbewußt und alles andere als erschöpft wie etwa in den Etablissements von Max oder Ambrose Mercutt. Irgendwie erschien ihm hier alles weniger anstößig, obwohl ihm der Grund dafür nicht ganz klar war.

»Holen Sie einfach eine der beiden Damen«, antwortete er. »Es tut mir leid, daß ich darauf bestehen muß, mit ihnen zu sprechen. Es handelt sich um einen Mordfall. Wenn es nötig sein sollte, werde ich mit Verstärkung zurückkommen, und das könnte für alle Beteiligten unangenehm werden. Ich kann mir allerdings kaum vorstellen, daß dies in ihrem Sinne wäre. Es wäre bestimmt schlecht für das Geschäft.«

Das Mädchen sah verwirrt aus. Pitts Manieren waren höflich, seine Stimme klang ruhig und freundlich, doch seine Worte waren hart. »Wenn Sie bitte hier warten würden . . .« Sie verließ hastig das Zimmer, und sofort bedauerte Pitt, so mit ihr gesprochen zu haben. Er hatte keinen Grund dazu gehabt, aber jetzt war es zu spät, das Gesagte zurückzunehmen.

Sehr bald darauf erschien eine nur wenig ältere Frau, vielleicht Anfang dreißig, recht kräftig gebaut, mit einem offenen, hübschen Gesicht, das mit kleinen Sommersprossen übersät war. Sie sah aus wie ein tüchtiges Stubenmädchen an seinem freien Tag. Sie trug ein hochgeschlossenes Kleid in schlichtem Lavendelblau und war ungeschminkt, soweit Pitt sehen konnte.

»Ich bin Victoria Dalton«, sagte sie höflich. »Violet sagte mir, Sie seien von der Polizei und wünschten mich zu sprechen. Würden Sie bitte mit in das hintere Empfangszimmer kommen? Violet bringt uns gleich Tee.«

Pitt, der eine völlig andere Person erwartet hatte, kam sich reichlich lächerlich vor und folgte ihr wortlos, als sie die große in Rosa und Rot gehaltene Eingangshalle mit den Sofas und Kissen verließen, einen Korridor entlang ging und einen kleinen, intimeren Raum betrat, in dem ebenfalls ein Kaminfeuer brannte. Oben im Haus erklang das glockenhelle Lachen einer Frau, gefolgt von einem entzückten Schrei und einem Kicheranfall. Männerstimmen waren nicht zu hören. Allem Anschein nach waren es zwei Frauen, die sich ihre Abenteuer erzählten – ein privates Gespräch.

Victoria Dalton nahm auf einem großen, grünen Sofa Platz und bot Pitt an, es sich auf einem ähnlichen Sofa ihr gegenüber bequem zu machen. Sie faltete die Hände auf dem Schoß und blickte ihn freundlich an.

»Womit können wir Ihnen dienen?«

Er war ein wenig verblüfft, sie wirkte so ausgeglichen, so völlig anders als Max oder Ambrose Mercutt. Dieses Haus erinnerte ihn an ein Haus der Mittelschicht, gemütlich, mit familiärer Atmosphäre. Er fühlte sich gedrängt, zu Euphemismen Zuflucht zu nehmen, was natürlich lächerlich war.

»Ich ermittle in einem Mordfall, Ma'am«, begann er ganz anders, als er beabsichtigt hatte. Irgendwie hatte sie ihn verunsichert. »Um es genau zu sagen, in drei Mordfällen.«

»Wie unangenehm.« Sie klang, als hätte er eine Bemerkung über das Wetter gemacht.

Sie fuhr fort, ihn aufmerksam anzuschauen wie ein gehorsames Kind, das darauf wartet, daß man weiterspricht. Ihr Verhalten brachte ihn aus der Fassung. Entweder hatte sie ihn nicht richtig verstanden, oder der Tod war für sie etwas so Selbstverständliches, daß er sie nicht einmal mehr schockieren konnte. Als er den festen

Blick ihrer grauen Augen erwiderte, hatte er den Eindruck, daß es wahrscheinlich das letztere war.

Das Mädchen brachte den Tee, stellte das Tablett ab und zog sich wieder zurück. Victoria Dalton schenkte ein und reichte ihm seine Tasse. Er nahm sie dankend an.

Dann begann er erneut. »Das erste Opfer war Max Burton. Er führte ein Haus in der George Street. Vielleicht haben Sie von ihm gehört?«

»Selbstverständlich«, sagte sie. »Wir wissen auch, daß er ermordet wurde.«

»War er gut in seinem Metier?« Warum fand er es so schwierig, ihr diese Fragen zu stellen? War es deshalb, weil sie keine rechte Angriffsfläche bot und sich, im Gegensatz zu Ambrose, auch nicht defensiv verhielt?

»O ja«, antwortete sie. »Er besaß ein außergewöhnliches Talent.« Zum ersten Mal spiegelte sich ein Gefühl auf ihrem Gesicht, und zwar Wut. Die Mundwinkel ihrer vollen Lippen verzogen sich nach unten, aber Pitt hatte das merkwürdige Gefühl, daß es eher ein Ausdruck der Mißbilligung war als ein Gefühl persönlicher Betroffenheit.

»Ambrose Mercutt sagte mir, Max habe in seinem Etablissement in der George Street eine Anzahl Frauen aus gutem Hause für sich arbeiten lassen«, fuhr Pitt fort.

Der Anflug eines Lächelns huschte über ihr Gesicht. »Ja, genau das würde Ambrose Mercutt sagen.«

»Stimmt es denn?«

»O ja. Max war sehr geschickt. Er besaß eine große Anziehungskraft auf Frauen, wissen Sie. Und es gibt eine besondere Art von Frauen, aus gutem Hause, untätig, aus Vernunftgründen mit irgendeinem blutlosen Mann verheiratet - der wahrscheinlich auch noch sehr viel älter ist als sie, schlecht im Bett, ohne Phantasie und Verlangen –, die sich schließlich zu langweilen beginnen. Max hat diesen Frauen gefallen. Zuerst hatten sie eine Affäre mit ihm, dann führte er sie ins Gewerbe ein und stellte sie seinen vornehmen Kunden vor. Für Huren wie diese konnte er sehr viel Geld verlangen.« Sie klang wie ein Händler, der über seine Ware spricht, als handele es sich lediglich um Verkaufsstrategien.

»Hat er Ihnen Kunden abgeworben?« fragte er genauso direkt.

Sie ließ sich nicht aus der Ruhe bringen. »Nicht viele. Uns geht es mehr um Professionalität als um den Reiz des Neuen. Die meisten dieser Frauen aus gutem Hause sind eher auf ein Abenteuer aus«, sie runzelte ein wenig die Stirn. »Sie sind darauf bedacht, ihre Langeweile zu bekämpfen, und verfügen weder über Geduld noch über das Wissen, wie man jemandem Lust verschafft. Eine gute Hure besitzt Humor und Großzügigkeit und stellt keine Fragen.« Sie lächelte freudlos. »Und natürlich eine Menge Erfahrung.«

Sie war an diesen Gedanken so gewöhnt, daß sie nichts Ungewöhnliches daran finden konnte. Das Gewerbe, Frauen anzubieten, war ihr tägliches Leben und berührte sie emotional nicht. Das Geschäft genau zu kennen, war für sie eine Frage des Überlebens.

»Und wie steht es mit Ambrose Mercutt?« wechselte Pitt das Thema.

»O ja, Ambrose war schwer angeschlagen«, sagte sie. »Er versorgt denselben Kundenkreis, übersättigte Gentlemen, die Lust auf etwas Neues haben, etwas, das ihre Phantasie anregt, und die bereit sind, auch dafür zu zahlen.« Jetzt spiegelten ihre Züge tiefe Verachtung wider. Ihre Augen verengten sich, und plötzlich lag ein eigentümliches Glitzern darin, das sogar ein Anzeichen von Haß sein konnte, doch Pitt hatte keine Ahnung, auf wen sich dieses Gefühl bezog. Vielleicht auf jene reichen, verwöhnten Frauen, die genug Geld und Zeit hatten, um sich der Prostitution aus reiner Vergnügungssucht hinzugeben – ihre Frauen taten es, um zu überleben. Vielleicht aber auch auf Ambrose, weil er daraus Kapital schlug. Oder aber auf die Männer, deren Geld dies alles erst zu einem lukrativen Geschäft machte.

Oder haßte sie Max, weil er ihr letztendlich doch das Geschäft ruiniert hatte? Oder gab es einen ganz anderen Grund, an den er bisher noch gar nicht gedacht hatte? War sie vielleicht selbst in Max verliebt gewesen? Möglich war es, sie war jung, sie hatte einen weichen, sinnlichen Mund. War es der Haß einer verschmähten Frau gewesen, die Max das Leben gekostet hatte?

Doch falls dies zutraf, welchen Sinn ergab dann der Tod von Hubert Pinchin?

»Wo hat er diese vornehmen Frauen kennengelernt?« fragte Pitt statt dessen. »Doch wohl nicht hier auf dem Acre?«

Das Gefühl in ihrem Gesicht erstarb. Ihre Augen wurden wieder ruhig, wie graues Wasser mit schieferfarbenen Sprenkeln.

»O nein, er ist immer in eines der Restaurants oder Theater gegangen, in denen man diese Frauen antreffen kann«, erwiderte sie. »Er hat früher als Diener in einem vornehmen Haus gearbeitet – er wußte genau, wie man sich zu benehmen hat. Er sah ungemein gut aus und trug teure Kleidung. Er beherrschte die Kunst, genau zu spüren, wenn eine Frau unzufrieden war, und er wußte sofort, welche Frau entschlossen und verzweifelt genug war, daran etwas zu ändern.«

Wieder einmal wurde Pitt bewußt, daß Max ein ungeheures Talent besessen und es bis ins Letzte ausgenutzt hatte. Doch es war nicht nur außergewöhnlich gewesen, sondern auch gefährlich.

Was geschah, wenn diese Frauen sich zu langweilen begannen oder es mit der Angst zu tun bekamen? Die Gesellschaft mochte in vielen Dingen ein Auge zudrücken, doch Prostitution in Devil's Acre war ein unverzeihliches Vergehen, das unter keinen Umständen ignoriert werden konnte. Zwischen dem, was sich ein Mann ungestraft leisten konnte – solange er sich dabei diskret genug verhielt –, und dem, was einer Frau, wer sie auch sein mochte, erlaubt war, lagen Welten. Sexuelle Abenteuer gehörten zur Natur des Mannes, von Heuchlern verurteilt, aber trotzdem toleriert – insgeheim witzelte man sogar darüber –, und von den meisten wurden sie sogar unterschwellig bewundert.

Doch aufgrund von gesellschaftlichen Konventionen redeten sich die Männer lieber ein, daß Frauen ganz anders wären. Nur Huren empfanden Vergnügen im Schlafzimmer. Seinen Körper zu verkaufen, war eine Sünde, für die man keine Gnade erwarten konnte. Und wenn diese Frauen, die für Max gearbeitet hatten, nun ihre Sicherheit – ihre Ehe – in Gefahr sahen, was taten sie dann? Hätte Max ihnen erlaubt, sich still und heimlich davonzumachen, genauso wie sie gekommen waren, und ihre Namen für immer aus seinem Gedächtnis getilgt? Oder hätte er dafür gesorgt, daß über ihrem weiteren Leben beständig das Damoklesschwert schwebte?

Unendlich viele Gründe, einen Menschen zu ermorden!

Victoria Dalton blickte ihn immer noch mit ernster Miene an. Er hatte keine Ahnung, wieviel sie von seinen Gedanken erraten hatte.

»Ist Ihnen ein gewisser Hubert Pinchin bekannt?« fragte er sie.

»Er ist ebenfalls ermordet worden, nicht wahr?« Es klang eher wie eine Feststellung als wie eine Frage. »Aber in einem ganz anderen Teil des Acres. Nein, ich glaube nicht, daß ich je seine Bekanntschaft gemacht habe.« Sie zögerte. »Jedenfalls nicht unter diesem Namen. Die Männer, die hierher kommen, geben oft einen falschen Namen an, wissen Sie.« In ihrer Stimme lag ein kaum merklicher Anflug von Verachtung.

»Er war untersetzt, hatte einen Bauchansatz«, sagte Pitt und begann, Pinchin so zu beschreiben, wie er ihn tot im Hof des Schlachthauses gesehen hatte, versuchte aber gleichzeitig, ihn sich dabei so lebendig wie möglich vorzustellen. »Er hatte lichtes graubraunes Haar, eine breite, relativ flache Nase, einen lebensfrohen Mund, kleine Augen und eine bläulichrote Gesichtsfarbe. Er trug ausgebeulte Kleidung. Er war ein Freund von Stilton und gutem Wein.«

Sie lächelte. »Es gibt hier in London viele Gentlemen, auf die diese Beschreibung zutrifft, und recht viele von ihnen, die unfreundliche, prüde Gattinnen haben, finden früher oder später ihren Weg hierher.«

Diese Beschreibung traf erstaunlich gut auf Valeria Pinchin zu. Es wäre nicht verwunderlich gewesen, wenn Hubert Pinchin seinen Weg zu Victoria Daltons Haus gefunden hätte, einem Ort, an dem es fröhlich zuging, wo man sich das kaufen konnte, was man begehrte, in dem es dicke Kissen, weiche Brüste, üppige Hüften und zuvorkommende Manieren gab.

»Ja, das kann ich mir vorstellen«, sagte er niedergeschlagen. »Und wie steht es mit Sir Bertram Astley – jung, blond, gutaussehend, ziemlich groß?« Er hatte vergessen, die Augenfarbe des Verstorbenen festzustellen, doch die Beschreibung wäre auch mit dieser zusätzlichen Information zwecklos gewesen. Die Beschreibung traf sicher auf mehrere hundert junge Männer in London zu, die genau wie er wohlhabende Söhne aus gutem Hause waren.

»Der Name sagt mir nichts«, antwortete sie geduldig. »Und wir stellen keine neugierigen Fragen. Es schadet dem Geschäft.«

Das ließ sich nicht leugnen.

Es sah immer mehr so aus, als handele es sich bei dem Täter um einen Verrückten, der von einem tödlichen Haß auf das männliche Geschlecht besessen war, vielleicht weil er selbst seine Manneskraft eingebüßt hatte, eine Unzulänglichkeit, unter der er sehr gelitten hatte, bevor er den Verstand verloren hatte. Eine unbefriedigende Antwort. Aber bisher hatte er zwischen dem Mord an

Max, Dr. Pinchin und Sir Bertram keine auch noch so kleine Verbindung feststellen können.

Vielleicht würde sich etwas ergeben, wenn er weitere Ermittlungen über Max und seine Geschäfte anstellte, vielleicht gab es eine Frau, die alle drei Männer gekannt hatte - vielleicht von allen dreien benutzt worden war? Ja, ein krankhaft eifersüchtiger Gatte war durchaus eine Möglichkeit. Oder vielleicht war die Frau selbst erpreßt worden und hatte sich an einen Ganoven gewandt und ihn dafür bezahlt, daß er alle Spuren ihrer moralischen Verfehlungen für immer vernichtete. Es gab genug Personen hier in Devil's Acre, die so etwas für wenig Geld bereitwillig getan hätten, und für eine Frau war es ein geringer Aufwand, verglichen mit dem gesellschaftlichen Ruin, der ihr selbst drohte, falls ihr Doppelleben ans Licht kam. Und wenn sie mit dem gedungenen Mörder gesprochen hatte, ohne ihre Identität preiszugeben, in einen dicken Mantel gehüllt, die Kapuze tief ins Gesicht gezogen, hätte sie sich nach der Tat sicher fühlen können.

Doch warum waren die Männer auf so grausame Weise zugerichtet worden? Sein Magen verkrampfte sich, und er fühlte Übelkeit in sich aufsteigen, als er an Hubert Pinchin und seine abgetrennten Genitalien dachte. Vielleicht war es doch ein betrogener Ehemann gewesen. Oder ein Vater. Für ein Verbrechen, in dem es nur um Geld ging, gab es viel zuviel Haß.

Doch bevor er nicht über mehr Informationen verfügte, blieben seine Überlegungen sinnlos. Er stand auf.

»Vielen Dank, Miss Dalton, Sie haben mir sehr geholfen.« Warum verhielt er sich dieser Frau gegenüber so höflich, beinahe respektvoll? Sie war die Inhaberin eines Freudenhauses, nicht besser als Ambrose Mercutt oder auch Max. Vielleicht lag es nur an seinen guten Manieren und hatte mit der Frau an sich nichts zu tun. »Falls mir noch etwas einfallen sollte, das ich Sie fragen möchte, werde ich Sie wieder aufsuchen.«

Sie hatte sich ebenfalls erhoben. »Selbstverständlich. Guten Tag, Mr. Pitt.«

Das Mädchen brachte ihn zur Tür, und er trat hinaus auf die schmutzige Straße. Es war spät am Nachmittag und begann bereits dunkel zu werden. Vom Fluß wehte Abwassergestank herüber, und das langgezogene Klagen eines Nebelhorns erscholl, als die schwer beladenen Lastkähne ihren Weg Richtung Westminster Bridge zu den geschäftigsten Docks der Welt fortsetzten.

Vielleicht waren die drei Morde gar nicht von ein und demselben Mörder begangen worden. Jeder hatte davon gewußt. Vielleicht war wenigstens einer davon von einem Nachahmungstäter begangen worden. Wie stand es beispielsweise mit Beau Astley, der jetzt den Titel und das Vermögen seines Bruders erben – und vielleicht sogar an seiner Stelle May Woolmer heiraten würde?

Hier in Devil's Acre sollte man sich jedenfalls nicht über wahrhaft teuflische Verbrechen wundern!

Kapitel 6

Der Mord an Bertram Astley machte in allen Zeitungen Schlagzeilen. Die Öffentlichkeit war alarmiert. Doch hinter dem Entsetzen über die bestialische Tat, über die Verletzung jeden Anstandes und sogar hinter dem ehrlichen Mitgefühl der Menschen lauerte eine quälende, reale Angst, die jeden persönlich betraf und bedrohte. Wenn selbst ein Mann wie Astley auf obszöne Art ermordet wurde, wer war dann auf der Straße noch sicher?

Natürlich wagte man dies nicht offen zu sagen. Statt dessen gab es Leserbriefe, in denen bessere Arbeit von der Polizei gefordert wurde, mehr Effizienz, besser ausgebildete, intelligentere Männer. Man wollte wissen, wessen Fehler durch das Schweigen vertuscht werden sollten. Waren diese monströsen Verbrechen nur deshalb noch nicht aufgeklärt worden, weil die Männer in den Führungspositionen korrupt waren? Ein älterer Gentleman schlug sogar vor, man solle Devil's Acre niederbrennen, dem Erdboden gleichmachen und alle Bewohner unverzüglich nach Australien schaffen.

Charlotte legte die Zeitung fort und versuchte, all die hysterischen Spekulationen aus ihrem Kopf zu verbannen, um ernsthaft darüber nachzudenken, was für ein Mann Bertram Astley wirklich gewesen sein mochte. Über allem, was sie gelesen hatte, lag der rosige Schein der Rücksichtnahme, die es nicht zuließ, daß man über einen Toten etwas Schlechtes dachte oder sagte. Man machte es sich leicht, indem man alles auf die einfachsten Fakten reduzierte, auf hochtrabende Gefühle, die nur dramatisches Schwarz oder Weiß gelten ließen: Max war ein Schurke, Astley ein unschuldiges Opfer; die Polizei entweder unfähig oder, was noch schlimmer war, korrupt. Aber ganz gleich, wie man das Problem auch betrachtete, der Ruf der Gesellschaft schwebte in höchster Gefahr.

Und Pitt arbeitete wie ein Besessener, begann schon vor dem Morgengrauen und kehrte erst lange nach Einbruch der Dunkelheit zurück. Wenn er nach Hause kam, war er meist so erschöpft, daß er kaum noch sprechen konnte. Doch wo sollte er auch nur anfangen, nach einem Wahnsinnigen zu suchen, der irgendwo in London frei herumlief?

Sie mußte ihm helfen. Natürlich durfte sie ihm nichts davon sagen, er hatte ihr schließlich ausdrücklich verboten, sich in diesen Fall einzumischen. Doch das war vor dem Mord an Bertram Astley gewesen, als es nur um Personen gegangen war, die nicht zu ihren gesellschaftlichen Kreisen gehörten. Jetzt hatte sich das Blatt gewendet. Sicher kannte Emily die Astleys oder jemanden, der mit ihnen befreundet war und bewerkstelligen konnte, daß man der Familie vorgestellt wurde. Sie mußte äußerst diskret vorgehen; wenn Pitt davon erfuhr, bevor sie etwas herausgefunden hatte, würde er sehr zornig werden.

»Gracie«, rief sie fröhlich. Gracie durfte keinen Verdacht schöpfen. Selbst wenn sie sich noch so sehr anstrengte, etwas zu verbergen, konnte man in dem Mädchen lesen wie in einem offenen Buch.

»Ja bitte, Ma'am?« Gracies Gesicht erschien mit hochgezogenen Augenbrauen an der Tür. Ihr Blick fiel auf die Zeitungen. »Uh – is' das nich' schrecklich, Ma'am, da is' doch tatsächlich schon wieder einer umgebracht worden! Diesmal sogar 'n richtiger Gentleman mit 'nem echten Titel un' so! Ich weiß wirklich nich', wohin das noch führen soll!«

»Nun, das ist vielleicht auch besser so«, sagte Charlotte kurz angebunden. »Ich habe noch nie viel von ›Wahrsagerei‹ gehalten. Klingt mir sehr nach Aberglauben und bringt nur eine Menge Ärger.«

Gracie war verblüfft, genau wie Charlotte beabsichtigt hatte.

»Ma'am?«

»Mach dir keine Sorgen, Gracie.« Charlotte erhob sich. »Es ist meilenweit von hier entfernt passiert und betrifft niemanden, den wir kennen.« Sie gab ihr die Zeitung. »Hier, du kannst sie später benutzen, um damit das Feuer im Wohnzimmer anzuzünden.«

»Aber der Herr, Ma'am!« protestierte Gracie.

»Wie bitte?«

»Der hat doch damit zu tun, der arme Mann! Gestern abend hat er wirklich durchgefroren ausgesehen, als er nach Haus' gekommen is', un' ich glaub', er weiß genausowenig wie wir, wer's getan hat! 'Tschuldigung, Ma'am, wenn das jetzt ungehörig von mir is'.« Ein Anflug von Angst zeigte sich auf ihrem Gesicht. »Aber ich glaub' wirklich, daß er's diesmal mit den Mächten der Finsternis zu tun hat!«

»Was für ein Unsinn! Es ist ein Wahnsinniger. Und jetzt hör auf, darüber nachzudenken, wirf die Zeitung hinten in den Kamin und mach dich wieder an deine Arbeit. Ich werde ein neues Kleid in Auftrag geben. Heute morgen lasse ich die Schneiderin Maß nehmen.«

»Ooh!« Gracies Augen begannen zu leuchten. Ein neues Kleid war interessanter als ein Mord aus zweiter Hand. »Welche Farbe denn, Ma'am? Woll'n Sie es vorn so ausgeschnitten haben wie das, was in der Londoner *Illustrated* abgebildet is'?«

»Das ist mir zu modisch.« Charlotte kaufte nur das, was sie sich auch erlauben konnte. »Ich bin nicht dafür, alles mitzumachen, als wäre ich ein hirnloses Schaf in einer Herde.«

»Da ham Sie auch wieder recht Ma'am«, sagte Gracie. Auch sie hatte einen ausgezeichneten Sinn für das Praktische. »Suchen Sie sich 'ne schöne Farbe aus, sag' ich immer, un' der Rest kommt dann von ganz alleine, man braucht nur zu lächeln un' höflich zu sein, aber nich' so freundlich, daß sie auf falsche Gedanken kommen.«

»Sehr guter Ratschlag.« Charlotte nickte. »Aber ich möchte trotzdem einen kurzen Blick darauf werfen, was die anderen im Moment tragen, zum Abendessen werde ich daher wohl noch nicht zurück sein.«

»Is' gut, Ma'am. Für'n neues Kleid soll man sich immer genug Zeit lassen.«

In Emilys Haus angekommen, stellte Charlotte fest, daß ihre Schwester selbst bei der Schneiderin war, und mußte fast eine Stunde lang auf ihre Rückkehr warten.

»Wie in aller Welt kannst du an einem Morgen wie diesem eine Schneiderin aufsuchen?« verlangte sie zu wissen, als Emily ins Zimmer trat. »Meine Güte, liest du denn keine Zeitung?«

Emily blieb wie angewurzelt stehen, dann verhärteten sich ihre Gesichtszüge. »Du meinst die Sache mit Astley? Charlotte, was können wir da schon tun. Thomas hat dir doch bereits gesagt, du sollst dich nicht einmischen.«

»Das war doch vorher, als es nur um Zuhälter und diesen merkwürdigen Arzt ging. Aber jetzt betrifft es schließlich jemanden aus unseren Kreisen!«

»Du meinst wohl aus meinen Kreisen!« Emily schloß die Tür und kam näher, bis sie schließlich vor dem Kaminfeuer stand. »Ehrlich gesagt, ich kenne die Astleys gar nicht, aber es würde sicher auch keinen Unterschied machen, wenn ich sie kennen würde.«

»Stell dich doch nicht so dumm an!« Charlotte verlor allmählich die Geduld. »Was meinst du wohl, was Bertie Astley mitten in der Nacht in Devil's Acre zu suchen hatte?«

»Er hat ein Freudenhaus besucht.«

»Du meinst ein Bordell!«

Emily zuckte zusammen. »Sei doch nicht so schrecklich direkt, Charlotte. Du verlierst allmählich deine ganze Kultiviertheit. Thomas hat vollkommen recht. Du solltest dich in diese Sache nicht einmischen – es ist wirklich kein Fall für uns.«

»Auch nicht, wenn Bertie Astley Max gekannt hat und sie gemeinsam in etwas verwickelt waren – zusammen mit Dr. Pinchin?« Charlotte bot ihrer Schwester den verlockendsten Köder an, den sie hatte: einen erstklassigen gesellschaftlichen Skandal.

Emily war einen Moment lang ganz still. Die Mode konnte überaus langweilig werden. Sie hatte nichts mit dem zu tun, was wirklich zählte. Wen interessierte es schon, ob jemand eine dezentere Farbe trug oder einen gewagteren Ausschnitt hatte? Selbst die Klatschgeschichten waren um diese Jahreszeit höchst ermüdend.

»Das wäre natürlich etwas anderes«, sagte sie. »Und äußerst ernst. Es würde bedeuten, daß es gar kein Wahnsinniger gewesen ist, sondern jemand, der klar bei Verstand war – eine schreckliche Vorstellung.«

»Allerdings.«

Emily verspürte ein Frösteln, als sie ihre bisherige Meinung revidierte. »Wo sollen wir anfangen?«

Das war schon schwieriger. Es gab nur wenige praktische Möglichkeiten, die ihnen offenstanden. »Bei den Astleys«, entschied Charlotte nach kurzer Überlegung. »Es bleibt uns keine andere Wahl. Wir könnten vielleicht herausfinden, warum er auf dem Acre war und ob er Max oder Dr. Pinchin gekannt hat.«

»Was meint Thomas dazu?«

Charlotte war völlig offen. »Er ist zu müde, um viel zu sagen. Er spricht mit mir so gut wie überhaupt nicht über diesen Fall, nur ganz beiläufig. Die Öffentlichkeit ist hysterisch, und man bezichtigt die Polizei der Unfähigkeit, sogar der Korruption.«

Bei dieser Vorstellung schmolz in Emily auch der letzte Rest an Widerstand und Gewissenskonflikt. »Dann müssen wir unbedingt etwas unternehmen. Ich kenne die Astleys zwar nicht persönlich, aber ich weiß, daß Bertie sich recht intensiv um May Woolmer bemüht hat. Wir waren alle gespannt, ob sie es wohl schaffen würde, ihn zu angeln. Sie ist die letzte Schönheit dieser Saison. Nicht mein Geschmack, wenn ich ehrlich sein soll. Sehr hübsch zwar, erinnert an Sahne wie eine äußerst wohlerzogene Melkerin und ist auch genauso interessant.«

»Du liebe Zeit!« Charlotte stellte sich ein Wesen vor, das ganz in Spitzen gehüllt war und einen Eimer trug.

»O, versteh mich bitte nicht falsch, sie ist wirklich ganz reizend«, versuchte sich Emily wieder herauszureden. »Doch selbst das wird mit der Zeit langweilig. Sie ist genauso berechenbar wie ein Krug Milch.«

»Warum um alles in der Welt hat Bertie Astley sie dann heiraten wollen? Hat sie Geld? Oder Einfluß?« erkundigte sich Charlotte hoffnungsvoll.

»Nichts dergleichen. Aber sie hat perfekte Manieren, und sie ist wirklich äußerst angenehm. Und einige Männer fliegen eben auf soviel üppiges, weißes Fleisch.«

Charlotte dachte an Emilys zarte Schultern und kleine Brüste und sah von jedem weiteren Kommentar zu diesem Thema ab. Statt dessen versuchte sie sich an eine Bemerkung zu erinnern, die Pitt gemacht hatte, als er zu erschöpft gewesen war, um seine Zunge zu hüten. »Thomas sagt, daß Max manchmal sogar Frauen aus gutem Hause und vornehmer Familie für sich arbeiten ließ.«

»Gütiger Gott!« Emilys Kinnlade fiel ungläubig herab. »Du meist doch nicht etwa für Geld - mit ... O nein!«

»Anscheinend.«

Ihre Verblüffung siegte über ihre Zweifel und machte allmählich einer prickelnden Spannung Platz. »Charlotte, bist du auch ganz sicher?«

»Ich bin ganz sicher, daß Thomas genau das gesagt hat.«

»Aber welche Frau aus gutem Hause braucht so dringend Geld, daß sie auf die Idee kommt ... Ich kann es mir einfach nicht vorstellen!«

»Doch nicht aus Geldmangel. Es sind verheiratete Frauen, die es aus Langeweile oder Enttäuschung tun – genauso wie Männer um Geld spielen und mehr einsetzen, als sie sich erlauben können, oder verrückte Wettrennen mit ihren Vierspännern veranstalten und sich fast den Hals brechen, wenn die Kutsche sich überschlägt.«

»Hat er Bücher geführt – dieser Max?«

»Das weiß ich nicht, und ich habe es bisher auch nicht für klug gehalten, Thomas danach zu fragen. Aber meinst du nicht auch, Emily, daß wir ein paar von den Frauen ausfindig machen könnten, wenn wir es nur richtig anfangen? Vielleicht hat eine von ihnen Max umgebracht, weil er sie erpreßt hat oder sie nicht gehen lassen wollte? Das wäre doch Grund genug, jemanden zu ermorden oder ermorden zu lassen.«

Emily schürzte zweifelnd die Lippen. »Aber was ist mit Dr. Pinchin?«

»Auch in Bordellen braucht man manchmal einen Arzt, oder? Vielleicht hat er mit Max gemeinsame Sache gemacht. Vielleicht hat er ihm das Geld zur Verfügung gestellt oder die Frauen durch seine Praxis kennengelernt. Er hätte sie doch vermitteln können.«

»Und Bertie Astley?«

»Vielleicht war er ein Kunde und hat sie erkannt. Das würde auch erklären, warum er nicht so schrecklich – zugerichtet wurde.«

»Das ergibt keinen Sinn. Wenn es ihr Mann war, der die drei umgebracht hat, hätte er Bertie doch genauso gehaßt!«

»Nun ja, vielleicht war es auch ganz anders. Aber irgend jemand hat sie schließlich umgebracht!«

»Charlotte, wir sollten wirklich nicht.« Emily atmete heftig aus. »Ich habe May Woolmer zwei- oder dreimal getroffen. Wir könnten hingehen und ihr unser Beileid aussprechen. Ich habe schwarze Sachen, die ich dir borgen könnte. Irgendwo müssen wir schließlich anfangen. Wir besuchen sie am besten schon heute nachmittag. Aber was wirst du Thomas erzählen? Du bist eine schrecklich schlechte Lügnerin – du sagst immer viel zuviel und verrätst dich damit selbst.«

»Ich habe Gracie erzählt, ich wollte zur Schneiderin gehen.«

Emily stöhnte und sah sie mißtrauisch an. »Dann wäre es wohl das Beste, wenn ich dir ein Kleid geben würde – für dein Alibi.«

»Vielen Dank, sagte Charlotte gnädig. »Das ist wirklich sehr großzügig von dir. Am besten ein rotes.«

»Das sieht dir ähnlich!«

Mrs. Woolmer drehte die mit Goldbuchstaben bedruckte Visitenkarte hin und her und betrachtete sie eingehend. Sie war von feinster Qualität und wirkte sehr diskret. Und gegen den Titel, Vicomtesse Ashworth, war ebenfalls nichts einzuwenden.

»Wer ist sie, Mama?« erkundigte sich May hoffnungsvoll. Sie fand diesen Zustand der Ungewißheit allmählich höchst ermüdend. Noch schien niemand sicher zu sein, ob Bertie ein unschuldiges Opfer gewesen war oder ein Missetäter, der sein grausames Ende verdient hatte. May selbst konnte daher ebenfalls noch nicht sicher sein, welche Haltung sie einzunehmen hatte, und in dieser Zeit des Zweifelns Besucher zu empfangen, stellte sie stets auf eine harte Probe. Aber wenn sie niemanden mehr empfing, würde sie sich vorkommen wie eine Gefangene.

»Ich habe keine Ahnung«, antwortete Mrs. Woolmer und zog verwundert ihre sorgfältig gezupften Augenbrauen zusammen. Sie trug wieder Lila, eine gute Farbe für jemanden, der unsicher war, ob er sich in Trauer befand oder nicht. May war ganz in Schwarz, weil es ihr ausgezeichnet stand, und sie glühte darin wie warmer Alabaster in der Sonne.

Das Hausmädchen knickste. »Wenn Sie gestatten, Ma'am, sie is' sehr fein gekleidet, Ma'am, und sie is' in 'ner Kutsche gekommen mit 'nem Wappen an der Seite, und zwei Dienern, Ma'm, in Livree. Un' sie hat ihre Schwester dabei, auch 'ne sehr feine Frau. Sieht auch ganz wie 'ne Lady aus, auch wenn sie mir ihre Visitenkarte nich' gegeben hat.«

Mrs. Woolmer fällte eine rasche Entscheidung. Gesellschaftliche Umgangsformen mußten genauestens befolgt werden, wenn man in höhere Kreise aufzusteigen gedachte. Die Natur hatte sie mit einem großen Vorteil bedacht, indem sie ihr die schönste Tochter der Saison geschenkt hatte. Es wäre töricht, zu diesem Zeitpunkt alles durch eine unbedachte Geste aufs Spiel zu setzen.

Sie lächelte dem Dienstmädchen zu. »Lassen Sie bitte Lady Ashworth und ihre Schwester eintreten, Marigold, und teilen Sie der Köchin mit, sie soll ein paar Erfrischungen vorbereiten – Tee und etwas von unserem besten Gebäck und Konfekt – und bringen Sie es uns.«

»Ja, Ma'am.« Marigold verschwand und tat, wie man ihr aufgetragen hatte.

Sobald Emily und Charlotte ins Zimmer traten, wußte Mrs. Woolmer, daß ihre Entscheidung richtig gewesen war. Vicomtesse

Ashworth war zweifellos eine Lady, man brauchte nur die Qualität und Diskretion ihrer Garderobe zu betrachten. Nur der Adel verstand es, auf diese Weise guten Geschmack und teure Garderobe zu verbinden.

Auch May war hocherfreut. Die Besucherinnen waren jung genug, um noch Gefallen an ein wenig Klatsch zu finden, und würden sie vielleicht sogar schon in Kürze auch zu sich einladen. Ein privates Dinner wäre durchaus schicklich, schließlich war sie nicht offiziell mit Bertie verlobt gewesen! Je mehr sie darüber nachdachte, desto besser erschien es ihr, die ganze Angelegenheit in diskretes und würdevolles Schweigen zu hüllen. Sollten doch die Leute davon halten, was sie wollten, nichts zu sagen war immer noch besser, als sich zu kompromittieren. Und schließlich zogen mehr als genug Männer Frauen vor, die nicht zu viele eigene Vorstellungen hatten. Und - was auf dem Heiratsmarkt noch wichtiger war - solche Frauen waren bei den Müttern dieser Männer immer gut gelitten. Schweigen und ein unschuldiges Lächeln wurden als Zeichen für ein gehorsames Wesen gedeutet, eine Eigenschaft, die bei einer zukünftigen Schwiegertochter ganz besonders geschätzt wurde.

Lady Ashworth war nach der neusten Mode gekleidet, in einem gedämpften Farbton, der sie nur noch eleganter erscheinen ließ. Ihre Schwester war zwar lange nicht so modisch gekleidet, doch unbestreitbar hübsch. Ihr Gesicht war sogar ausgesprochen ungewöhnlich, es lag eine Wärme darin, von der May sich sofort angezogen fühlte.

»Meine Liebe.« Lady Ashworth kam mit ausgestreckten Armen auf sie zu und ergriff Mays Hände, noch bevor sich diese eine passende Antwort überlegen konnte. »Es tut mir so leid. Ich mußte einfach kommen und Ihnen in Ihrem Kummer mein Mitgefühl aussprechen.«

May hatte tatsächlich Kummer, aber nicht in dem Sinne, wie Lady Ashworth vermutete. Sie war Bertie im Grunde gar nicht besonders zugetan gewesen. In Wirklichkeit mochte sie Beau Astley sehr viel lieber, er sah besser aus und war bedeutend amüsanter. Doch man mußte schließlich praktisch denken. Er war nur der jüngere Bruder und hatte keine große Zukunft zu erwarten, und seine Aussichten hätten sich noch verschlechtert, wenn Bertie geheiratet hätte und eine neue Herrin in Astley House eingezogen wäre.

Sie sammelte sich wieder und lächelte traurig. »Vielen Dank, Lady Ashworth, wie feinfühlig von Ihnen. Ich kann kaum glauben, daß jemand, den ich persönlich gekannt habe, so ein furchtbares Schicksal erlitten hat.«

Mrs. Woolmer warf ihr einen warnenden Blick zu. Sie durfte nichts sagen, was sie unwiderruflich mit den Astleys in Verbindung brachte. Es könnte sich schließlich herausstellen, daß sie Gott weiß was für scheußliche Laster hatten! Auch wenn die Zeitungen noch so vornehm getan hatten, wußte man schließlich, wo er gefunden worden war. Aber May war sich der vielen Fallen schmerzlich bewußt und hatte nicht die Absicht, in eine davon zu geraten.

Lady Ashworth stellte ihre Schwester vor, Mrs. Pitt, und die Damen nahmen die Einladung, Platz zu nehmen, dankbar an. »Das Leben hält manchmal die grausamsten Überraschungen für uns bereit«, bemerkte Emily mit einem Gesichtsausdruck leidvoller Erfahrung. »Oft kann man sie kaum ertragen.« Sie neigte den Kopf, anscheinend ganz in Gedanken vertieft.

May fühlte sich verpflichtet, etwas zu sagen, der Anstand verlangte es. »Wie recht Sie haben. Ich – ich sehe heute ein, wie wenig ich ihn überhaupt gekannt habe. Ich habe mir nie vorgestellt, daß er so ...« Sie hielt inne, weil es für diesen Satz keinen befriedigenden Schluß gab. Sie schaute Lady Ashworth' Schwester, Mrs. Pitt, mit offenem Blick an. »Ich nehme an, ich muß beklagenswert naiv sein. Ich befürchte sogar, daß die weniger Barmherzigen sich bereits über mich lustig machen.«

»Die Neidischen«, korrigierte Charlotte verständnisvoll. »Solche Menschen wird es immer geben. Die einzige Möglichkeit, ihnen zu entgehen, besteht darin, vor ihren Augen Fehler zu machen, so daß sie zufrieden sind. Ich versichere Ihnen, jeder anständige Mensch wird für Sie nichts als Verständnis empfinden. Es ist schließlich eine Situation, in der sich jede Frau wiederfinden könnte.«

May hatte das irritierende, beunruhigende Gefühl, daß Mrs. Pitt mit verblüffender Scharfsichtigkeit nicht auf ihre Trauer um Bertie, sondern auf ihre Gefühle für Beau Astley anspielte. Es war unangenehm, daß jemand ihre Motive so genau durchschaute. Sie blickte Lady Ashworth an und sah in deren klaren, blauen Augen genau dasselbe offene Verständnis. Sie beschloß sofort, die beiden als ihre Verbündeten anzusehen. Auch May war in gewisser Weise scharfsinnig: Sie wußte genau, wen sie täuschen konnte und wen nicht.

Sie seufzte und lächelte entwaffnend. »Was für eine Wohltat, zu wissen, daß es jemanden gibt, der einen wirklich versteht. Es gibt so viele Menschen, die einem freundliche Worte sagen, doch sie denken dabei nur an den Schmerz, den man beim Verlust eines Freundes empfindet.«

Mrs. Woolmer wurde unruhig und begann nervös mit den Händen zu spielen. Diese Entwicklung des Gesprächs behagte ihr ganz und gar nicht, aber ihr fiel nichts Gescheites ein, womit sie die Unterhaltung wieder in die richtigen Bahnen lenken konnte, ohne eindeutig unhöflich zu werden.

»Allerdings.« Lady Ashworth nickte zustimmend und führte Mays Gedankengang fort. »Man glaubt immer, daß man einen Menschen kennt, und dann passiert plötzlich so etwas! Doch was soll man machen? Es sollte schließlich genügen, wenn man einander durch angesehene Bekannte vorgestellt wird. Mein Gatte und ich waren wirklich überrascht.« Sie holte tief Luft. »Natürlich kenne ich Sir Beau überhaupt nicht.«

Doch so leicht ließ sich May nicht aufs Glatteis führen.

»Er macht einen äußerst sympathischen Eindruck«, antwortete sie unbewegt. Sie verbannte Beaus Gesicht aus ihren Gedanken – sein Lachen, seine weiche Stimme, ihre Erinnerungen an Begegnungen, gemeinsame Tänze, Licht, Musik, herumwirbelnde Füße, seine Arme, die sie umfangen hielten. »Sir Bertram hat sich in meiner Gesellschaft stets untadelig verhalten«, schloß sie bedächtig.

»Natürlich hat er das!« sagte Mrs. Woolmer ein wenig zu schnell.

»Selbstverständlich.« Lady Ashworth strich anmutig ihren Rock glatt. »Doch wenn Sie mir die Bemerkung verzeihen, meine Liebe, es ist bekannt, daß Männer, die verliebt sind, wirklich sehr unbesonnen handeln können. Und es hat sogar schon Brüder gegeben, die sich wegen einer schönen Frau hassen gelernt haben.«

»Oh!« Mrs. Woolmer hielt die Hand vor den Mund und erstickte eine Bemerkung, die alles andere als fein war.

May fühlte sich äußerst unbehaglich. Natürlich war ihr nicht entgangen, daß viele Männer sie begehrenswert fanden. Doch war das nicht Sinn und Zweck der Saison? Bisher hatte sie diese Gefühl für oberflächlich gehalten, für einen Bestandteil eines köstlichen Spiels, nach dessen Beendigung die Gewinnerinnen mit den geeigneten Ehemännern belohnt wurden und einer Zukunft entgegensehen durften, die sowohl finanziell als auch gesellschaftlich abgesichert war. Die Verliererinnen zogen sich zurück, um sich eine Taktik für das kommende Jahr zu überlegen. May kannte ihre Stärken und Schwächen genau und hatte stets gewußt, wie sie sie am besten einsetzen konnte. Sie hatte sich in den Kopf gesetzt, zu den Gewinnerinnen zu zählen, und daher auch mit Neidern gerechnet – doch nicht mit Haß und ganz bestimmt nicht mit der Art von Leidenschaft, die selbst vor einem Mord nicht zurückschreckte.

»Ich glaube, Sie schmeicheln mir, Lady Ashworth«, sagte sie vorsichtig. »Ich habe niemandem Grund für solche Gefühle gegeben.« Vielleicht war es besser, das Thema zu wechseln, den neugierigen Blick von Lady Ashworth auf etwas weitaus Schockierenderes zu richten. »Ich beherrsche nicht die Liebeskünste vieler Damen mit« – fuhr sie mit dem Anflug eines Lächelns fort – »könnte man es vielleicht ›Erfahrung‹ nennen? Ich hasse es, Klatschgeschichten zu wiederholen, doch diese Gerüchte sind so hartnäckig, daß ich mir bei bestem Willen kaum vorstellen kann, daß sie gänzlich erfunden sind. Es soll einige Damen aus sehr ehrbaren Familien geben, die sich verhalten wie Freudenmädchen. Sie verstehen zweifellos die Kunst, die schrecklichen Leidenschaften zu entfachen, auf die Sie eben anspielten.«

Die Bemerkung schlug ein wie eine Bombe, ganz wie sie beabsichtigt hatte.

»Unsinn!« Mrs. Woolmer atmete so heftig ein, daß sie fast erstickte. »Du hast keine Ahnung, wovon du sprichst! Freudenmädchen, also wirklich! Ich wäre dir dankbar, wenn du den Mund halten würdest.«

Lady Ashworth hob den Kopf, die Augen weit aufgerissen. Doch erstaunlicherweise war es Mrs. Pitt, die May zu Hilfe kam. »Es ist äußerst beunruhigend«, stimmte sie Mrs. Woolmer zu und fuhr dann mit leiser, vertraulicher Stimme fort, »doch genau dasselbe habe ich auch gehört. Und ich muß zugeben, daß meine Quelle über jeden Zweifel erhaben ist. Ich frage mich wirklich, welchen Bekanntschaften man noch trauen kann und welchen nicht! Ich bin sicher, Sie hegen die gleichen Zweifel wie ich. Ich verspüre schon Gewissensbisse, wenn ich Leute verdächtige, die wahrscheinlich so unschuldig sind wie der helle Tag, und doch würde ich es unerträglich finden, wenn ich aufgrund von übermäßiger Leichtgläubigkeit und Gutmütigkeit in eine Situation geraten würde, aus der ich mich nicht retten könnte, ohne meinem Ruf zu schaden – ganz zu schweigen von noch Schlimmerem!«

Lady Ashworth schien von starken Emotionen überwältigt zu werden. Sie begann, heftig zu husten und verbarg ihr Gesicht in einem Taschentuch. Ihre Schultern zuckten. Ihr Gesicht errötete bis in die Haarspitzen. Glücklicherweise kehrte genau in diesem Moment das Mädchen mit dem Tee und den anderen Erfrischungen zurück, so daß Lady Ashworth die Möglichkeit hatte, sich wieder zu erholen. Ihre Haut war zwar immer noch gerötet, doch ansonsten schien sie ihre Fassung zurückgewonnen zu haben.

Aber Mrs. Pitt hatte ganz recht. Man konnte es sich einfach nicht leisten, mit Frauen zusammenzusein, die nicht über jeden Verdacht erhaben waren. May zermarterte sich das Gehirn, um herauszufinden, welche ihrer Bekannten wohl darin verwickelt sein könnten. Verschiedene Namen gingen ihr durch den Kopf, und sie entschied, die Betreffenden in Zukunft bei jeder möglichen Gelegenheit zu meiden. Vielleicht sollte sie Mrs. Pitt eine Gefälligkeit erweisen und sie warnen?

»Sind Sie zufällig mit Lavinia Hawkesley bekannt?« erkundigte sie sich.

Lady Ashworths Augen wurden größer. Erklärungen erübrigten sich. May nannte ganz nebenbei noch einige andere Namen, und dann unterhielt man sich eine angenehme halbe Stunde lang über Mode und die neusten Affären, doch die ganze Zeit war unterschwellig der Rest des Skandalösen spürbar. Mrs. Woolmer versuchte, das Gespräch in andere Bahnen zu lenken, indem sie herauszufinden versuchte, ob die Ashworths geeignete junge Männer kannten, hatte jedoch keinerlei Erfolg.

Um vier Uhr öffnete das Dienstmädchen die Tür und fragte, ob die Damen bereit seien, Mr. Alan Ross zu empfangen, der soeben eingetroffen sei, um der Familie sein Beileid auszusprechen.

Lady Ashworth sprang auf und griff nach Mrs. Pitts Hand. »Komm, Charlotte, wir dürfen wirklich nicht den ganzen Nachmittag für uns allein in Anspruch nehmen.« Sie wandte sich an May. »Ich fürchte, wir haben Ihre Gesellschaft so sehr genossen, daß wir unsere guten Manieren vergessen haben. Wenn Sie uns bitte erlauben wollen, uns zu verabschieden, bevor Mr. Ross hereinkommt, damit er nicht auf den Gedanken kommt, wir wollten ihn meiden.«

Mrs. Woolmer war verblüfft. »Selbstverständlich, wenn – wenn Sie es so wünschen. Marigold, sorgen Sie bitte dafür, daß Mr. Ross einen Moment im Frühstückszimmer wartet.«

Marigold schloß die Tür hinter sich.

Lady Ashworth beugte sich zu May herunter und flüsterte ihr eine vertrauliche Erklärung zu. »Meine Schwester und ich kannten die Familie von Mr. Ross während einer Zeit, als er einen tragischen Schicksalsschlag erlitten hat. Jede Erinnerung daran ist für ihn höchst qualvoll. Ich glaube, es wäre ein Zeichen der Rücksichtnahme, meine Liebe, wenn Sie ihm gegenüber unsere Namen nicht erwähnen würden. Ich bin sicher, Sie verstehen mich?«

May begriff zwar überhaupt nichts, hatte den Wink jedoch sofort verstanden. »Aber natürlich. Sie sind lediglich zwei Damen, die mich aus Freundschaft besucht haben. Ich schätze Ihre Feinfühligkeit und hoffe, ich werde das Glück haben, Sie unter angenehmeren Bedingungen wiederzusehen.«

»Da bin ich mir ganz sicher«, sagte Lady Ashworth zuversichtlich und nickte ihr kaum merklich zu.

May hatte verstanden, genau das hatte sie sich gewünscht.

Draußen auf der Straße wandte sich Charlotte vorwurfsvoll an Emily. »Was hast du dir bloß dabei gedacht? Es wäre sicher zu unserem Vorteil gewesen, wenn wir Alan Ross wiedergesehen hätten. Max hat vielleicht seine alten Beziehungen benutzt, um diese Frauen ausfindig zu machen!«

»Das weiß ich selbst!« rief Emily. »Aber nicht in diesem Haus. Er wird nicht lange bleiben. Wir können hier auf ihn warten.«

»Aber es ist eiskalt! Warum in aller Welt sollen wir hier herumstehen? Er wird doch merken, daß wir es darauf angelegt haben, ihn zu treffen, wenn ...«

»Ach, stell dich doch nicht so dumm an. William!« Sie gab dem Kutscher ein Zeichen. »Tun Sie so, als ob mit einem der Pferde etwas nicht in Ordnung sei. Sehen Sie zu, daß Sie sich so lange damit beschäftigen, bis Mr. Ross wieder aus dem Haus kommt.«

»Sehr wohl, M'lady.« William bückte sich gehorsam, strich mit der Hand an einem Bein des Pferdes, das ihm am nächsten stand, entlang und begann es sorgfältig zu untersuchen.

Charlotte zitterte vor Kälte, als der Wind durch ihren Mantel schnitt. »Warum in aller Welt hätten wir denn nicht einfach dableiben und ihn treffen können?« verlangte sie zu wissen und schaute Emily wütend an.

»Ich dachte immer, General Balantyne hätte eine Schwäche für dich.« Emily tat so, als habe sie Charlottes Frage nicht gehört.

Charlotte hatte denselben Eindruck gehabt. Bei der Erinnerung verspürte sie ein angenehmes Gefühl der Wärme, eine prickelnde Aufregung. Sie widersprach nicht.

»Christina bewegt sich in genau den richtigen Kreisen, um die Frauen zu kennen, die vielleicht für Max gearbeitet haben«, fuhr Emily fort. »Sie könnte uns eine große Hilfe sein.«

»Christina Ross würde uns nicht einmal helfen, die Straße zu überqueren, wenn wir blind wären!« Charlotte konnte sich noch genau an den Callander Square erinnern. »Die einzige Hilfe, die ich von ihr erwarten könnte, wäre ein Stoß in den nächsten Graben!«

»Deshalb müssen wir uns auch an den General wenden«, sagte Emily ungeduldig. »Wenn du dich richtig verhältst, wird er alles tun, was du willst! Und jetzt sei still. Mr. Ross kommt gerade aus dem Haus. Ich wußte ja, daß er nicht lange bleiben würde.«

Als Alan Ross sich näherte, schenkte ihm Emily ein strahlendes Lächeln.

Er lächelte zurück und lüftete ein wenig unsicher den Hut. Dann fiel sein Blick auf Charlotte, und sein Gesicht entspannte sich, als er sie erkannte.

»Miss Ellison? Wie nett, Sie wiederzusehen. Ich hoffe es geht Ihnen gut. Haben Sie Schwierigkeiten mit Ihrer Kutsche? Kann ich Sie vielleicht irgendwohin mitnehmen?«

»Vielen Dank, ich bin sicher, das Problem wird bald behoben sein«, antwortete Charlotte schnell. »Erinnerst du dich noch an Mr. Ross, Emily? Meine Schwester, Lady Ashworth.« Sie wollte ihm diskret mitteilen, daß sie jetzt Mrs. Pitt war. Während der Morde am Callander Square hatte sie im Hause der Balantynes eine Stellung angenommen, indem sie vorgegeben hatte, eine alleinstehende Frau zu sein, die unbedingt eine respektable Arbeit brauchte. »Mr. Ross ...«

Emily unterbrach sie, indem sie Alan Ross ihre Hand hinhielt. »Natürlich erinnere ich mich an Mr. Ross. Bitte richten Sie Mrs. Ross die besten Grüße von mir aus. Ich muß zugeben, daß es eine ganze Zeit her ist, seit ich sie zuletzt gesehen habe. Man hat soviel mit Menschen zu tun, die man aus Höflichkeit besuchen muß, daß man die vernachlässigt, an denen einem ganz besonders viel liegt.

Sie ist eine so unterhaltsame Person. Ich freue mich schon darauf, sie wiederzusehen.«

In Wirklichkeit hatte Emily Christina noch nie ausstehen können, doch ihr Lächeln blieb strahlend. »Und Charlotte hat so oft von ihr gesprochen. Wir müssen sie unbedingt bald einmal besuchen. Ich hoffe nur, daß sie uns unser Versäumnis verzeiht.«

»Ich bin sicher, sie wird entzückt sein, Sie zu sehen.« Er gab die einzig mögliche Antwort.

Emily lächelte, als sei sie ebenfalls hochentzückt von dieser Aussicht. »Dann richten Sie ihr doch bitte aus, daß Lady Ashworth und Miss Ellison sie nächsten Dienstag aufsuchen werden, wenn sie an diesem Tag überhaupt empfängt?«

»Da bin ich ganz sicher. Aber warum kommen Sie denn nicht zum Abendessen? Das wäre doch sehr viel angenehmer. Es wäre nur eine ganz kleine Gesellschaft, aber falls Lord Ashworth anderweitig beschäftigt ist?«

»Das ist er ganz bestimmt nicht.« Emily nahm die Einladung bereitwillig an. Sie würde schon dafür sorgen, daß George an diesem Tag frei war. Alle anderen Verpflichtungen mußten eben abgesagt werden.

Er verbeugte sich leicht. »Dann werde ich dafür sorgen, daß Einladungen verschickt werden. Und Sie sind sicher, daß ich Ihnen nicht weiter behilflich sein kann?« Er blickte zu William hinüber, der inzwischen am Kopf der Pferde bereit stand.

»Ich bin sicher, daß alles wieder in Ordnung ist«, sagte Emily.

»Dann wünsche ich Ihnen noch einen schönen Tag. Lady Ashworth, Miss Ellison.« Er blickte Charlotte einen Moment lang an, lächelte dann, drehte sich um und ging auf dem Bürgersteig zurück zu seiner eigenen Kutsche.

Emily ließ sich von William bei Einsteigen in die Kutsche helfen. Charlotte folgte ihr hastig und unelegant.

»Was um Himmels willen hast du dir denn dabei wieder gedacht?« fragte sie wütend. »Warum mußtest du ihn weiter in dem Glauben lassen, daß ich Miss Ellison bin? Ich beabsichtige wohl kaum, eine Stellung in Christinas Haus anzunehmen!«

Emily zog an ihrem Rock, auf den Charlotte sich gesetzt hatte. »Wir werden wohl kaum die Möglichkeit haben, etwas herauszufinden, wenn alle wissen, daß du mit einem Polizisten verheiratet bist!« rechtfertigte sie sich. »Und noch dazu ausgerechnet mit dem Polizisten, der die Ermittlungen in den Mordfällen leitet. Außerdem kann es nicht schaden, wenn der General weiterhin glaubt, daß du unverheiratet bist.«

»Was willst du damit ...«, begann Charlotte, sprach jedoch nicht weiter. Im Grunde klang das, was Emily sagte, ganz vernünftig. Leute wie Christina Balantyne pflegten schließlich nicht mit den Gattinnen von Polizisten zu dinieren! Wenn herauskam, daß sie und Emily darauf aus waren, mehr über die Morde zu erfahren, würde man sie nicht einmal ins Haus lassen.

Immerhin hatten sie eine gewisse moralische Verpflichtung, soviel wie möglich herauszufinden - jeder Mensch hatte diese Pflicht. Und es ließ sich schließlich nicht leugnen, daß sie sich in der Vergangenheit dabei immer höchst geschickt angestellt hatten!

»Ja«, sagte sie schwach. »Ja, ich vermute, da könntest du recht haben, Emily.«

Wenn sie und Emily richtige Nachforschungen anstellen wollten, mußten sie über den genauen Stand der bisherigen Ermittlungen informiert sein. Aber es war gar nicht so einfach, etwas von Pitt zu erfahren. Bisher hatte er von keiner weiteren Enthüllung gesprochen. Es schien ganz so, als würde er tagaus tagein durch den Schmutz des Acres waten, ohne überhaupt zu wissen, wo er mit der Suche anfangen sollte. Falls es inzwischen tatsächlich irgendwelche Hinweise auf eine mögliche Verbindung zwischen Max, Dr. Pinchin und Bertie Astley gab, hatte er Charlotte jedenfalls noch nichts davon gesagt.

»Thomas?« begann sie vorsichtig.

Er öffnete die Augen und sah sie an. Es war spät, er saß im Wohnzimmer vor dem Kaminfeuer und war schon halb eingenickt. Sie hatte diese Zeit mit Absicht gewählt und versuchte, möglichst lässig zu klingen. »Hast du noch etwas Neues über Max herausfinden können?«

»Ich weiß alles, was es über Max zu wissen gibt«, antwortete er und sank ein wenig tiefer in seinen Sessel, wobei er sie durch die Wimpern hindurch anschaute. »Außer wer seine Kunden waren, wer die Frauen waren, die für ihn gearbeitet haben, und wer ihn umgebracht hat.«

»Oh.« Sie wußte nicht genau, wie sie das Thema vertiefen sollte. »Das heißt also, er hat keinerlei Aufzeichnungen hinterlassen. Oder jemand hat sie verschwinden lassen?«

»Er wurde auf der Straße ermordet«, erklärte er. »Wenn der Täter nicht ausgerechnet sein Geschäftsführer war, hätte er überhaupt keine Möglichkeit gehabt, an irgendwelche Unterlagen zu kommen. Jedenfalls habe ich trotz aller Nachforschungen nichts gefunden, was auf ihre Existenz hinweist. Er hat sich die Namen so gemerkt und alle seine Geschäfte bar abgewickelt.«

Keine Unterlagen! »Wie hat er dann jemanden erpressen können?« fragte sie neugierig.

»Ich weiß nicht, was er gemacht hat.« Er nahm seine Füße vom Kaminrost, es wurde dort allmählich zu heiß. »Aber er hätte durchaus genug wissen können, um jemanden gesellschaftlich zu ruinieren. Dazu braucht man keine Beweise. Es reicht schon, wenn man es an den richtigen Stellen herumerzählt und mit ein paar Namen und Ortsangaben glaubhaft macht. Allein der Verdacht kann viel zerstören. Das Tatmotiv könnte genauso gut berufliche Rivalität gewesen sein. Er hat anderen das Geschäft kaputtgemacht. Aber wie dem auch sei, es ist nicht deine Sache. Es ist kein Fall, in dem ein Amateur auch nur das geringste ausrichten könnte.«

Ihre Blicke trafen sich, und plötzlich fühlte sie sich ihrer selbst gar nicht mehr so sicher. »O ja, natürlich«, sagte sie. Schließlich stellte sie ja nicht wirklich Nachforschungen an! Sie hielt nur die Augen offen für jeden noch so kleinen Hinweis, der sich später als wichtig herausstellen konnte. »Aber es ist doch nur natürlich, daß ich mich für deine Arbeit interessiere, findest du nicht?« sagte sie schnell.

Was die Einladung bei Christina und Alan Ross am folgenden Dienstag betraf, war Charlotte allerdings weniger aufrichtig. Pitt mußte arbeiten, genau wie sie vermutet hatte. Sie erwähnte, daß Emily und George sie zum Abendessen eingeladen hätten, und erkundigte sich, ob es ihm viel ausmachen würde, wenn sie allein ginge, da er schließlich nicht mitkommen könne? Sie wußte, daß er ihr diesen Wunsch nicht abschlagen würde. Seitdem er mit dem Fall beschäftigt war, hatte er schließlich keine Zeit mehr gehabt, sie selbst auszuführen oder auch nur die Abende mit ihr zu verbringen. Außerdem war das, was sie gesagt hatte, gar nicht einmal gelogen, sie würde ja schließlich tatsächlich mit George und Emily zusammensein! Auch wenn es nicht bei ihnen zu Hause war, wie sie Pitt glauben machte.

Emily lieh ihr wie gewöhnlich ein Kleid, und Charlotte zog sich am Paragon Walk um und ließ sich von Emilys Kammerzofe das Haar frisieren. Sie hatte keine Gewissensbisse dabei, denn die ganze Geschichte war schließlich von Emily eingefädelt worden, und die Einladung war von Alan Ross persönlich gekommen!

Das Kleid war aus aprikosenfarbener Seide, mit wunderschöner Spitze in einem etwas dunkleren Farbton, und schien ganz neu zu sein. Charlotte fragte sich sogar, ob Emily es nicht vielleicht eigens für sie gekauft hatte. Es war eine Farbe, die Emily selbst mit ihrem hellen Haar und ihren strahlend blauen Augen niemals tragen würde. Der Farbton war ideal für jemanden mit einem wärmeren Teint und dunklerem, dickerem Haar mit einem Rotschimmer darin.

Plötzlich verspürte sie tiefe Dankbarkeit für Emilys Großzügigkeit, sowohl weil sie ein Kleid für sie besorgt hatte, das ihr so ausgezeichnet stand, als auch dafür, daß sie es auf so diskrete Weise tat. Sie beschloß jedoch, nichts zu sagen und das Geschenk ganz auszukosten. Statt dessen verließ sie das Ankleidezimmer und schritt die Treppe hinunter wie eine Gräfin, die ihren eigenen Ballsaal betritt, wirbelte in der Diele herum und machte einen tiefen Knicks vor Emily. Die Aufregung in ihrem Inneren brannte genauso hell wie das Licht der Kerzenleuchter.

»Dein Kleid paßt mir wie angegossen«, sagte sie, als sie sich mit etwas weniger Anmut als beabsichtigt wieder erhob. »Ich habe Lust, alle aus der Fassung zu bringen und Christina vor Neid erblassen zu lassen! Vielen Dank, Emily.«

Emily trug ganz helles Meerblau, die Diamanten in ihren Ohrringen und in ihrem Collier blitzten wie Sonnenfunken auf klarem Wasser. Die beiden Schwestern sahen grundverschieden aus, genau wie sie es sich ausgedacht hatten – obwohl Emily wohl nicht erwartet hatte, daß Charlotte derart atemberaubend aussehen würde. Doch falls dies tatsächlich der Fall sein sollte, hatte sie sich rasch wieder gefangen und lächelte ihre Schwester mit ungetrübtem Wohlwollen an.

»Denk bitte daran, nicht zu direkt zu werden«, meinte sie warnend. »Die feine Gesellschaft hat es zwar gern, wenn man ihr Gesicht und ihren Putz kommentiert, doch sie erträgt es nicht, wenn man auf ihre Moral oder ihre Seele anspielt. Ich wäre dir dankbar, wenn du dich daran erinnern würdest, bevor du deine Meinung kundtust!«

»Ja, Emily.« Sie war immerhin noch etwas für das Kleid schuldig.

Emily hatte George offenbar eingehend über den Zweck ihres Besuches informiert. Er hatte sich bereit erklärt, sie zu begleiten, und war auch damit einverstanden, den Gastgebern nichts über Charlottes Ehe und ihre gegenwärtige gesellschaftliche Stellung zu verraten, obwohl Charlotte nicht wußte, ob Emily ihm auch den Grund für diese Geheimniskrämerei verraten hatte.

Christina Ross empfing sie auffallend kühl. Die Einladung war von ihrem Ehemann gekommen. Sie war gezwungen, die Form zu wahren, da sie sie wohl kaum rückgängig machen konnte. »Wie reizend, daß Sie kommen konnten, Lord Ashworth, Lady Ashworth«, sagte sie mit dem Anflug eines Lächelns.

George verbeugte sich und machte eine höfliche Bemerkung, ein kleines Kompliment an die Gastgeberin.

»Und auch Sie, Miss Ellison.« Christina betrachtete Charlottes Kleid und ließ sich ihre Verwunderung absichtlich anmerken, als subtile Beleidigung, als sei dieses Kleidungsstück viel zu vornehm für Charlotte und ihrer Stellung nicht angemessen – ganz zu schweigen davon, wie sie überhaupt daran gekommen war! »Ich hoffe, Sie sind bei guter Gesundheit?« Die Frage war überflüssig, denn Charlotte glühte förmlich vor Wohlbefinden, man konnte kaum übersehen, daß es ihr in jeder Beziehung hervorragend ging.

Christina wandte sich ab, ohne auf eine Antwort zu warten, und gab ihren Gästen zu verstehen, wohin sie sich setzen sollten.

George glaubte nicht, daß sie sich an der Aufklärung der Mordfälle beteiligen sollten, zudem hatte er Bertie Astley nur flüchtig gekannt. Doch er war im großen und ganzen gutmütig, solange man ihn nicht ungebührlich kritisierte oder zwang, seine liebgewonnenen Gewohnheiten aufzugeben. Emily hatte sich als eine hervorragende Gattin erwiesen. Sie war weder extravagant noch indiskret, sie verlor selten die Beherrschung, sie schmollte nie und wurde nie schroff, und sie war viel zu feinfühlig im Umgang mit ihm, um nörgeln zu müssen.

Er war sich im nachhinein bewußt, daß er ein oder zwei seiner Amüsements – vielleicht waren es sogar drei oder vier – aufgegeben hatte, um ihr eine Freude zu machen. Doch es war ihm viel leichter gefallen, als er erwartet hatte, und man mußte schließlich bereit sein, gewisse Zugeständnisse an den anderen zu machen. Er hatte daher nichts dagegen, sich ihr zuliebe mit Christina Ross zu unterhalten, wenn sie dies für nützlich hielt. Obwohl er natürlich genau wußte, daß es völlig zwecklos war; doch wenn er ihr damit eine Freude machen konnte, tat er es eben. Außerdem hatte er nicht den Eindruck, daß es für ihn unangenehm sein würde.

Seine Schwägerin Charlotte hatte er noch nie verstanden und es auch gar nicht erst versucht. Er konnte sie dennoch sehr gut leiden, und wenn er ganz ehrlich war, mußte er zugeben, daß er sogar Pitt mochte!

Er bemühte sich daher, Christina gegenüber möglichst charmant aufzutreten, und hatte, ohne daß er sich dabei anstrengen mußte, prompt einen umwerfenden Erfolg. Er besaß ein attraktives Gesicht, besonders seine Augen waren sehr schön, und die Tatsache, daß seine Familie seit Generationen an Privilegien und Wohlstand gewöhnt war, verlieh ihm eine ganz natürliche Selbstsicherheit. Er konnte dasitzen und Christina anerkennend betrachten, und sie fühlte sich allein durch seine ungeteilte Aufmerksamkeit bereits geschmeichelt.

Da sie sowieso nicht viel Zeit hatten, kam Emily ohne Umschweife auf das Thema zu sprechen, das sie hergeführt hatte. »Es ist so nett, Sie wiederzusehen«, sagte sie zu Alan Ross und lächelte ihn an. »George war begeistert, als ich ihm von Ihrer Einladung erzählt habe. Man verbringt so viel Zeit mit Menschen, die im Grunde nichtssagend sind. Ich muß zugeben, daß meine Menschenkenntnis nicht so gut ist, wie ich angenommen habe. Ich bin ein wenig naiv gewesen und fand mich daher wiederholt in der Gesellschaft von Personen, die ich mir nie ausgesucht hätte, wenn ich ein wenig erfahrener gewesen wäre. Doch oft lernt man solche Dinge erst, wenn es bereits zu spät ist. Selbst jetzt verstehe ich vieles noch nicht.« Sie sprach leiser, als wolle sie ihm ein Geheimnis anvertrauen. »Ich habe doch tatsächlich Gerüchte gehört, daß einige Damen aus den besten Kreisen ein Doppelleben führen, das so verabscheuenswürdig ist, daß man nicht einmal darüber reden darf!«

»Tatsächlich?« Ein Schatten glitt über Alan Ross' Gesicht, doch er war so schnell wieder verschwunden, daß Charlotte nicht sicher war, ob sie sich alles nur eingebildet hatte, und doch blieb ein Eindruck von Schmerz zurück. Hatte Emilys ungewollt plumpe Bemerkung in ihm gewisse Erinnerungen an die Vergangenheit geweckt? An die Morde am Callander Square beispielsweise?

»Emily«, sagte sie schnell. »Vielleicht ist dies kein Thema, über das man sprechen sollte!«

Emily starrte sie aus ihren blauen Augen erstaunt an, wandte sich dann aber wieder Alan Rosse zu. »Ich hoffe doch sehr, daß ich Sie durch meine Unverblümtheit nicht gekränkt habe?« Sie sah verletzt aus, ängstlich, doch unter den weiten Falten ihres Rockes versetzte sie Charlotte einen kräftigen Tritt. Charlotte zuckte zusammen, doch sie zwang sich, keine Miene zu verziehen.

»Selbstverständlich nicht!« sagte Ross mit einer vagen Handbewegung, als sei die Angelegenheit so unbedeutend, daß sich jede weitere Diskussion erübrigte. »Ich stimme Ihnen voll und ganz zu. Es gibt nur eins, was noch langweiliger und unangenehmer ist als Ausschweifungen, nämlich wenn man sich darüber endlose Geschichten aus zweiter Hand anhören muß.« Er lächelte kaum merklich, und Charlotte konnte nur raten, welche Gedanken ihn zu dieser Bemerkung veranlaßt hatten.

»Wie recht Sie haben!« Emily versetzte Charlotte einen warnenden kleinen Fußtritt, der allerdings schmerzte, weil sie genau dieselbe Stelle wie vorher getroffen hatte. »Ich finde es äußerst peinlich, wenn Frauen sich über diese Dinge unterhalten. Ich weiß kaum, was ich dazu sagen soll.«

Charlotte plazierte ihre Füße unmerklich außerhalb von Emilys Reichweite. »Und das beweist, daß Sie wirklich betroffen ist«, warf sie ein. »Es verschlägt ihr förmlich die Sprache. Sie wissen ja, da gehört einiges zu!«

Emilys Fuß schnellte wieder nach vorn, verlor sich jedoch in Charlottes Rockfalten. Sie sah Charlotte mißtrauisch aus den Augenwinkeln an. Charlotte schenkte Alan Ross ein strahlendes Lächeln.

In diesem Moment öffnete sich die Tür, und der Diener führte General Balantyne und Lady Augusta herein. George und Alan Ross erhoben sich, die übrigen Anwesenden blieben bewegungslos sitzen. Balantyne starrte Charlotte an, bis sie spürte, wie ihr die Röte ins Gesicht schoß. Sie wünschte sich sehnlichst, daß Emily die Wahrheit gesagt und sie nicht als Miss Ellison vorgestellt hätte.

Christina brach das Eis. Sie stand auf, schwebte mit theatralisch ausgestreckten Armen ihrem Vater entgegen und war nahe daran, ihn zu umarmen. »Papa, wie wunderbar, dich zu sehen!« Sie machte eine halbe Drehung und hielt Lady Augusta kühl die Wange hin. »Mama! Lord Ashworth kennst du sicher bereits, nicht wahr?«

Man begrüßte sich höflich, und George machte eine elegante Verbeugung.

»Und Lady Ashworth.« Christinas Stimme war merklich frostiger geworden.

Emily hatte sich erhoben, wie es sich für eine jüngere Frau einer älteren gegenüber geziemte, wenn beide einen Titel besaßen. Auch die Damen begrüßten sich.

Schließlich wandte sich Christina Charlotte zu, die natürlich inzwischen ebenfalls aufgestanden war. »Und vielleicht erinnerst du dich auch noch an Miss Ellison, die so freundlich war, Papa vor einigen Jahren bei seiner Schreibarbeit zur Hand zu gehen?«

»Aber sicher.« Augusta wurde nicht gern an diese Zeit oder irgend etwas, was damit in Zusammenhang stand, erinnert. »Guten Abend, Miss Ellison.« Ihre Verblüffung darüber, daß Charlotte zu den geladenen Gästen gehörte, war nur allzu deutlich.

»Guten Abend, Lady Augusta.« Plötzlich verschwand Charlottes Schuldgefühl, und sie starrte sie genauso eisig an, wie es Augusta selbst ihrer Meinung nach getan hätte, wenn sie eine Debütantin vor sich gehabt hätte, die sie in ihre Schranken verweisen wollte.

Auf den markanten Wangenknochen des Generals war ein Hauch von Rot zu sehen. »Guten Abend, Miss Ellison.« Er verschluckte sich und hustete. »Wie reizend, Sie wiederzusehen. Ich habe neulich noch an Sie gedacht.« Er hielt inne. »Das heißt – eine bestimmte Begebenheit hat mich an Sie erinnert.«

»Ich habe oft an Sie gedacht.« Charlotte wollte ihm helfen, außerdem entsprach das, was sie sagte, sogar beinahe der Wahrheit. Es war ihr unmöglich, etwas über militärische Operationen zu lesen oder zu hören, ohne dabei an ihn erinnert zu werden.

Christina hob erstaunt die Brauen. »Ach, du meine Güte! Ich hatte ja keine Ahnung, daß wir Ihnen so sehr im Gedächtnis geblieben sind, Miss Ellison – oder sollten Sie gerade nur Papa gemeint haben?«

Charlotte wollte sie verletzen. »Für mich waren die Umstände unseres Treffens viel zu ungewöhnlich, als daß ich auch nur das kleinste Detail davon vergessen könnte«, sagte sie und erwiderte eisig Christinas Blick. Sie sah, wie Christina bei der Erinnerung an die Morde erbleichte. »Aber natürlich habe ich gelernt, den General zu bewundern, als ich mich näher mit seinen Memoiren befaßt habe. Ich bin sicher, daß Sie, die Sie ihn so viel besser kennen als ich, meine Hochachtung teilen.«

Christinas Gesichtszüge verhärteten sich. »Natürlich - aber er ist immerhin mein Vater! Das ist schließlich etwas völlig anderes, Miss Ellison.«

Balantynes Gesicht wurde noch dunkler, doch er schien nicht zu wissen, was er sagen sollte.

»Du hast die militärischen Aufzeichnungen deines Vaters noch nie gelesen, meine Liebe.« Es war Alan Ross, der sie schließlich rettete. »Die Zuneigung einer Tochter ist ein gänzlich anderes Gefühl als der Respekt eines Außenstehenden.«

Die Röte verschwand von Balantynes Wangen, und er wandte sich schnell ab. »Natürlich ist sie das«, sagte er mit ziemlicher Schärfe. »Ich kann mir nicht vorstellen, daß du deine Worte so gemeint hast, wie sie geklungen haben, Christina. Miss Ellison wollte lediglich höflich sein.« Er schaute Charlotte nicht an, sondern begann statt dessen, sich mit George zu unterhalten.

Emily beschäftigte sich mit Christina, und Charlotte fand sich mit der schwierigen Situation konfrontiert, eine möglichst ungezwungene Unterhaltung mit Alan Ross und Lady Augusta zu führen. Sie war unendlich erleichtert, als zum Dinner gerufen wurde.

Der Tisch war reich gedeckt, und Charlotte bemerkte, wie Emily ihn mit prüfendem Blick musterte und dabei im Geiste zu schätzen versuchte, wieviel das Ganze wohl gekostet haben mochte. Emily kannte sich genau aus mit dem Wert von Kristall, Silber und Tischleinen und konnte sagen, wie gut ein Koch war. Charlotte fing ihren Blick auf, kurz nachdem sie sich gesetzt hatten, und aus dem leichten Runzeln ihrer schönen Brauen schloß sie, daß Emily Christina für verschwenderisch hielt.

Der erste Gang wurde serviert, und die allgemeine Konversation kreiste um die Art höflicher Allgemeinplätze, die man beim Verzehr der Vorspeisen für angebracht hielt. Die Appetitanreger sollten den ärgsten Hunger stillen, aber dennoch den Eindruck von Raffinesse vermitteln. Charlotte nahm nicht an der Unterhaltung teil. Die Personen, über die man sich unterhielt, waren ihr nicht bekannt, und sie konnte auch nichts über die Wahrscheinlichkeit einer möglichen Hochzeit zwischen dieser und jenem sagen oder beurteilen, was für ein Unglück es bedeutete, falls es nicht dazu kommen sollte.

Sie ertappte sich dabei, wie sie General Balantyne ansah, der sich als einziger ebenfalls nicht an dem Gespräch beteiligte, entweder aus Unkenntnis oder aus Desinteresse. Sie war ein wenig beunruhigt, als sie feststellte, daß er sie unverwandt anschaute, obwohl Christina gerade besonders geistreich parlierte.

Die übrigen Gäste schienen sich köstlich zu amüsieren, doch plötzlich merkte Christina, daß zwei der Anwesenden von ihrem sprühenden Witz unberührt geblieben waren. Sie schaute Charlotte direkt an und verzog ein wenig das Gesicht.

»Oh, es tut mir ja so leid, Miss Ellison. Wie konnte ich nur vergessen, daß Sie weder Miss Fairgood noch den Enkel des Herzogs kennen. Wie unbedacht von mir. Sie müssen sich richtig übergangen fühlen. Können Sie mir noch einmal verzeihen?«

Nichts hätte Charlottes Ausschluß deutlicher machen können als diese wohlüberlegten Worte. Die Unterhaltung langweilte sie, auch wenn Charlotte sich bisher nichts daraus gemacht hatte, ihren eigenen Gedanken nachzuhängen, doch jetzt spürte sie, wie ihr Gesicht vor Betretenheit brannte. Sie schwieg, weil sie wußte, daß sie unhöflich werden würde, wenn sie etwas sagte, und sie gönnte Christina keine weitere Genugtuung.

»Ich kenne Miss Fairgood ebenfalls nicht.« Balantyne griff nach seinem Glas. »Und ich kann wirklich nicht sagen, daß ich das Gefühl habe, daß mir dadurch etwas entgangen ist. Und es ist mir ebenso gleichgültig wie Miss Ellison, wen der Enkel des Herzogs nun heiratet oder nicht. Allerdings fällt mir gerade ein«, damit wandte er sich Charlotte zu, »daß ich neulich auf einige Briefe gestoßen bin, die ein Soldat geschrieben hat, der im Krimkrieg gekämpft hat. Ich glaube, Sie könnten sie ebenfalls interessant finden. Tröstlich, welche Fortschritte wir seitdem gemacht haben. Ich erinnere mich noch, wie sehr Sie Miss Nightingales Arbeit und ihren Einsatz für die Versorgung der Verwundeten auf der Krim bewundert haben.«

Charlottes Interesse war echt. »Briefe?« fragte sie gespannt. »Oh, das ist noch viel aufregender als ein Geschichtsbuch.« Ohne dabei an Emilys Pläne zu denken, beugte sie sich ein wenig nach vorn. »Ich würde mich sehr freuen, wenn ich sie mir einmal ansehen könnte. Es wäre gerade so, als – als hielte man ein Stück echter Vergangenheit in Händen, nicht nur das Urteil eines anderen darüber! Was wissen Sie von ihm – dem Soldaten, der die Briefe geschrieben hat, meine ich?«

Die ernsten Linien auf Balantynes Gesicht glätteten sich, und er begann seine reservierte Haltung ein wenig zu verlieren. Er stellte sein Glas auf den Tisch. Er schenkte sich die Formalität, ihr zu versichern, daß sie sich die Briefe natürlich ansehen könne, als sei dies selbstverständlich und benötige keiner Bestätigung seinerseits.

»Er war ein sehr intelligenter Mann«, sagte er eifrig. »Es scheint ganz so, als habe er aus freien Stücken als Unteroffizier und nicht als Offizier gedient, und er war ganz offensichtlich des Schreibens und Lesens mächtig. Seine Beobachtungen sind äußerst differenziert und zeugen von einem menschlichen Mitgefühl, das ich äußerst bewegend finde.«

»Dies ist wohl kaum ein erhebendes Thema für ein Dinner.« Augusta blickte ihn mißbilligend an. »Ich kann mir nicht vorstellen, daß sich einer der Anwesenden hier für die Leiden irgendeines gewöhnlichen, lächerlichen Soldaten in - wo es auch gewesen sein mag - interessiert!«

»Auf der spanischen Halbinsel«, erklärte Balantyne, doch sie schenkte ihm keine Beachtung.

»Ich denke doch, das Thema ist ebenso erhebend wie die Heiratspläne von Miss Fairgood«, bemerkte Alan Ross trocken.

»Und wer um Himmels willen sollte sich dafür interessieren?« fragte Christina scharf.

»Beispielsweise ich«, erwiderte Ross. »Dein Vater, und - falls sie nicht höflicher ist, als einige andere Anwesende es heute abend gewesen sind - Miss Ellison.«

Charlotte fing seinen Blick auf und schaute schnell auf ihren Teller. »Leider muß ich gestehen, daß ich durchaus nicht so höflich bin, wie Sie gerade andeuteten, Mr. Ross«, sagte sie und zwang sich, einen gelassenen Gesichtsausdruck zu bewahren. »Ich interessiere mich allen Ernstes für dieses Thema.«

»Wie absonderlich«, murmelte Christina. »Lady Ashworth, Sie sagten eben, Sie hätten vor kurzem die Bekanntschaft von Lady Lavinia Hawkesley gemacht. Finden Sie nicht auch, daß sie eine höchst unterhaltsame Person ist? Obwohl ich mir nicht einmal sicher bin, ob es ihr überhaupt bewußt ist!«

»Ich vermute, die arme Frau langweilt sich zu Tode«, erwiderte Emily mit einem wütenden Blick auf Charlotte. »Und ich muß zugeben, ich kann es ihr nicht einmal verübeln. Sir James ist ein Mann, der jeden langweilen würde. Er ist bestimmt mindestens dreißig Jahre älter als sie, vielleicht sogar noch mehr.«

»Allerdings äußerst wohlhabend«, erklärte Christina. »Und wenn er nur einen Funken Anstand besitzt, wird er die nächsten zehn Jahre nicht überleben.«

»Oh!« Emily verdrehte die Augen. »Aber wie soll die Ärmste denn bloß die nächsten zehn Jahre überstehen?«

Ein Lächeln glitt über Christinas Gesicht. »Sie ist sicher recht einfalls- ...«

»Und das wird noch einmal ihr Verderben sein!« unterbrach Augusta barsch. »Es wäre besser für sie, wenn sie völlig phantasielos wäre. Und was immer dir auch vorschweben mag, Christina, es wäre sehr viel diskreter, wenn du nicht darüber sprechen würdest. Wir wollen schließlich nicht die Weissager der Verfehlungen anderer sein.«

Christina holte tief Luft. Genau das hatte sie offenbar sein wollen, doch merkwürdigerweise widersprach sie nicht. Charlotte meinte sogar zu sehen, wie sie kurz erbleichte und sich ihre Gesichtszüge verhärteten, doch ob es Mitleid oder Wut war, konnte sie nicht beurteilen.

»Ich würde sagen, sie könnte sich für wohltätige Zwecke einsetzen«, schlug George optimistisch vor. »Emily erzählt immer wieder, wie viel es in diesem Bereich zu tun gibt.«

»Und das soll dann alles sein!« Christina wurde mit einem Mal wirklich wütend. »Wenn ein Gentleman sich langweilt, kann er in seinen Club gehen und Würfel oder Karten spielen, er kann Rennen besuchen oder sogar mit seinem eigenen Gespann teilnehmen, wenn er dazu Lust hat! Er kann auf die Jagd gehen oder Billard spielen, ein Theater aufsuchen - oder noch schlimmere Orte -, aber wenn sich eine Dame langweilt, erwartet man von ihr sofort, daß sie sich für wohltätige Zwecke einsetzt, herumgeht und notleidende und schmutzige Menschen besucht, tröstende Worte murmelt und sie anhält, tugendhaft zu sein!«

In ihrem Ausbruch lag soviel Wahrheit, daß Charlotte unmöglich widersprechen konnte, und dennoch war sie nicht in der Lage, Christina Ross auch nur ansatzweise zu erklären, wie viel Sinn und Befriedigung sie selbst in ihrem persönlichen Einsatz für parlamentarische Reformen fand. Es lag eine Realität darin, eine Lebensnähe und Dringlichkeit, die Spiele oder sogar Sport lebensfern und unerträglich trivial erscheinen ließ.

Sie beugte sich vor und suchte nach Worten, um ihren Gefühlen Ausdruck zu verleihen. Alle starrten sie an, doch ihr wollte einfach nichts Passendes einfallen.

»Falls Sie die Absicht haben sollten, sich über die Faszination von Papas militärischen Schriften auszulassen, Miss Ellison, können Sie sich die Mühe sparen«, sagte Christina eisig. »Ich interessiere mich nicht für die Cholera in Sebastopol oder die genaue Zahl der armen Opfer, die beim Angriff der leichten Brigade umgekommen sind. Das Ganze ist für mich nichts als ein idiotisches Spiel, das von Männern gespielt wird, die man besser in Bedlam einsperren sollte, wo sie nur sich selbst Schaden zufügen können ... oder höchstens noch ihren Gesinnungsgenossen!«

Zum ersten Mal verspürte Charlotte einen Anflug von Mitgefühl für Christina. »Können Sie sich vorstellen, daß es eine Möglichkeit gibt, dies in Form eines Gesetzes festzulegen, Mrs. Ross?« fragte sie enthusiastisch. »Denken Sie an all die jungen Männer, die ihr Leben nicht zu verlieren bräuchten, wenn es uns gelänge!«

Christina schaute sie mit einem überraschten Stirnrunzeln an. Sie hatte von niemandem Unterstützung erwartet, und schon gar nicht von Charlotte. Sie hatte eigentlich nur vorgehabt, die anderen zu provozieren. »Sie überraschen mich«, gestand sie freimütig. »Ich habe Sie immer für eine große Bewunderin des Militärs gehalten.«

»Ich hasse blinde Eitelkeit«, antwortete Charlotte. »Und ich finde Dummheit entsetzlich. Die Tatsache, daß beides in der Armee viel gefährlichere Auswirkungen haben kann als sonstwo, außer vielleicht im Parlament, tut jedoch meinem Respekt für den Mut eines Soldaten keinerlei Abbruch.«

»Im Parlament?« Augusta wollte ihren Ohren nicht trauen. »Also wirklich, meine liebe Miss Ellison! Was meinen Sie bloß damit?«

»Ein Dummkopf im Parlament kann Millionen Menschen unterdrücken«, versuchte Balantyne zu erklären. »Und leider gibt es von dieser Sorte wirklich Gott weiß wie viele! Und auch genügend Eitelkeit.« Er schaute Charlotte mit völliger Offenheit an, als habe er einen Moment lang vergessen, daß sie eine Frau war. »Das war das Klügste, das ich seit langem gehört habe«, fügte er mit leichtem Brauenrunzeln hinzu. »Doch ich hatte den Eindruck, Sie wollten etwas ganz anderes sagen, bevor Christina das Gespräch wieder auf die Armee lenkte. Würden Sie die Liebenswürdigkeit besitzen, mir mitzuteilen, was es war?«

»Ich ...« Charlotte spürte genau, wie sein Blick auf ihre ruhte. Das Blau seiner Augen war heller und klarer als in ihrer Erinnerung. Und sie wurde sich seiner Stärke immer mehr bewußt, der Willenskraft, die ihn befähigt hatte, Männer zu kommandieren, die in höchster Gefahr schwebten und den Tod vor Augen hatten. Sie gab den Versuch auf, ihre Gefühle in höfliche Worte zu kleiden.

»Ich wollte sagen, daß ich mich, wenn ich ein wenig freie Zeit zur Verfügung habe, für die Reform einiger Gesetze gegen Kinderprostitution einsetze, damit sie eindeutiger abgefaßt werden, als sie es momentan sind, und der Mißbrauch von Kindern oder die Verschuldung dieses Mißbrauchs als schweres Vergehen bestraft wird, gleichgültig, ob es sich nun um Mädchen oder Jungen handelt.«

Alan Ross wandte sich ihr mit interessiertem Blick zu.

»Tatsächlich?« Augustas Gesichtsausdruck verriet absolutes Unverständnis. »Ich hätte nie gedacht, daß man auf diesem Gebiet irgendwelche Erfolge erreichen könnte, wenn man sich nicht genau in der Materie auskennt, Miss Ellison.«

»Natürlich nicht.« Charlotte nahm die Herausforderung an und erwiderte ihren Blick, ohne mit der Wimper zu zucken. »Es ist in der Tat notwendig, sich eingehend damit zu beschäftigen, sonst wäre jeder Versuch aussichtslos.«

»Wie außerordentlich unerfreulich«, sagte Augusta und gedachte, damit das Thema fallenzulassen.

»Natürlich ist es unerfreulich.« Alan Ross ließ sich nicht den Mund verbieten. »Ich glaube, genau das hat auch Brandy neulich beim Abendessen gesagt. Erinnern Sie sich noch an Brandy, Miss Ellison? Aber wenn diejenigen unter uns, die in der Lage sind, vom Parlament gehört zu werden, sich nicht für die Abschaffung dieser schrecklichen Zustände einsetzen, wer könnte dann eine Veränderung bewirken?«

»Die Kirche«, sagte Augusta schließlich. »Und ich bin ziemlich sicher, daß sie diese Aufgabe sehr viel besser erfüllen kann als wir, wenn wir hier bei Tisch wilde Spekulationen anstellen, die zu nichts führen. Brandon, sei bitte so nett und reiche mir den Senf herüber. Christina, du solltest dich einmal mit deiner Köchin unterhalten – diese Sauce schmeckt äußerst fade. Man könnte genausogut Watte essen! Sind Sie nicht auch meiner Meinung, Miss Ellison?«

»Sie ist mild«, antwortete Charlotte mit einem feinen Lächeln. »Aber ich finde sie durchaus schmackhaft.«

»Wie merkwürdig.« Augusta drehte ihre Gabel um. »Dabei hätte ich angenommen, daß Senf viel mehr nach ihrem Geschmack wäre.«

Nachdem das Essen beendet war, brachte der Butler den Portwein. Augusta, Christina, Emily und Charlotte entschuldigten sich und begaben sich in den Salon, damit die Männer ihre Getränke genießen oder rauchen konnten, wenn sie dies wünschten. Dies war der Teil des Abends, auf den Charlotte sich am wenigsten gefreut hatte. Sie war sich genau bewußt, daß Christina sie nicht mochte, und jetzt kam auch noch Augustas Mißbilligung hinzu. Und zusätzlich zu diesen unangenehmen Empfindungen verspürte sie großes Unbehagen, wenn sie daran dachte, was Emily wohl vorhatte. Sie war mit der klaren Absicht gekommen, die Namen und Eigentümlichkeiten von Christinas weniger ehrbaren Freundinnen zu erfahren, um herauszufinden, ob eine von ihnen möglicherweise von Max verführt worden war. Sie betete zu Gott, daß sie dabei subtil vorgehen würde – wenn es überhaupt möglich war, bei diesen Dingen subtil zu sein.

Emily warf ihr einen warnenden Blick zu, bevor sie sich setzten. »Wissen Sie, ich bin wirklich vollkommen Ihrer Meinung«, sagte sie mit Verschwörermiene zu Christina. »Ich sehne mich so sehr danach, etwas zu tun, das ein wenig abenteuerlicher ist als Leuten, von denen ich sowieso schon alles weiß, Höflichkeitsbesuche abzustatten und langweilige Unterhaltungen zu führen. Oder ›gute Werke‹ zu verrichten. Ich bin sicher, daß sie oft sehr edel sind, und ich bewundere diejenigen, die es genießen, sich auf diese Weise zu engagieren. Doch ich muß gestehen, mir will dies nicht gelingen.«

»Wenn Sie gelegentlich zur Messe gehen und sich um die Familien Ihres Dienstpersonals kümmern, tun Sie Ihrer Pflicht bereits Genüge«, erklärte Augusta. »Andere gute Werke wie Besuche und dergleichen werden nur von alleinstehenden Damen erwartet, die sonst nichts zu tun haben. Auf diese Weise haben sie die Möglichkeit, sich zu beschäftigen und nützlich zu machen. Der Himmel weiß, daß es mehr als genug von diesen Frauen gibt. Man sollte ihnen nicht auch noch diese Funktion streitig machen!«

Einen Moment lang schienen die Damen vergessen zu haben, daß Charlotte, jedenfalls soweit sie wußten, ebenfalls zu dieser Kategorie zählte.

»Ich habe schon daran gedacht, Ausritte im Park zu unternehmen«, sinnierte Emily. »Dort kann man vielleicht allerlei interessanten Leuten begegnen – das habe ich jedenfalls gehört.«

»Allerdings«, sagte Christina. »Ich weiß genau, was Sie meinen. Aber Sie dürfen mir glauben, es gibt andere Dinge, die man tun kann und die sehr viel abenteuerlicher und unterhaltsamer sind als Briefeschreiben oder Höflichkeitsbesuche bei Leuten, die unaussprechlich langeweilig sind. Es ist wirklich nicht ungehörig, wenn man nicht allein geht, gemeinsam zu ...«

»Malen Sie, Miss Ellison?« fiel Augusta ihrer Tochter mit lauter, durchdringender Stimme ins Wort. »Oder spielen Sie das Pianoforte? Oder singen Sie vielleicht?«

»Ich male«, antwortete Charlotte sofort.

»Wie schön für Sie.« Christinas Urteil über diese Beschäftigung war unüberhörbar. Alleinstehende Frauen, denen nichts Besseres einfiel, als mit Pinseln und nassen Papierbögen zu Hause herumzusitzen, erschienen ihr so lächerlich, daß sie daran keinen Gedanken verschwendete. Sie wandte sich wieder Emily zu. »Ich habe beschlossen, jeden Morgen, an dem ich dazu Lust verspüre und das Wetter es zuläßt, im Hyde Park auszureiten! Ich bin sicher, daß man mit einem lebhaften Tier sehr viel Vergnügen haben kann.«

»Mit einem lebhaften Tier kann man auch sehr schnell mit dem Gesicht im Schmutz landen, meine Liebe!« fuhr Augusta sie an. »Und es wäre mir sehr lieb, wenn du an meine Worte denken würdest und nicht so tätest, als sei ein Sturz in die Tiefe etwas, das man auf die leichte Schulter nehmen kann!«

Christinas Gesicht war bleich geworden. Sie starrte vor sich hin und blickte weder Augusta noch Emily an. Falls sie etwas zu erwidern hatte, behielt sie es jedenfalls für sich.

Charlotte versuchte verzweifelt, sich etwas einfallen zu lassen, was sie sagen könnte, um das schreckliche Schweigen zu übertönen, doch alles Triviale und Höfliche schien nach diesem plötzlichen Gefühlsausbruch grotesk, auch wenn sie weder den Sinn noch den Grund verstand. Falls Christina sich schon einmal verletzt hatte, vielleicht bei einem Reitunfall, wäre es äußerst taktlos, erneut auf das Thema zu sprechen zu kommen. Es durchzuckte sie der Gedanke, daß dies vielleicht auch der Grund sein könnte, warum sie noch keine Kinder hatte. Charlotte empfand beinahe schmerzliches Mitleid für sie, dabei hatte sie sich doch eigentlich vorgenommen, Christina nichts als Abneigung entgegenzubringen.

»Emily spielt Klavier«, sagte sie schließlich, nur um das Thema zu wechseln und ihre Gedanken loszuwerden.

»Wie bitte?« Augusta schluckte. Auf ihrem Hals waren feine Fältchen zu sehen, die Charlotte bisher noch gar nicht aufgefallen waren.

»Emily spielt Klavier«, wiederholte Charlotte mit wachsender Verlegenheit. Inzwischen kam sie sich lächerlich vor.

»Ach ja? Und Sie haben es nicht gelernt?«

»Nein. Ich habe es vorgezogen zu malen, und Papa hat nicht darauf bestanden.«

»Eine weise Entscheidung. Es ist Zeitverschwendung, ein Kind, das unbegabt ist, zu etwas zwingen zu wollen.«

Darauf gab es keine höfliche Erwiderung. Charlotte hörte plötzlich auf, sich wegen der Zärtlichkeit, die sie im Gesicht des Generals bemerkt hatte, schuldig zu fühlen, oder wegen der kurzen Offenheit in seinen Augen, als er die Annehmlichkeiten des Tisches vergessen hatte und zu ihr gesprochen hatte wie ein Freund, mit dem man sich über das unterhielt, was wirklich wichtig war, Dinge, die einen beschäftigten und berührten.

Als die Männer kurz darauf wieder zu ihnen stießen, war sie mehr als froh, daß er sie sofort in ein fesselndes Gespräch über den Rückzug aus Moskau verwickelte. Sie brauchte keinerlei Interesse vorzutäuschen, denn sie ließ jedes seiner Worte auf sich wirken und war genauso fasziniert wie er von den Stürmen der Geschichte, die über Europa hinwegfegten und das Geschick dieses Erdteils wendeten, und teilte seine Trauer über den einsamen Tod der Männer im bitterkalten Schnee Rußlands.

Als sie schließlich aufgestanden waren und sich verabschiedet hatten, blieb ihr das Gesicht des Generals und nicht das von Christina im Gedächtnis. Erst später, als Emily sich auf der Heimfahrt mit ihr unterhielt, verspürte sie wieder einen Anflug von Schuldgefühl.

»Also wirklich, Charlotte. Ich hatte dich doch gebeten, den General abzulenken, damit wir etwas erfahren konnten, das uns helfen könnte. Ich habe nicht gesagt, du solltest den armen Mann um den Verstand bringen!« sagte sie bissig. »Ich bin wirklich der Meinung, du solltest lernen, dich ein wenig besser zu beherrschen. Das aprikosenfarbene Kleid ist dir wohl zu Kopf gestiegen!«

Charlotte errötete im Dunkel der Kutsche, doch glücklicherweise konnten weder Emily noch George ihr Gesicht sehen. »Ich hätte wohl kaum versuchen können, etwas über Christinas kokette Freundinnen herauszufinden!« sagte sie scharf. »Schließlich habt ihr mich alle als bedauernswerte Kreatur dargestellt, die malend zu Hause sitzt, wenn sie nicht gerade unterwegs ist, um die Unglücklichen mit guten Werken zu beglücken.«

»Ich verstehe sehr gut, daß du Christina nicht leiden kannst.« Emily änderte ihre Taktik und zeigte sich jetzt von ihrer geduldigen Seite. »Ich mag sie auch nicht – und sie hat sich dir gegenüber wirklich sehr beleidigend verhalten. Aber das tut nichts zur Sache! Wir haben sie schließlich nicht besucht, um uns zu amüsieren, sondern um Nachforschungen anzustellen!«

Charlotte wußte nicht, was sie sagen sollte. Sie hatte nicht das geringste herausgefunden. Wenn sie ehrlich war, mußte sie zugeben, daß sie sich großartig unterhalten hatte. Wenn auch nicht die ganze Zeit. Es hatte Momente gegeben, die wirklich unheimlich gewesen waren. Sie hatte ganz vergessen, wie zerstörerisch die Gesellschaft sein konnte.

»Hast du etwas herausgefunden?« fragte sie.

»Ich habe keine Ahnung«, erwiderte Emily in der Dunkelheit. »Vielleicht.«

Kapitel 7

Emily dachte an die Morde und Tragödien, die sich im Verborgenen abspielen. Ihr war klar, daß zahlreiche Ehen ebenso aus praktischen Erwägungen wie aus romantischen Gefühlen geschlossen wurden, weil man entweder seine gesellschaftliche Stellung verbessern oder seine gefährdete Stellung sichern wollte. Manchmal stellte sich heraus, daß diese Verbindungen genauso gut verliefen wie diejenigen, die in der Hitze der Leidenschaft entstanden waren. Wenn aber Alter und Temperament zu unterschiedlich waren, konnte eine Ehe zum Gefängnis werden.

Auch sie kannte die betäubende Wirkung der Langeweile. Daß sie selbst nicht darunter litt, war nur der Tatsache zu verdanken, daß sie hin und wieder die Möglichkeit hatte, gemeinsam mit ihrer Schwester ein Abenteuer in der reizvollen, beängstigenden, turbulenten Welt der Morde und Tragödien zu bestehen. Doch die dazwischenliegenden langen, öden Intervalle, die mit gesellschaftlichen Bagetellen angefüllt waren, erschienen im Kontrast nur noch unerträglicher. Es war eine Welt, die ganz in sich selbst verschlossen war, wo bereits der oberflächlichste Flirt die Dimension einer großen Leidenschaft annahm, einfache Verstöße gegen die Etikette zu persönlichen Beleidigungen wurden und Fragen der Mode – Schnitt, Farbe und Verzierung eines Kleides – überall bemerkt und diskutiert wurden, als seien sie von immenser Bedeutung.

Wie Christina Ross gesagt hatte, konnten sich gelangweilte Männer mit allen möglichen Sportarten beschäftigen, ob gesund oder ungesund sei dahingestellt, selbst wenn sie riskierten, sich dabei die Knochen zu brechen oder ihr Geld zu verlieren. Arbeitsame Männer, die sich ihrer gesellschaftlichen Rolle bewußt sind und sich verantwortlich fühlen, konnten versuchen, im Parlament oder im Handel Machtpositionen zu erlangen. Sie konnten ins Ausland reisen, um ärmere Länder zu fördern, sie konnten in die

Armee eintreten oder sogar den Weißen Nil erforschen, wenn ihnen der Sinn danach stand, und versuchen, seine Quelle im Herzen des Schwarzen Erdteils zu entdecken.

Für eine Frau gab es nur die Möglichkeit, sich mildtätigen Zwecken zuzuwenden. Ihr Haus wurde von Dienstboten in Ordnung gehalten, ihre Kinder von einem Kindermädchen, einer Amme und später von einer Gouvernante versorgt. Für Menschen, die weder künstlerisch noch sonstwie begabt oder übermäßig intelligent waren, gab es nichts anderes, als Gäste einzuladen oder selbst eingeladen zu werden. Kaum verwunderlich also, daß temperamentvolle junge Damen, wie einige von Christinas Freundinnen, die in Ehen ohne Leidenschaft, Vergnügen oder auch nur Kameradschaft gefangengehalten wurden, sich von einem Mann verführen ließen, der so wild und gefährlich wirkte wie Max Burton.

Aber natürlich hatte Emily sich auch nie irgendwelchen Illusionen darüber hingegeben, daß es viele Männer gab, deren sexueller Appetit zu Hause nicht gestillt wurde. Viele führten aus den unterschiedlichsten Gründen ein enthaltsames Leben, doch selbstverständlich gab es auch zahlreiche Männer, die dies nicht taten. Man sprach nicht über ›Freudenhäuser‹ oder die ›gefallenen Mädchen‹, die darin lebten. O Gott! Wie sie diesen Euphemismus haßte! Nur mit der intimsten Freundin sprach man über die zahlreichen Affären, die sich an langen Jagdwochenenden in Landhäusern abspielten, bei Croquetspielen auf dem Sommerrasen, auf großen Bällen während der Jagdsaison oder an einem Dutzend anderer Orte bei diversen anderen Anlässen. Man billigte es zwar nicht, zeigte sich jedoch verständnisvoll.

Emily versuchte, sich alle ihr bekannten Personen und deren Lebensumstände vorzustellen, die mit Christinas Freundeskreis in Zusammenhang standen und von denen denkbar war, daß sie etwas mit Max und den Mordfällen zu tun haben könnten. Es gab sieben oder acht wahrscheinliche und etwa ein halbes Dutzend denkbare Kandidatinnen, auch wenn sie nicht glauben mochte, daß diese Frauen den nötigen Mut oder die Gleichgültigkeit gegenüber Werten wie Sittsamkeit und Treue aufgebracht hätten. Falls sich nichts Besseres ergeben sollte, würde sie Pitt die Namen nennen, damit er herausfinden konnte, wo ihre Ehemänner sich zur Tatzeit aufgehalten hatten.

Außerdem mußte man in Betracht ziehen, daß eine der Frauen das Pech gehabt hatte, erkannt zu werden – jemand hätte sie verraten oder auch erpressen können. Man brauchte sich nur vorzustellen, daß ein Mann sich in einem Bordell amüsieren wollte und feststellen mußte, daß er seine eigene Frau gekauft hatte! Es gab unendlich viele Möglichkeiten, und alle waren schmerzhaft und auf hoffnungslose Weise lächerlich.

Möglich, daß eine dieser Frauen, die für Max gearbeitet hatte, Bertie Astley angeboten worden war. Möglich, daß jemand in Panik geraten war oder tödliche Haßgefühle entwickelt hatte, was dann nicht nur zum Mord an Max, sondern auch zu dem an Astley geführt hatte. Was Hubert Pinchin allerdings mit der Sache zu tun haben konnte, ging über ihre Vorstellungskraft.

Die andere durchaus wahrscheinliche Theorie erschien ihr noch unangenehmer: Beau Astley hatte von den grausamen Morden an Max und Dr. Pinchin gelesen und die Gelegenheit genutzt, die Tötungsart nachzuahmen, um seinen älteren Bruder aus der Welt zu schaffen. Es wäre nicht der erste Fall, in dem es einen Nachahmungstäter gab, der versuchte, einem Mann, der bereits zwei Menschen umgebracht hatte, auch noch einen dritten Mord anzuhängen.

Beau Astley konnte vom Tod seines Bruders nur profitieren, soviel stand fest. Doch wie sehr war er darauf aus gewesen? Befand er sich in finanziellen Schwierigkeiten oder kam er mit den Geldquellen, über die er verfügte, gut aus? War er in May Woolmer verliebt? Was für ein Mensch war er überhaupt?

Am Frühstückstisch trank Emily ihren Tee in kleinen Schlucken. George war in keiner guten Stimmung. Er verbarg sich hinter seiner Zeitung, nicht um sie zu lesen, sondern weil er keine Lust hatte, sich zu unterhalten.

»Ich habe neulich die arme May Woolmer besucht«, bemerkte Emily fröhlich.

»Ach ja?« Georges Stimme klang abwesend, und Emily wurde klar, daß er vergessen hatte, wer May Woolmer überhaupt war.

»Sie trägt natürlich immer noch Trauer«, fuhr sie fort. Eine direkte Frage wäre wahrscheinlich zwecklos. George konnte Neugierde nicht ausstehen; sie war vulgär und für andere Menschen meist beleidigend. Es kümmerte ihn nicht, wenn sich jemand ungerechtfertigt gekränkt fühlte, doch er haßte es, wenn man ihn für einfältig oder taktlos hielt. Er wußte, wie wichtig es war, von anderen anerkannt zu werden.

»Entschuldigung, was hast du gerade gesagt?« Er hatte nicht aufgepaßt und legte jetzt widerwillig die Zeitung zur Seite, da er feststellen mußte, daß sie keine Anstalten machte, das Thema fallenzulassen.

»Sie trauert immer noch um Bertie Astley«, wiederholte Emily.

Endlich schien er zu verstehen. »Ach ja, natürlich. Wirklich schade. Er war ein netter Kerl.«

»O George!« Sie schaute ihn entsetzt an.

»Was ist denn?« Er verstand ihre Reaktion nicht. Es war nur eine harmlose Bemerkung gewesen, und Astley war ganz gewiß ein liebenswürdiger Mann gewesen.

»George!« Sie senkte die Stimme und schlug die Augen nieder. »Ich habe erfahren, wo man ihn gefunden hat, weißt du!«

»Was?«

Sie wünschte sich, sie könnte auf Kommando rot werden. Es gab Frauen, die dies konnten, und es war eine äußerst nützliche Gabe. Sie mied seinen Blick, für den Fall, daß er in ihren Augen nicht das erwartete tugendhafte Entsetzen, sondern Neugier lesen würde.

»Er ist vor der Tür eines Freudenhauses gefunden worden.« Sie sprach den Euphemismus aus, als sei ihr das Wort peinlich. »Ein Haus, in dem auch die ›Angestellten‹ Männer sind!«

»O Gott! Woher weißt du das?« Diesmal war sein Interesse echt. Sein Gesicht sah bestürzt aus, seine dunklen Augen waren weit aufgerissen. »Emily?«

Einen Moment lang fiel Emily keine passende Antwort ein. Das Gespräch war ihr entglitten, auf diese Wende war sie nicht vorbereitet gewesen, obwohl sie es eigentlich hätte voraussehen müssen. Sollte sie gestehen, die Zeitungen gelesen zu haben? Oder sollte sie Charlotte die Schuld geben? Nein, das war keine gute Idee – es könnte unangenehme Folgen nach sich ziehen. George könnte sogar auf die Idee kommen, daß sie Charlotte nicht mehr so häufig sehen sollte, besonders während der Ermittlungen in skandalösen Mordfällen wie diesen.

Plötzlich kam ihr der rettende Gedanke. »May hat es mir gesagt. Der Himmel weiß, wo sie es gehört hat. Aber du weißt ja, wie schnell sich diese Geschichten rumsprechen. Wieso fragst du? Stimmt es etwa nicht?« Sie sah ihm tief in die Augen, diesmal mit einem vollkommen unschuldigen Gesichtsausdruck. Sie hatte keine Skrupel, George in unwichtigen Punkten hinters Licht zu führen – es geschah schließlich zu seinem eigenen Besten. In wichtigen Fällen sagte sie immer die Wahrheit, beispielsweise wenn es um Treue oder Geld ging. Aber manchmal mußte man George eben ein wenig manipulieren.

Seine Schultern entspannten sich, und er lehnte sich wieder in seinem Stuhl zurück, sah aber immer noch verwirrt aus. Zwei Dinge beunruhigten ihn: die äußerst anstößigen Umstände von Bertie Astleys Tod und wieviel davon Emily erfahren durfte.

Sie verstand ihn genau und rettete die Situation, bevor sie ihr wieder entglitt und sie gezwungen war, noch einmal ganz von vorn anfangen zu müssen. »Vielleicht sollte ich May aufsuchen und alles richtigstellen?« meinte sie. »Wenn es nämlich nur ein gemeines Gerücht ist ...«

»O nein!« Er tat es zwar ungern, aber es blieb ihm keine andere Wahl. »Leider kannst du das nicht tun. Es entspricht nämlich alles vollkommen der Wahrheit.«

Emily setzte ein angemessen betroffenes Gesicht auf, als habe sie tatsächlich gehofft, daß dies nicht der Fall sei. »George? War Sir Bertram - ich meine, hatte er - absonderliche Neigungen?«

»Großer Gott, nein! Das ist ja gerade so verdammt seltsam daran! Ich kann es einfach nicht verstehen.« Er verzog das Gesicht, eine für ihn seltene Offenheit. »Aber ich befürchte, wir kennen oft andere Menschen weit weniger gut, als wir annehmen. Vielleicht war er tatsächlich ..., und keiner hat es gewußt.«

Emily streckte ihre Hand über den Tisch und ergriff die seine. »Denk das nicht, George«, sagte sie sanft. »Ist es nicht viel wahrscheinlicher, daß ein anderer Verehrer von May Woolmer so verrückt nach ihr war, daß er einfach die Gelegenheit beim Schopf gepackt und sich von seinem Nebenbuhler befreit hat und ihn dabei gleichzeitig gesellschaftlich ruiniert hat? So konnte er ihm sowohl das Leben nehmen als auch die gute Erinnerung an ihn vernichten. May kann schließlich nicht liebevoll an einen Mann zurückdenken, der solchen anstößigen Neigungen gefrönt hat!«

Er dachte einen Augenblick darüber nach, während er ihre Hand mit der seinen umschloß. Es gab Momente, in denen spürte er tiefe Zuneigung zu ihr. Eins mußte man Emily lassen: Auch nach fünf Jahren Ehe war sie kein bißchen langweilig.

»Das bezweifle ich«, sagte er schließlich. »Sie ist eine hübsche Kreatur, daran besteht gar kein Zweifel, aber ich kann mir nicht vorstellen, daß sich jemand so heftig in sie verliebt, daß er zu so etwas fähig wäre. Dazu hat sie zu wenig – zu wenig Feuer. Und viel Geld hat sie auch nicht, weißt du.«

»Ich dachte immer, Beau Astley sei bis über beide Ohren in sie verliebt«, sinnierte sie.

»Beau?« fragte er ungläubig.

»Etwa nicht?« Jetzt war auch sie verwirrt.

»Ich glaube, er kann sie gut leiden, ja sicher, aber er hat andere Interessen, und ich kann mir ganz und gar nicht vorstellen, daß er in der Lage wäre, seinen eigenen Bruder umzubringen!«

»Immerhin wären da der Titel und das Geld«, warf sie ein.

»Kennst du Beau Astley überhaupt?«

»Nein«, sagte sie erwartungsvoll. Endlich waren sie auf das eigentliche Thema zu sprechen gekommen. »Was ist er denn für ein Mensch?«

»Sympathisch – eigentlich viel netter als der arme Bertie. Und großzügig«, sagte er mit Überzeugung. »Ich glaube, ich muß ihn unbedingt besuchen und sehen, wie es ihm geht.« Er ließ die Zeitung zu Boden gleiten und stand auf. »Ich habe Beau immer gern gemocht. Dem armen Kerl geht es bestimmt miserabel. Trauern ist so öde – es macht alles noch schlimmer. Egal wie schlecht es einem auch gehen mag, man hat bestimmt keine Lust, in einem Haus voller Gaslampen und schwarzem Crêpe zu sitzen, in dem die Dienstboten sich nur noch im Flüsterton unterhalten und die Mädchen sofort anfangen zu flennen, wenn sie einen sehen. Ich gehe zu ihm und leiste ihm ein bißchen Gesellschaft.«

»Eine gute Idee«, stimmte sie ihm ernst zu. »Ich bin sicher, er wird dir sehr dankbar sein. Du bist wirklich äußerst einfühlsam.« Wie konnte sie ihn dazu bringen, Beau Astley ein wenig auszufragen, ohne daß er Verdacht schöpfte? »Er sehnt sich vielleicht danach, jemandem sein Herz auszuschütten, einem guten Freund, dem er vertrauen kann«, sagte sie und beobachtete dabei Georges Gesicht. »Schließlich müssen ihm viele traurige und verstörende Gedanken durch den Kopf gehen, wenn er versucht zu begreifen, wie sich wohl alles zugetragen hat. Und bestimmt ist er sich auch über die Mutmaßungen der anderen im klaren. Ich bin sicher, ich an seiner Stelle würde mich danach sehnen, mich jemandem anzuvertrauen!«

Falls er überhaupt auf die Idee kam, daß sie Hintergedanken haben könnte, zeigte sich davon nichts in seinem Gesicht. Jedenfalls nahm sie nicht an, daß dies der Grund für sein verstohlenes Lächeln sein könnte ... Oder sollte sie sich doch irren?

»Du hast recht«, antwortete er ernst. »Manchmal ist es wirklich eine große Erleichterung, wenn man mit jemandem reden kann – ganz im Vertrauen!«

War George vielleicht doch scharfsinniger als sie angenommen hatte? Und gar nicht so abgeneigt, ein wenig auf eigene Faust Detektiv zu spielen? Sicher nicht! Sie schaute seiner eleganten Gestalt nach, als er durch die Tür ging, und verspürte das prickelnde Gefühl freudiger Überraschung.

Drei Tage später hatte Emily erreicht, daß man sie gemeinsam mit George und Charlotte zu einem kleinen Privatball eingeladen hatte, von dem sie bereits im voraus wußte, daß die Balantynes und mit ihnen auch Alan Ross und Christina anwesend sein würden. Welche Entschuldigung Charlotte sich für Pitt ausdachte, war ihre Sache.

Emily war sich nicht ganz sicher, welche Informationen sie einzuholen gedachte, doch sie war durchaus nicht naiv, was die Gewohnheiten der vornehmen Herren betraf. Sie hatte gelernt, die erstaunliche Flexibilität jener Männer zu akzeptieren, die nachts ihren körperlichen Gelüsten in den teureren Bordellen in der Nähe von Haymarket befriedigen und dann einfach nach Hause kommen und das Frühstück einnehmen. Als wäre nichts geschehen, schlüpften sie problemlos in ihre Rolle als Oberhaupt ihrer schweigenden Familie, wo ein Wink genügte, um alle in geschäftige Unruhe zu versetzen, und man jedem Wort mit unbedingtem Gehorsam Folge leistete. Emily hatte bewußt das gesellschaftliche Leben gewählt, und sie genoß die Privilegien, die es ihr bot. Deshalb verurteilte sie die Heuchelei in keiner Weise, bewunderte sie allerdings auch nicht.

Emily hegte keinerlei Sympathie für Christina Ross. Allerdings konnte sie sich vorstellen, daß Christina Frauen bewunderte, die den Mut hatten, aus ihrem gesellschaftlichen Gefängnis auszubrechen und nach den Regeln der Männer zu leben, selbst wenn sie dabei für eine wilde Maskerade in einem Haus wie dem von Max in Devil's Acre alles aufs Spiel setzten. Emily hielt dies für außerordentlich töricht! Nur eine Frau, die völlig den Verstand verloren hatte, konnte soviel für eine schale Entschädigung aufs Spiel setzen – und sie haßte soviel Dummheit.

Sie war sich bewußt, daß Langeweile manchmal alle Intelligenz untergrub, selbst jedes Gefühl der Selbsterhaltung. Sie hatte erlebt, wie sich überreizte Frauen, die sich einbildeten, sie wären verliebt, wie die Lemminge kopfüber in ihr eigenes Unglück gestürzt hatten. Meist waren sie jung, waren zum ersten Mal sexueller Leidenschaft begegnet. Vielleicht wuchs mit den Jahren auch nur die Resignation: Man nahm Gewohnheiten an, lernte, seine Verletzbarkeit besser zu verbergen. Die innere Verzweiflung blieb vielleicht gleich. Vielleicht wollte es der Zufall, daß heute abend unter Christinas Freundinnen wenigstens eine Frau war, die für Max gearbeitet hatte?

Sie wollte auch Charlotte bei sich haben, weil sie eine gute Beobachtungsgabe besaß. Charlotte mochte in bestimmten Dingen zwar naiv sein, doch in anderen war sie erstaunlich scharfsichtig. Außerdem konnte Christina sie nicht ausstehen, schien in gewisser Weise sogar beinahe eifersüchtig auf sie zu sein. Und in der Hitze heftiger Gefühle neigte man bekanntlich dazu, sich zu verraten. Charlotte konnte äußerst charmant sein, wenn sie sich gut amüsierte, jemandem ihre ganze Aufmerksamkeit schenkte - wie sie es aus einem ihr unverständlichen Grund bei General Balantyne tat. Wenn es irgend etwas gab, das Christinas Selbstbeherrschung zu Fall bringen konnte, dann war es Charlotte, wenn sie mit dem General flirtete - und vielleicht sogar mit Alan Ross.

Emily, George und Charlotte trafen gemeinsam auf Lord und Lady Easterbys Ball für deren älteste Tochter ein. Sie kamen gerade so spät, wie es die Höflichkeit erlaubte, erregten aber dennoch bei den Gästen einiges Aufsehen, die sich bereits in der Eingangshalle drängten.

Emily trug ihre Lieblingsfarbe, ein zartes Wassergrün, das hervorragend zu ihrer hellen Haut paßte, und ihre weichen Locken glänzten im Licht wie ein Heiligenschein. Sie sah aus wie der Geist eines flüchtigen englischen Frühsommertages, wenn die Blüten noch makellos sind und die Luft mit kühlem, flimmerndem Licht durchsetzt ist.

Sie hatte sich mit Charlotte viel Mühe gegeben und hatte genau überlegt, was dem General wohl am besten gefallen und Christina am meisten irritieren würde. Charlotte betrat den Ballsaal in einem strahlenden, leuchtenden Enzianblau. Das Kleid umschloß zart ihren Hals und ließ ihr Haar in einem tiefen, edlen Kupferton glänzen. Sie sah aus wie eine tropische Nacht, in der das Gold der Sonne bereits verschwunden ist, die Wärme der Erde jedoch noch anhält. Wenn Charlotte auch nur im entferntesten von Emilys Plänen ahnte, war ihr davon jedenfalls nichts anzumerken. Das war gut so, denn Emily bezweifelte, daß Charlottes Gewissen es zugelasen hätte, bei einem solchen Plan mitzumachen. Wenn sie zudem bewußt zu flirten versuchte, war sie sowieso hoffnungslos! Es war lange her, daß Charlotte die Möglichkeit gehabt hatte, sich elegant zu kleiden, extravagant zu sein, die ganze Nacht zu tanzen. Sie schien sich ihrer Sehnsucht nach diesem Vergnügen nicht einmal bewußt zu sein.

Ihre Schwester wurde mit neugierigen Blicken empfangen. Georges Titel und die Tatsache, daß Charlotte ein neues Gesicht und daher geheimnisvoll war, hätten bereits genügt. Doch daß die Schwestern auch noch hinreißend aussahen, reichte, um eine Flut von Spekulationen und Klatsch auszulösen, die genügend Gesprächsstoff für einen ganzen Monat liefern würde.

Um so besser, es würde den Abend nur noch spannender machen. Christina sah es sicher nicht gern, wenn man sie ausstach. Emily fragte sich einen bangen Moment lang, ob sie sich vielleicht verkalkuliert hatte und das Ergebnis weniger aufschlußreich und dafür sehr viel unangenehmer ausfallen würde, als sie beabsichtigt hatte, doch dann verwarf sie ihre Befürchtungen wieder. Jetzt war es sowieso zu spät.

Sie schwebte mit einem strahlenden Lächeln auf Lady Augusta Balantyne zu, die steif und sehr würdevoll dastand und ein charmantes Lächeln aufzusetzen bemüht war.

»Guten Abend, Lady Ashworth«, sagte Augusta kühl. »Lord Ashwort. Wie reizend, Sie wiederzusehen. Guten Abend, Miss Ellison.«

Emily fühlte sich plötzlich beschämt. Sie blickte Augusta an, sah ihre angespannten Schultern, die feinen Nackenmuskeln, die sich unter ihrem Rubincollier abzeichneten, unter dem Gewicht der kalten, blutfarbenen Steine. Hatte Augusta wirklich Angst vor Charlotte? War es möglich, daß sie ihren Gatten tatsächlich liebte? Daß die Zärtlichkeit, die um seinen Mund spielte, als er Charlotte begrüßte, und seine auffallend gerade Haltung mehr bedeuteten? Daß es für ihn nicht nur ein unbedeutender Flirt mit einer hübschen Frau war, sondern etwas, das Gefühle berührte, die tiefer waren, die schmerzten und ihn verstörten und eine Einsamkeit zurückließen, die niemals mit einer anderen

Empfindung ausgefüllt werden konnte – und daß Augusta dies wußte?

Der Ballsaal funkelte, und die Gäste lachten, aber einen Augenblick lang bemerkte Emily von all dem nichts. An den Decken hingen Kronleuchter mit leise klirrenden Verzierungen aus Kristallglas, Violinsaiten wurden kurz gestimmt und ließen dann ihre vollen, satten Töne erklingen, Diener glitten elegant mit Gläsern voll Champagner und Obstpunsch hin und her.

Sie hatte beabsichtigt, Christinas Schutzpanzer anzukratzen und vielleicht in einem unbedachten Moment ein wenig von dem zu erfahren, was sie über die vornehmen Damen wußte, die möglicherweise in Maxs Bordell verkehrt hatten. Das letzte, was Emily gewollt hatte, war jemanden wirklich zu verletzen. Hoffentlich wußte Charlotte, was sie tat!

Ihre Gedanken wurden durch höfliche Konversation gestört. Sie kam dieser Aufgabe jedoch nur halbherzig nach, machte einige lächerliche Bemerkungen darüber, wer wohl das Pferderennen im Sommer gewinnen würde und wer nicht – sie war sich nicht einmal sicher, ob vom Derby, dem Rennen der Dreijährigen, oder dem Oaks, dem Stutenrennen in Epsom, die Rede war. Jedenfalls wurde der Name des Prinzen von Wales erwähnt.

Es dauerte ungefähr dreißig Minuten, bis sich das Thema von selbst erschöpft hatte und Alan Ross Emily fragte, ob sie ihm die Ehre erweisen wolle, ihm den nächsten Tanz zu schenken. Es war ein merkwürdiges Gefühl, jemandem so nah zu sein, seine Bewegungen zu teilen, ihn manchmal sogar zu berühren und doch kaum ein Wort dabei zu wechseln. Sie kamen so schnell zusammen und wirbelten auch schon wieder auseinander, daß jedes Gespräch unmöglich war.

Sie beobachtete sein Gesicht. Er sah nicht so gut aus wie George, doch er besaß eine Sensibilität, die sie mehr und mehr anzog, je länger sie ihn kannte. Die Erinnerungen an die Ereignisse am Callander Square drängten sich ihr auf, und sie fragte sich, wie sehr ihn das alles mitgenommen hatte. Es war kein Geheimnis gewesen, daß er Helena Doran geliebt hatte. Waren seine Wunden immer noch nicht verheilt? War es dieser Schmerz, der sich auf seinen Wangen und in den Falten um seinen Mund abzeichnete?

Das konnte auch ein guter Grund für Christinas Schärfe sein, für ihr offenkundiges Bedürfnis, Charlotte zu verletzen. Charlotte wußte von Helena und war jetzt dabei, die Grenzen des üblichen

Flirts mit dem General zu überschreiten und sich mit ihm anzufreunden. Auch wenn man es für etwas geschmacklos hielt, tolerierte man, wenn ein Mann eine Beziehung mit einer Frau einging, nur weil ihm ihr voller Busen oder ihre fließenden Hüften gefielen. Echte Gefühle, womöglich geistige Wahlverwandtschaft gegenüber solch einer Person zu bekunden, bedeutete jedoch den Bruch mit den Konventionen der Gesellschaft.

Nach welchen Regeln lebte Christina? Was wußte sie überhaupt?

Emily schaute sich im Saal um, während sie sich in den Armen von Alan Ross drehte, blickte über seine Schulter und sah Christina eng umschlungen mit einem eleganten Kavallerie-Offizier tanzen. Sie blickte gerade lachend zu ihm hoch und sprühte vor Lebenslust. Der Offizier war eindeutig hingerissen.

Emily schaute Alan Ross an. Auch er mußte sie gesehen haben, er hatte nur einen Augenblick zuvor in dieselbe Richtung geschaut, doch sein Gesicht war ausdruckslos. Entweder war er schon so sehr daran gewöhnt, daß er gelernt hatte, seine Gefühle hinter einer Maske zu verbergen, oder es machte ihm inzwischen nichts mehr aus.

Der Gedanke, der sich bei dieser Vorstellung einstellte, war naheliegend und dennoch so unangenehm, daß Emily einen Moment lang aus dem Takt kam und einen Fehler machte. Zu jedem anderen Zeitpunkt hätte sie sich darüber krank geärgert, doch dieser neue Gedanke beschäftigte sie so sehr, daß die Trivialität eines schlichten Schrittfehlers beim Tanzen ihr völlig unwichtig vorkam.

Gehörte Christina etwa selbst zu den Frauen, die für Max gearbeitet hatten? Alan Ross war weder alt noch im geringsten langweilig. Doch vielleicht waren gerade sein Charme und seine innere Unnahbarkeit ein viel stärkerer Ansporn, sich in Abenteuer zu stürzen, ganz gleichgültig wie oberflächlich sie auch sein mochten.

Plötzlich verwandelte sich Emilys Feindseligkeit gegenüber Christina in Mitleid. Sie mochte sie zwar immer noch nicht, aber sie war gezwungen, Verständnis für sie aufzubringen. Sie tanzte eng mit Alan Ross, sie konnte das Tuch seines Jacketts durch ihren Handschuh fühlen, und sie bewegte sich in perfekter Harmonie mit seinem Körper. Obwohl sie sich kaum berührten, bildeten sie eine Einheit. Wußte er von dem, was Christina tat, oder erriet er es? Hatte er Max getötet und verstümmelt, weil er das Gefühl der Schmach, der gekränkten Eitelkeit nicht länger hatte ertragen können?

Es war wirklich absurd! Hier war sie nun, in blaßgrüne Seide gehüllt, und tanzte zu Violinklängen unter all diesen Lichtern, in den Armen eines Mannes, mit dem sie sich unterhielt wie mit einem Freund. In Gedanken jedoch folgte sie ihm durch schmutzige Gassen, auf der Suche nach einem ehemaligen Diener, der zum Zuhälter geworden war, um ihn aus Rache für die Entehrung seiner Frau zu ermorden.

Wie konnten zwei so unterschiedliche Welten so nah beieinander liegen - oder sogar miteinander verwoben sein? Wie weit war Devil's Acre entfernt - drei Meilen, fünf Meilen? Und wie weit entfernt war es in Gedanken?

Wie viele der anwesenden Männer mit ihren schneeweißen Hemden und untadeligen Manieren verließen in den Nächten ihr Heim, um sich in Häusern wie dem von Max zu betrinken und es im Bett mit einer lachenden Hure zu treiben?

Der Tanz war zu Ende. Sie wechselte ein paar höfliche Worte mit Alan Ross und fragte sich, ob er auch nur im geringsten ahnte, woran sie dachte. Oder ob seine eigenen Gedanken von ihr so weit entfernt gewesen waren wie ihre Gedanken von diesem funkelnden Ballsaal.

Lady Augusta unterhielt sich gerade mit einem jungen Mann mit blondem Backenbart. Charlotte hatte mit Brandy Balantyne getanzt, doch jetzt kam der General auf sie zu und bot ihr seinen Arm, nicht zum Tanz, sondern um ihn irgendwohin in Richtung des riesigen Wintergartens zu begleiten. Er hielt seine breiten Schultern sehr gerade, seinen Kopf jedoch zu ihr heruntergeneigt, voll Aufmerksamkeit, und unterhielt sich angeregt mit ihr. In Gedanken verfluchte Emily ihre Schwester. Manchmal war Charlotte so verdammt töricht, daß sie ihr am liebesten eine Ohrfeige gegeben hätte! Sah sie denn nicht, daß der Mann im Begriff war, sich in sie zu verlieben? Er war fünfzig, einsam, intelligent, aber unfähig, seine Gefühle auszudrücken - und so empfindsam, daß es ihr schon lächerlich vorkam.

Aber Emily konnte jetzt kaum hinter Charlotte hereilen, sie losreißen und ihr mit Gewalt den Kopf waschen. Am allerschlimmsten war, daß sie zutiefst betroffen sein würde, wenn sie erst erkannte, was sie angerichtet hatte. Ihr war dieser Mann einfach sympathisch, und sie war unverbildet genug, ihm dies auf eine Weise zu zeigen, die für sie ganz natürlich war - sie bot ihm ihre Freundschaft an.

George war plötzlich an Emilys Seite und sagte etwas zu ihr.

»Was hast du gerade gesagt?« fragte sie geistesabwesend.

»Balantyne«, wiederholte er. »Wirklich sehr merkwürdig für einen Mann seiner Herkunft.«

Emily mochte zwar ihre persönlichen Gedanken über Charlottes Verhalten hegen, und die waren momentan alles andere als freundlich, doch sie war nicht gewillt, von Außenstehenden auch nur die kleinste Kritik gegen sie zu dulden, selbst wenn sie von George kam.

»Ich weiß wirklich nicht, wovon du sprichst«, sagte sie förmlich. »Aber wenn du dich entschuldigen möchtest, werde ich deine Entschuldigung annehmen.«

Er war völlig verblüfft. »Ich dachte immer, du wärst an gesellschaftlichen Reformen interessiert?« sagte er mit einem leichten Kopfschütteln. »Du bist doch diejenige gewesen, die das Thema als erste zur Sprache gebracht hat - und Charlotte natürlich.«

Jetzt war auch sie verwirrt. Sie starrte ihn ungeduldig an. Was er sagte, ergab überhaupt keinen Sinn.

»Was ist denn los mit dir - fühlst du dich nicht wohl?« fragte er schließlich. Plötzlich zeigte sich ein Schatten von Argwohn auf seinem Gesicht. »Emily! Was geht hier überhaupt vor?«

George stellte ihre Handlungsweise nur sehr selten in Frage. Sie war trotzdem stets vorsichtig und legte sich bereits vorher die passenden Antworten zurecht. Und wenn sie nicht ganz der Wahrheit entsprachen, war sie sich dennoch immer völlig sicher, daß er nichts davon merken würde. Doch diesmal kam alles so unvorbereitet, daß sie nicht genug Zeit hatte, sich eine gute Lüge auszudenken. Alles, was ihr blieb, waren Ausflüchte.

»Tut mir leid«, sagte sie kleinlaut. »Ich habe gerade Charlotte und General Balantyne beobachtet. Ich befürchte, sie ist sich nicht bewußt, was sie mit ihrem Verhalten anrichtet. Ich dachte, du hättest darauf angespielt. Aber jetzt ist mir natürlich klar, daß ich mich geirrt habe.«

»Ich dachte, genau das hättest du im Sinn gehabt«, sagte er aufrichtig. »Du hast ihr schließlich das Kleid gegeben. Du hättest wissen müssen, daß sie darin verführerisch aussehen würde.«

Emily mußte zugeben, daß er recht hatte, und wurde erneut von Schuldgefühlen geplagt. Sie hatte es ja in der Tat geplant, selbst wenn ihr die Fäden inzwischen entglitten waren.

»Ich habe nicht vorausgesehen, daß sie wie ein Dummkopf mit ihm flirten würde!« fuhr sie ihn an.

»Ich finde, sie macht es recht gekonnt.« Er klang selbst überrascht. Er kannte Charlotte seit der Zeit vor ihrer Heirat mit Pitt. Damals war sie noch das Sorgenkind ihrer Mutter gewesen, weil sie es partout nicht fertigbrachte, absichtlich zu flirten. Man erwartete von ihr, daß sie ihren Charme mit der richtigen Mischung aus Offenheit und Verstellung, Aufregung und Humor verband. Doch die Jahre und ihr neues Selbstbewußtsein hatten sie deutlich verändert. Sie flirtete jedoch noch immer nicht auf die gesellschaftlich sanktionierte Weise. Die Sympathie, die sie Balantyne spüren ließ, ermunterte ihn nicht zu einem kleinen Abenteuer, sondern bot ihm echte Freundschaft an, in der Schmerz und Freude beieinander liegen und bei der man dem anderen etwas von seinem innersten Selbst preisgibt.

Emily hatte plötzlich das Gefühl, daß sie Georges Unterstützung noch brauchen würde. »Was hast du da gerade über gesellschaftliche Reformen gesagt?« erkundigte sie sich.

Vielleicht spürte er ihre Niedergeschlagenheit, vielleicht waren es aber auch nur seine guten Manieren. »Brandy Balantyne sprach eben über gesellschaftliche Reformen«, antwortete er freundlich. »Diese grauenvollen Ereignisse in Devil's Acre haben ihm erstaunlich zugesetzt. Ich glaube, er hat wirklich vor, etwas in der Sache zu unternehmen!«

Sie sprach, ohne zu überlegen. »George, was sind das für Männer, die nach Devil's Acre gehen, in Häuser wie das von Max?«

»Also wirklich, Emily ... Ich glaube kaum ...« Zu ihrem großen Erstaunen sah er verlegen aus, als sei es ihm immer noch peinlich, dieses Thema mit ihr zu besprechen.

Sie blickte ihn mit weit aufgerissenen Augen an. »Gehst du etwa dorthin, George?«

»Nein, ich bestimmt nicht!« Er war ehrlich entrüstet. »Wenn ich so etwas vorhätte, würde ich höchstens zum Haymarket gehen oder zum ... Nein, nach Devil's Acre ganz sicher nicht!«

»Und was würdest du denken, wenn ich dorthin gehen würde?« fragte sie.

»Sei nicht albern.« Er nahm sie nicht ernst.

»Es muß schließlich auch Frauen dort geben«, warf sie ein, »sonst gäbe es dort auch keine Bordelle.« Sie vergaß im Eifer des

Gefechts sogar, einen Euphemismus für diese Etablissements zu benutzen.

»Natürlich gibt es dort Frauen, Emily«, sagte er mit übertriebener Geduld. »Aber sie sind ganz anders als du. Es sind keine - nun ja - keine Frauen, mit denen man etwas - etwas anderes tun würde als . . .«

»Unzucht treiben«, führte sie seinen Satz nachdrücklich zu Ende. Wieder hatte sie keine der üblichen beschönigenden Umschreibungen benutzt.

»Richtig.« Sein Gesicht war ein wenig gerötet, doch sie zog es vor zu glauben, daß dies eher auf ein allgemeines Gefühl des Unbehagens hinsichtlich seiner Geschlechtsgenossen zurückzuführen war als auf etwaige persönliche Schuldgefühle. Sie wußte zwar genau, daß sein Verhalten nicht immer einwandfrei gewesen war, doch sie war klug genug, nicht die Sprache darauf zu bringen. Neugierige Fragen führten letztendlich nur dazu, daß man unglücklich wurde. Soweit sie wußte, hatte er sich ihr gegenüber seit ihrer Hochzeit loyal verhalten, und das war alles, was sie erwarten durfte.

Sie lächelte ihn mit aufrichtiger Wärme an. »Aber Bertram Astley hat es getan.«

Der Schatten legte sich wieder über seinen Blick, und er sah verwirrt aus. »Merkwürdig«, murmelte er. »Ich glaube nicht, daß du dieser Sache weiter nachgehen solltest, Emily. Es ist wirklich eine höchst schmutzige Angelegenheit. Von mir aus kannst du dich ja für Charlottes Nachforschungen interessieren, solange sie einigermaßen im Rahmen bleiben - wenn es denn unbedingt sein muß.« Er war sich bewußt, daß er nur wenig Möglichkeiten hatte, sich ihr gegenüber Autorität zu verschaffen, ohne daß es zu Unstimmigkeiten kam, und er haßte Unstimmigkeiten. »Aber ich glaube wirklich, daß du nicht versuchen solltest, mehr über gewisse Verirrungen zu erfahren. Es würde dich nur aufregen.«

Plötzlich verspürte sie ein inniges Gefühl der Zuneigung zu ihrem Mann. Seine Sorge um sie war echt, er kannte die Welt, die sie gerade zu erforschen begonnen hatte, er kannte die Verirrungen und Begierden. Er wollte nicht, daß sie damit in Berührumg kam und ihre Vorstellungswelt getrübt würde.

Sie legte ihre Hand auf seinen Arm und rückte ein wenig näher an ihn heran. Trotzdem hatte sie nicht die Absicht, seiner Bitte nachzukommen. Sie war viel stärker, als er annahm, aber es war schmeichelhaft, daß er sie für so zart und unberührt hielt. Es war eine verrückte Idee, aber für eine kurze Zeit, vielleicht bis zum Ende des Abends, wenn das Lachen verstummte und die Lichter erloschen, würde sie so tun, als sei sie tatsächlich das unschuldige Wesen, für das er sie hielt.

Angesichts der grausamen Realität von Astleys und Max' Tod und auch wegen seiner Sorge um Alan Ross, den er sehr mochte, brauchte auch er vielleicht ein paar Illusionen.

Alan Ross genoß den Ball nicht, die Lichter und die Musik machten ihm keine Freude. Er hatte nur Augen für Christinas lachendes Gesicht, das einen Mann nach dem anderen anstrahlte, während sie eng an sie geschmiegt und leicht in ihren Armen tanzte. Er drehte sich um und sah, daß Augusta in dieselbe Richtung blickte. Sie stand vollständig regungslos da. Ihre Hand lag auf dem Treppengeländer, doch sie hielt es so fest umklammert, daß sich ihre Finger in den weißen Spitzenhandschuhen verkrampften.

Ross ließ seine Blicke über Augustas Armbänder und ihre weißen Schultern bis hinauf zu ihrem Gesicht gleiten. Er hätte nie erwartet, daß sie zu solchen Gefühlen fähig wäre. Er konnte nicht genau erkennen, was es war, das sie so in Wut versetzte – Verzweiflung, Angst oder Zärtlichkeit?

Hinter den Tänzerinnen in ihren blumenfarbenen Kleidern befand sich der Eingang zum Wintergarten, wo General Balantyne, ein wenig nach vorne gebeugt, in sein Gespräch mit Charlotte Ellison vertieft war. Sein Gesicht hatte einen zärtlichen Ausdruck angenommen. Sie zog die Blicke von Alan Ross auf sich, weil sie so schön war. Sie besaß nicht die makellose Schönheit eines jungen Mädchens und auch nicht die gemeißelten Züge einer klassischen Schönheit, doch sie strahlte eine intensive Lebensfreude aus. Er meinte, ihre Ausstrahlung zu spüren, obwohl sie durch die wirbelnden Tanzpaare getrennt waren. Und neben ihr, so nah, daß seine Hand ihren Arm berührte, stand Balantyne, der die Welt um sich herum völlig vergessen zu haben schien.

Hatte auch Augusta dies gesehen? War dies der Grund für ihren Schmerz, hatte dies die Verwirrung verursacht, deren Zeuge er gerade geworden war?

Er blickte wieder zu ihr herüber. Nein – sie hatte ihr Gesicht jetzt in eine andere Richtung gewandt, sie konnte den General unmöglich sehen. Sie schaute immer noch auf Christina, die am Fuß der

Wendeltreppe stand, die zur Galerie hochführte. Ihr maulbeerfarbener Taftrock bauschte sich und glänzte, wenn sich das Licht darin brach, ihre Wangen waren gerötet. Der Mann neben ihr legte seinen Arm um ihre Taille und flüsterte ihr etwas ins Ohr, er war ihr so nah, daß sie seinen Atem auf ihrer Haut spüren mußte.

In diesem Moment beschloß Alan Ross, daß er ihr beim nächsten Mal, wenn sie allein mit ihrer Kutsche ausfuhr, egal wen sie auch zu besuchen vorgab, folgen und die Wahrheit selbst herausfinden würde. Egal wie furchtbar die Wahrheit auch sein würde, sie war ihm lieber als die quälenden Gedanken, die ihm momentan das Hirn zermarterten.

Die Gelegenheit kam schneller als erwartet, schon am nächsten Tag, kurz nach dem Abendessen. Christina entschuldigte sich unter dem Vorwand, sie habe Kopfschmerzen und wolle eine kleine Spazierfahrt unternehmen, um ein wenig frische Luft zu schnappen. Sie habe den ganzen Tag im Haus verbracht und könne die stickige Luft nicht mehr ertragen. Sie wolle Lavinia Hawkesley aufsuchen, die sich in der letzten Zeit nicht besonders wohl fühle, und Ross solle nicht aufbleiben und auf sie warten.

Er öffnete den Mund, um zu protestieren, erkannte jedoch mit eisigem Schrecken, daß sie ihm genau die Möglichkeit bot, auf die er gewartet hatte. »Natürlich, wenn du meinst, daß sie sich bereits gut genug fühlt, jemanden zu empfangen«, stimmte er mit kaum merklichem Zittern in der Stimme zu.

»Oh, da bin ich ganz sicher«, sagte sie fröhlich. »Sie langweilt sich wahrscheinlich zu Tode, die arme Seele, wenn sie den ganzen Tag allein herumsitzen muß und das Haus nicht verlassen darf. Ich nehme an, sie wird hocherfreut sein, wenn ihr jemand ein oder zwei Stunden Gesellschaft leistet. Warte bitte nicht auf mich.«

»Nein«, sagte er und wandte den Kopf ab. »Nein. Gute Nacht, Christina.«

»Gute Nacht.« Sie hob den rüschenbesetzten Stoff ihres Abendkleides an und rauschte hinaus. Sie war so ganz anders als das Mädchen, für das er sie früher einmal gehalten hatte! Sie waren zwei Fremde, ohne Wärme, ohne Vertrauen.

Fünf Minuten später hörte er, wie die Vordertür geschlossen wurde, stand auf und ging zur Garderobe, nahm seinen schweren Mantel und zog ihn an. Er griff nach Schal und Hut und eilte ihr nach, hinaus auf die eisige Straße. Es war nicht schwierig, der

Kutsche zu folgen, sie konnte auf dem eisverkrusteten Pflaster nicht schnell fahren, und wenn er sich beeilte, konnte er es schaffen, ihr in einem Abstand von zwanzig Fuß zu folgen. Niemand schenkte ihm auch nur die geringste Beachtung.

Er war bereits über eine Meile gegangen, als er sah, wie die Kutsche vor einem großen Haus anhielt. Christina stieg aus und verschwand darin. Von der gegenüberliegenden Straßenseite aus konnte er zwar nicht die Hausnummer erkennen, doch er wußte, daß Lavinia Hawkesley in dieser Gegend wohnte.

Christina war also tatsächlich, genau wie sie gesagt hatte, nur hergekommen, um eine Freundin zu besuchen. Er stand hier völlig grundlos vor Kälte zitternd auf der Straße. Es war töricht – und lächerlich! Die Kutsche setzte sich in Bewegung, aber sie wendete und kam wieder zurück, statt zu den Ställen zu fahren. Christina mußte sie fortgeschickt haben. Beabsichtigte sie etwa, die ganze Nacht hier zu verbringen? Oder hatte sie lediglich vor, für die Heimfahrt die Kutsche der Hawkesleys zu benutzen?

Alan Ross stand wie ein Herumtreiber wartend an der Ecke und konnte sich nicht entscheiden. Sollte er nach Hause zurückkehren und die Kälte, die ihm in die Knochen gefahren war, mit heißem Wasser vertreiben und dann zu Bett gehen oder sollte er hierbleiben, bis Christina wieder herauskam, um ihr weiter zu folgen? Aber das wäre lächerlich, die ganze Idee war kindisch, eine Verirrung seines sonst so klaren Verstandes. Christina war häufig selbstsüchtig, doch außer ihren gelegentlichen Indiskretionen hatte sie sich nie etwas zuschulden kommen lassen – sie war nur eine verwöhnte, hübsche Frau, die gern ihre Macht ausspielte und das Bedürfnis hatte, im Zentrum der Aufmerksamkeit zu stehen und von allen bewundert zu werden.

Plötzlich öffnete sich die Haustür, Licht flutete auf den Weg, und Christina und Lavinia Hawkesley kamen heraus. Die Tür schloß sich wieder hinter ihnen, und sie gingen zu Fuß die Straße hinunter.

Wo um Himmels willen gingen sie hin? Ross folgte ihnen. Als sie zur Hauptstraße kamen, einen Hansom anhielten und davonfuhren, winkte er seinerseits die nächste Droschke heran und beauftragte den Kutscher, ihnen nachzufahren.

Die Fahrt dauerte länger, als er erwartet hatte. Sie bogen um immer neue Ecken, bis er schließlich jeden Orientierungssinn verloren hatte; er hatte allerdings den Eindruck, daß sie immer näher an die Themse und ins Stadtzentrum fuhren. Die Straßen wurden enger, die Laternen spärlicher. Der Schein der Lampen wurde vom Nebel verschluckt, und die Luft war feucht und voll übler Gerüche. Hoch über den Straßen zeichnete sich ein drohender Schatten gegen den Himmel ab. Seine Kehle zog sich zusammen, und plötzlich konnte er kaum noch atmen.

Der Acre – sie waren in Devil's Acre! Warum in Gottes Namen kam Christina ausgerechnet hierher? Er konnte nicht mehr klar denken, seine Gedanken wirbelten durcheinander wie dunkles Scheegestöber, umpeitschten ihn und verschmolzen miteinander. Alle Antworten, die ihm in den Sinn kamen, waren gleich unerträglich.

Die Droschke vor ihnen hielt an, und eine der Frauen stieg aus. Sie war klein und zierlich, hielt den Kopf hoch erhoben und sprang leichtfüßig aus der Kutsche. Es war Christina.

Ross öffnete die Tür seiner Droschke, drückte dem Kutscher eine Münze in die Hand und stolperte hinaus auf das dunkle Pflaster, bemüht, die Umrisse des Hauses auszumachen, in dem Christina gerade verschwunden war. Es war ein hohes, gerades Haus, die Fenster schimmerten im blassen Licht der Gaslaternen – vielleicht das Haus eines Kaufmanns?

Die Droschke, in der Lavinia Hawkesley saß, war verschwunden. Wohin sie auch fuhr, die Straßen führten nur noch tiefer ins Labyrinth des Acres.

Zum ersten Mal schaute er sich um und nahm den Rest der Straße bewußt wahr. Er hatte sich so sehr auf die Frauen vor ihm konzentriert, daß er an nichts anderes hatte denken können, doch nun sah er eine Gruppe von vier oder fünf Männern etwa dreißig Yard zu seiner Linken, und am anderen Ende der Straße drei weitere, die am Eingang einer Gasse herumlungerten. Er drehte sich um. Auf der rechten Seite standen noch mehr Männer, die ihn beobachteten.

Hier konnte er nicht bleiben, er war auffällig gekleidet. Sein Mantel allein war Grund genug, ihn zu überfallen. Einen einzelnen Mann konnte er vielleicht abwehren, doch selbst, wenn er bewaffnet gewesen wäre, kein halbes Dutzend.

Er begann, auf die Tür zuzugehen, hinter der Christina verschwunden war. Schließlich hatte er sie verfolgt, um herauszufinden, wohin sie ging und warum sie es tat. Noch war die Tür verschlossen, aber was sollte er sagen, wenn er sich Einlaß verschafft hatte und Christina gegenüberstand? Wollte er denn, daß sie herausfand, daß er diese törichte Verfolgungsjagd unternommen hatte? Gab es überhaupt etwas, was er tun konnte? Sollte er sie etwa zu Hause einsperren? Ihr seine Achtung als Ehemann entziehen? Oder sich von ihr trennen, weil sie eine – weil sie was war? Was tat sie hier bloß?

Seine quälenden Vorstellungen waren schlimmer als die Wahrheit. Er kannte sich selbst gut genug, um zu wissen, daß er keinen inneren Frieden mehr finden würde, wenn er diese Gedanken jetzt einfach fortschob. Vielleicht tat er ihr ja Unrecht? Vielleicht war sie unschuldig, hatte nichts von dem getan, was ihm gerade durch den Kopf ging.

Er hörte hinter sich auf der Straße ein Geräusch. Ein furchtbarer Schrecken schoß durch seinen Körper wie ein Schwall eiskaltes Wasser. Waren die Opfer, die in Devil's Acre ermordet worden waren, Fremde gewesen wie er – Männer, die unerwünscht gewesen waren und die man in Stücke gehackt hatte, weil sie hier eingedrungen waren? Seine Hand hob den Türklopfer und ließ ihn heftig nach unten schlagen.

Endlose Sekunden verstrichen. Auf der Straße waren schlurfende Schritte und das Tröpfeln von Wasser zu hören. Ross schlug den Türklopfer immer wieder gegen die Tür und verdrehte den Kopf, um hinter sich zu sehen. Zwei der Männer waren jetzt ganz in seiner Nähe und kamen weiter auf ihn zu. Außer seinen bloßen Händen hatte er nichts, womit er kämpfen konnte, er hatte nicht einmal einen Stock mitgebracht.

Der Schweiß brach ihm aus allen Poren. Er spielte mit dem Gedanken, einfach auf sie zuzugehen, selbst einen Kampf anzufangen, damit es wenigstens schnell vorüber war. An die Verstümmelung danach wollte er nicht denken.

Plötzlich öffnete sich die Tür, er verlor das Gleichgewicht und stolperte ins Innere des Hauses.

»Ja, Sir?«

Ross versuchte sich zu sammeln und starrte den Mann an, der mit einer Kerze in der Hand in der dunklen Diele stand. Er sah ungepflegt aus, der Bauch hing ihm über der Hose, seine Pantoffeln waren abgetragen, und die Sohlen hatten sich an einigen Stellen gelöst. Er war ein kräftiger Mann und stand zwischen Ross und der Treppe, die nach oben führte.

»Ja, Sir?« wiederholte er leise.

Ross sagte das erste, das ihm in den Kopf schoß. »Ich möchte ein Zimmer mieten.«

Der Mann musterte ihn mit zusammengekniffenen Augen von oben bis unten. »So ganz allein?«

»Das geht Sie überhaupt nichts an.« Ross schluckte. »Haben Sie Zimmer? Ich habe vor ein paar Minuten eine junge Frau hier hereingehen sehen, die ganz bestimmt nicht in diesem Haus wohnt!«

»Geht Sie überhaupt nichts an.« Der Mann imitierte sein Gegenüber mit tiefster Verachtung. »Die Leute hier stecken ihre verdammten Nasen in ihren eigenen Dreck und scheren sich sons' um garnischt, Mister. Dann kommt nämlich auch keiner un' schneidet ihnen was ab! Wenn man nich' aufpaßt un' sein Maul aufreißt un' hier rumschnüffelt, kann einem leicht was Schreckliches zustoßen.«

Ross spürte, wie es ihm kalt den Rücken herunterlief. Einen Moment lang hatte er die Mordserie fast vergessen. Er versuchte ruhig und selbstsicher zu klingen. Seine Kehle war wie ausgedörrt, seine Stimme klang höher als gewöhnlich.

»Es ist mir vollkommen gleichgültig, aus welchem Grund sie gekommen ist«, sagte er und versuchte, höhnisch zu klingen. »Wen sie hier trifft, interessiert mich nicht im geringsten. Ich bin nur hier, weil ich ein ähnliches Arrangement treffen möchte.«

»Na, das is' gar nich' so einfach, Mister, weil sie nämlich hergekommen is', um den Herrn zu treffen, dem die halbe Straße hier gehört!« Er stieß ein rauhes Lachen aus und spuckte auf den Boden. »Jetz' wo sein Bruder abgekratzt is'! Ich nehm' an, der Acre-Schlächter hat ihm 'nen großen Gefallen getan!«

Ross erstarrte.

»Was is' los mit Ihnen, Sir? Ham wohl die Hosen voll? Angst, daß der Mörder jetz' hinter Ihnen her is', wie? Kann sein, daß er schon auf Sie wartet!« Er kicherte. »Vielleicht wär's besser, wenn Sie schnell hier abhauen würden, solang' bei Ihnen noch alles dran is' – dreckiger kleiner Köter!« Seine Stimme war voller Verachtung, und Ross spürte, wie seine Haut brannte, als ihm das Blut ins Gesicht schoß. Diese Kreatur glaubte, er habe sich hergeschlichen, um irgendwelche Gelüste zu stillen, die ...

Ross richtete sich auf, Muskeln angespannt, das Kinn hochgereckt. Dann fielen ihm wieder die Männer draußen auf der Straße ein. Er sackte wieder in sich zusammen. Er konnte sich hier keinen Stolz leisten, und er durfte auf keinen Fall neugierig erscheinen.

»Haben Sie nun Zimmer oder nicht?« fragte er leise.

»Ham Sie denn Geld?« Der Mann hielt ihm seine schmutzige Hand entgegen und rieb Zeigefinger und Daumen aneinander.

»Selbstverständlich habe ich Geld. Wieviel wollen Sie?«

»Für wie lang?«

»Die ganze Nacht natürlich! Glauben Sie etwa, ich hätte Lust, mich abzuhetzen, wenn schon der Nächste mit der Uhr in der Hand vor der Tür steht?«

»Aber ganz allein?« Die Augenbrauen des Mannes fuhren in die Höhe. »Un' warum setzen Sie sich nich zuhaus' in ihre Bude un' machen 's da? Was es auch is', was Sie da so gern ...«

Ross verspürte größte Lust, ihn niederzuschlagen. Er widerstand der Versuchung einen Moment lang, doch dann gewannen Wut, Angst und die brennende Wunde, die Christinas Betrug ihm zugefügt hatte, die Oberhand. Er versetzte dem Mann einen harten Fausthieb, woraufhin dieser rückwärts taumelte und mit dem Kopf gegen die Wand schlug. Er sackte zu Boden und blieb bewegungslos liegen.

Ross wandte sich ab, öffnete die Tür wieder und begab sich nach draußen auf die Straße. Wer es auch sein mochte, er mußte sich ihnen stellen. Hier konnte er nicht länger bleiben. Diesmal zögerte er nicht. Sein Herz raste, seine Fäuste waren geballt, bereit, jeden niederzuschlagen, der es wagte, sich ihm in den Weg zu stellen. Er ging mit schnellen Schritten, prallte an der Ecke mit einem Bettler zusammen und stieß ihn heftig zur Seite. Der Mann fluchte, und Ross eilte weiter, ohne ihn zu beachten. Er wußte, in welcher Richtung Westminster lag, und wollte unbedingt so schnell wie möglich die Sicherheit der hell erleuchteten Straßen erreichen.

Schritte hallten hinter ihm, und er lief noch schneller. Es konnten nur noch wenige hundert Yard sein. In den Türeingängen hockten zusammengekauerte Menschen, sowohl Männer als auch Frauen. Jemand kicherte in der Dunkelheit. Er hörte ein klatschendes Geräusch. Ein Haufen Abfall stürzte zusammen, Ratten stoben auseinander. Er rannte, so schnell er konnte.

Am späten Nachmittag des übernächsten Tages trat ein Dienstmädchen in Ross' Arbeitszimmer und teilte ihm mit, daß ein gewisser Mr. Pitt da sei und ihn zu sprechen wünsche.

Pitt? Er kannte niemanden namens Pitt. »Sind Sie sicher?«

»Ja, Sir.« Das Mädchen sah unsicher aus. »Er ist ein sehr merkwürdiger Mann, Sir. Es tut mir leid, aber er hat sich nich' abweisen lassen. Hat mir auch nich' sagen wollen, warum er hier ist, Sir, aber er behauptet, daß Sie ihn kennen.«

»Da muß er sich irren.«

»Er will aber nicht weggehen, Sir. Soll ich Donald holen, damit er ihn rauswirft, Sir? Ich trau mich nich', es ihm selbs' zu sagen. Er is' irgendwie – also, seine Kleidung un' so sieht aus, als ob sie ihm irgendwie gar nich' gehören, wenn Sie wissen, was ich meine. Aber er spricht wie'n Gentleman, wie'n richtiger Gentleman ...«

Plötzlich erinnerte sich Ross wieder. »O Gott! Ja, schicken Sie ihn herein. Ich kenne den Mann tatsächlich.«

»Ja, Sir.« Sie vergaß ihren Knicks und eilte sichtlich erleichtert aus dem Zimmer.

Kurz darauf kam Pitt herein, entspannt lächelnd, als habe man ihn eingeladen. »Guten Morgen, Mr. Ross. Scheußliches Wetter.«

»Fürchterlich«, stimmte ihm Ross zu. »Was kann ich für Sie tun, Mr. Pitt?«

Pitt setzte sich, als sei er ein ganz normaler Gast. Er rückte ein wenig näher an das Kaminfeuer. Er mußte dem Dienstmädchen bereits seinen Mantel, oder was immer er auch übergezogen hatte, gegeben haben, denn er trug jetzt eine dunkle Hose, ein sauberes, wenn auch viel zu großes Hemd und eine Jacke, deren Taschen offenbar mit diversen relativ großen Gegenständen angefüllt waren, denn sie hing schief und schien zudem nicht richtig zugeknöpft zu sein.

»Vielen Dank.« Er rieb sich die Hände und versuchte, sie am Kaminfeuer zu wärmen. »Ein Großteil der Polizeiarbeit ist äußerst langweilig.«

»Das kann ich mir vorstellen.« Ross war dies eigentlich gleichgültig. Er konnte für den Mann kein Bedauern empfinden.

»Endlose Befragungen von Leuten, die nicht sehr angenehm sind«, fuhr Pitt fort. »Und natürlich haben wir unsere Verbindungsleute, die uns über alles informieren, was ungewöhnlich ist.«

»Selbstverständlich. Aber ich gehöre leider nicht zu diesen Leuten. Ich weiß überhaupt nichts, das Ihnen helfen könnte. Tut mir leid.«

Pitt drehte sich um und sah zu ihm hoch. Er hatte ungewöhnliche Augen, das Licht schien durch sie hindurch wie Sonnenstrahlen durch Meerwasser.

»Ich dachte eigentlich an eine ganz andere Art von Informant, Mr. Ross. Etwa den alten Mann, der mir heute erzählte, daß vor ein paar Nächten ein Gentleman in der Drake Street in Devil's Acre versucht habe, ein Zimmer zu mieten. Das tun viele Gentlemen, aus den unterschiedlichsten Gründen. Dieser ganz bestimmte Gentleman, er war gut gekleidet und konnte sich gut ausdrücken, wie die meisten, hat sich sehr erregt, als man seine Gründe in Frage stellte. Und das wiederum ist höchst ungewöhnlich. Die meisten Gentlemen, die in diese Gegend gehen, verhalten sich normalerweise so diskret wie möglich.«

Er schien auf eine Antwort zu warten. Ross fühlte sich mit einem Mal erschöpft, als sei er meilenweit gelaufen und habe schlecht geschlafen. »Da haben Sie wahrscheinlich recht«, sagte er unsicher. Die Erinnerung an die dunkle Diele, den Geruch von Schmutz, das provozierende, anzügliche Grinsen des Mannes stieg wieder in ihm auf. Sein Hals war wie zugeschnürt.

»Hat vollkommen die Beherrschung verloren«, fuhr Pitt weiter fort, und seine Stimme klang ein wenig erstaunt. »Hat den Mann niedergeschlagen!«

Ross schluckte. »Ist der Mann verletzt?«

Pitt lächelte, zog die Mundwinkel nach unten und schnitt ein Gesicht. »Anständige Kopfwunde, gebrochenes Schlüsselbein. Er ist verständlicherweise ziemlich aufgebracht. Hat herumerzählt, daß er dem Betreffenden eine Lektion erteilen will, die er sein Lebtag nicht mehr vergißt, falls er sich in Devil's Acre wieder sehen lassen sollte! Auf die Art habe ich auch davon erfahren – er hat es überall erzählt.« Plötzlich schaute er Ross direkt an, und seine Augen glänzten. »Aber Sie haben ihn nicht umgebracht, falls Sie das befürchtet haben sollten.«

»Gott sei Dank ... Ich, ich ...« Er verstummte, doch es war bereits zu spät. »Ich bin nicht dort gewesen, weil ich ...« Er konnte es nicht ertragen, daß irgend jemand, nicht einmal dieser Polizist, dachte, daß er beabsichtigt hätte, eine Hure zu kaufen und dorthin mitzunehmen.

Pitts Gesicht war ganz ruhig, wenn nicht sogar freundlich. »Nein, Mr. Ross, ich habe keinen Augenblick geglaubt, daß dies der Grund für Ihren Besuch war«, sagte er. »Aber warum sind Sie dort gewesen?«

Oh Gott! Da war ja noch schlimmer. Er konnte ihm unmöglich von Christina erzählen. Sein Herz kopfte heftig, wenn er nur daran dachte, und das Zimmer begann vor seinen Augen zu verschwimmen und immer weiter weg zu wirbeln.

»Das kann ich Ihnen nicht sagen, es handelt sich um eine – Privatangelegenheit.« Sollte Pitt getrost denken, was er wollte. Die Wahrheit war schlimmer als jede Vorstellung.

»Sehr gefährlich, Sir.« Pitts Stimme wurde ganz sanft, als spräche er mit jemandem, der sich in großen Schwierigkeiten befand. »Drei Männer sind bereits in Devil's Acre ermordet worden. Aber das haben Sie sicher gewußt.«

»Natürlich habe ich das gewußt!« rief Ross.

Pitt holte tief Luft und stieß sie mit einem Seufzer wieder aus. »Kein guter Ort, um dort als Tourist aufzutreten, Mr. Ross. Der Acre ist häßlich und gefährlich, und in der letzten Zeit haben die Leute dort für ihr Vergnügen teuer bezahlen müssen. Welche besondere Neugier hat Sie gerade zu diesem Haus geführt?«

Ross zögerte. Der Mann war wie ein Frettchen, er jagte ihn durch die Gänge der Verzweiflung, um ihn schließlich in die Enge einer schrecklichen Wahrheit zu treiben. Er überließ ihm lieber einen Teil der Wahrheit, damit er ihn in Ruhe ließ. So konnte er wenigstens die eigentliche Wahrheit, die so unerträglich war, daß er sie niemandem sagen konnte, für sich behalten.

»Ich hatte einen Verdacht, wem das Haus gehören könnte«, log er und blickte direkt in Pitts helle Augen. »Ich wollte wissen, ob es stimmte. Ich konnte die Vorstellung nicht ertragen, daß ein Bekannter von mir sein Geld damit verdient, ein Haus wie dieses zu besitzen.«

»Und hat es gestimmt?« erkundigte sich Pitt.

Ross schluckte. »Ja, leider hat meine Befürchtung sich bewahrheitet.«

»Und um wen handelte es sich, Mr. Ross?«

»Um Bertram Astley.«

»Was Sie nicht sagen.« Pitts Gesicht entspannte sich. »Tatsächlich? Daher kommt also das Vermögen der Astleys. Und jetzt gehört natürlich alles Sir Beau.«

»Ja.« Ross atmete aus. Jetzt fühlte er sich wieder besser. Pitt würde niemals erfahren, daß Christina dort gewesen war, um sich in diesem abscheulichen Haus mit Beau Astley zu treffen. Seine Frau – lag dort in ... Er drängte den Gedanken mit aller Kraft beiseite, verbannte ihn aus seinem Kopf. Jeder andere Schmerz war erträglicher als dieser. »Ja, es stimmt«, wiederholte er. »Vielleicht kann Ihnen das bei Ihren Ermittlungen weiterhelfen. Tut mir leid, vielleicht hätte ich es Ihnen schon früher sagen sollen.«

Pitt stand auf. »Ja, Sir, ich glaube, das hätten Sie vielleicht wirklich tun sollen. Aber jetzt, wo ich es weiß«, ein freundliches Lächeln überzog plötzlich sein Gesicht, »bin ich auch nicht viel klüger als zuvor.«

Ross sagte nichts. Seine Gefühle hatten sich erschöpft, er hatte gerade noch die Kraft, Pitt nachzuschauen, wie er zur Tür und in die Diele hinausging, um sich dort von dem Dienstmädchen seinen Mantel reichen zu lassen.

Kapitel 8

Pitt stolperte im Dunkeln die Treppe hinunter und öffnete die Tür. Draußen auf den Eingangsstufen stand ein Constable, der im Licht der Gaslaterne vor Nässe glänzte. Das Wasser rann in Strömen von seinem Umhang und klatschte auf die Steine. Es war stockdunkel, selbst die Morgendämmerung hatte ihre grauen Vorboten noch nicht vorausgeschickt.

Pitt blinzelte benommen und zitterte vor Kälte, als die Luft seinen Körper traf. »Um Himmels willen, kommen Sie schnell herein!« sagte er verstört. »Was ist denn jetzt schon wieder passiert?«

Der Constable trat vorsichtig ins Haus, konnte aber nicht verhindern, daß der Boden naß wurde, doch Pitt war es so kalt, daß es ihm nichts ausmachte. Gracie war noch nicht auf, und es brannte noch nirgendwo Feuer. »Machen Sie die Tür hinter sich zu, Mann, und kommen Sie in die Küche.« Er ging mit ausgreifenden Schritten voran. Das Linoleum unter seinen nackten Füßen war kalt wie Eis. Wenigstens gab es in der Küche einen Holzfußboden, der auch jetzt noch die Wärme von etwas vermittelte, das einmal lebendig gewesen war. Und der Herd war noch an, wie gewöhnlich. Wenn er ein wenig mit dem Schürhaken stocherte, konnte er vielleicht sogar den Kessel zum Kochen bringen. Die Vorstellung von einer dampfenden Tasse Tee war das Vernünftigste, das ihm im Moment einfiel. Zurück ins Bett zu schlüpfen und noch ein wenig zu schlafen, war anscheinend ausgeschlossen.

»Nun sagen Sie schon, was ist passiert?« verlangte er zu wissen, wobei er heftig im Herdfeuer herumfuhrwerkte. »Und ziehen Sie das Ding da aus« – er wies auf den Umhang des Mannes –, »bevor Sie uns noch alle ertränken.«

Der Constable entledigte sich gehorsam seines Umhangs und legte ihn in der Spülküche ab. Er war ein häuslicher Mann und hätte normalerweise auch ohne Anweisungen gewußt, was er zu tun hatte. Doch die Neuigkeit, die er überbringen mußte, hatte ihn seine jahrelange Erziehung durch Mutter und Ehefrau vergessen lassen.

»Schon wieder einer, Sir«, sagte er leise, als er zurück in die Küche kam und Pitt den Kessel reichte, nach dem dieser gerade die Hand ausstreckte. »Und diesmal ist es noch schlimmer.«

Pitt wußte, warum der Mann gekommen war, doch es war trotzdem unangenehm, die Wahrheit zu hören. Bevor sie ausgesprochen war, bestand wenigstens die Hoffnung, daß es sich vielleicht doch um etwas anderes handeln mochte.

Der Druck, der auf ihm lastete, wurde immer stärker. Athelstan hatte ihn erneut zu sich kommen lassen – die Zeitungen verbreiteten Panik. Und er wußte, daß Charlotte, auch wenn sie noch so unschuldig tat, Emilys gesellschaftliche Stellung ausnutzte, um auf eigene Faust Ermittlungen anzustellen, was Max' Frauen und Bertie Astleys Leben betraf. Doch wenn er Charlotte der Lüge bezichtigte, würden sie nur einen fürchterlichen Streit miteinander bekommen, der ihnen beiden wehtun würde. Außerdem konnte er nicht einmal beweisen, daß er recht hatte, er kannte sie nur gut genug, um ihre Absichten genau zu durchschauen. Und, Gott helfe ihm, er wollte den Schlächter von Devil's Acre auf jeden Fall finden, bevor sie es tat!

Er stand immer noch mitten in der Küche, den Kessel in der Hand. »Wirklich noch schlimmer?« sagte er.

»Ja, Sir.« Sie Stimme des Constables wurde leiser. »Ich hab' auf dem Acre zu tun, seit ich im Polizeidienst bin, aber sowas hab' ich noch nie gesehen.«

Pitt füllte das kochende Wasser in die Teekanne. Der Dampf stieg in dünnen Schwaden in die Luft. Er nahm einen halben Laib Brot aus dem großen hölzernen Brotkasten. Was immer ihn auch erwartete, gleichgültig wie grauenvoll es sein mochte, war an einem eisigen Morgen wie diesem auf nüchternen Magen sicher noch schlimmer.

»Wer ist es?«

Der Constable reichte ihm das Brotmesser. »Ein Mann. Den Sachen nach zu urteilen, die wir in seinen Taschen gefunden haben, ein gewisser Ernest Pomeroy. Man hat ihn auf den Stufen eines Armenhauses gefunden, die Barmherzigen Schwestern oder sowas – nichts Papistisches jedenfalls –, aber von der Kirche«, erklärte er hastig. »Die Frau, die ihn gefunden hat, wird's ihren Lebtag nicht vergessen. Völlig hysterisch, das arme Ding, weiß wie die Wand, hat geschrien wie am Spieß.« Er schüttelte betroffen den Kopf und nahm den Porzellanbecher mit Tee entgegen, den Pitt ihm reichte. Automatisch umfaßte er ihn mit beiden Händen und versuchte, seine froststarren Finger daran zu wärmen.

Pitt schnitt ein paar Scheiben Brot ab und legte sie zum Rösten oben auf die Kochfläche. Er holte zwei Teller, Butter aus der kalten Speisekammer und Marmelade. Er versuchte, sich die Frau vorzustellen, eine barmherzige Seele, die es sich zur Aufgabe gemacht hatte, Gutes zu tun, den Obdachlosen Unterschlupf zu gewähren, die Gefallenen aufzurichten. Sie war sicher an den Tod gewöhnt, wie konnte es anders sein, an einem Ort wie Devil's Acre. Sie war von Unzucht umgeben, aber sie hatte wahrscheinlich noch nie einen nackten Mann gesehen – vielleicht nicht einmal in ihrer Vorstellung.

»War er verstümmelt?« fragte er überflüssigerweise.

»Ja, Sir.« Das Gesicht des Constables wurde bei der bloßen Erinnerung bleich. »Zerstückelt sozusagen, und irgendwie – also – als hätt' ihn ein wildes Tier zerrissen – mit Zähnen und Klauen.« Er holte tief Luft, seine Halsmuskeln verkrampften sich. »Als hätt' jemand versucht, seine Geschlechtsteile mit bloßen Händen abzureißen.«

Er hatte recht, es wurde wirklich immer schlimmer. Bertie Astleys Verletzungen waren nur leicht gewesen, fast nur symbolisch. Wieder kam ihm der Gedanke, daß Bertie vielleicht nicht das Opfer desselben Täters gewesen war, sondern daß Beau Astley die Gelegenheit genutzt hatte, den Platz seines Bruders einzunehmen und die Schuld dem Wahnsinnigen in die Schuhe zu schieben, der sich durch seine Taten bereits aus der menschlichen Gemeinschaft ausgeschlossen hatte. Er versuchte diesen Gedanken zurückzudrängen, weil er Beau Astley mochte, wie man eben aus der Distanz jemanden nett fand, den man nicht kannte, der jedoch einen sympathischen Eindruck machte.

Der Toast rauchte. Er drehte ihn geschickt auf die andere Seite und trank einen Schluck Tee. »Ist er auch durch einen Stich in den Rücken umgebracht worden?«

»Ja, Sir, ungefähr an der gleichen Stelle wie die anderen auch, direkt neben der Wirbelsäule, ungefähr in der Mitte vom Rücken. Hat bestimmt nich lange gelitten, Gott sei Dank.« Er verzog das Gesicht. »Was kann das bloß für ein Mann sein, der 'nem anderen Man sowas antut, Mr. Pitt? Das is' doch unmenschlich!«

»Jemand, der glaubt, ihm sei unverzeihliches Unrecht geschehen«, erwiderte Pitt, ohne nachzudenken.

»Da könnten Sie recht haben. Der Toast brennt übrigens gerade an, Sir.«

Pitt schnippte die beiden Scheiben vom Ofen und gab dem Constable eine davon. Dieser nahm sie überrascht und erfreut in Empfang. Er hatte kein Frühstück erwartet - auch wenn es nur ein angebranntes Stück Toast war, das man im Stehen verzehrte. Es schmeckte gut, die Orangenmarmelade war gleichzeitig herb und süß.

»Wenn jemand meine kleine Tochter umbringen würde, würd' ich ihn vielleicht auch am liebsten ermorden«, sagte er mit vollem Mund. »Aber ich würd' nie auf den Gedanken kommen, ihm seine - entschuldigen Sie bitte, Sir - seine Geschlechtsteile abzureißen.«

»Kommt vielleicht darauf an, auf welche Art er ihre Tochter umgebracht hätte«, warf Pitt ein, doch dann verfinsterte sich sein Gesicht, und er ließ seine Scheibe Toast fallen, als ihm die ganze Grausamkeit dieser Vorstellung bewußt wurde. Er dachte an Charlotte und an seine Tochter Jemima, die oben friedlich schlief.

Der Constable starrte ihn mit großen hellbraunen Augen an. »Ich glaub', auch da könnten Sie recht haben, Sir«, sagte er kaum hörbar.

Oben war alles still. Charlotte hatte sich nicht gerührt, und im Kinderzimmer brannte nur ein einziges Licht.

»Am besten, Sie essen Ihr Frühstück zu Ende, Sir.« Der Constable war ein praktisch denkender Mann. Dies war kein Tag, den man mit leerem Magen beginnen sollte. »Und ziehn Sie sich warm an, wenn Sie diese Bemerkung nich' übelnehmen.«

»Nein«, stimmte Pitt geistesabwesend zu. »Nein.« Er nahm seinen Toast und aß weiter. Er hatte keine Zeit, sich zu rasieren, doch er würde zu Ende essen und den Ratschlag des Constables befolgen und sich warm anziehen.

Die Leiche war grauenhaft zugerichtet. Pitt konnte nicht begreifen, wie ein Mensch soviel Haß empfinden konnte, daß er in der Lage war, einen anderen so zu verstümmeln.

»In Ordnung«, sagte er und stand langsam auf. Mehr gab es nicht zu sehen. Es war genau wie bei den anderen Opfern, nur noch schlimmer. Ernest Pomeroy war ein gewöhnlich aussehender

Mann, vielleicht ein wenig kleiner als der Durchschnitt. Seine Kleidung war ordentlich, aus gutem Material, wenn auch alles andere als modisch. Sein Gesicht war knochig und wenig anziehend. Es war unmöglich zu sagen, ob er im Leben charmant oder humorvoll gewesen war, ob ein inneres Licht seine reizlosen Züge verwandelt hatte.

»Wissen wir, wo er gewohnt hat?«

»Ja, Sir«, sagte der diensthabende Sergeant schnell. »Wir haben Briefe und sowas bei ihm gefunden. Seabrook Walk. Ganz ordentliche Gegend, ein paar Meilen von hier. Ich hab' 'ne Schwester, die da für 'ne Lady arbeitet. Nicht viel Geld zwar, aber sehr ehrbar, wenn Sie wissen, was ich meine.«

Pitt wußte genau, was er meinte. Es gab viele Leute, die lieber wenig aßen und in einem kalten Haus wohnten, als sich die Blöße zu geben, unvermögend zu erscheinen, besonders, was Dienstboten betraf. Am Essen zu sparen konnte man schließlich genausogut als Geschmacksfrage ansehen. Man konnte sogar so tun, als fühle man die Kälte nicht, aber keine Dienstboten zu haben, war stets ein sicheres Zeichen für tiefste Armut. War Ernest Pomeroy seinem vorgetäuschten Wohlstand entflohen, um für ein paar hektische Stunden seinen Lebenshunger zu befriedigen, nur um hier in diesen schmutzigen und trügerischen Straßen zu sterben?

»Ja, ich weiß, was Sie meinen«, antwortete er. »Wir müssen jemanden ausfindig machen, der ihn identifizieren kann. Am besten nicht seine Frau – wenn wir jemand anderen finden können. Vielleicht gibt es einen Bruder oder ...« Er schaute wieder auf das Gesicht des Toten. Er schätzte Ernest Pomeroys Alter eher auf fünfzig als auf vierzig Jahre. »Oder einen Sohn.«

»Wir kümmern uns darum«, sagte der Sergeant. »Das würd' ich keiner Frau zumuten wollen, selbst wenn sie sich bloß das Gesicht ansehen müßte. Aber was soll man machen. Werden Sie der Frau Bescheid sagen, Sir?«

»Ja.« Es ließ sich nicht vermeiden. Jemand mußte es tun, und wieder war es Pitt, der diese Aufgabe übernahm. »Ja ... können Sie mir bitte die Adresse geben?« Seabrook Walk lag öde und grau im schwachen Licht des Morgens. Trotz des Regens sah es hier nicht etwa sauber, sondern lediglich naß aus.

Pitt fand die Hausnummer, nach der er suchte, und trat vor die Tür. Wie immer war jedes Zögern sinnlos, es gab nichts, was den Schmerz mildern konnte, und vielleicht konnte er ja etwas in

Erfahrung bringen, das Licht ins Dunkel brachte. Es mußte einfach etwas geben, das diese Männer verband: eine Bekanntschaft, eine Veranlagung, ein Ort oder eine Zeit, ein Grund, warum sie jemand so leidenschaftlich gehaßt hatte. Koste es, was es wolle, er mußte es herausfinden. Die Zeit drängte. Der Mörder würde nicht warten.

Die schmalen Blumenbeete waren noch leer, nur dunkle Streifen Erde. Das Gras in der Mitte sah leblos und winterlich aus, und die Lorbeerbüsche unter den Fenstern wirkten angefault durch zuviel Dunkelheit und stehendes Wasser. Makellose Spitzenvorhänge zierten alle Fenster des Hauses. In einer Stunde würden sie von den zugezogenen Vorhängen verdeckt werden, wie bei einem Trauerhaus üblich.

Er hob den polierten Türklopfer und ließ ihn mit einem mißtönenden Geräusch gegen das Holz schlagen. Es dauerte mehrere Minuten, bis ein Dienstmädchen die Tür einen Spaltbreit öffnete und mit käsebleichem Gesicht nach draußen spähte. So früh erwartete man keinen Besuch.

»Ja, Sir?«

»Ich muß unbedingt mit Mrs. Pomeroy sprechen. Es ist äußerst dringend.«

»Uh, ich glaub' nich', daß die Sie empfangen kann.« Das Dienstmädchen war offensichtlich verwirrt. »Sie is' noch nich' mal ...« sie schluckte und erinnerte sich, daß sie diskret zu sein hatte. »Sie hat noch nich' mal gefrühstückt. Können Sie nich' in ein oder zwei Stunden wiederkommen, Sir?«

Das Mädchen tat Pitt leid. Sie war sicher kaum älter als dreizehn oder vierzehn, und dies war wahrscheinlich ihre erste Anstellung. Wenn sie ihre Arbeit verlor, weil sie ihre Herrin verärgert hatte, würde sie in großen Schwierigkeiten stecken. Vielleicht würde sie sogar auf der Straße enden, wenn sie nicht soviel Glück hatte wie die Frauen, die genug Geschick und Persönlichkeit besaßen, um in einem Freudenhaus bei jemandem wie Victoria Dalton zu landen.

»Ich bin von der Polizei.« Pitt befreite sie von ihrer Verantwortung. »Ich habe eine schlechte Nachricht für Mrs. Pomeroy, und es wäre furchtbar, wenn sie durch Gerede davon erführe. Es wäre besser, wenn wir es ihr schonen beibringen könnten.«

»Ach herrje!« Das Mädchen riß die Tür auf und ließ Pitt eintreten. Sie starrte auf seine tropfende Kleidung, selbst angesichts dieser Krise siegte ihr häusliches Pflichtgefühl. »Meine Güte, Sie sind ja klitschnaß! Ziehen Sie doch die Sachen aus und geben sie mir. Ich sorg' dafür, daß die Köchin sie in der Spülküche aufhängt. Warten Sie mal hier, ich geh' schnell rauf und sag' Mrs. Pomeroy Bescheid, daß Sie hier sind und daß es dringend is'.«

»Vielen Dank.« Pitt legte Mantel, Hut und Schal ab und reichte sie ihr. Sie eilte hinaus, beinahe völlig unter ihrer Last verborgen. Er blieb geduldig stehen und wartete darauf, daß Mrs. Pomeroy erschien.

Er sah sich in dem Zimmer um. Es war recht geräumig, die Möbel waren aus schwerem, dunklem Holz, das im schwachen Licht des Morgens noch ganz matt aussah. Auf den Rückenlehnen lagen gestickte Sesselschoner, doch auf den Sitzen befanden sich keine zusätzlichen Kissen. Die Bilder an den Wänden zeigten italienische Landschaften in harten Blautönen – blaues Meer, blauer Himmel – mit grellem Sonnenlicht. Er fand sie häßlich und geschmacklos, Italien hatte er sich immer viel schöner vorgestellt. Über dem Kaminsims hing ein gestickter religiöser Spruch: »Eine tüchtige Frau ist mehr wert als alle Rubine.« Er fragte sich, wer diesen Satz wohl ausgesucht hatte.

Auf der Chiffoniere an der Seite stand eine Vase mit Seidenblumen, zarte Gebilde mit bunten, hauchdünnen Blütenblättern. Sie brachten einen überraschenden Hauch von Schönheit in dieses phantasielos eingerichtete Haus.

Adela Pomeroy war mindestens fünfzehn Jahre jünger als ihr Ehemann. Sie stand in der Tür, bekleidet mit einem lavendelfarbenen Gewand, das an Hals und Handgelenken mit Spitzen und Ornamenten verziert war, und starrte Pitt an. Das offene Haar fiel ihr auf den Rücken, sie hatte sich nicht die Mühe gemacht, sich zu frisieren. Ihr Gesicht war sehr zart, ihr Hals zu schlank. Einige Jahre lang würde sie noch hübsch aussehen, doch dann würde Nervosität Falten in ihr Gesicht graben und die Harmonie ihrer weichen Züge stören.

»Birdie sagt, Sie seien von der Polizei.« Sie trat ins Zimmer und schloß die Tür.

»Ja, Mrs. Pomeroy. Es tut mir leid, aber ich habe eine schlechte Nachricht für Sie.« Er wünschte sich, daß sie sich setzen würde, doch sie tat es nicht. »Heute morgen wurde ein Mann gefunden, von dem wir annehmen, daß es sich um Ihren Gatten handelt. Wir haben ihn aufgrund der Briefe, die er bei sich trug, identifiziert, aber wir müssen natürlich ganz sichergehen, daß er es wirklich ist.«

Sie stand da, ohne sich zu rühren, ihr Gesicht blieb ausdruckslos. Vielleicht war es noch zu früh für eine Reaktion. Immerhin stand sie unter Schock.

»Es tut mir leid«, wiederholte er.

»Er ist tot?«

»Ja.«

Ihre Blicke wanderten durch das Zimmer, hielten nach vertrauten Dingen Ausschau. »Aber er war nicht krank. War es ein Unfall?«

»Nein«, sagte er leise. »Ich muß Ihnen leider mitteilen, daß er ermordet worden ist.« Sie mußte es erfahren, er konnte es ihr nicht ersparen.

»Oh.« Sie schien immer noch zu keiner Empfindung fähig zu sein. Langsam ging sie zum Sofa und setzte sich. Mechanisch zog sie den Seidenstoff ihres Gewandes um ihre Knie, und Pitt bemerkte sekundenlang, wie wunderschön es war. Pomeroy mußte ein wohlhabender Mann gewesen sein und sehr viel großzügiger, als sein Gesicht vermuten ließ. Vielleicht war es nicht Geiz gewesen, was er in seinen Zügen gesehen zu haben glaubte, sondern nur die Leere des Todes. Vielleicht hatte er diese Frau sehr geliebt und eisern gespart, um ihr diese luxuriösen Dinge schenken zu können - die Blumen und das Gewand. Pitt spürte ein Gefühl der Wut in sich aufsteigen, weil sie weder Kummer noch Schmerz zeigte, obwohl sie möglicherweise Gründe dafür hatte.

»Wie ist es passiert?« fragte sie.

»Er ist auf der Straße überfallen worden«, antwortete er. »Jemand hat ihn erstochen. Es ist wahrscheinlich alles sehr schnell gegangen. Ich vermute, daß er kaum gelitten hat.«

Immer noch verriet ihr Gesicht keinerlei Bewegung, doch dann bemerkte er einen Ausdruck des Erstaunens. »Auf der Straße? Sie meinen - er ist beraubt worden?«

Was hatte sie erwartet? Raubüberfälle waren nichts Ungewöhnliches, auch wenn sie normalerweise nicht von solch roher Gewalt begleitet wurden. Vielleicht hatte er gar nichts bei sich getragen, das von großem Wert gewesen war. Doch das stellte ein Räuber erst fest, wenn es schon zu spät war.

»Er hatte kein Geld bei sich«, antwortete er ihr. »Aber seine Uhr war noch in seiner Tasche und auch ein teures Lederetui für seine Karten und Briefe.«

»Er hat nie viel Geld mitgenommen.« Sie starrte immer noch vor sich hin, als sei Pitt eine körperlose Stimme. »Nur ein oder zwei Guineen.«

»Wann haben Sie ihn das letzte Mal gesehen, Mrs. Pomeroy?« Er mußte ihr alles erzählen, wo man ihn gefunden hatte, daß man ihn verstümmelt hatte. Es war besser, wenn er derjenige war, der es ihr sagte . . .

»Gestern abend.« Ihre Stimme drang in seine Gedanken. »Wer wollte einem seiner Schüler ein Buch bringen. Er war Lehrer. Aber das wissen Sie wahrscheinlich - Mathematiklehrer.«

»Nein, das habe ich nicht gewußt. Hat er Ihnen den Namen des Schülers gesagt? Und wo er wohnt?«

»Morrison. Leider weiß ich nicht, wo - aber es ist nicht weit von hier. Ich glaube, er wollte zu Fuß gehen. Er hat es bestimmt in eines seiner Bücher geschrieben, er war sehr gewissenhaft.« Immer noch klang ihre Stimme unbeteiligt, nur ein klein wenig überrascht, als könne sie nicht begreifen, daß ein so einfacher Mann einen so grausamen Tod gefunden hatte. Sie stand auf und ging zum Fenster. Sie war so zart und zerbrechlich wie ein Vogel. Selbst in diesem Zustand der Erstarrung zeigte sie eine eigene Eleganz, in der Art, wie sie den Kopf hielt. Pitt konnte sich nur schwer vorstellen, wie diese Frau in den Armen des Mannes lag, dessen Gesicht er in Devil's Acre gesehen hatte. Aber war es nicht oft so, daß man Zuneigung und Abneigung anderer nicht ergründen konnte? Er wußte nichts von diesen beiden Menschen.

»Können Sie sich vorstellen, aus welchen Gründen Ihr Gatte nach Devil's Acre gegangen sein könnte, Ma'am?« fragte er. Es war brutal, ihr diese Fragen zu stellen, doch sie schien immer noch unberührt, vielleicht war dies genau der richtige Zeitpunkt.

Sie wandte sich nicht zu ihm um, sondern drehte ihm weiter den Rücken zu. Er war nicht sicher, ob er sich nur einbildete, daß sich ihre zarten Schultern unter der lavendelfarbenen Seide verkrampften. »Ich habe keine Ahnung.«

»Aber Sie wußten, daß er gelegentlich dorthin ging?«

Sie zögerte einen Moment lang. »Nein.«

Es war zwecklos, ihr weiter zuzusetzen. Er konnte sich geirrt haben. Er blieb stumm, vielleicht würde sie von selbst etwas sagen, das ihm weitere Aufschlüsse gab.

»Ist er dort gefunden worden?« fragte sie.

»Ja.«

»War es – genauso wie – genauso wie bei den anderen?«

»Ja. Es tut mir leid.«

»Ah.«

Sie blieb so lange unbeweglich stehen, daß er nicht sagen konnte, ob sie ihm den Rücken zuwandte, weil sie die Gefühle, die sie überwältigt hatten, vor ihm verbergen wollte. Er war sich nicht sicher, ob er nicht vielleicht ein Dienstmädchen rufen sollte, um ihr zu helfen oder ihr ein Stärkungsmittel zu bringen, oder ob sie es vorzog, mit ihrer Trauer allein zu bleiben. Oder wartete sie einfach nur darauf, daß er etwas sagte?

»Möchten Sie, daß ich Ihr Dienstmädchen rufe, damit sie Ihnen etwas bringen kann, Ma'am?« Er brach das Schweigen, weil er es nicht länger ertragen konnte.

»Was?«

Er wiederholte seine Frage.

Endlich drehte sie sich wieder um, ihr Gesicht wirkte vollkommen gefaßt. »Nein, vielen Dank. Gibt es sonst noch etwas, das Sie von mir wissen möchten?«

Er machte sich Sorgen um sie. Dieser tränenlose, gefaßte Schockzustand war gefährlich. Er mußte einen zuverlässigen Diener veranlassen, ihren Arzt zu holen. »Ja, es gibt etwas. Wenn Sie mir bitte die Namen und Adressen der Schüler und die seiner engen Freunde geben würden, die er möglicherweise in den letzten paar Wochen getroffen hat.«

»Sein Arbeitszimmer liegt auf der anderen Seite der Diele. Nehmen Sie mit, was Sie brauchen. Wenn Sie mich jetzt bitte entschuldigen würden, ich möchte gern allein sein.« Ohne auf seine Antwort zu warten, ging sie an ihm vorbei, umgeben von einer schwachen Duftwolke ihres Parfüms – es roch süß und erinnerte an Blumen – und verschwand durch die Tür.

Er verbrachte den Rest des Morgens damit, die Bücher und Papiere in Pomeroys Arbeitszimmer durchzusehen und zu versuchen, seine Vorstellung von dem Leben und dem Charakter dieses Mannes zu gewinnen.

Pomeroy schien ein peinlich genauer, prosaischer Mann gewesen zu sein, der seit seiner Graduierung an der Universität Mathematikunterricht erteilt hatte. Die meisten seiner Schüler schienen zwischen zwölf und vierzehn Jahre alt und normal begabt zu sein, nur gelegentlich befand sich ein wirklich vielversprechender Schüler darunter. Pomeroy hatte Privatunterricht in Familien gegeben und Jungen und Mädchen gemeinsam unterrichtet.

Er schien ein gewissenhaftes, untadeliges Leben geführt zu haben, allerdings ohne jede Spur von Humor. Ganz sicher stammten die extravaganten Seidenblumen im Salon nicht von ihm. Auch das lavendelfarbene Seidengewand mit seinen Verzierungen und Spitzen erschien für diesen Mann viel zu stilvoll - und außerdem viel zu teuer.

Pitt wurde von einer Köchin, die jedesmal in Tränen ausbrach, wenn er versuchte, mit ihr zu sprechen, zum Mittagessen eingeladen. Am Nachmittag schließlich notierte er die Namen und Adressen aller momentanen Schüler, einiger früherer Schüler, die er bis vor kurzem unterrichtet hatte, und die Anschriften von Bekannten und Händlern. Er verabschiedete sich, ohne Adela Pomeroy wiedergesehen zu haben.

Er ging früher als gewöhnlich nach Hause. Er war müde und spürte allmählich, wie sich die Kälte des Tages in seinem Körper ausbreitete. Er war mit der Nachricht vom Fund eines neuen Opfers geweckt worden, hatte das Haus verlassen, um sich die Leiche anzusehen, die auf groteske Weise auf den Stufen eines Armenhauses gelegen hatte. Dann hatte er der Witwe die schreckliche Nachricht überbringen müssen und war unfähig gewesen, sie in ihrem Schockzustand zu erreichen. Den Großteil des Tages hatte er damit zugebracht, in das Leben eines fremden Mannes einzudringen und es in allen Einzelheiten zu erforschen und auszuwerten, um nach den Schwächen zu suchen, die ihn möglicherweise nach Devil's Acre geführt und das Leben gekostet hatten. Es gab zahllose Fakten, doch keinerlei wichtige Hinweise. Er fühlte sich hilflos, von allen Seiten von Leid und unzähligen Einzelheiten bedrängt.

Wenn Charlotte jetzt eine fröhliche oder neugierige Bemerkung machte, würde er aus der Haut fahren.

Pitt verbrachte die nächsten vier Tage damit, überall verzweifelt nach Hinweisen zu suchen, die ihm weiterhelfen konnten und einen besseren Ansatzpunkt boten als die Theorie, daß es sich um einen willkürlich mordenden Wahnsinnigen handelte.

Er sprach mit Pomeroys Schülern, die viel von ihrem Tutor zu halten schienen, obwohl er die gesamte Zeit damit verbracht hatte, ihnen die Grundlagen der Mathematik einzutrichtern. Sie standen vor Pitt, jeder in seinem übervollen Besuchszimmer. Es waren ernst blickende, saubere Kinder, die respektvoll von Erwachsenen redeten, wie es sich für guterzogene Sprößlinge gehörte. Er glaubte sogar, hinter den üblichen Bemerkungen echte Zuneigung zu spüren, angenehme Erinnerungen, die Würdigung der Schönheit mathematischer Logik.

Ab und zu schossen ihm jedoch gegen seinen Willen häßliche Gedanken durch den Kopf, Erinnerungen an Intimitäten zwischen Männern und Kindern, die er aus Fällen kannte, mit denen er zu tun gehabt hatte. Doch er stellte fest, daß keines der Kinder, ob Mädchen oder Junge, von diesem Mann allein unterrichtet worden war.

Ernest Pomeroy war allem Anschein nach ein bewundernswerter Mann gewesen, auch wenn er über zu wenig Humor oder Phantasie verfügt hatte, um wirklich sympathisch zu erscheinen. Aber wie konnte man auch den Charakter eines Mannes richtig beurteilen, wenn man von ihm lediglich sein totes Gesicht kannte und darüber hinaus nur die Erinnerungen von erschrockenen und gehorsamen Kindern, die vorher aufs strengste vor den Folgen gewarnt worden waren, die sie zu erwarten hatten, wenn sie über einen Toten etwas Schlechtes sagten, und die sich der Schande bewußt waren, die jeder Kontakt mit der Polizei - ganz gleichgültig aus welchem Grund - mit sich brachte. Die Hoheit des Gesetzes ließ sich besser aus sicherer Entfernung betrachten. Ehrbare Menschen sahen zu, daß sie mit den lästigen Lakaien, deren Aufgabe es war, für Recht und Ordnung zu sorgen, nichts zu schaffen hatten.

Pitt fragte natürlich auch Mrs. Pomeroy, ob er die persönliche Habe des Toten durchsehen dürfe, um zu sehen, ob es vielleicht darunter Briefe oder andere Zeugnisse gab, die darauf schließen ließen, daß er persönliche Feinde gehabt hatte oder bedroht worden war, oder die an sonstige Motive denken ließen. Sie zögerte und schaute ihn an, mit Augen, die immer noch starr vor Entsetzen schienen. Er war im Begriff, in ihre Privatsphäre einzudringen, und es überraschte ihn nicht, daß ihr diese Vorstellung höchst unangenehm war. Doch anscheinend sah sie ein, daß es notwendig war und jede Weigerung zwecklos sein würde. Und falls sie wirklich etwas mit dem Mord zu tun haben sollte, war bereits mehr als genug Zeit verstrichen, alles zu vernichten, noch bevor er ihr die Nachricht vom Tod ihres Gatten überbracht hatte.

»Ja«, sagte sie schließlich. »Ja, wenn Sie es wünschen. Ich glaube nicht, daß er eine rege Korrespondenz geführt hat. Ich erinnere mich nur an sehr wenige Briefe. Aber wenn Sie es für wichtig halten, können Sie sie gerne haben.«

»Vielen Dank, Ma'am.« Er fühlte sich ihr gegenüber auf merkwürdige Weise unbeholfen, weil ihr Kummer sie so unerreichbar machte. Falls sie geweint hatte, sah man es ihr nicht an, ihre Augen waren klar, die Lider blaß und nicht geschwollen. Und doch bewegte sie sich nicht auf die unnatürliche, schlafwandlerische Art derjenigen, die so tief erschüttert sind, daß sie durch ihre Gefühle innerlich erstarren – bevor ihr Schutzpanzer aufbricht und der Schmerz nach außen drängt.

Hatte sie Pomeroy geliebt? Es schien wahrscheinlicher, daß es sich um eine der vielen Konventionsehen gehandelt hatte, die von Verehrer und Eltern arrangiert worden war. Pomeroy war beträchtlich älter gewesen als sie, er hätte eher der Wunschkandidat ihres Vaters sein können als ihr eigener.

Doch selbst in dieser Übergangsphase des Schocks zwischen der Nachricht von seinem Tod und der Annahme des neuen Lebens, das sie jetzt erwartete, konnte Pitt sehen, daß sie eine Frau von Anmut und Eleganz war. Ihre Kleidung war sehr weiblich, ihr Haar weich. Ihre Knochen waren ein klein wenig zu zart für seinen Geschmack. Aber für viele Männer war sie sicherlich eine schöne Frau. Warum hatte sie ausgerechnet Pomeroy geheiratet?

Hatte sie ihn wirklich geliebt, oder war es vielleicht eine Ehrenschuld gewesen? Hatten ihre Eltern Pomeroy gekannt und waren ihm etwas schuldig gewesen?

Er durchsuchte Pomeroys Zimmer und las jeden Brief und jede Quittung. Wie Adela Pomeroy gesagt hatte, schien er über alles penibel Buch geführt zu haben. Angefangen von den Konten bis hin zu der Qualität und dem Alter der Möbel, der Anzahl der Hausdiener und den Beständen in Küche und Vorratskammer wies alles darauf hin, daß sie ein sparsames Leben geführt hatten. Es gab keinerlei Zeichen für Extravaganz – abgesehen von der Vase mit den Seidenblumen im Salon und Adelas Gewändern.

Hatte er sie vielleicht beschenkt, um ihr dadurch seine Liebe auszudrücken oder um sie zu verwöhnen? Pitt konnte sich dies bei dem Mann, dessen Gesicht er in Devil's Acre gesehen hatte, schwer vorstellen. Doch da war das innere Feuer erloschen, das einen Menschen Leidenschaft und Schmerz empfinden ließ oder ihm Augenblicke der Zärtlichkeit, Träume oder Illusionen schenkte.

Selbst im Leben versuchen wir, unsere Verletzbarkeit zu verbergen. Weder Pitt noch sonst ein Mensch hatten also das Recht, sich anzumaßen, über die Liebe eines Mannes zu seiner Frau zu urteilen. Welche falschen und hoffnungslosen Vorstellungen verfolgten ihn immer noch?

Oder war die Gleichgültigkeit seiner Frau darauf zurückzuführen, daß es schon seit langem keine Gefühle mehr zwischen ihnen gegeben hatte? War sein Tod nichts weiter als das formelle Ende einer Beziehung, die nur Fassade gewesen war? Sie waren seit fünfzehn Jahren verheiratet, das hatte sie ihm selbst mitgeteilt. Die Ehe war kinderlos geblieben. Hatte es wirklich niemals Kinder gegeben?

War dies vielleicht der Grund, weshalb sie diesen älteren, unscheinbaren Mann geheiratet hatte – war es eine Geste der Barmherzigkeit seinerseits gewesen, einer Frau gegenüber, deren Ehre beschmutzt war? Oder die bereits wußte, daß sie unfruchtbar war? Hatte sich ihre Dankbarkeit im Lauf der Jahre in Haß verwandelt?

Hatte sie anderswo Liebe gesucht? Hatte ein anderer Mann ihr die Seidenblumen und die Kleider geschenkt? Es war eine berechtigte Frage, und er war gezwungen, ihr nachzugehen.

Er erkundigte sich, ob sie je von Bertram Astley gehört hatte, von Max Burton oder Dr. Pinchin. Die Namen bewirkten kein verräterisches Flackern im Gesicht. Wenn sie tatsächlich eine Lügnerin war, dann war sie in der Rolle sehr überzeugend. Auch in Pomeroys Papieren fanden sich keine Hinweise auf die anderen Opfer.

Es blieb ihm nichts weiter übrig, als Mrs. Pomeroy für ihr Entgegenkommen zu danken und sich mit einem merkwürdigen Gefühl der Unwirklichkeit von ihr zu verabschieden, als habe sie die ganze Zeit, als sie mit ihm gesprochen hatte, kaum etwas von seiner Anwesenheit bemerkt. Er war ein Platzanweiser im Theater, und sie schaute sich das Drama irgendwo anders an, von einem Platz aus, den er nicht sehen konnte.

Es war das Nächstliegende, wieder auf den Acre zu gehen und Squeaker Harris auszuhorchen. Pitt fand ihn in seinem schmutzigen Mansardenzimmer, wo er über einen Tisch am Fenster, der saubersten Stelle im Raum, gebeugt saß, damit das Winterlicht auf sein Papier fallen konnte. Zu viele mißtrauische, aufmerksame Augen würden seine Arbeit prüfen. Sie mußte den höchsten

Anforderungen der Perfektion gerecht werden, oder er würde sich ein anderes Betätigungsfeld suchen müssen.

Er funkelte Pitt haßerfüllt an. »Sie ham kein Recht, einfach in mein Haus einzudringen!« rief er, während er das Dokument, an dem er gerade arbeitete, schnell so unauffällig wie möglich bedeckte. »Ich könnte Sie wegen – wegen Hausfriedensbruch drankriegen! Das is' gesetzeswidrig, Mr. Pitt. Un' was noch schlimmer is', es, eh, gehört sich nich'!«

»Es ist nur ein ganz normaler Besuch«, antwortete Pitt und nahm auf einer umgestürzten Kiste Platz, auf der er nur mit Schwierigkeit das Gleichgewicht halten konnte. »Ich interessiere mich nicht für dein fachliches Können.«

»Wirklich nich'?« fragte Squeaker ungläubig.

»Warum räumst du die Sachen nicht weg?« schlug Pitt vor. »Sie könnten sonst noch verstauben. Du möchtest doch sicher nicht, daß deine Arbeit ruiniert wird.«

Squeaker beäugte ihn argwöhnisch. Diese Nachsicht war sehr verdächtig. Es war ungewöhnlich, daß ein Polizist sein Verhalten so änderte. Woher sollte er wissen, was er davon zu halten hatte? Trotzdem war er froh darüber, seine halbfertigen Fälschungen aus Pitts Blickfeld verschwinden zu lassen. Er kehrte zurück und setzte sich wieder, diesmal bedeutend entspannter.

»Also, was is'?« verlangte er zu wissen. »Was wollen Sie dann von mir? Sie ham doch bestimmt 'nen Grund für Ihren Besuch!«

»Selbstverständlich«, sagte Pitt, »Was erzählt man sich hier inzwischen über die Morde? Was sagen die Leute hier, Squeaker?«

»Über den Schlächter vom Acre? Kein Sterbenswort. Keiner weiß was, keiner sagt auch nur 'nen Ton drüber!«

»Unsinn. Du willst mir doch wohl nicht weismachen, daß es hier auf dem Acre vier Morde gegeben hat, bei denen die Opfer auf grausamste Weise so zugerichtet wurden, und daß keiner Vermutungen anstellt, wer es gewesen ist oder warum er es getan hat? Jetzt hör schon auf, Squeaker, ich bin schließlich nicht von gestern!«

»Ich auch nich', Mr. Pitt. Un' ich will auch nichts drüber wissen. Ich hab' viel mehr Angst vor diesem komischen Mörder als ich je im Leben vor euch gehabt hab'! Ihr Polypen seid weiß Gott schon schlimm genug, schlecht für's Geschäft un' schlecht für die Gesundheit, 'n paar von euch können sogar ganz schön gemein sein. Aber ihr seid nich' verrückt – jedenfalls nich' völlig durchgedreht wie der Wahnsinnige, der hier die Leute abschlachtet! Ich kann ja noch verstehen, wenn jemand seinen Feind umbringt! Kann vorkommen. Aber mit dem Kerl hier will ich nichts zu tun haben, un' ich kenn' auch keinen, dem's da anders geht als mir!«

Pitt beugte sich nach vorn und wäre fast von seiner Kiste gefallen. »Dann hilf mir wenigstens, ihn zu finden, Squeaker! Hilf mir, ihn hinter Schloß und Riegel zu bringen!«

»Sie meinen wohl, ihn aufzuhängen.« Squeaker verzog das Gesicht. »Ich weiß von nix un' ich will auch nix wissen! Hat keinen Zweck, daß Sie mich fragen, Mr. Pitt. Von uns isses keiner gewesen!«

»Und wer ist neu in Devil's Acre? Wer ist fremd?« drängte Pitt.

Squeaker setzte eine gekonnte Jammermiene auf. »Woher zum Teufel soll ich 'n das wissen? Der Kerl is' wahnsinnig! Vielleicht kommt der nur nachts. Vielleicht isses nich' mal 'n menschliches Wesen. Ich kenn keinen, der was drüber weiß! Keiner von den Zuhältern un' Räubern un' Schwindlern, die ich kenn', hat mit so 'ner Schweinerei was zu tun! Un' Sie wissen ja selbs', daß wir Schreiber uns die Finger nich' dreckig machen. Ich bin schließlich Künstler, ja, genau das bin ich. Wenn ich meine Hände zu so was brauch', verlier' ich mein ganzes Gefühl.« Er fuchtelte dramatisch mit seinen Händen herum wie ein Pianist. »Langfinger tun sowas nich'«, fügte er im nachhinein hinzu.

Pitt konnte sich ein Lächeln nicht verkneifen. Irgendwie klang Squeaker überzeugend. Trotzdem machte er einen letzten Versuch. »Und wie steht es mit Ambrose Mercutt? Max hat ihm schließlich das Geschäft kaputt gemacht.«

»Ja, das hat er«, gab Squeaker zu. »Der war eben besser, wissen Sie. Un' Ambrose is'n ekliges Schwein, wenn er sauer is', da können Sie seine Mädchen fragen. Aber verrückt is' er bestimmt nich'! Wenn jemand Max 'n Messer in' Rücken gebohrt un' ihn ins Wasser geschmissen oder ihn erwürgt hätt', dann würd' ich sagen, es war Ambrose, schnell wie'n Blitz.« Er verzog verächtlich den Mund. »Aber dann hättet ihr Jungs die Leiche nie gefunden! Der wär einfach verschwunden, das is' alles – Max wär einfach nich' mehr aufgetaucht, un' ihr Polypen hättet nix davon erfahren. Bloß 'n Dummkopf oder 'n Wahnsinniger is' so unvorsichtig, daß er wen zerstückelt un' dann im Rinnstein liegen läßt, so daß man drüber stolpert.« Er zog seine struppigen Brauen in die Höhe. »Da frag' ich Sie, Mr. Pitt – wer würd' schon 'ne Leiche vor 'nem Armenhaus liegen lassen, wo all die frommen

Frauen drin wohnen - wenn er noch halbwegs bei Sinnen wär, was meinen Sie?«

»Hat Ambrose Kinder in seinem Bordell für sich arbeiten lassen, Squeaker?«

Squeaker zog eine Grimasse. »Damit will ich nix zu tun haben. Das is' krank, ja, das isses. Was'n richtiger Mann is', der will 'ne richtige Frau un' kein kleines Kind, das Angst hat vor einem.«

»Ja oder nein, Squeaker?«

»Jessas! Woher soll ich'n das wissen? Ham Sie etwa gedacht, ich hätt' für sowas Geld?«

»Ja oder nein, Squeaker?« insistierte Pitt, und seine Stimme klang härter.

»Ja! Hat er! Der geldgierige Hund! Schnappen Sie sich den Kerl un' hängen Sie 'n auf, Mr. Pitt, ich hätt' nischt dagegen!« Er spuckte angeekelt auf den Boden.

»Vielen Dank. Sie haben mir sehr geholfen.« Pitt stand auf, und die Kiste brach zusammen.

Squeaker schaute auf die Kiste, und sein Gesicht legte sich in Falten. »Sie hätten sich nich' draufsetzen dürfen, Mr. Pitt! Sie sind viel zu schwer für sowas - Sie sehn ja selbs', was passiert! Eigentlich müßten Sie mir jetzt 'ne Entschädigung zahlen, ja, das müßten Sie!«

Pitt zog einen Sixpence hervor und reichte ihm seinen Gegenüber. »Ich möchte dir auf keinen Fall etwas schulden, Squeaker.«

Squeaker zögerte, die Münze schon fast zwischen den Zähnen. Der Gedanke, daß Pitt ihm etwas schulden könnte, war äußerst angenehm, fast schon verführerisch. Doch ein Sixpencestück war besser als eine Schuld, an die sich Pitt bei seiner Vergeßlichkeit sicher bald schon nicht mehr erinnern konnte.

»Da ham Sie recht, Mr. Pitt«, stimmte er zu. »Man sollte nie 'nem Menschen was schuldig bleiben. Man kann nämlich nie wissen, wann er sich's wieder abholen kommt.« Er sah ihn mit aufrichtigem Blick an. »Aber wenn ich zu Ohren kriegen sollte, wer die armen Schweine abgestochen hat - ganz ehrlich - dann laß ich Sie sofort holen un' sag's Ihnen.«

»Ach ja?« fragte Pitt skeptisch. »Ich hoffe, du sagst auch die Wahrheit, Squeaker.«

Squeaker spuckte wieder aus. »Ich will sterben, wenn ich's nich' tu! O Gott! Das hätt' ich jetzt besser nich' gesagt! Jessas! Soll Gott mich strafen, wenn ich's nich' tu!« berichtigte er sich, als sei es leichter für ihn, vom Allmächtigen Gnade zu erhalten als vom Acre-Schlächter.

»Er kann dich haben, wenn ich mit dir fertig bin.« Pitt musterte ihn von oben bis unten. »Falls er das, was übrig bleibt, überhaupt noch haben will!«

»Also wirklich, Mr. Pitt, das is' nich' nett von Ihnen. Sie nutzen meine Gastfreundschaft aus.« Squeaker war beleidigt, aber es war ihm nicht unangenehm. Es war ein Gefühl, das er genoß. »Das Schlimme an euch Polypen is', daß ihr sowas wie Dankbarkeit nich' kennt.«

Pitt lächelte und ging aus der Tür. Er stieg vorsichtig die Treppe hinunter, indem er die morschen Stufen mied, und trat hinaus in die kalte, übelriechende Luft der Gasse. Morgen würde er sich ein Bild von Ernest Pomeroy besorgen und in den Bordellen in Devil's Acre herumzeigen.

Charlotte wartete schon auf ihn, als er nach Hause kam. Sie sah schön aus, ihr Gesicht leuchtete, ihr Haar war weich und duftete angenehm. Sie umarmte ihn heftig, als berste sie vor Energie.

»Wo bist du gewesen?« fragte er, als er sie fest an sich drückte.

»Ich habe bloß Emily besucht.« Sie tat zwar ganz harmlos, doch er wußte genau, warum sie dort gewesen war.

Sie gab ihm einen flüchtigen Kuß und entwand sich seinen Armen. »Du bist ja ganz kalt. Setz dich und wärm dich auf. Gracie ist in einer halben Stunde mit dem Essen fertig. Dein Mantel sieht richtig dreckig aus. Wo bist du gewesen?«

»In Devil's Acre«, sagte er spitz, als er sich die Stiefel abstreifte und seine Zehen hin und her bewegte. Er lehnte sich in seinem Sessel zurück und hielt die Füße vor das Kaminfeuer.

Charlotte reichte ihm seine Pantoffeln. »Hast du etwas herausfinden können?«

»Nein«, log er. Schließlich war es noch nichts Konkretes.

Sie blickte ihn mitleidig an. »Oh. Das tut mir leid.« Dann leuchtete ihr Gesicht auf. »Vielleicht wäre es besser, wenn man die Sache von einer anderen Seite her angehen würde.«

Ohne nachzudenken, fragte er: »Von welcher anderen Seite?« Doch dann durchschaute er sie und ärgerte sich über seine Naivität.

Sie hatte natürlich nur auf diese Frage gewartet. »Ich denke da an die Frauen von Max«, antwortete sie sofort. »Die Morde sind voller Haß begangen worden.«

Er lächelte bitter. Es war eine lächerliche Untertreibung, und was zum Teufel konnte sie schon darüber wissen, hier in der Sicherheit ihres Heims? Er hatte schließlich die Leichen gesehen!

»Du solltest nach jemandem suchen, dessen Leben ruiniert worden ist«, fuhr sie fort. »Angenommen, Max hat eine Frau verführt, und der Ehemann hat es herausgefunden. Vielleicht war er so haßerfüllt, daß er auf diese Art gemordet hat – und nicht nur Max, sondern auch alle anderen, die mit dieser Schande etwas zu tun hatten.«

»Und wie hätte er es herausfinden können?« fragte er. Wenn sie schon unbedingt Polizist spielen wollte, sollte sie auch die ganzen unangenehmen Fragen beantworten, mit denen Athelstan ihn konfrontieren würde. »Es gibt keinerlei Verbindung zwischen Max und Hubert Pinchin. Wir haben niemanden finden können, der sie beide kennt.«

»Vielleicht hat Pinchin als Arzt in Max' Bordell gearbeitet«, schlug sie vor.

»Gute Idee. Hat er aber nicht. Das erledigt eine alte Krähe, der man die Lizenz entzogen hat – übrigens eine sehr lukrative Arbeit. Der Kerl würde sich von keinem ins Handwerk pfuschen lassen.«

»Krähe? Nennt man so in der Unterwelt einen Arzt?« Sie wartete nicht auf seine Antwort. »Und wenn der Ehemann als Freier gekommen ist und feststellen mußte, daß ihm seine Ehefrau angeboten wurde? Dann hätte er auch sofort gewußt, wer der Zuhälter war!« Eine brilliante Schlußfolgerung, Charlotte glühte vor Stolz.

»Und die Frau?« sagte er barsch. »Die hat er einfach gepackt und wieder mit nach Hause genommen? Er hätte sie doch bestimmt nicht mehr gewollt – nachdem sie ihm so etwas angetan hat!«

»Da bin ich ganz anderer Meinung.« Sie rümpfte die Nase und sah ihn ungeduldig an. »Er konnte sich ja wohl kaum von ihr scheiden lassen, oder?«

»Warum denn nicht? Er hätte doch weiß Gott genug Grund dazu gehabt!«

»Ach Thomas, mach dich doch nicht lächerlich! Kein Mann würde zugeben, daß er seine Frau in Devil's Acre als Hure erwischt hat! Selbst wenn die Polizei nicht nach jemandem suchen würde, der ein Motiv für die Morde hat, würde es ihn doch für alle Zeit ruinieren! Wenn es etwas gibt, das für einen Mann schlimmer ist als der Tod, dann ist es, wenn alle über ihn lachen und ihn gleichzeitig bemitleiden.«

Darauf gab es nichts zu erwidern. »Nein«, sagte er gereizt. »Er wird sie wahrscheinlich auch noch umbringen, nur heimlich, wenn der richtige Zeitpunkt gekommen ist.«

Ihr Gesicht wurde bleich. »Glaubst du wirklich?«

»Verdammt nochmal, Charlotte! Woher soll ich das denn wissen? Wenn er fähig ist, ihren Zuhälter und ihre Liebhaber zu zerstückeln, was könnte ihn dann noch davon abhalten, sie im Rinnstein irgendeiner besseren Straße liegen zu lassen, wenn er die Zeit für gekommen sieht? Vergiß das bitte nicht und hör auf, dich mit Dingen abzugeben, die du nicht verstehst – du kannst doch nur Unheil anrichten, wenn du herumläufst und Leute verdächtigst. Denk daran – wenn du wirklich recht haben solltest, hat der Mörder nicht mehr viel zu verlieren!«

»Ich habe doch gar nicht ...«

»Herrgott nochmal, hältst du mich etwa für beschränkt? Ich weiß zwar nicht, was du mit Emily ausheckst, aber ich weiß sehr wohl, warum du es tust!«

Sie saß völlig regungslos da, mit hochroten Wangen. »Ich bin nicht einmal in der Nähe von Devil's Acre gewesen, und soweit ich weiß, habe ich auch noch nie mit jemandem gesprochen, der es gewesen ist!« sagte sie selbstgerecht.

Er konnte an ihren funkelnden Augen sehen, daß sie die Wahrheit sagte. Außerdem glaubte er nicht, daß sie ihn anlügen würde, jedenfalls nicht mit so vielen Worten.

»Aber du hättest es bestimmt liebend gern getan«, sagte er schneidend.

»Nun, du bist ja auch nicht gerade sehr viel weitergekommen«, konterte sie. »Ich könnte dir die Namen von einem halben Dutzend Frauen geben, bei denen du dein Glück versuchen könntest. Zum Beispiel Lavinia Hawkesley. Sie ist mit einem langweiligen Mann verheiratet, der mindestens dreißig Jahre älter ist als sie. Und Dorothea Blandish, Mrs. Dinford und Lucy Abercorn. Und wie steht es mit der frischgebackenen Witwe Pomeroy? Ich habe gehört, sie soll sehr schön sein, und sie kennt auch den einen oder anderen in der feinen Gesellschaft.«

»Adela Pomeroy?« Er war so verblüfft, daß er einen Moment lang seinen Ärger vergaß.

»Allerdings«, sagte sie befriedigt, als sie seinen Gesichtsausdruck sah. »Es gibt sogar noch mehr. Ich kann dir die Namen gern aufschreiben.«

»Dann schreib sie mir auf und vergiß das Ganze wieder. Bleib zu Hause! Es handelt sich um Mord, Charlotte, abscheulichen, brutalen Mord. Und wenn du weiter darin herumstocherst, endest du vielleicht auch noch tot auf der Straße. Tu bitte, was ich dir sage!«

Sie antwortete nicht.

»Hast du mich verstanden?« Er war gegen seinen Willen laut geworden. »Wenn du und Emily weiter in der Sache herumschnüffelt, besteht die Gefahr, daß ihr irgendeinen gottverdammten Wahnsinnigen stört - vorausgesetzt, daß ihr der Wahrheit überhaupt nahe kommt! Es ist nämlich sehr viel wahrscheinlicher, daß es sich um einen Machtkampf in Devil's Acre handelt, der mit der feinen Gesellschaft nicht das geringste zu tun hat.«

»Und Bertie Astley?« wollte sie wissen.

»Was soll mit ihm schon sein? Ihm hat eine Häuserzeile auf dem Acre gehört, eine ganze Straße. Daher haben die Astleys auch ihr ganzes Geld, aus ihrem privaten kleinen Slum.«

»O nein!«

»O ja! Vielleicht hat er auch ein Bordell gehabt und ist von einem Konkurrenten ausgeschaltet worden.«

»Und was willst du jetzt unternehmen?«

»Zurückgehen und mich weiter umsehen natürlich! Was denn sonst?«

»Thomas, bitte nimm dich in acht!« Sie wußte nicht, was sie sonst noch sagen sollte, und schwieg wieder.

Er wußte um die Gefahren, doch die Alternativen waren noch schlimmer: ein weiterer Mord, die Wut der Öffentlichkeit könnte zu Hysterie ausarten, Athelston, der um seine Stellung bangte, würde den Druck auf Pitt verstärken, verlangen, daß man jemanden festnahm, egal wen, um endlich die Regierung, die Kirche, die Bewohner von Devil's Acre und sämtliche Freudenhäuser in London zufriedenzustellen. Und dann Angst und Schrecken - und Schuld, wenn wieder eine dieser Greueltaten begangen wurde.

Aber vielleicht war ihm vor allem wichtig, den Fall zu lösen, bevor es Charlotte gelang. Sie könnte eine von Emilys Bekanntschaften ausnutzen und sich dabei in Schwierigkeiten bringen, die sie nicht mehr bewältigen konnte. Er hatte ihr untersagt, weiter herumzustochern, nicht nur, weil ihr Leben dadurch in Gefahr geriet, sondern weil er ihr unbedingt beweisen wollte, daß er ihre Hilfe nicht brauchte.

»Natürlich werde ich vorsichtig sein«, sagte er steif. »Ich bin schließlich kein Dummkopf!«

Sie warf ihm einen langen Seitenblick zu und hielt den Mund.

»Und du bleibst zu Hause und hältst dich aus der Sache heraus!« fügte er hinzu. »Du hast hier genug zu tun, ohne daß du dich in fremde Angelegenheiten einmischst, die dich nur in Schwierigkeiten bringen können.«

Trotzdem achtete er am nächsten Tag noch sorgsamer darauf, möglichst unauffällig auszusehen, bevor er nach Devil's Acre ging, und sich mit der richtigen Mischung aus Zielstrebigkeit und dem verstohlenen, erschöpften Auftreten eines Menschen zu bewegen, der genau weiß, daß seine Reise aussichtslos ist.

Es war ein kalter Tag, der Himmel war verhangen, und vom Fluß her wehte ein scharfer Wind. Es war nur natürlich, den Hut tief in die Stirn zu ziehen und den Schal bis über das frierende Gesicht zu wickeln. Die spärlichen Gaslaternen des Acres mit ihrem schwachen Schein glommen in der dämmrigen Morgenluft wie verlorene Monde in einer versunkenen, entstellten Welt.

Pitt hatte ein recht gutes Bild von Pomeroy bei sich und beabsichtigte, soviel wie möglich über die Bordelle herauszufinden, die von Kunden mit einer Vorliebe für Kinder frequentiert wurden. Irgendwo in diesem Sündenpfuhl würde er den Grund finden, der Pomeroy hergeführt hatte, und er vermutete, daß es etwas mit den Bedürfnissen zu tun hatte, die er in Seabrook Walk nicht hatte befriedigen können. Nichts anderes konnte einen derart pedantischen, beinahe zwanghaft ordentlichen Mann in diese Welt gelockt haben.

Er begann den Tag in Parkins Büro, wo er sich alle verfügbaren Informationen der hiesigen Polizei über die Häuser hatte geben lassen, in denen Kinderprostitution betrieben wurde. Man nannte ihm sogar die Namen von Spitzeln und verriet ihm kleine Privatgeheimnisse, auf die er zurückgreifen konnte, falls es nötig sein sollte, bei seinen Nachforschungen ein wenig Druck auszuüben, um die Wahrheit herauszufinden.

Doch er fand niemanden, der bereit war zuzugeben, daß er Pomeroy gekannt oder jemals unter den Freiern gesehen hatte.

Gegen zehn Uhr abends war Pitt durchgefroren und so erschöpft, daß ihm sämtliche Knochen weh taten. Er beschloß, noch ein letztes Haus aufzusuchen, bevor er sich auf den Heimweg machte. Diesmal war es sinnlos, seine Identität zu verschleiern, denn Ambrose Mercutts Diener kannte ihn bereits. Es gehörte zu seinem Beruf, sich Gesichter einzuprägen.

»Was woll'n Sie?« verlangte er aufgebracht zu wissen. »Sie können hier jetzt nich' rein, es is' mitten in der Geschäftszeit!«

»Ich bin dienstlich hier!« fuhr Pitt ihn an. »Und wenn Sie mich anständig behandeln und mir ein paar Fragen beantworten, werde ich mich diskret verhalten und Ihre Kunden nicht im geringsten stören.«

Der Mann dachte einen Moment lang nach. Er war groß und dürr, und ihm fehlte ein halbes Ohr. Er trug ein modisch geschnittenes Jacket und ein Seidentuch um den Hals. »Was is' Ihnen das wert?« erkundigte er sich.

»Gar nichts«, sagte Pitt sofort. »Aber ich kann Ihnen sagen, welche Vorteile es Ihnen bringt: Sie behalten Ihre Stelle und Ihren hübschen glatten Hals – ohne häßliche Striemen. So ein Seilkragen kann einem ganz schön die Zukunft ruinieren.«

Der Mann schnaufte. »Ich hab' keinen umgebracht. Bloß gelegentlich 'n paar Leute zusammengeschlagen, wenn sie nich' gewußt haben, wann sie genug für ihr Geld hatten.« Er kicherte und entblößte dabei seine langen Zähne. »Aber beschwert hat sich noch keiner. Gentlemen, die hier in unsere Gegend kommen, tun das nie! Un' daran könnt ihr Polypen nichts, aber auch gar nichts ändern! Die würden nämlich lieber abkratzen als gegen 'nen Zuhälter aussagen, so wahr ich hier stehe!« Er warf sich in die Brust und piepste mit Fistelstimme: »Bitte schön, Euer Ehren, Mr. Beak, ich möchte Anzeige erstatten, da gibt's nämlich 'ne Hure, die ich bezahlt hab' un' die mich um mein Geld betrogen hat! Ich wollt' Sie bitten, Mylord, daß Sie dafür sorgen, daß sie sich's anders überlegt!« Er änderte seine Haltung, legte eine Hand auf seine Hüfte und reckte den Kopf in die Höhe. »Aber sicher doch, Lord Dreck-im-Auge. Sie brauchen mir bloß zu sagen, was Sie der Hure bezahlt haben un' wo ich sie finden kann, un' dann sorg' ich schon dafür, daß sie willig is'!«

»Schon mal daran gedacht, ins Varieté zu gehen?« fragte Pitt amüsiert. »Da würde man sich über Sie sicher vor Lachen biegen.«

Der Mann zögerte, alle möglichen verlockenden Gedanken schossen ihm durch den Kopf. Er fühlte sich gegen seinen Willen geschmeichelt. Er hatte erwartet, daß Pitt ihn beschimpfen würde, mit Anerkennung hatte er nicht gerechnet und schon gar nicht mit einer so glänzenden Idee.

Pitt zog das Bild von Pomeroy hervor.

»Was issen das?« fragte der Mann.

»Kennen Sie den hier?« Pitt reichte ihm das Foto. In den Zeitungen hatte es kein Bild gegeben.

»Un' wenn's so wäre? Warum is' Ihnen das so wichtig?«

»Das geht Sie gar nichts an. Glauben Sie mir, es ist mir sehr wichtig – so sehr sogar, daß ich so lange weitersuchen werde, bis ich jemanden gefunden habe, der ihm für seine besonderen Vorlieben etwas geboten hat. Und wenn ich hier die ganze Zeit herumlaufe, das wäre sicher nicht gut für Ihr Geschäft, oder?«

»Schon gut, Sie Quälgeist! Un' wenn wir ihn hier kennen? Was dann?«

»Warum ist er hergekommen?«

Der Mann schaute ihn ungläubig an. »Was ham Sie da grad' gesagt? Sind Sie wahnsinnig oder was? Was meinen Sie wohl, warum der hergekommen is'? Weil er 'ne Schwuchtel war, deshalb, der miese Hund. Der hat sie immer blutjung haben wollen – sieben oder acht oder so. Aber beweisen werden Sie das nie, un' ich hab's Ihnen nich' gesagt. Un' jetz' machen Sie, daß Sie wegkommen, bevor ich Ihnen 'nen roten Ring um Ihren hübschen Hals zaubere – von einem Ohr zum anderen!«

Pitt glaubte ihm. Daß er keine Beweise finden würde, hatte er immer gewußt. »Vielen Dank.« Er nickte dem Mann kurz zu. »Ich glaube nicht, daß ich Sie noch einmal belästigen muß.«

»Das würd' ich Ihnen auch geraten haben!« rief ihm der Mann nach. »Hier mag Sie nämlich keiner! Wenn Ihnen Ihre Gesundheit was wert is', gehn Sie lieber woanders hin!«

Pitt wollte so schnell wie möglich fort. Er begann, mit schnellen Schritten zu gehen, die Hände in den Hosentaschen, den Schal bis über die Ohren gezogen. Pomeroy war also ein Päderast gewesen. Es überraschte ihn nicht, genau das hatte er erwartet. Er hatte nur nach einer Bestätigung für seinen Verdacht gesucht. Bertie Astley hatte eine Häuserzeile in Devil's Acre gehört – Ausbeutungsbetriebe, Mietskasernen, eine Kneipe. Max hatte aus seinem Beruf nie ein Geheimnis gemacht. Er mußte nur noch herausfinden, warum Pinchin hier gewesen war. Und dann fehlte natürlich noch das Verbindungsglied, der Ort oder die Person, die alle miteinander verknüpft hatte – das Motiv.

Es war bitterkalt. Der Wind, der den beißenden Gestank der Kloaken mit sich trug, ließ seine Augen tränen. Er hob den Kopf, drückte die Schultern durch und machte noch größere Schritte.

Vielleicht hörte er deshalb nicht, wie sich ihm jemand von hinten im dämmrigen Licht näherte. Er hatte in Gedanken das Geheimnis um Pomeroy gelöst, er hatte seine Arbeit beendet und völlig vergessen, daß er sich immer noch in Devil's Acre befand. Er ging wie ein zufriedener Mann, ein Mann, der ein Ziel vor Augen hatte, er mußte auffallen wie ein weißes Kaninchen auf einem frisch gepflügten Acker.

Der erste Schlag traf ihn von hinten. Er verspürte einen stechenden Schmerz unten im Rücken, seine Füße verhedderten sich, und er fiel mit dem Gesicht auf das Straßenpflaster. Er rollte sich auf den Rücken, die Knie angezogen, und ließ die Beine dann mit aller Kraft vorwärts schnellen. Seine Füße trafen auf einen Körper, der unter der Wucht des Trittes nachgab und mit einem Stöhnen zu Boden fiel. Pitt sprang auf die Füße und versuchte, den nächsten Verfolger abzuwehren, indem er mit den Fäusten um sich schlug. Ein Schlag donnerte auf seine Schulter, schmerzhaft, aber ungefährlich. Er legte seine ganze Kraft in den Gegenschlag und freute sich, als er das Geräusch eines splitternden Knochens vernahm. Dann traf ihn ein brutaler Hieb in die Seite. Er hätte seinen Rücken getroffen, wenn er sich nicht genau in dem Moment umgedreht hätte, als der andere zuschlug.

Es blieb ihm nichts anderes übrig, als um sein Leben zu rennen. Nur noch hundert oder höchstens zweihundert Yard, und er hatte den Rand von Devil's Acre erreicht, wo er nach einer Droschke rufen und sich in Sicherheit bringen konnte. Seine Seite tat höllisch weh, er mußte einen fürchterlichen Bluterguß davongetragen haben, doch ein heißes Bad und ein gutes Einreibemittel würden ihn schon wieder auf die Beine bringen. Seine Füße flogen über das Pflaster. Er schämte sich nicht im geringsten, so zu rennen, nur ein Dummkopf würde bleiben und sich wehren, wenn die Gegner in der Überzahl waren.

Er war außer Atem. Die Schmerzen in der Seite wurden immer stärker. Die erleuchtete Straße mit ihren Kutschen schien meilenweit entfernt. Die geisterhaften Lichtkränze der Gaslaternen blieben immer unerreichbar weit vor ihm. Sie wollten einfach nicht näher kommen.

»Jetzt mal halblang! Wo woll'n Sie denn so schnell hin, Mister?« Ein Arm schnellte vor und ergriff ihn.

In einem Moment der Panik versuchte Pitt, mit der Hand nach dem Mann zu schlagen, doch sein Arm war schwer wie Blei. »Was?«

Es war ein Constable – ein Constable, der gerade seine Runde machte.

»Oh, dem Himmel sei Dank!« rief er. Das Gesicht des Mannes wurde riesig und leer, es schimmerte durch den Nebel wie die Gaslaternen.

»Na sowas, Sie sehn aber gar nich' gut aus, was is' denn passiert? Meine Güte, Sie sind ja ganz voll Blut! Ich glaub', ich laß Sie so schnell wie möglich ins Krankenhaus bringen! Sons' sterben Sie mir hier noch weg! So, 's dauert nich' mehr lange, nur noch 'n bißchen durchhalten. Droschke! Droschke!«

Durch einen Nebel von schaukelnden Lichtern spürte Pitt in der schneidenden Kälte, wie man ihn in einen Hansom packte und mit ihm durch die Straßen holperte. Dann half man ihm vorsichtig heraus und führte ihn durch ein Labyrinth hellerleuchteter Räume. Er wurde ausgezogen, untersucht, mit etwas eingepinselt, das fürchterlich brannte, und dann fühlte er, wie seine Wunde, die glücklicherweise immer noch von dem ursprünglichen Schlag betäubt war, genäht und verbunden wurde. Dann zog man ihn wieder an und gab ihm etwas Scharfes zu trinken, das ihm im Hals brannte und ihn benommen machte. Schließlich brachte man ihn fürsorglich nach Hause. Inzwischen war es Mitternacht.

Als er am folgenden Morgen wach wurde, hatte er so große Schmerzen, daß er sich kaum bewegen konnte, und es dauerte einen Moment, bevor er sich wieder an den Überfall erinnern konnte. Charlotte stand mit bleichem Gesicht über ihn gebeugt, das Haar unordentlich im Nacken zusammengebunden.

»Thomas?« sagte sie ängstlich.

Er stöhnte.

»Du hast eine Stichwunde«, sagte sie. »Man hat mir gesagt, sie sei nicht besonders tief, aber du hast viel Blut verloren. Dein Jackett und dein Hemd sind ruiniert.«

Er grinste. Sie sah wirklich sehr blaß aus. »Das ist ja schrecklich. Bist du sicher, daß sie völlig ruiniert sind?«

Sie schnaubte verärgert, doch Tränen rannen ihr über das Gesicht, und sie hob die Hände, um sie vor ihm zu verbergen.

»Ich werde nicht weinen! Es ist deine eigene, törichte Schuld. Du bist vollkommen wahnsinnig! Zuerst sitzt du hier selbstgefällig wie ein Kirchenvorsteher herum und sagst mir, was ich zu tun und zu lassen habe, und dann gehst du selbst mutterseelenallein auf den Acre, stellst gefährliche Fragen und läßt dich überfallen.« Sie nahm eines seiner großen Taschentücher aus der Kommode und putzte sich heftig die Nase. »Und den Schlächter hast du bestimmt trotzdem nicht gesehen - oder irre ich mich etwa?«

Er versuchte, sich ein wenig aufzurichten, zuckte jedoch zusammen, weil seine Seite so schmerzte. Eigentlich war er nicht einmal sicher, ob er tatsächlich vom Acre-Schlächter überfallen worden war. Es hätten genauso gut irgendwelche Taschendiebe sein können, die einen Kampf nicht scheuten.

»Und Hunger hast du bestimmt auch«, sagte sie und stopfte sich das Taschentuch in die Schürzentasche. »Also der Arzt sagt, daß du dich nach einem Tag im Bett wieder viel wohler fühlen wirst.«

»Ich möchte aber lieber aufstehen ...«

»Du tust das, was man dir sagt!« schimpfte sie. »Du stehst erst dann wieder auf, wenn ich es dir erlaube! Und komm nur nicht auf die Idee, mir zu widersprechen! Wage das bloß nicht!«

Es dauerte drei Tage, bis er sich wieder stark genug fühlte, um auf sein Polizeirevier zu gehen, mit einem festen Verband und gestärkt mit einer Taschenflasche mit ziemlich teurem Portwein. Die Wunde heilte gut ab, und obwohl sie immer noch schmerzte, war er doch in der Lage, sich einigermaßen zu bewegen. Inzwischen hatte er in Gedanken die einzelnen Fäden der Morde von Devil's Acre besser miteinander verknüpft und fühlte sich verpflichtet, seine Ermittlungen wieder aufzunehmen.

»Ich habe andere Männer darauf angesetzt«, versicherte Athelstan ihm nervös. »Alle, die ich entbehren kann.«

»Und was haben sie herausgefunden?« fragte Pitt. Ausnahmsweise brauchte er diesmal nicht zu stehen, sein Vorgesetzter hatte ihm nicht nur erlaubt, sondern ihn sogar gedrängt, auf dem gepolsterten Stuhl Platz zu nehmen. Pitt genoß das Privileg, lehnte sich zurück und streckte die Beine von sich. Es war vielleicht das erste und letzte Mal.

»Nicht viel«, gab Athelstan zu. »Ich weiß immer noch nicht, was diese vier Männer miteinander zu tun hatten. Und auch nicht, warum Pinchin auf den Acre gegangen ist. Sind Sie sicher, daß es sich nicht um einen Wahnsinnigen handelt, Pitt?«

»Nein, sicher bin ich mir nicht, aber ich glaube es einfach nicht. Für einen Arzt gibt es auf dem Acre mehr als genug zu tun, wenn er keine Skrupel hat.«

Athelstan schien dieser Gedanke zuwider zu sein. »Wahrscheinlich haben Sie recht. Aber was genau hat Pinchin gemacht und für wen hat er gearbeitet? Meinen Sie, er hat die vornehmen Frauen besorgt, von denen sie behaupten, daß sie für Max gearbeitet haben?«

»Vielleicht. Obwohl er nicht viele Frauen aus der besseren Gesellschaft unter seinen Patienten hatte.«

»Vornehm ist relativ, Pitt. Auf dem Acre würde beinahe jede Frau wie eine Lady wirken.«

Pitt stand widerwillig auf. »Dann gehe ich besser hin und stelle noch ein paar Fragen.«

»Aber auf keinen Fall allein!« sagte Athelstan beunruhigt. »Ich kann mir keinen weiteren Mord auf dem Acre mehr leisten!«

Pitt starrte ihn an. »Vielen Dank«, sagte er trocken. »Ich möchte Ihnen selbstverständlich keine Unannehmlichkeiten bereiten.«

»Verdammt nochmal!«

»Dann werde ich eben einen Constable mitnehmen - oder sogar zwei, wenn Sie das beruhigt.«

Athelstan richtete sich auf. »Das ist ein Befehl, Pitt - ein Befehl, haben Sie verstanden?«

»Ja, Sir. Ich gehe jetzt ... mit zwei Constables.«

Ambrose Mercutt befand sich in einem Zwiespalt zwischen Wut und der berechtigten Angst, daß man ihn für den Überfall auf Pitt, der inzwischen auf dem Acre in aller Munde war, verantwortlich machen könnte.

»Sie haben selbst schuld!« sagte Mercutt gereizt. »Laufen ganz allein in einer Gegend herum, wo Sie nicht gelitten sind, und stecken Ihre Nase in die Privatangelegenheiten anderer Leute - kein Wunder, daß man Sie überfallen hat. Sie können von Glück sagen, daß man Sie nicht erdrosselt hat! Absolut dämlich. Wenn Sie jeden so schikanieren wie meine Leute, erstaunt es mich wirklich, daß Sie noch am Leben sind.«

Pitt erwiderte nichts. Er wußte, daß er einen Fehler gemacht hatte, nicht etwa, daß er auf den Acre gekommen war, sondern daß er vergessen hatte, den Schein zu wahren, nämlich sich wie ein Mann zu bewegen, der dort zu Hause war. Er hatte sich auffällig verhalten. Das war unvorsichtig und, wie Ambrose schon gesagt hatte, äußerst dämlich von ihm gewesen.

»Eine Tatsache, die Sie sicher bedauern«, sagte Pitt. »Wer kümmert sich übrigens um Ihre Frauen, wenn sie krank werden?«

»Was?«

Pitt wiederholte seine Frage, doch Ambrose hatte inzwischen verstanden. »Jedenfalls nicht Pinchin, falls Sie das annehmen sollten.«

»Vielleicht. Aber wir werden uns mit allen Ihren Frauen unterhalten, um auch ganz sicherzugehen. Vielleicht erinnern sie sich an etwas, das Ihnen entfallen ist.«

Mercutts Gesicht war blaß geworden. »Schon gut! Vielleicht hat er ja ab und zu auch die eine oder andere bei uns behandelt. Was heißt das schon? Es war sehr nützlich. Ein paar von den dummen Weibern schaffen es immer wieder, sich ein Kind machen zu lassen. Er hat sich darum gekümmert und dafür Naturalien bekommen. Ich wäre wohl der letzte gewesen, der ihn hätte umbringen wollen, oder etwa nicht?«

»Nicht, wenn er Sie erpreßt hätte.«

»Mich erpreßt?« Diese Vorstellung erschien ihm so lächerlich, daß seine Stimme überschnappte. »Warum hätte er das tun sollen? Hier weiß doch jeder, was ich mache. Ich gebe nie vor, was zu sein, was ich nicht bin. Ich hätte höchstens ihn erpressen können – ich hätte seine schöne Praxis in Highgate ruinieren können – wenn ich nur gewollt hätte. Aber ich war voll und ganz zufrieden mit unserer Abmachung. Nachdem man ihn ermordet hatte, mußte ich mir jemand anderen suchen.«

Pitt konnte ihn von dieser Aussage nicht abbringen, er konnte fragen und drohen, soviel er wollte. Schließlich gab er auf und ging gemeinsam mit den Constables zu einem anderen Bordell, dann zu noch einem und noch einem.

Es war fünf Uhr, als Pitt, müde und enttäuscht, mit seinen beiden Begleitern zum Haus der Schwestern Dalton kam. Er suchte sie absichtlich als letzte auf, denn er freute sich auf die Wärme, die angenehme Atmosphäre und hoffte, daß man ihm vielleicht sogar eine Tasse heißen Tee anbieten würde.

Diesmal waren sowohl Mary als auch Victoria da, er wurde mit derselben häuslichen Ruhe empfangen wie beim letzten Mal und ins Wohnzimmer geführt. Als man ihm eine Erfrischung anbot, nahm er schneller an, als es sich schickte.

Mary schaute ihn mißtrauisch an, doch Victoria blieb genauso höflich wie zuvor. »Ernest Pomeroy gehörte nicht zu unseren Kunden«, sagte sie freimütig, während sie Tee einschenkte und ihm die Tasse reichte. Die Constables waren im Hauptempfangszimmer geblieben, verlegen, aber mit sichtlichem Vergnügen.

»Nein«, sagte Pitt und nahm dankend die Tasse in Empfang. »Ich weiß bereits, wo er hinzugehen pflegte. Ich dachte eher an Dr. Pinchin.«

Ihre Brauen hoben sich, und ihre grauen Augen sahen aus wie stille Wintermeere. »Ich kenne viele unserer Kunden, aber an ihn erinnere ich mich nicht. Er ist auf jeden Fall nicht hier ermordet worden - auch nicht in der Nähe.«

»Haben Sie ihn gekannt? Beruflich vielleicht?«

Um ihre Lippen spielte der Anflug eines Lächelns. »Meinen Sie damit meinen oder seinen Beruf, Mr. Pitt?«

Er lächelte zurück. »Seinen Beruf, Miss Dalton.«

»Nein. Ich erfreue mich für gewöhnlich bester Gesundheit, und falls es mir einmal nicht gut geht, weiß ich mir sehr gut selbst zu helfen.«

»Und wie steht es mit Ihren Frauen - oder Mädchen?«

»Nein«, sagte Mary sofort. »Wenn eine von ihnen krank ist, kümmern wir uns persönlich um sie.«

Pitt wandte sich ihr zu und schaute sie an. Sie war jünger als Victoria. Ihrem Gesicht fehlte die Willenskraft, die Entschlossenheit in den Augen, doch auch sie wirkte gesund und natürlich wie ein Mädchen vom Lande, hatte die gleiche kleine Nase und die gleichen hellen Sommersprossen. Sie öffnete den Mund und schloß ihn wieder. Pitt wußte sofort, was das bedeutete. Sie wollte nicht zugeben, daß es auch in diesem Haus Abtreibungen gab.

»Natürlich benötigen wir auch hier gelegentlich einen Arzt«, übernahm Victoria wieder das Gespräch. »Aber nicht Pinchin. Er hat mit unserem Haus niemals auch nur das geringste zu tun gehabt.«

Pitt glaubte ihr, doch er wollte noch ein wenig länger die Wärme genießen und hatte seinen Tee noch nicht ausgetrunken. »Können Sie mir einen guten Grund sagen, warum ich Ihnen glauben soll?« fragte er. »Der Mann ist ermordet worden. Es wäre nur verständlich, wenn Sie nicht zugeben würden, ihn gekannt zu haben.«

Victoria schaute zuerst ihre Schwester an und sah dann auf Pitts Tasse. Sie griff nach der Teekanne und füllte nach, ohne ihn zu fragen. »Leider keinen«, sagte sie mit einem Ausdruck, den Pitt nicht zu deuten vermochte. »Außer daß er ein Metzger war, und ich will nicht, daß jemand meine Mädchen so zurichtet, daß sie entweder verbluten oder so verstümmelt sind, daß sie nicht mehr arbeiten können. Das können Sie mir glauben!«

Pitt ertappte sich dabei, daß er sich entschuldigte. Es war einfach lächerlich. Er trank Tee mit einer Bordellbesitzerin und sagte ihr, daß es ihm leid tat, daß ein Arzt Frauen bei der Abtreibung so übel zugerichtet hatte, daß sie sich nicht mehr erholt hatten – dabei ging es nicht einmal um ihre Huren! ... Oder war sie lediglich eine brillante Lügnerin?

»Ich werde sie selbst fragen.« Er trank seinen Tee aus und erhob sich. »Besonders diejenigen, die erst seit kurzem bei Ihnen sind.«

Mary stand ebenfalls auf, die Hände im Stoff ihres Rockes verkrampt. »Das dürfen Sie nicht!«

»Mach dich doch nicht lächerlich«, sagte Victoria barsch. »Natürlich kann er das, wenn er es will. Wir haben Pinchin nie in unserem Haus gehabt, es sei denn, er wäre als Kunde gekommen. Ich wäre Ihnen sehr dankbar, Mr. Pitt, wenn Sie unsere Mädchen nicht beleidigen würden. Das kann ich auf keinen Fall zulassen.« Sie fixierte ihn mit festem Blick, und Pitt fühlte sich an die Gouvernanten erinnert, die er in vornehmen Häusern getroffen hatte. Sie wartete seine Antwort nicht ab, sondern führte ihn in den oberen Teil des Hauses und begann, an die Türen zu klopfen.

Pitt stellte Routinefragen und zeigte den kichernden, pummeligen Prostituierten Pinchins Bild. Die Zimmer waren warm und rochen nach billigem Parfüm und Körperausdünstungen, doch die Farben waren freundlich und die Räume sauberer, als er erwartet hatte.

Nachdem er das vierte Mädchen befragt hatte, wurde Victoria gerufen, um einen kleinen häuslichen Streit zu schlichten, und er blieb mit Mary allein zurück. Er sprach gerade mit dem letzten Mädchen, einem mageren Geschöpf, das höchstens fünfzehn oder sechzehn Jahre alt war und offensichtlich große Angst vor ihm hatte. Sie schaute sich das Foto mit Pinchins Gesicht an, und Pitt wußte sofort, daß sie log, als sie sagte, sie habe diesen Mann noch nie gesehen.

»Denken Sie bitte genau nach«, warnte er sie. »Sie müssen sehr vorsichtig sein. Man kann Sie ins Gefängnis sperren, wenn Sie der Polizei falsche Auskünfte geben.«

Das Mädchen wurde aschfahl.

»Jetzt reicht es aber!« sagte Mary scharf. »Sie ist schließlich nur ein Stubenmädchen - was soll sie schon mit Männern wie diesem zu schaffen haben? Lassen Sie das Kind in Ruhe. Sie räumt nur auf und wischt Staub. Mit solchen Dingen hat sie nichts zu tun.«

Das Mädchen machte Anstalten, sich zu entfernen. Pitt gelang es, sie am Arm festzuhalten, nicht grob, aber fest genug, um sie am Gehen zu hindern. Sie begann zu weinen und schluchzte so herzzerreißend, als sei sie von tiefster Verzweiflung überwältigt.

Pitt spürte sofort instinktiv, daß sie eines von Pinchins ›Metzelopfern‹ gewesen war, sie hatte zwar überlebt, war jedoch so übel zugerichtet worden, daß sie niemals mehr eine normale Frau würde sein können. In ihrem Alter hätte sie eigentlich lachen, sich romantischen Träumen hingeben und sich auf die Ehe freuen sollen. Er wollte sie trösten, aber es gab nichts, das er hätte sagen oder tun können.

»Elsie!« Es war Marys Stimme, laut und angsterfüllt. »Elsie!« Das kleine Dienstmädchen weinte immer noch, klammerte sich jetzt aber an Marys Arm.

Vom anderen Ende des Korridors erklang ein leises, drohendes Knurren. Pitt wirbelte herum. Unter der Gaslampe stand ein massiger, weißer, rattengesichtiger Bullterrier mit entblößten Zähnen und zitternden Beinen. Hinter ihm stand die riesigste Frau, die er je gesehen hatte, mit nackten, schlaff herabhängenden Armen und einem flachen Gesicht, das an einen Pudding erinnerte und in dem die Augen in tiefen Fettfalten eingebettet lagen.

»Keine Sorge, Miss Mary«, sagte die Frau leise, ihre Stimme war hoch wie die eines kleinen Mädchens. »Ich laß nich' zu, daß er Ihnen was tut. Sie wollten doch grade gehen, oder etwa nich', Mister?« Sie machte einen Schritt auf ihn zu, und der Hund, dessen Fell sich inzwischen gesträubt hatte, machte ebenfalls einen Ruck nach vorn.

Pitt fühlte, wie ihm der Schreck durch den Körper fuhr. Stand er etwa dem Schlächter vom Devil's Acre gegenüber? Hatte dieser Berg von einer Frau die Morde begangen? Er schluckte, doch seine Kehle war wie ausgedörrt.

»Schmeiß ihn raus, Elsie!« kreischte Mary. »Schmeiß ihn raus! Zeig es ihm, mach schon! Wirf ihn in die Gosse! Hetz Dutch auf ihn!«

Die riesige Frau machte einen weiteren Schritt auf ihn zu. Ihr Gesicht war ausdruckslos. Sie hätte auch mit hochgekrempelten Armen in einer Wäscherei stehen oder Brot kneten können. Das Knurren des Hundes an ihrer Seite wurde noch lauter.

»Hört sofort auf!« Victoria stand plötzlich wieder oben auf der Treppe, wo sie kurz zuvor verschwunden war. »Ist schon gut, Elsie, Mr. Pitt ist kein Kunde – und er will niemandem etwas tun.« Ihre Stimme wurde schärfer. »Also wirklich, Mary, manchmal benimmst du dich ausgesprochen dumm!« Sie zog ein Taschentuch aus dem Ärmel und reichte es dem Dienstmädchen. »Jetzt reiß dich aber zusammen, Millie, und geh wieder zurück an deine Arbeit! Hör auf zu heulen – du hast keinen Grund zu weinen. Nun geh schon!« Sie sah zu, wie das Mädchen fortlief und die riesige Frau und der Hund gehorsam kehrtmachten und ihr nachgingen.

Mary machte ein störrisches Gesicht, verhielt sich aber ruhig.

»Es tut mir leid«, sagte Victoria zu Pitt. »Wir haben Millie in einem erbärmlichen Zustand gefunden. Ich weiß nicht, wer sie so zugerichtet hat, schon möglich, daß es Pinchin gewesen ist. Das arme kleine Geschöpf ist fast verblutet. Sie war schwanger, und ihr Vater hat sie rausgeworfen. Sie ist in einem dieser Häuser gelandet, und dort hat jemand eine Abtreibung an ihr vorgenommen. Und als man sie dann vor die Tür gesetzt hat, weil sie nutzlos geworden war, haben wir sie gefunden und bei uns aufgenommen.«

Es gab nichts, was Pitt sagen konnte, die Situation war viel zu tragisch für abgedroschene Mitleidsbekundungen.

Victoria führte ihn zurück in die vorderen Räume. »Mary hätte Elsie nicht rufen sollen. Wir holen sie sonst nur, wenn wir Kunden haben, die unangenehm werden.« Ihr Gesicht was ausdruckslos. »Ich hoffe, Sie haben sich nicht zu sehr erschreckt, Mr. Pitt.«

Pitt hatte Todesangst ausgestanden, er war immer noch völlig in Schweiß gebadet. »Überhaupt nicht«, log er, froh darüber, daß sie sein Gesicht nicht sehen konnte. »Vielen Dank für Ihre Offenheit, Miss Dalton. Jetzt weiß ich endlich, was Pinchin hier auf dem Acre gemacht hat und womit er sich nebenher Geld verdient hat – um seinen Keller zu füllen. Sie wissen nicht zufällig, für wen er gearbeitet hat, oder?«

»Millie war bei Ambrose Mercutt, falls es das ist, was Sie wissen wollen«, sagte sie ruhig. »Mehr kann ich Ihnen auch nicht sagen.«

»Ich glaube, das genügt mir bereits.« Pitt trat in das Hauptzimmer, und beide Constables sprangen mit hochroten Gesichtern auf und schoben zwei lachende Mädchen weg, die auf ihrem Schoß gesessen hatten. Pitt wandte sich Victoria zu und tat so, als habe er nichts gesehen. »Vielen Dank, Miss Dalton. Gute Nacht.«

Victoria blieb genauso gelassen. »Gute Nacht, Mr. Pitt.«

Kapitel 9

General Balantyne konnte die Morde von Devil's Acre einfach nicht aus seinen Gedanken verbannen. Er hatte noch nie etwas von Dr. Pinchin oder von dem letzten Opfer, Ernest Pomeroy, gehört, bevor die Zeitungen die gewaltsamen Todesfälle zum Inbegriff von Gefahr und Grauen in der Dunkelheit gemacht hatten. Aber Max Burtons Gesicht mit den schweren Lidern und dem verächtlichen Mund rief schreckliche Erinnerungen an andere Morde wach, abscheuliche Geschehnisse, die er nie richtig begriffen hatte.

Und Bertie Astley gehörte schließlich derselben Gesellschaftsschicht an wie Balantyne. Sie war zwar nicht ganz so bedeutend wie die echte Aristokratie, doch sehr viel angesehener als der niedrige Adel. Ein Vermögen ließ sich schließlich von Jedermann erwerben, und gute Manieren konnte man erlernen oder nachahmen. Witz, vornehme Kleidung und selbst Schönheit hatten nichts zu bedeuten, man genoß sie, doch kein vernünftiger Mensch nahm sie wirklich ernst. Die Astleys jedoch entstammten einer ehrbaren Familie, hatten über Generationen Ansehen und Würde genossen und dem Staat und der Kirche gedient. Sie hatten sich einen Platz in der Welt der Privilegierten errungen, die man einst für einzigartig - und sicher - gehalten hatte. Gelegentlich mochte zwar ein Schurke oder Dummkopf über die Stränge schlagen - doch keinem Fremden war es je gelungen, sich Eingang in diese auserlesenen Kreise zu erzwingen.

Wie war es möglich, daß Bertram Astelys Leiche vor einem Männerbordell gefunden worden war? Balantyne war natürlich nicht so naiv, die Möglichkeit auszuschließen, daß Astley diesen Ort aus gutem Grund aufgesucht hatte, er konnte aber auch genauso gut das Zufallsopfer eines Wahnsinnigen geworden sein. Dennoch konnte er seine Befürchtungen, daß es keineswegs ein Unfall gewesen war, sondern daß man ihn ganz bewußt ausgewählt hatte, nicht zerstreuen. Er mißtraute der bequemen Theorie von der willkürlich mordenden Bestie, die sich ausgerechnet Max und Bertie als Opfer ausgesucht hatte, zwei Männer, die zwar grundverschieden gewesen sein mochten, ihm aber beide persönlich bekannt waren.

Er versuchte, mit Augusta über das Thema zu sprechen. Sie unterstellte ihm sofort, daß er über Devil's Acre reden und ihr seine Pläne über die Bekämpfung der Prostitution und deren unerfreuliche Folgen unterbreiten wolle, und ihr Gesicht nahm einen düsteren Ausdruck an.

»Also wirklich, Brandon, für einen Mann, der den größten Teil seines Erwachsenendaseins in der Armee verbracht hat, bist du bemerkenswert einfältig!« sagte sie verächtlich. »Falls du glauben solltest, du könntest die niedrigen Triebe der menschlichen Natur durch wohlgemeinte Gesetze ändern, dann wärst du besser auf einer schönen kleinen Dorfkanzel aufgehoben, wo du lebensfremde, unverheiratete Damen mit Tee und Platitüden beglücken könntest, ohne damit viel Unheil anzurichten. Hier in unserer kultivierten Gesellschaft machst du dich damit höchstens lächerlich!«

Ihre Worte hatten ihn tief getroffen. Sie waren nicht nur grausam, sie waren zudem völlig ungerecht. Außerdem hatte er etwas ganz anderes sagen wollen. »Ich habe die unterschiedlichsten Reaktionen auf den Mord an Bertie Astley gehört«, sagte er schneidend. »Aber du bist die erste Person, die das Wort ›kultiviert‹ dafür benutzt. Es ist eine Formulierung, die ich für äußerst unangebracht halte!«

Ihr stieg das Blut in die Wangen. Er hatte sie absichtlich mißverstanden, und er hatte sie genauso gekränkt wie sie ihn. »Ich schätze deinen Sarkasmus nicht, Brandon«, antwortete sie. »Und du bist nicht witzig genug, um ihn richtig anzubringen. Bertie Astley war eines der unglücklichen Opfer eines Wahnsinnigen, der frei herumläuft und diese Greueltaten begeht. Aus welchen Gründen er diese Gegend aufgesucht hat, werden wir sicher niemals erfahren, und es geht uns auch nicht das geringste an. Soll er in Frieden beerdigt werden und seine Familie unbehelligt um ihn trauern! Es ist in höchstem Maße taktlos, auf die Umstände seines Todes anzuspielen. Ich kann mir nicht vorstellen, daß ein wahrer Gentleman dies tun würde.«

»Dann ist es an der Zeit, daß wir weniger wahre Gentlemen haben sollten – und mehr Polizisten oder wen auch immer, damit man sich dieser Dinge endlich annimmt!« erwiderte er. »Ich für meinen Teil habe jedenfalls keine Lust zu erleben, daß hier in London noch mehr verstümmelte Leichen auftauchen.«

Sie blickte ihn verächtlich an. »Wir haben schon wenig genug Gentlemen. Ich würde mir wirklich wünschen, daß es mehr davon gäbe, nicht weniger!« Sie drehte sich um und ließ ihn stehen. Er blieb mit dem unangenehmen Gefühl zurück, daß er den Streit verloren hatte, obwohl er im Recht gewesen war.

Am folgenden Tag nahm Christina das Mittagessen mit ihrer Mutter ein, weigerte sich jedoch, mit ihr gemeinsam Besuche zu machen. Balantyne fand sich mit seiner Tochter allein im Salon. Das Feuer loderte im Kamin, der Raum war von warmem, flackerndem Licht erfüllt. Die Situation schien vertraut, auf angenehme Weise zeitlos, beinahe als könnten sie zurückgleiten in seine Jugend und Christinas Kindertage, als ihre gegenseitige Zuneigung noch selbstverständlich gewesen war.

Er lehnte sich in seinen Sessel zurück und betrachtete Christina, wie sie neben dem runden Beistelltisch stand. Ihr Gesicht war ausgesprochen hübsch: ihre zarten Züge, ihre vollen Lippen, die großen Augen, das glänzende Haar. Ihre Figur, in ein elegantes Kleid gehüllt, besaß immer noch die Frische eines jungen Mädchens. Sie war eine merkwürdige Mischung aus einem Kind und einer Frau – vielleicht lag darin ihr besonderer Charme. Sie hatte zahlreiche Verehrer gehabt, bevor sie Alan Ross geheiratet hatte. Und das hatte sich anscheinend nicht geändert, wie er bei diversen gesellschaftlichen Anlässen festgestellt hatte, auch wenn sie sich inzwischen diskreter verhielt.

»Christina?«

Sie drehte sich um und schaute ihn an. »Ja, Papa?«

»Du hast doch Sir Bertram Astley gekannt.« Er stellte ihr absichtlich keine Frage, weil er eine verneinende Antwort nicht akzeptiert hätte.

Sie schaute ihn an, während er sprach, senkte dann jedoch den Blick und betrachtete eine Porzellanfigur, die auf dem Tisch stand. Das Thema war nebensächlich, nicht wert, daß man sich darüber unterhielt.

»Nur flüchtig«, antwortete sie. »Es bleibt schließlich nicht aus, daß man sich in der Gesellschaft irgendwann trifft.« Sie fragte ihn nicht, warum er das Thema angeschnitten hatte.

»Was war er für ein Mann?«

»Ganz nett, soweit ich es beurteilen kann«, antwortete sie mit einem kleinen Lächeln. »Aber recht gewöhnlich.«

Sie war so überzeugend, daß er ihr einfach glauben mußte. Und doch wußte er, daß sie sich in Kreisen bewegte, die weder langweilig noch naiv waren. Sie war weit weniger unschuldig, als er in ihrem Alter gewesen war – vielleicht war er es sogar immer noch?

»Und Beau Astley?«

Sie zögerte einen Moment lang. Waren ihre Wangen ein wenig gerötet oder war es nur der Schein des Feuers?

»Charmant«, sagte sie mit ausdrucksloser Stimme. »Sehr sympathisch, aber ich muß gestehen, daß ich ihn kaum kenne. Es ist vielleicht ein vorschnelles Urteil. Falls du etwas Tiefgründiges erwarten solltest, Papa, muß ich dich leider enttäuschen. Ich hatte keine Ahnung, daß Sir Bertram perverse Neigungen hatte. Ich war der festen Überzeugung, daß er diesem albernen Woolmer-Geschöpf den Hof machte und beabsichtigte, sie auch zu heiraten. Und da sie weder über Geld verfügt noch aus einer bedeutenden Familie stammt, konnte man nur davon ausgehen, daß seine Gründe rein körperlicher Natur waren.« Sie blickte zu ihm herüber. »Tut mir leid, falls ich dich jetzt schockiert habe. Manchmal kommst du mir wirklich unglaublich prüde vor!«

Er war sich bewußt, daß dies der Fall war, doch ihre Direktheit verletzte ihn trotzdem. Er wollte die Angelegenheit nicht weiterverfolgen indem er sich rechtfertigte, doch gleichzeitig war er sich bewußt, daß er es eigentlich tun sollte. Sie hatte nicht das Recht, mit ihm auf so respektlose Weise zu sprechen.

»Dann ist er entweder nicht aus den Gründen, die man ihm unterstellt, nach Devil's Acre gegangen – oder er war eben ein Mann mit diversen Geschmacksrichtungen«, sagte er trocken.

Sie brach in Lachen aus. Ihre Hände hielten das Porzellanfigürchen hoch in die Luft. Sie hatte wunderschöne Finger, klein und schlank. »Und ich hatte befürchtet, daß du böse werden würdest! Statt dessen stellt sich nun heraus, daß du sogar Sinn für Humor hast!«

»Sinn für das Absurde«, korrigierte er, und genoß das angenehme Gefühl, das er dabei empfand. »Wenn Bertie Astley Miss

Woolmer so ausdauernd den Hof gemacht hat, wie du eben hast anklingen lassen, kann ich mir allerdings schwer vorstellen, daß er gleichzeitig in Devil's Acre völlig andere Gelüste gestillt haben soll. Oder hat Miss Woolmer ihm die kalte Schulter gezeigt?«

Sie stieß ein leises Schnauben aus. »Ganz im Gegenteil. Sie hat sich an ihm festgekrallt wie eine Ertrinkende. Und ihre Mutter war noch schlimmer. Wenn es ihnen gelingt, werden sie sich jetzt den armen Beau an Land ziehen! Sie ist ein richtiger Brocken von einem Mädchen, wie klumpige Sahne.«

»Und der arme Beau hat kein Interesse an ihr?«

Wieder zögerte sie, ihre Finger schlossen sich fester um das Porzellan. »Ich habe nicht die geringste Ahnung. Wie ich bereits sagte, ich kenne sie nur sehr flüchtig. Es geht mich wirklich nichts an.« Sie stellte das Figürchen wieder zurück und lächelte, verließ den Tisch und kam zum Kamin. Der Schein des Feuers fiel auf den Satinstoff ihres Kleides und ließ ihn einen Moment aufleuchten und dann wieder im Dunkel des Schattens verschwinden.

»Hast du je von den anderen Opfern gehört?« Sofort, nachdem er das gesagt hatte, wußte er, daß es eine lächerliche Frage gewesen war, und wünschte sich, er könne sie wieder zurücknehmen. »Max natürlich ausgenommen!« fügte er schnell hinzu, um es wenigstens vor sich selbst logisch klingen zu lassen, obwohl es natürlich nach wie vor dumm blieb.

Vielleicht wurden Erinnerungen an die Dienste von Max in diesem Haus in ihr wach. Sie schluckte. Er hatte Schuldgefühle, es überhaupt erwähnt zu haben.

»Wohl kaum«, sagte sie nonchalant. »Einer war, glaube ich, Arzt, und der andere Lehrer, oder nicht? Nicht gerade meine gesellschaftlichen Kreise, Papa. Gibt es da nicht ein Stichwort, daß die Not die seltsamsten Menschen zusammenführt oder so etwas ähnliches?« Sie lachte ein wenig schrill. »Vielleicht hatten sie alle dasselbe Laster? Vielleicht haben sie in Devil's Acre gespielt und verloren. Ich meine mich zu erinnern, daß Bertie Astley ein Spieler war. Seine Schulden nicht zu bezahlen, ist ein unverzeihliches gesellschaftliches Vergehen, weißt du. Hat man dir das in deinen Offizierskasinos nicht beigebracht?«

»Wenn jemand seine Schulden nicht bezahlt hat, wurde er von den anderen ausgestoßen«, sagte er nüchtern, während er sie genau beobachtete. »Aber er wurde nicht etwa umgebracht ...« Er zögerte, ihr gegenüber einen drastischen Ausdruck zu benutzen, es war ihm peinlich, doch dann besann er sich. Warum sollte er die Realität beschönigen wie ein altes Weib? Warum sollte er im Flüsterton über Männlichkeit sprechen? »Und auch nicht kastriert«, beendete er seinen Satz.

Sie schien das Wort gar nicht bemerkt zu haben. Der Schein des Feuers auf ihrem Gesicht ließ ihre Haut wärmer erscheinen, aber soweit er feststellen konnte, war sie nicht errötet.

»In Devil's Acre haben wir es wohl kaum mit Offizieren und Gentlemen zu tun, Papa«, bemerkte sie ziemlich sarkastisch. »Sie aus der Gemeinschaft auszustoßen, wäre dort wohl kaum angebracht!«

Natürlich hatte sie recht. Bei diesen Menschen wäre eine solche Bestrafung wirklich vollkommen sinnlos. Niemand würde sich deshalb verpflichtet fühlen, auch nur einen Penny seiner Schulden zu bezahlen. Die Verlierer würden lediglich beim nächsten Mal irgendwo anders hingehen - nicht auf den Acre, sondern in ein anderes Hinterzimmer in einem anderen Armenviertel. Und der Mann, dem er das Geld schuldig geblieben war, würde es nicht an die große Glocke hängen, um nicht überall sein Gesicht zu verlieren, denn sonst würde ihm in Zukunft niemand mehr seine Schulden bezahlen.

»Übrigens«, fuhr sie fort, »könnte ich mir vorstellen, daß diese Methode wohl mehr als abschreckend ist. Es wundert mich daher, daß ein Toter nicht schon Warnung genug war.«

»Das ist wirklich mehr als verwunderlich.« Er sprach langsam, überdachte das Gesagte noch einmal und verspürte mit einem Mal trotz des Feuers ein unerklärliches Gefühl von Kälte. »Es ist sogar unglaublich.«

Sie schaute ihn nicht an. Das Licht, das auf ihr Kleid fiel, betonte ihre schlanke Figur, als sie sich abwandte. Sie sah nicht viel anders aus, als sie es mit siebzehn getan hatte, und doch hatte er den Eindruck, daß sie unerreichbar war. War sie immer schon so gewesen, und hatte nur seine Selbstzufriedenheit als Vater ihn dazu verleitet zu glauben, sie zu kennen?

»Man haßt niemanden so abgrundtief, nur weil er einem Geld schuldet.« Er nahm das Thema wieder auf, weil er es immer noch nicht für abgeschlossen hielt.

»Vielleicht sind sie wahnsinnig?« Sie zuckte mit den Achseln. »Wer kann das schon wissen? Es ist wirklich eine äußerst scheußliche Angelegenheit, Papa. Müssen wir weiter darüber reden?«

Er hatte eine Entschuldigung auf den Lippen, doch dann änderte er seine Meinung. »Kannst du es wirklich so einfach dabei bewenden lassen?« fragte er statt dessen. »Ich kann es nicht.«

»Den Eindruck habe ich auch.« Sie besaß eine gehörige Portion von Augustas eisiger Verachtung. »Ich kann es sehr wohl. Ich finde das Treiben der Leute im Armenviertel lange nicht so faszinierend wie du. Mir ist die Gesellschaft, in der ich aufgewachsen bin, sehr viel lieber.«

»Ich dachte immer, du fändest sie langweilig?« Er war überrascht darüber, wie hart seine Stimme geworden war. »Das hast du jedenfalls schon oft verlauten lassen.«

Sie hob ihr Kinn ein wenig und wandte sich ab. »Willst du damit etwa andeuten, ich sollte mich auf dem Acre nach ein bißchen Unterhaltung umsehen, Papa?« Ihre Stimme klang spröde. »Ich kann mir nicht vorstellen, daß Alan davon viel halten würde! Und Mama wäre sicher entsetzt.« Sie ging hinüber zur Glockenschnur und läutete. »Ich befürchte, daß mir, wie den meisten anderen Frauen auch, nichts anderes übrigbleibt, als mich mit einem gewissen Maß an Langeweile und einer Menge ermüdender Bagatellen im täglichen Leben abzufinden. Aber ich finde deine Moralpredigten unerträglich schwülstig. Du hast nicht die leiseste Ahnung, warum diese Männer ermordet wurden, und ich kann nicht verstehen, warum du unablässig darüber reden willst, es sei denn, damit du dich dabei überlegen fühlen kannst. Ich habe keine Lust, mich weiter darüber zu unterhalten. Wie Mama schon gesagt hat, es ist unglaublich schmutzig.«

Ein Diener erschien auf ihr Läuten.

»Bitte lassen Sie meine Kutsche vorfahren, Stride«, sagte sie kühl. »Ich möchte gern nach Hause fahren.«

Balantyne verspürte eine Mischung aus Erleichterung und dem Gefühl, sie verloren zu haben, als er sie fortgehen sah. War es der Unterschied zwischen Männern und Frauen oder zwischen zwei unterschiedlichen Generationen, der sich wie ein Abgrund zwischen ihnen auftat, so daß sie einander nicht mehr verstehen konnten? Er hatte den Eindruck, daß es immer weniger Menschen gab, mit denen man sich zwanglos unterhalten konnte und dabei das Gefühl hatte, daß sie über etwas Wichtiges sprachen und nicht nur nichtssagende Höflichkeiten austauschten, an die keiner von ihnen glaubte und die vollkommen unbedeutend waren.

Warum hatte er das Bedürfnis gehabt, mit Christina über die Morde zu sprechen? Oder überhaupt mit jemandem? Es gab tausend andere Dinge, über die man reden konnte, die alle angenehm und interessant oder sogar amüsant waren. Warum mußte es ausgerechnet Devil's Acre sein ... Weil er sich daran erinnerte, was Brandy über die Armut und Qual der Menschen gesagt hatte, und sich den Haß vorstellen konnte, der jemanden dazu treiben konnte, eine Kreatur wie Max umzubringen - auch wenn er nicht verstehen konnte, wie man einen Menschen so grauenhaft zurichten konnte. Er hätte den Mann einfach exekutiert - mit einem Kopfschuß. Aber wenn Max seine Frau oder seine Tochter in seinem Hurenhaus für sich hätte arbeiten lassen, hätte er vielleicht nicht nur das Bedürfnis gehabt, den Mann zu töten, sondern auch, seine Männlichkeit zu vernichten, das Instrument seiner Macht, das Symbol seines Mißbrauchs. Es lag schon eine gewisse Art von Gerechtigkeit darin.

Die Gedanken ließen ihn nicht los. Und es gab niemanden, mit dem er darüber reden konnte, ohne den anderen gegen sich aufzubringen oder als unerträglicher Moralapostel hingestellt zu werden. Ob ihn seine Familie, die Frauen, die er liebte, wirklich nur so sahen? Als unsensiblen Mann, schwülstig und selbstgefällig, besessen von abscheulichen Mordfällen in einer Gegend, von der er nicht das Geringste wußte?

Charlotte sah ihn ganz sicher ganz anders. Sie hatte einen interessierten Eindruck gemacht. Oder war es vielleicht doch nur Freundlichkeit gewesen? Er dachte an die Briefe von Wellingtons jungem Soldaten in Spanien. Sie hatte so getan, als sei sie aufrichtig daran interessiert. War es möglich, daß das Leuchten in ihrem Gesicht nur ein Zeichen ihrer Höflichkeit gewesen war? Ein grauenhafter Gedanke.

Er stand auf, verließ das Zimmer und eilte über den Korridor in seine Bibliothek. Er holte Papier hervor und schrieb einen Brief an Emily Ashworth. Sie war Charlottes Schwester, sie würde sie taktvoll davon in Kenntnis setzen, daß die Briefe des Soldaten für Charlotte bereitlagen, wenn sie das Bedürfnis haben sollte, sie persönlich zu lesen. Er schickte den Diener mit dem Brief fort, bevor er genug Zeit hatte, noch einmal darüber nachzudenken, ob er sich wieder einmal lächerlich machte.

Am folgenden Nachmittag, zum frühest möglichen Zeitpunkt, an dem Besuche akzeptiert wurden, kam das Dienstmädchen mit der

Nachricht herein, daß Miss Ellison im Frühstückszimmer warte, und erkundigte sich, ob der General bereit sei, sie zu empfangen.

Er spürte, wie ihm die Erregung durch den Körper schoß und ihm das Blut ins Gesicht steigen ließ. Wie lächerlich, sie war schließlich nur gekommen, um die Briefe zu sehen. Sie war nicht seinetwegen hier. Sie wäre genauso schnell gekommen, wenn irgendein anderer Mensch die Briefe besessen hätte.

»Ja.« Er schluckte und versuchte, dem Blick des Dienstmädchens so unbefangen wie möglich zu begegnen. »Selbstverständlich. Sie ist gekommen, um sich einige historische Dokumente anzusehen, also führen Sie sie bitte in die Bibliothek, und servieren Sie uns dort den Tee.«

»Ja, Sir.« Falls ihr das Ganze irgendwie merkwürdig vorkommen sollte, ließ sie es sich jedenfalls nicht anmerken.

Er stand auf und zog seine Jacke ein wenig glatter. Ohne nachzudenken, griff er nach seiner Krawatte. Sie schien ihm zu eng. Er lockerte sie ein klein wenig und prüfte im Spiegel, ob sie auch richtig gebunden war.

Charlotte wartete in der Bibliothek. Sie drehte sich um und lächelte, als der General den Raum betrat. Er bemerkte nicht einmal die warmen Rottöne ihres Straßenkleides oder ihre völlig durchnäßten Stiefel. Er sah nur das Leuchten in ihrem Gesicht.

»Guten Tag, General«, sagte sie schnell. »Es ist sehr liebenswürdig von Ihnen, mir zu erlauben, die Briefe zu lesen. Ich hoffe, mein Besuch kommt nicht allzu ungelegen?«

»Nein – überhaupt nicht.« Er hätte sie gern mit ihrem Vornamen angeredet, doch war es undenkbar und viel zu vertraulich, sie darum zu bitten. Er mußte würdevoll auftreten, sonst würde er sie kompromittieren. Er ließ sich seine Freude nicht anmerken. »Ich habe heute keine anderen Verpflichtungen.« Er hatte zwar vorgehabt, sich am Nachmittag mit Robert Carlton zum Tee zu treffen, doch das tat nichts zur Sache. Sie waren alte Freunde, und es war keine offizielle Verabredung gewesen.

»Das ist sehr großzügig von Ihnen.« Sie lächelte immer noch.

»Bitte, setzen Sie sich doch«, sagte er und zeigte auf den großen Sessel vor dem Kaminfeuer. »Ich habe das Mädchen gebeten, uns Tee zu bringen. Ich hoffe, daß Ihnen das recht ist?«

»Sehr gern, vielen Dank.« Sie nahm Platz und legte ihre Füße auf den Rost. Jetzt erst bemerkte er, wie naß ihre Stiefel waren und daß sie sehr abgetragen waren. Er wandte den Blick ab und ging zum Bücherschrank, um die Briefe zu holen.

Sie verbrachten eine halbe Stunde damit, sie gemeinsam zu lesen. Das Mädchen brachte den Tee, Charlotte schenkte ein, und sie versenkten sich wieder in die gänzlich fremde Welt Spaniens zu Beginn des 19. Jahrhunderts. Der Soldat schrieb mit einer so bewegenden Aufrichtigkeit, daß sie seine Gedanken kannten, seine Gefühle teilten, die Nähe der anderen Männer spürten und die Strapazen der Schlacht mitfühlten, ihn auf den endlosen Märschen über die trockenen Hügelketten begleiteten, mit ihm Hunger litten und die langen Stunden mit ihm durchwachten, durchbrochen von plötzlicher Angst.

Schließlich lehnte Charlotte sich zurück und schaute mit weit geöffneten Augen in die Ferne. »Wissen Sie, dieser Soldat hat mir mit seinen Worten einen Teil seines Lebens geschenkt. Ich fühle mich bereichert. Das Leben der Menschen ist auf einen Ort und eine Zeit beschränkt, und ich durfte das Privileg genießen, eine andere Welt so lebendig vor mir zu sehen, als wäre ich selbst dagewesen, aber dann wieder zurückgekehrt, ohne eine Verletzung erlitten und den Preis dafür bezahlt zu haben.«

Er betrachtete ihr Gesicht, das vor Freude glühte, und fühlte sich lächerlicherweise belohnt. Das Gefühl der Einsamkeit verschwand wie das Dunkel der Nacht, wenn die ganze Erde plötzlich der Sonne entgegenwirbelt.

Er ertappte sich dabei, wie er zurücklächelte. Instinktiv streckte er die Hand aus und berührte sie kurz. Ihre Wärme durchströmte ihn, bis er sie im ganzen Körper spüren konnte. Dann zog er widerstrebend die Hand wieder fort. Es war ein Moment, den er nicht auszudehnen wagte. Der intensive Wunsch danach war Warnung genug.

Wie konnte er ihr etwas sagen, das aufrichtig war? Er würde den Augenblick zerstören, wenn er auf Platitüden auswich, auf gewöhnliche Sätze, die jeder benutzte. »Ich freue mich«, sagte er nur. »Mir hat es auch viel bedeutet. Ich hatte das Gefühl, den Soldaten besser zu verstehen als die meisten Menschen, mit denen ich Tag für Tag zusammen bin und deren Leben ich zu kennen glaubte.«

Sie wandte ihren Blick von ihm ab und atmete tief ein. Er betrachtete ihre schlanke Gestalt, ihren Hals, die feinen Konturen ihrer Wangen.

»Mit anderen Menschen zusammenzuleben bedeutet nicht notwendigerweise, daß man sie kennt«, sagte sie nachdenklich. »Im Grunde kennt man sie nur äußerlich.«

Er mußte an Christina denken.

»Man redet sich oft ein, daß andere Menschen sich für dieselben Dinge interessieren wie man selbst«, fuhr sie fort, »und muß manchmal mit Bestürzung feststellen, daß dies gar nicht der Fall ist. Mir gehen beispielsweise die Morde von Devil's Acre einfach nicht aus dem Kopf, obwohl die meisten Leute, die ich kenne, davon nichts mehr hören wollen. Die Umstände erinnern uns an menschliches Elend und Unrecht, das uns unangenehm ist.« Sie wandte sich ihm zu und schaute ihm in die Augen. Es war ihr ein wenig peinlich. »Es tut mir leid, vielleicht finden Sie es sehr ungehörig, daß ich davon gesprochen habe?«

»Ich finde es ungehörig und erschreckend, daß es Menschen gibt, die das Ganze lieber nicht zur Kenntnis nehmen«, sagte er aufrichtig. Würde sie ihn für ebenso selbstgefällig halten wie Christina? Sie konnte kaum mehr als ein paar Jahre älter sein als Christina. Diese Erkenntnis traf ihn wie ein jäher Schlag. Das Blut stieg ihm ins Gesicht, und er fühlte sich befangen. Die Vertrautheit der letzten Stunde war mit einem Mal verflogen. Er war dabei, sich lächerlich zu machen.

»General Balantyne?« Sie klang sehr ernst, ihre Hand berührte seinen Ärmel. »Sie sind doch nicht nur höflich zu mir? Sind Sie wirklich sicher, daß ich Ihnen nicht zu nahegetreten bin, als ich das Thema angeschnitten habe?«

Er räusperte sich. »Natürlich bin ich mir sicher!« Er lehnte sich abrupt in seinen Sessel zurück, wo er weder ihre Wärme spüren noch den schwachen Lavendelgeruch und den frischen Duft ihres Haares und ihrer Haut wahrnehmen konnte. Ein Aufruhr von Gefühlen tobte in seinem Inneren, und er versuchte verzweifelt, ihn mit einem klugen Gedanken zurückzudrängen. Seine Stimme klang wie aus der Ferne. »Ich habe versucht, über das Thema zu reden. Brandy ist sehr engagiert, Alan Ross auch. Aber die Frauen wollen nichts davon hören.« Er trug schon wieder viel zu dick auf.

Aber sie schien es nicht zu bemerken. »Es ist verständlich, daß Christina bestürzt reagiert«, sagte sie ruhig und blickte dabei auf ihre Hände, die in ihrem Schoß lagen. »Schließlich hat sie Sir Bertram Astley gekannt, und sie kennt auch Miss Woolmer, mit der er verlobt war. Es muß für sie viel schmerzlicher sein als für

Sie oder für mich. Und es ist auch nur natürlich, daß die Polizei der Möglichkeit nachgeht, ob Mr. Beau Astley vielleicht seinen Bruder derart beneidet hat, daß er ihm Schlimmes gewünscht hat, da er schließlich sowohl den Titel als auch das Erbe bekommen würde. Und Miss Woolmer ist ihm natürlich auch sehr zugetan - ich glaube, er ist wirklich sehr charmant. Da sie befreundet sind, empfindet Christina bestimmt mit ihm. Seine Lage ist sicherlich qualvoll - immerhin hat er seinen Bruder verloren - und außerdem unangenehm, weil weniger Mitfühlende ihm sicherlich alles mögliche unterstellen werden.«

Er überdachte ihre Worte, doch Christina hatte keinerlei Mitgefühl bekundet. Im Gegenteil, sie hatte sogar den Eindruck erweckt, daß sie die ganze Sache ziemlich ungeduldig machte. Aber wahrscheinlich sprach Charlotte seiner Tochter die Gefühle zu, die sie selbst in ihrer Lage empfinden würde.

»Und natürlich hat dieser abscheuliche Mensch Max Burton früher als Diener in Ihrem Haus gearbeitet«, fuhr sie fort. »Auch wenn einem sein Tod kaum nahegeht, ist es doch für jeden Menschen unangenehm, daß jemand, den man persönlich gekannt hat, auf diese grauenhafte Weise ums Leben gekommen ist.«

»Woher wissen Sie, daß es derselbe Mann ist?« fragte er überrascht. Er konnte sich nicht erinnern, in den Zeitungen irgendwelche Verweise auf die Morde am Callander Square oder Max Burtons frühere Stellung gelesen zu haben. Und Burton war ein recht häufiger Name.

Ihre Wangen färbten sich rot, und sie wandte den Blick ab.

Es tat ihm leid, daß er sie in Verlegenheit gebracht hatte, aber das Bedürfnis nach Aufrichtigkeit zwischen ihnen, die Freiheit, offen das zu sagen, was man wirklich dachte, war ihm ungemein wichtig. »Charlotte?«

»Ich muß gestehen, ich habe mir Klatschgeschichten angehört«, sagte sie ein wenig abwehrend. »Emily und ich haben uns größte Mühe gegeben, die Lebensbedingungen bestimmter Menschen, vor allem der Kinder, die zur Prostitution gezwungen werden, denjenigen zu Ohren zu bringen, die über Einfluß verfügen. Anscheinend kann man keine Gesetze dagegen machen, doch man kann die öffentliche Meinung soweit beeinflussen, daß diejenigen, die diesen Mißbrauch treiben, ihre Lage unerträglich finden!« Jetzt sah sie wieder auf, bereit, ihre Haltung zu verteidigen, und ihre Blicke trafen sich. Keines seiner Argumente würde sie auch nur ein Jota von ihrer Meinung abbringen. Er spürte, wie ihn ein Gefühl der Freude durchströmte, als er sich dessen bewußt wurde.

»Meine Liebe«, sagte er freimütig, »nichts liegt mir ferner als das.«

In ihren Augen zeigte sich ein Flackern von Verwirrung. »Wie bitte?«

»Erwarten Sie etwa nicht, daß ich Ihnen jetzt widerspreche, Ihnen sage, wie sehr ich Ihre Ansichten mißbillige?«

Ihre Züge entspannten sich zu einem Lächeln, und er stellte erschrocken fest, wie sehr er sich danach sehnte, sie in die Arme zu nehmen. Ihre geistige Einheit war ihm nicht genug, es gab Dinge, die gleichzeitig viel zu heftig und viel zu zart waren, um sie durch Worte allein zum Ausdruck zu bringen. Empfindungen, die lange in ihm geschlummert hatten, brachen sich plötzlich mit Gewalt Bahn, zerstörten sein inneres Gleichgewicht. Er wünschte sich, diesen Nachmittag ins Endlose ausdehnen zu können, damit er ihn vor dem Abend bewahrte, wenn Augusta zurückkehren würde und mit ihr Normalität und Einsamkeit.

Charlotte schaute ihn an. Hatte sie diesen Gedanken in seinem Gesicht gelesen? Das Licht in ihren Augen erlosch, und sie wandte ihren Blick ab.

»Nur was dieses Thema betrifft«, sagte sie leise. »Weil ich ganz genau weiß, daß ich recht habe. Es gibt sicher viele andere Dinge, bei denen ich Ihnen beipflichten müßte, wenn Sie mir sagen würden, daß ich einen Fehler mache. Und ich mache Fehler!«

Er verstand nicht, was sie damit meinte, und es war unhöflich, sie danach zu fragen. Doch er glaubte nicht, daß sie es aus Oberflächlichkeit oder falscher Bescheidenheit gesagt hatte. Er spürte, daß sie von einem Gefühl der Schuld gequält wurde.

»Jeder Mensch macht Fehler, meine Liebe«, sagte er sanft. »Bei den Menschen, die wir lieben, sehen wir vor allem die Tugenden, sie sind das wichtigste. Die Eigenschaften, die nicht so positiv sind, pflegen wir tunlichst zu übersehen. Wir wissen darum, aber wir stoßen uns nicht daran. Wenn Menschen keine Schwächen oder Bedürfnisse hätten, gäbe es dann überhaupt etwas, das wir ihnen schenken könnten, was von Wert für sie wäre?«

Sie stand schnell auf, und einen Moment lang hatte er den Eindruck, als stünden ihr Tränen in den Augen. Hatte sie seine Gedanken erraten, wußte sie, was er versuchte, ihr zu sagen – und gleichzeitig nicht zu sagen? Er liebte sie. Endlich war es ihm ganz bewußt geworden.

Aber es wäre unverzeihlich, sie zu kompromittieren. Geschehe was wolle, er mußte sich ihr gegenüber korrekt verhalten. Er drückte die Schultern durch und setzte sich noch aufrechter hin. »Ich finde, Sie und Emily haben sich einer äußerst wichtigen Aufgabe angenommen.« Er hoffte inständig, daß seine Stimme normal klang und nicht zu unvermittelt distanziert oder zu schwülstig.

»Ja.« Sie drehte ihm weiterhin den Rücken zu und blickte wie gebannt hinaus in den Garten. »Lady Cumming-Gould und Mr. Somerset Carlisle, der Parlamentsabgeordnete, setzen sich ebenfalls dafür ein. Ich glaube, wir haben auch schon etwas erreicht.« Endlich wandte sie sich um und lächelte ihn an. »Ich bin so froh, daß Sie unser Engagement gutheißen. Jetzt, wo sie es gesagt haben, muß ich gestehen, daß es mich verletzt hätte, wenn es nicht der Fall gewesen wäre.«

Er fühlte wieder die Glut in seine Wangen steigen, mit einer Mischung aus Freude und Schmerz. Zuerst stand er unbeweglich da, dann nahm er die Briefe des Soldaten vom Tisch. Er konnte es nicht ertragen, sie fortgehen zu lassen, doch es wäre ebenso unerträglich, wenn sie blieb. Er durfte sich nicht verraten. Das Gefühl, das er für sie empfand, war so tief und unberechenbar zugleich, daß er sie wegschicken und allein sein mußte.

»Bitte nehmen Sie sie mit, und lesen Sie sie noch einmal, wenn Sie möchten.«

Sie verstand ihn sofort. Sie nahm die Briefe und bedankte sich. »Ich werde sie in Ehren halten«, sagte sie leise. »Ich empfinde ihn als unseren gemeinsamen Freund. Ich danke Ihnen für den außergewöhnlichen Nachmittag. Guten Tag, General Balantyne.«

Er holte tief Luft. »Guten Tag, Charlotte.« Er griff nach der Klingel. Als der Diener kam, sah er ihr nach, wie sie aufrecht mit hocherhobenem Kopf hinausging. Er blieb lange Zeit stehen, ohne sich zu regen, und versuchte sich vorzustellen, sie sei noch da. Er wollte sich in den goldenen Kokon des wärmenden Gefühls einhüllen, bevor die Einsamkeit ihn wieder umfing.

Balantyne schlief in dieser Nacht schlecht. Er richtete es so ein, daß er nicht zu Hause war, als Augusta zurückkam, und als er schließlich heimkehrte, saß sie bereits am Abendbrottisch.

»Ich verstehe wirklich nicht, wie du um diese Zeit noch spazierengehen kannst«, bemerkte sie mit einem leichten Kopfschütteln. »Es ist stockdunkel draußen und die kälteste Nacht des Jahres.«

»Es macht mir nichts aus«, sagte er. »Ich glaube, bald haben wir wieder zunehmenden Mond.« Es tat überhaupt nichts zur Sache. Er war spazierengegangen, um das Zusammentreffen mit ihr hinauszuzögern und so lange wie möglich seinen Träumen nachhängen zu können, bevor er sich wieder in das tägliche Leben einfügen mußte. Ihr dies erklären zu wollen, wäre gemein, außerdem würde sie ihn ohnehin nicht verstehen. Er schnitt statt dessen ein anderes unangenehmes Thema an.

»Augusta, ich glaube, es wäre angebracht, wenn du dich einmal ernsthaft mit Christina unterhalten würdest, ihr ein wenig mit deinem Rat beistehen würdest.«

Augusta hob die Augenbrauen und blieb wie angewurzelt sitzen, den Suppenlöffel noch auf halbem Weg zum Mund. »Was du nicht sagst. Und worüber soll ich deiner Meinung nach mit ihr sprechen?«

»Über ihr Verhalten Alan gegenüber.«

»Glaubst du etwa, daß Sie ihren Pflichten ihm gegenüber nicht nachkommt?«

»Es ist etwas Grundsätzliches.« Er schüttelte den Kopf. »Pflicht bringt nicht automatisch auch Liebe mit sich. Sie ist eigensinnig, besitzt eine viel zu scharfe Zunge. Ich kann keinerlei Sanftheit bei ihr feststellen. Sie ist beispielsweise ganz anders als Jemima.«

»Natürlich.« Sie führte den Löffel zum Munde und aß langsam weiter. »Jemima wurde zur Gouvernante erzogen. Sie verhält sich daher naturgemäß sehr viel unterwürfiger und dankbarer. Christina dagegen ist eine Lady.«

Es war nicht notwendig, ihn daran zu erinnern, daß Augustas Vater ein Graf gewesen war, sein eigener Vater hingegen nur über militärische Titel verfügt hatte. »Ich habe dabei nur an ihr Glück gedacht«, beharrte er. »Man kann eine Prinzessin sein und doch nicht geliebt werden. Sie würde sich selbst einen besseren Dienst erweisen, wenn sie sich Alan gegenüber ein wenig liebenswürdiger verhielte und ihn weniger als etwas Selbstverständliches betrachten würde. Er ist nicht der Mann, der sich durch Äußerlichkeiten blenden läßt oder dessen Gefühle dadurch verstärkt werden, daß seine Frau Erfolg bei anderen Männern hat.«

Augustas Gesicht wurde plötzlich bleich, ihr Arm erstarrte, ihre Finger verkrampften sich um den Löffel.

»Fühlst du dich nicht wohl?« fragte er verwirrt. »Augusta!«

Sie blinzelte. »Nein - nein, es geht mir ausgezeichnet. Ich habe mich nur gerade ein wenig verschluckt, das ist alles. Wie hast du das gerade gemeint? Christina hat immer gern geflirtet. Für eine hübsche Frau ist das nur natürlich. Alan kann daran wohl kaum Anstoß nehmen.«

»Du sprichst über gesellschaftliche Gepflogenheiten!« Warum schien sie ihn einfach nicht verstehen zu wollen? »Ich dagegen spreche von Liebe, von Zärtlichkeit, von Gemeinsamkeiten.«

Ihre Augen weiteten sich, und er sah darin einen Ausdruck von bitterem Spott, der ihn verwirrte. »Du bist ja ein richtiger Romantiker, Brandon«, sagte sie. »Ich hätte von dir nie etwas so - so Jugendliches erwartet!«

»Du hältst mich wohl für naiv? Ganz im Gegenteil, du und Christina, ihr seid naiv - wenn ihr euch einbildet, daß eine Beziehung bestehen bleiben kann, wenn es darin keine ehrlichen Gefühle und kein gelegentliches Opfer aus Rücksicht auf den anderen gibt. Du kannst jemanden zu einem Geschäftsvertrag überreden, aber niemals zu einem Gefühl.«

Augusta saß minutenlang ganz still da, dachte über seine Worte nach und überlegte sich, was sie darauf antworten könnte. »Ich glaube, wir sollten uns nicht in Dinge einmischen, die uns nichts mehr angehen«, sagte sie schließlich. »Christina ist eine verheiratete Frau. Für ihr Privatleben ist allein Alan verantwortlich, und du würdest nur in seine Rechte eingreifen, wenn du versuchtest, ihr gute Ratschläge zu erteilen, besonders was diese persönlichen Dinge angeht.«

Er war überrascht. Diese Antwort hatte er nun gar nicht von ihr erwartet. »Du meinst, du würdest tatenlos danebenstehen und zusehen, wie sie ihre Ehe zerstört, weil du es als Einmischung ansiehst, ihr einen Rat zu erteilen? Sie hat schließlich nicht aufgehört, unsere Tochter zu sein, als sie Alan geheiratet hat, und unsere Gefühle für sie sind dadurch unverändert!«

»Natürlich sind unsere Gefühle unverändert«, sagte sie ungeduldig. »Aber du kannst nicht umhin zuzugeben, daß Alan jetzt für sie verantwortlich ist, und zwar sowohl in gesetzlicher als auch in gesellschaftlicher Hinsicht. Für eine Frau bedeutet eine Heirat eine weit größere Veränderung ihrer Lebensumstände, als du offenbar einzusehen bereit bist. Was sich zwischen ihnen abspielt, ist ihre Privatangelegenheit, und wir täten großes Unrecht, wenn wir uns einmischen würden.« Sie lächelte matt. »Wäre es dir etwa angenehm gewesen, Brandon, wenn mein Vater dir Ratschläge erteilt hätte, wie du dich mir gegenüber zu verhalten hättest?«

»Ich spreche davon, Christina Ratschläge zu erteilen – nicht Alan!«

»Hättest du denn von deinem eigenen Vater Ratschläge angenommen?«

Dieser Gedanke war ihm völlig neu. Es war ihm nie in den Sinn gekommen, daß ein Außenstehender sich in die privaten Belange seines Lebens einmischen könnte. Es erschien ihm grauenhaft – wie eine Beleidigung!... Aber dies war eine gänzlich andere Situation. Christina war seine Tochter, und er wollte doch nur, daß Augusta, als ihre Mutter, mit ihr sprach, so daß sie ihr Verhalten änderte und sich damit großes Leid ersparte.

Er öffnete den Mund, um ihr all dies zu erklären, sah dann jedoch am Gesichtsausdruck seiner Frau, daß sie ihn genau verstanden hatte. Er lächelte bitter und schaute sie wieder an.

»Ich hätte nicht das geringste dagegen einzuwenden gehabt, wenn deine Mutter dir den Rat gegeben hätte, mehr Zuneigung statt Pflichtgefühl zu zeigen, wenn sie dies für nötig gehalten hätte. Ich weiß nicht einmal, ob sie es nicht vielleicht sogar getan hat!«

»Das hat sie nicht!« sagte Augusta spitz. »Und ich werde Christina auch keinen Rat erteilen, wenn sie mich nicht ausdrücklich darum bittet. Es trotzdem zu tun, würde bedeuten, daß ich genau wüßte, was sich zwischen den beiden abspielt, und würde Erklärungen ihrerseits erforderlich machen, die zutiefst persönliche Angelegenheiten betreffen. Ich werde sie auf keinen Fall in diese peinliche Lage bringen, und ich möchte auch nicht, daß sie mich für neugierig hält.«

Er wußte nicht, was er noch erwidern sollte. Sie lieferten sich ein Wortgefecht, sie sprachen nicht einmal von denselben Gefühlen. Er breitete den Mantel des Schweigens über das Thema und kam auch nicht mehr darauf zurück. Mit Christina selbst konnte er nicht sprechen, er wußte nicht, wie er es anfangen sollte, wie er vermeiden sollte, daß sie ihn auslachte oder sich beleidigt fühlte. Aber er würde mit Alan Ross sprechen.

Balantyne konnte unmöglich warten, bis sich eine passende Gelegenheit ergab, und beschloß daher bereits am folgenden Tag,

Alan Ross aufzusuchen, zu einer Tageszeit, in der Christina sehr wahrscheinlich nicht zu Hause sein würde. Selbst wenn er Pech hatte und sie nicht fort sein sollte, würde es nicht auffallen, wenn er sich bei ihr entschuldigte, um mit Alan Ross allein zu sprechen.

Es war kein Gespräch, auf das er sich freute, denn er hatte nicht die Absicht, um den heißen Brei herumzureden. Da seine eigenen Gefühle ihren gewohnten Panzer aus Worten und Ritualen gesprengt hatten, stellte er erstaunt fest, daß ihm die Vorstellung, aufrichtig mit jemandem zu sprechen, plötzlich gar nicht mehr so unangenehm erschien.

Christina war nicht zu Hause. Alan Ross begrüßte ihn und führte ihn in sein Arbeitszimmer, wo er gerade seine Korrespondenz erledigte. Es war ein gemütlicher Raum, sehr männlich, doch offenbar ein Ort, an dem er viel Zeit verbrachte und persönliche Gegenstände aufbewahrte, die ihm sehr am Herzen lagen und die er häufig benutzte.

Zuerst tauschten sie ein paar Minuten lang Höflichkeiten aus. Normalerweise wäre dies eine bequeme Überleitung zu diversen Themen gewesen, für die sie sich beide interessierten, doch heute war Balantyne viel zu sehr mit dem eigentlichen Grund seines Kommens beschäftigt, als daß er sich auf bloße Gemeinsamkeiten hätte konzentrieren können. Sobald der Diener das Tablett mit Sherry und Gläsern abgestellt und das Zimmer verlassen hatte, wandte er sich an Ross.

»Hast du Bertie Astley gut gekannt?« fragte er.

Alan Ross schien zu erbleichen. »Nicht besonders gut«, sagte er leise.

Balantyne wartete, unsicher, wie er fortfahren sollte. Verbarg sich hinter der höflichen Antwort eine schmerzhafte Erinnerung an Christinas Lachen und Flirten, ihr Bedürfnis nach Unterhaltung? Plötzlich stellte er sich die beiden Astleys als witzige, elegante Männer vor, auf eine Weise amüsant, die Alan Ross nie beschieden gewesen war. Er war ein ernster Mann, tiefgründig und verschlossen.

»Ich habe ihn nie persönlich kennengelernt«, fuhr Balantyne fort. »Glaubst du, daß er den Ort, an dem man ihn gefunden hat, aus eigenem Antrieb aufgesucht hat?«

Ross lächelte schwach, und seine blauen Augen sahen Balantyne offen an. »Das würde mich wundern. Er schien mir bei den Gelegenheiten, an denen wir uns sahen, immer äußerst normal.«

»Du meinst, er hat viel geflirtet?«

Ross lächelte nachsichtig. »Nicht mehr als jeder andere junge Mann auch, der bereits die Schlinge der Ehe um den Hals trägt und seine Freiheit noch einmal ganz auskosten will, solange er die Möglichkeit dazu hat. Die Mutter von Miss Woolmer hat einen eisernen Griff.«

Balantyne erinnerte sich an seine eigenen letzten Wochen der Freiheit, bevor er bei Augustas Vater um ihre Hand angehalten hatte. Er hatte natürlich gewußt, daß er es tun würde, aber es war dennoch verführerisch gewesen, sich mit dem Gedanken zu tragen, es nicht zu tun, und in der Vorstellung die ganzen Möglichkeiten durchzuspielen, die ihm für immer verschlossen bleiben würden.

Er schaute zu Ross hinüber, und ihre Blicke trafen sich. Sie verstanden einander auch ohne Worte. »Ich nehme an, Christina nimmt seinen Tod sehr schwer.« Es war eher eine Feststellung als eine Frage. Es hätte die Anspannung erklärt, die er an ihr bemerkt hatte. Sie haßte Trauer und würde mit ihrem Kummer auf ihre Weise fertigwerden.

»Nicht besonders, obwohl sie ihn wohl ziemlich gern hatte«, antwortete Ross. Er hatte sich abgewandt, und sein Gesicht sah angespannt aus. »Sie hat viele Leute gern gehabt«, sagte er leise.

Balantyne fühlte, wie ihm der Schweiß auf die Stirn trat. Gern gehabt? War das eine beschönigende Umschreibung für etwas sehr viel Derberes und Anstößigeres? Oder waren es nur seine eigenen starken Gefühle für Charlotte, die Sehnsucht nach ihrem Körper, die sein Gesicht schon bei der bloßen Erinnerung brennen ließen, die seinen Kopf mit häßlichen Gedanken über Christina füllten? War sie von demselben Hunger besessen, spürte aber dabei keine Liebe?

Er betrachtete Ross' Gesicht, das immer noch dem Feuer zugewandt war. Wie er bereits seit längerem bemerkt hatte, war es ein verschlossenes Gesicht, markant, aber mit einem sehr sensiblen Mund. In die Intimsphäre dieses Menschen einzudringen, wäre unverzeihlich.

In diesem Moment glaubte Balantyne, das zu verstehen, was Ross niemals in Worte fassen würde: Christina hatte ihn betrogen. Wie es dazu gekommen war, würde er niemals erfahren. Vielleicht hatte Ross zuviel von ihr erwartet, eine Reife, eine Empfindsamkeit, derer sie nicht fähig war. Vielleicht hatte er sie mit Helena Doran verglichen. Ein Fehler – man durfte niemals eine Frau mit einer anderen vergleichen. Und doch, du lieber Gott, wie leicht beging man diesen Fehler, wenn man einmal geliebt hatte! Gab es nicht auch tief in seinem Innern die Erinnerung an Charlottes Augen, die ihn anschauten, ein Bild, an dem sich von nun an alle anderen Beziehungen messen würden – und unweigerlich scheitern mußten?

Er mußte an Christina denken. Als junge Braut war sie vielleicht verwirrt gewesen, verletzt, hatte nicht gewußt, was sie falsch gemacht hatte, womit sie Ross verärgert hatte. Ein Mann sollte eine Frau immer behutsam behandeln, geduldig warten können, bis sie sich an dieses vollkommen neue Leben gewöhnt hatte ... Die körperliche Seite ... Ein anderer Gedanke schoß ihm durch den Kopf. War es denn überhaupt etwas Neues für Christina gewesen? Er erinnerte sich plötzlich wieder an die Zeit, als die Morde am Callander Square geschehen waren, Dinge, die Augusta mit ihm niemals besprochen hatte. Sie hatte so viel aushalten müssen, so viel Stärke gezeigt – nur ihm hatte sie nie etwas erzählt.

Suchte Christina bei anderen Männern die Bestätigung, daß sie begehrenswert war, weil ihr Gatte, den sie liebte, sie abgelehnt und aus seinem Leben ausgeschlossen hatte? Oder war sie nur eine eitle untreue Frau, die mit einem einzigen Mann nicht genug hatte?

Doch wie stark die Begierde auch sein mochte, die eheliche Treue war doch ganz bestimmt ...

War er denn Augusta wirklich treu? Es war die Erkenntnis gewesen, daß er Charlotte damit verletzen würde, die ihn gestern zurückgehalten hatte, als er sie berühren, sie umarmen wollte – und ... Und was? Er war zu allem bereit gewesen! Und es war seine Eitelkeit gewesen, die Angst, Zurückweisung in Charlottes Augen zu lesen, ihr Entsetzen, wenn sie erkannt hätte, was er wirklich ersehnte. An Augusta hatte er dabei keine Sekunde gedacht.

Und außerdem wäre Charlotte zutiefst verletzt gewesen, wenn sie gewußt hätte, welche Stürme sie in ihm entfacht hatte. Er hätte sie verloren, sie würde ganz bestimmt nie wieder zum Callander Square kommen, niemals mehr mit ihm allein sein, so daß er nicht einmal mehr die Süße ihrer Freundschaft genießen konnte. Hätte er sich in ihren Augen lächerlich gemacht? Oder noch schlimmer, hätte sie Mitleid für ihn empfunden? Er verwarf den Gedanken wieder. Wenn man liebte, war man niemals lächerlich.

Aber wie stand es mit Christina? Hatte sie diese Leidenschaft von ihm geerbt? Er hatte mit ihr nie über Treue oder Sittsamkeit gesprochen, er hatte alles Augusta überlassen. Es stand einer Mutter an, die Tochter mit ihren Pflichten als Ehefrau vertraut zu machen. Wenn er als Vater diese Aufgabe übernommen hätte, wäre dies nur ungehörig erschienen und hätte alle in Verlegenheit gebracht.

Doch er hätte von Keuschheit sprechen können – von moralischen Prinzipien. Und doch hatte er es nie getan. Vielleicht war er Christina dadurch vieles schuldig geblieben? Und der Himmel allein wußte, was er Alan Ross schuldig geblieben war! Er schaute auf, und ihre Blicke trafen sich. Ross sah ihn abwartend an. War es möglich, daß er ahnte, was ihm alles durch den Kopf gegangen war?

»Sie kennt Adela Pomeroy«, sagte Ross mit einem leichten Stirnrunzeln, als verwirre ihn diese Tatsache.

Der Name sagte Balantyne überhaupt nichts. »Adela Pomeroy?« wiederholte er.

»Die Frau des Mannes, der als letzter auf dem Acre ermordet wurde – der Schullehrer«, erklärte Alan Ross.

»Oh.« Er dachte einen Moment lang nach. »Wie in aller Welt kommt Christina denn an die Frau eines Schullehrers?«

»Sie ist eine hübsche Frau«, antwortete Ross gequält. »Und gelangweilt. Ich glaube, sie hat Abwechslung gesucht, indem sie ihr« – er machte eine vage Handbewegung – »gesellschaftliches Umfeld erweitert hat.«

Was konnte er nur damit meinen? Tausende von Frauen litten sicherlich hin und wieder einmal an Langeweile. Man konnte doch unmöglich in höheren Kreisen verkehren, wenn man nicht ausnehmend hübsch und noch dazu willens war ... Dann war Adela Pomeroy also ebenfalls eine untreue Frau? Doch wenn dies zutraf, warum hatte man dann Ernest Pomeroy ermordet? Hätte es nicht eigentlich Adela sein müssen? Und Bertie Astley – war er Adelas Liebhaber gewesen? Und in welcher Beziehung stand der Arzt zu diesen Menschen?

Waren sie alle Opfer desselben Wahnsinnigen geworden? Oder vielleicht war eines der Opfer umgebracht worden, damit es so aussah, als sei es wieder derselbe Mörder gewesen, eine günstige Gelegenheit, die jemand ganz bewußt für seine Zwecke genutzt hatte? Um an einen Titel zu kommen oder sich eines langweiligen Ehemannes zu entledigen oder vielleicht sogar – und bei diesem Gedanken brach ihm am ganzen Körper der Schweiß aus –, um einen Mann zu beseitigen, der einen zum Hahnrei gemacht hatte, der einen entehrt hatte.

»Was weißt du über die Gattin des Arztes?« fragte er heiser und schluckte.

Ross sah zur Seite. »Gar nichts. Warum fragst du?«

Balantynes Gesicht war wie erstarrt. »Aus keinem bestimmten Grund. Ich habe nur meine Gedanken schweifen lassen«, sagte er matt. Er zwang sich, den Gedanken wieder zu vergessen, er war eines solchen Mannes unwürdig.

Ross bot ihm Sherry an, doch er lehnte dankend ab. Die Wärme würde nicht stark genug sein, um bis in sein Innerstes vorzudringen. Er bemerkte, daß Ross sich selbst auch nichts einschenkte. Wie lange wußte er bereits von Christinas wahrer Natur? Er konnte es unmöglich schon gewußt haben, als er sie geheiratet hatte. War die Erkenntnis ganz allmählich gereift, wie ein ständig anschwellender Schmerz? Oder durch eine plötzliche Entdeckung, wie eine brennende Wunde?

Er schaute Ross an. Es wäre unverzeihlich, mit ihm weiter über dieses Thema zu sprechen. Es war seine ganz persönliche Tragödie, und was immer Balantyne auch erraten mochte, er mußte darüber schweigen. Er würde es nicht ertragen, wenn Ross - auch nur für den Bruchteil einer Sekunde - von den Gedanken, die ihm durch den Kopf geschossen waren, erfuhr.

Er wollte fortlaufen, in irgendeine Traumwelt, wo er mit Charlotte zusammensein konnte, mit ihr sprechen, ihr Gesicht betrachten und sie berühren konnte, alles Erdenkliche mit ihr teilen konnte.

Ganz bestimmt wäre Alan Ross auch gern an so einem Ort gewesen, mit jemandem, der rein und großzügig war. Doch er wußte um seine Pflichten, und bisher hatte er immer den Mut aufgebracht, sie zu erfüllen.

Balantyne saß ganz ruhig da. Er suchte verzweifelt nach Worten, nach Sätzen, die er sagen konnte, um Ross das Gefühl zu geben, daß er nicht allein war, daß er für ihn die größte Bewunderung hegte, daß er nicht etwa Mitleid mit ihm empfand, sondern aufrichtige Zuneigung, eine Art väterliche Liebe. Doch es wollten ihm nicht die richtigen Worte einfallen, alles, was er hätte sagen können, klang abgedroschen. Nichts davon wäre seinem Schmerz gerecht geworden.

Die beiden Männer saßen lange beisammen, die unberührte Karaffe mit Sherry zwischen sich. Die Holzscheite im Kamin sanken allmählich in sich zusammen. Schließlich erhob sich Balantyne. Christina würde sicherlich bald nach Hause kommen, und er wollte ihr nicht begegnen.

Sie verabschiedeten sich mit konventionellen Floskeln, er sagte genau das, was er sonst auch immer sagte, und Ross antwortete auf die gewohnte Weise. Doch einen Moment lang, als sie einander die Hand gaben, hatte er den Eindruck, daß Ross das, was er ungesagt gelassen hatte, sehr wohl verstanden hatte – zumindest die guten Gedanken. Und es würde andere Treffen geben, andere Gelegenheiten, bei denen er seine Fürsorge zeigen, Ross fühlen lassen konnte, daß er ihn mochte, nicht einfach so, sondern weil er genau dieselbe Einsamkeit empfand, sich genau wie er seinen Verpflichtungen beugte, die ihn zerstören würden, wenn er sie aufgab.

»Guten Tag, Sir«, sagte Ross mit einem schwachen Lächeln. »Vielen Dank für den Besuch.«

»Guten Tag, Alan. War nett, dich zu sehen.«

Keiner der beiden erwähnte die Frauen. Sie bestellten keine Grüße, ließen nichts ausrichten.

Balantyne verließ das Haus und ging hinaus in die schneidende Kälte des Winternachmittages. Er war ohne Kutsche gekommen. Er zog die Einsamkeit und die körperliche Bewegung vor, genoß den Wind, der ihm ins Gesicht peitschte. Wenigstens würde der Heimweg auf diese Weise länger dauern.

Kapitel 10

Charlotte erzählte Pitt nicht, daß sie General Balantyne wieder aufgesucht hatte. Sie hatte bisher über keinen ihrer Besuche gesprochen, doch sie wußte, daß er es ahnte. Seitdem man ihn bleich und mit blutdurchtränkter Kleidung aus dem Krankenhaus zurückgebracht hatte, war ihr bewußt geworden, daß er den Mörder von Devil's Acre unter allen Umständen finden wollte, selbst wenn er dabei sein Leben aufs Spiel setzte. Bei dem Gedanken, wie nahe er dem Tode gewesen war, wurde ihr kalt. Normalerweise schob sie solche Vorstellungen immer weit von sich - die Möglichkeit, daß er verletzt oder sogar getötet werden könnte. Sie versetzten sie nur in Angst und Schrecken, und es gab nichts, was sie tun konnte, um ihn zu schützen.

Sie wußte, daß er strikt dagegen war, daß sie sich mit dem Fall beschäftigte, selbst wenn sie nur die Balantynes besuchte. Außerdem hatte sie inzwischen schon Schuldgefühle, weil sie es so genossen hatte, Emilys kostbare Kleider zu tragen und in riesigen Räumen voll Licht, Musik und leuchtenden Farben herumzuwirbeln. Es war wunderbar, anzugeben und sich bewundern zu lassen - wenigstens ein ganz kleines bißchen!

Sie mochte General Balantyne wirklich sehr. Doch sie war unbedacht und töricht gewesen. Sie hätte niemals erwartet, daß er mehr für sie empfinden würde als dieselbe Freundschaft, die sie selbst ihm entgegenbrachte. Natürlich hatte sie sich gewünscht, daß er sie bewundern, sie attraktiv und aufregend finden möge, doch sie hatte nicht wirklich damit gerechnet.

Bei ihrem letzten Treffen hatte sie in seinem Gesicht den zärtlichen, zutiefst vertraulichen Ausdruck gesehen, unbeirrbar und auf rührende Weise nackt. Sie wußte, daß es sich jetzt nicht mehr um ein Spiel handelte, um eine Rolle, in die man hineinschlüpfen und die man nach Belieben wieder ablegen konnte.

Es war natürlich völlig undenkbar, mit Pitt darüber zu sprechen. Als er abends müde und durchgefroren nach Hause kam, mit Schmerzen in der Seite, daß er sich kaum bewegen konnte, brachte sie ihm sein Abendbrot auf einem Tablett ins Wohnzimmer und leistete ihm schweigend Gesellschaft.

Schließlich waren jedoch Neugier und Angst stärker als ihr guter Wille, und wie üblich trug ihre Zunge den Sieg davon. »Hast du schon herausgefunden, was die Opfer miteinander gemeinsam haben?« fragte sie und bemühte sich, nicht allzu neugierig zu klingen.

Er sah sie mißtrauisch an und schob das Tablett fort. »Vielen Dank, das war sehr lecker.«

Sie wartete.

»Nein!« sagte er nachdrücklich. »Sie hatten alle geschäftlich auf dem Acre zu tun, und wir haben bisher niemanden finden können, der sie alle gekannt hat.«

»Geschäftlich?« fragte sie und versuchte, Ruhe zu bewahren. Davon hatte er ihr noch gar nichts gesagt. »Max hatte ein Bordell. Aber was war mit den anderen?«

»Pinchin hat Abtreibungen vorgenommen.«

»Hat er für Max gearbeitet?« unterbrach sie ihn ungeduldig.

»Soweit ich weiß nicht, aber es wäre durchaus möglich.«

»Dann hat vielleicht eine dieser feinen Damen ...« Sie hielt erschreckt inne. Ganz abgesehen von der Tatsache, daß es keine besonders gute Theorie war, hatte sie sich durch ihr Interesse verraten – und sich damit jede weitere Information, die er ihr vielleicht zu geben bereit gewesen wäre, verscherzt. »Entschuldige bitte.«

»Angenommen.« Sein Mund verzog sich zu einem langsamen Lächeln. Er schloß die Augen und ließ sich tiefer in seinen Sessel sinken.

Charlotte zwang sich mit aller Kraft zur Geduld. Sie versuchte, ein ruhiges Gesicht aufzusetzen, und zählte langsam bis hundert, bevor sie wieder etwas sagte. »Und was ist mit Pomeroy? Sag bloß nicht, er hat versucht, Prostituierten Buchführung beizubringen?«

Sein Lächeln wurde noch breiter, verschwand jedoch mit einem Mal. »Nein, er war ein Päderast ... Ein armseliger Kinderschänder!«

Weitere hundert Sekunden vergingen. »Oh«, sagte sie schließlich.

»Und Bertie Astley hat eine ganze Häuserzeile gehört, Mietskasernen, Sweat-Shops und eine Kneipe«, fügte er hinzu. »Jetzt weißt du alles, und tun kannst du nicht das Geringste.«

Sie versuchte, sich Pomeroy vorzustellen. Was mochte das nur für ein Mann sein, der nach den unfertigen Körpern von Kindern lechzte, die nichts anderes brauchten als Geborgenheit, Zuneigung und Schutz? Sie hatten keine Erwartungen an ihn gestellt und waren weder fähig zu begehren noch zu tadeln. Ganz bestimmt hätten sie ihn niemals ausgelacht, wenn er sich ungeschickt angestellt oder versagt hatte.

Und die armen Kinder, die ängstlich auf die Nacht warteten, darauf, daß wieder irgendein Fremder kam und ihre kleinen Körper streichelte und aus unverständlichen Gründen immer erregter wurde, bis er sich schließlich in einem verzweifelten, gewaltsamen Akt an ihnen befriedigte, den die Kinder nicht verstanden und dennoch über sich ergehen lassen mußten. Trotz des Feuers begann sie zu frieren, kauerte sich zusammen, als fühle sie sich bedroht, spürte Übelkeit in sich aufsteigen.

»Denk nicht weiter daran«, kam Pitts beruhigende Stimme aus dem Sessel ihr gegenüber. Er hatte die Augen wieder geöffnet und schaute sie an. »Pomeroy lebt nicht mehr. Und gegen den Mißbrauch von Kindern kannst du nichts tun.«

»Das weiß ich.«

»Dann denk auch nicht weiter daran.«

Charlotte konnte nicht untätig herumsitzen. Sobald Pitt am nächsten Morgen das Haus verlassen hatte, gab sie Gracie die nötigen Anweisungen, zog ihr wärmstes Cape an und begab sich zur Omnibushaltestelle, wo sie in den nächsten Bus einstieg, der in Richtung Paragon Walk fuhr.

»Nun?« fragte Emily sofort, als sie ihre Schwester sah. »Was hast du herausgefunden?«

Sie berichtete Emily von dem Überfall auf Pitt. Sie hatten sich nicht mehr gesehen, seit es passiert war.

»Wie furchtbar! Oh, meine Liebe, das tut mir aber leid! Geht es ihm wieder besser? Braucht ihr irgend etwas? Kann ich etwas für euch tun?«

»Nein, vielen Dank. Oh ...« Das Angebot war zu verlockend, um es auszuschlagen. »Doch, wenn du vielleicht eine gute Flasche Portwein hättest.«

»Portwein?«

»Ja, ein exzellentes Stärkungsmittel, besonders bei diesem Wetter.«

»Willst du nicht lieber eine Flasche Brandy?« Emily war gerade in Geberlaune, außerdem mochte sie Pitt wirklich gern.

»Nein, vielen Dank. Portwein genügt vollkommen. Aber du kannst mir gern zwei Flaschen geben, wenn du magst.«

»Hat er etwas herausgefunden? Ist es der Schlächter von Devil's Acre gewesen? Hat er ihn erkannt?«

»Er glaubt, daß es nur ganz gewöhnliche Diebe gewesen sind. Aber er weiß inzwischen schon eine ganze Menge.« Sie schilderte ihr die Gründe, die Pinchin und Pomeroy auf den Acre geführt hatten.

Emily saß einige Minuten schweigend da. »Das erklärt vielleicht, warum Adela Pomeroy sich in der feinen Gesellschaft ihre Liebhaber gesucht hat«, sagte sie schließlich. »Die arme Frau. Aber was immer ihr Gatte auch verbrochen hat, es ist keine Entschuldigung dafür, sich mit einer Kreatur wie Max einzulassen!«

»Bist du ganz sicher, daß Adela Pomeroy sich ihre Liebhaber in der feinen Gesellschaft gesucht hat?« fragte Charlotte und bereute es augenblicklich. Sie hatte Angst vor der Antwort. »Aber selbst wenn sie es getan haben sollte, bedeutet es noch lange nicht, daß sie etwas mit Max zu tun hatte!«

»Nein, das weiß ich auch. Aber ich habe mir in den letzten Tagen große Mühe gegeben herauszufinden, wer genau zu diesem Kreis gehört.«

»Emily! Du hast doch nicht etwa ...«

»Nein, ganz sicher nicht!« sagte Emily frostig. »Was mich auf ein anderes Thema bringt. Nachforschungen anzustellen ist eine Sache, Charlotte, aber du hast dich General Balantyne gegenüber vollkommen verantwortungslos verhalten. Du tadelst Christina Ross, weil sie herumflirtet, völlig zu Recht übrigens, doch der einzige Unterschied zwischen dir und ihr besteht darin, daß du deine Aufmerksamkeit auf einen einzigen Mann beschränkst! Und das macht die Sache beileibe nicht besser. Wenn man bedenkt, was du damit anrichten kannst, macht es alles sogar nur noch schlimmer.«

Charlotte überkam eine brennende Scham, die so stark war, daß sie es nicht fertigbrachte, Emily anzusehen. Sie hatte bereits selbst eingesehen, daß sie einen schlimmen Fehler begangen hatte, doch

Emilys Vorhaltungen machten es noch schmerzlicher. »Ich habe es nicht mit Absicht getan«, sagte sie abwehrend.

»Unsinn!« brauste Emily auf. »Du hast ein Abenteuer gewollt, und dann hast du dich hineingestürzt. Du hast die Konsequenzen nicht bedacht, weil du dir einfach nicht die Mühe gemacht hast, genau hinzusehen!«

»Wenn du wirklich so ungemein schlau bist, warum hast du es mir dann nicht gesagt?« verlangte Charlotte zu wissen und versuchte, den Kloß im Hals herunterzuschlucken.

»Weil ich es auch nicht vorausgesehen habe«, gab Emily zu. »Woher sollte ich wissen, daß du dich wie ein kompletter Idiot aufführen würdest? Du hast doch schließlich dein Leben lang nie richtig flirten können!«

»Ich habe nicht geflirtet!«

»Doch, das hast du!« Emily seufzte und schloß die Augen. »Vielleicht bist du nur zu dumm, um deinen eigenen Erfolg zu sehen, soviel gestehe ich dir noch zu. Aber in Zukunft nehme ich dich nie mehr mit, wenn wir ausgehen. Du bist eine Katastrophe.«

»Doch, das wirst du, denn du könntest es gar nicht ertragen, übergangen zu werden, wenn es wieder einen Mord in der Gesellschaft gibt und Thomas die Ermittlungen leitet.«

Emily drehte sich um und schaute sie an.

»Ich weiß, daß ich mich schlecht benommen habe«, fuhr Charlotte fort. »Das brauchst du mir gar nicht erst zu sagen. Ich würde am liebsten alles ungeschehen machen, wenn ich nur könnte.«

»Aber das kannst du nicht! Wir können nur noch versuchen, das Beste daraus zu machen. Was hast du sonst noch herausgefunden? Ich frage mich schon die ganze Zeit, ob die Morde alle von ein und derselben Person begangen wurden. Oder, was noch schlimmer wäre, ob nur einer von ihnen wirklich wichtig war.«

»Was meinst du damit – wirklich wichtig? Wie kann ein Mord unwichtig sein?«

»Ob nur einer für den Mörder wichtig war«, sagte Emily bestimmt. »Angenommen, Beau Astley wollte seinen Bruder wegen des Geldes umbringen? Ich nehme an, es geht um sehr viel Geld. Wenn er Bertie ganz einfach aus dem Weg geräumt hätte, wäre natürlich der Verdacht zuallererst auf ihn gefallen. Aber wenn Bertie nur eines von mehreren Opfern ist und die anderen Morde mit Beau nicht das geringste zu tun haben.«

»Das wäre ja grauenhaft!«

»Das weiß ich. Und ich kann Beau immer besser leiden, je öfter ich ihn sehe. Aber Mörder, selbst Wahnsinnige, sind nicht unbedingt abstoßende Menschen. Was man leider von vielen angesehenen und geistig gesunden Personen nicht sagen kann.«

Charlotte konnte ihrer Schwester nur zustimmen. »Bertie Astley besaß eine ganze Häuserzeile auf dem Acre. Daher kommt das ganze Geld der Astleys.«

»Oh.« Emily stieß einen Seufzer aus. »Ich nehme an, das hätte ich mir eigentlich denken können.«

»Das hätte uns auch nicht viel weitergebracht.«

»Wen hat Thomas in Verdacht?«

»Das will er mir nicht sagen.«

Emily dachte eine Weile lang schweigend nach.

»Ich frage mich allerdings . . .«, fing Charlotte an.

»Was denn?«

»Ich bin mir nicht sicher.« Sie dachte an Christina. Ob Christina nicht vielleicht auch eine von Max Burtons Frauen gewesen war – jung, abenteuerlustig, unbefriedigt, weil Alan Ross ihr nicht die leidenschaftliche, totale Liebe entgegenbrachte, die sie wollte, weil ihr sein innerstes Wesen immer verschlossen bleiben würde. Hatte sie nach anderen Männern gesucht, um Selbstbestätigung zu erhalten, und war auf diese Weise von einer Affäre in die andere geraten, in eine endlose Reihe von Abenteuern?

Und wenn Ross es herausgefunden hatte . . . Und was sprach eigentlich dagegen? Es wäre sicher nicht sehr schwer gewesen, wenn er Verdacht geschöpft hätte.

»Stell dich nicht so dumm an«, sagte Emily ungeduldig. »Natürlich bist du sicher. Du magst dich vielleicht irren, aber du weißt ganz bestimmt, was du denkst!«

»Nein, das weiß ich nicht.«

»Also wirklich, Charlotte!« Emilys Gesicht wurde weicher. »Du kannst dir doch selbst nichts vormachen – nicht, wenn du etwas erkannt hast. Es könnte natürlich auch Balantyne gewesen sein.«

»Der General!« Charlotte war entsetzt. »O nein! Nein, er ist es ganz bestimmt nicht gewesen!«

»Und warum nicht?« sagte Emily leise. »Wenn Christina eine von Max' Frauen ist, hat er die Schande vielleicht nicht ertragen. Er ist an Disziplin und höchste Opfer gewöhnt. Soldaten, die ihrer Ehre verlustig gehen, suchen sich ein Gewehr und geben sich selbst eine ehrenhaften Tod. Irgendwie stellt es für sie das Gleichgewicht wieder her - man bringt ihnen wieder eine Art Hochachtung entgegen. Das würde er doch für Christina tun, glaubst du nicht?«

»Aber Christina ist doch gar nicht erschossen worden! Warum hätte er all die anderen umbringen sollen? Das ergibt doch gar keinen Sinn!« Ihr Protest stand auf tönernen Füßen, und sie wußte es.

»Natürlich ergibt es Sinn.« Emily streckte die Hand aus und berührte Charlotte. »Er hat in Afrika gekämpft, nicht? Er hat alle möglichen grausamen Rituale und Unmenschlichkeiten gesehen. Vielleicht kommt ihm das alles gar nicht so schrecklich vor. Vielleicht ist Max zu ihr zurückgekommen, hat sie auf einer Party oder sonst irgendwo gesehen und sie angesprochen - und sie hat wie die anderen für ihn gearbeitet. Das wäre Grund genug gewesen, Max umzubringen und ihn auf diese Weise zuzurichten.«

»Aber warum Bertie Astley?« Es war eine törichte Frage. Die Antwort lag auf der Hand - er war ihr Liebhaber gewesen. Emily machte sich nicht einmal die Mühe zu antworten.

»Schon gut - aber warum Pinchin?« fuhr Charlotte fort.

»Vielleicht hat er eine Abtreibung bei ihr vorgenommen, und vielleicht kann sie deshalb keine Kinder mehr bekommen.«

»Und Pomeroy? Was ist mit ihm? Er mochte doch nur Kinder!«

»Das weiß ich auch nicht. Vielleicht hat er davon gewußt. Vielleicht hat er etwas gesehen.«

»Das glaube ich nicht. Ich glaube einfach nicht, daß General Balantyne so etwas tun würde, so etwas tun könnte!«

»Natürlich nicht. Du willst es nicht glauben. Aber, liebe Charlotte, manchmal können die Menschen, die uns sehr teuer sind, grausame Dinge tun. Weiß der Himmel, wir selbst tun es ja auch - häßliche, dumme, verletzende Dinge. Vielleicht war die Ursache nur ein kleiner Fehler, der dann zu einem ...«

Charlotte atmete tief und lange ein und schüttelte den Kopf. Sie konnte ihre Tränen nur mit Mühe unterdrücken.

»Ich kann es nicht glauben. Es hätte Alan Ross sein können. Er hatte mehr Grund dazu, und er hatte mehr Möglichkeiten, alles zu entdecken. Genausogut hätte es auch ein anderer Ehemann sein können. Wir müssen unbedingt mehr herausfinden! Wenn es uns gelingt, wird sich herausstellen, daß es weder der General noch Alan Ross gewesen ist. Wer gehört sonst noch zu diesen Kreisen?«

»Eine ganze Menge Personen. Ich habe dir bereits ein Dutzend oder mehr genannt.«

»Dann müssen wir herausfinden, wer die Ehemänner, Väter, Brüder und Liebhaber sind, und feststellen, wo sie in den jeweiligen Mordnächten gewesen sind.«

»Wäre es nicht einfacher, Thomas diese Arbeit zu überlassen?« schlug Emily vernünftigerweise vor.

»Ich kann ihm unmöglich sagen, daß wir uns eingemischt haben. Er ist über das wenige, was er weiß, schon wütend genug. Du brauchst nicht herauszufinden, wo sie an allen betreffenden Abenden gewesen sind - einer reicht schon!«

»Ach, wie nett! Das macht es natürlich bedeutend einfacher - nichts leichter als das! Und was machst du in der Zwischenzeit?«

»Ich suche General Balantyne auf. Ich werde beweisen, daß er es nicht gewesen ist. Und auch nicht Alan Ross.«

»Charlotte - sei bitte vorsichtig!«

Charlotte schenkte ihr einen vernichtenden Blick. »Was erwartest du denn, daß sie mir antun könnten? Im allerschlimmsten Fall könnten sie ein bißchen lügen. Aus der Gesellschaft können sie mich wohl kaum ausstoßen, da ich sowieso nicht mehr dazugehöre. Kümmere du dich lieber um deine eigenen Nachforschungen. Wenn du nett zu George bist, kannst du ihn vielleicht dazu bringen, dir dabei zu helfen. Guten Tag.«

Sie traf genau zur üblichen Besuchszeit am Hause der Balantynes ein, zum einen, weil man sie um diese Zeit ohne Umschweife hereinbitten würde, doch vor allem, weil sie davon ausgehen konnte, daß der General wahrscheinlich allein zu Hause sein würde. Lady Augusta war sicher unterwegs und machte selbst Besuche.

Der Diener öffnete die Tür und sah sie erwartungsvoll an.

»Guten Tag«, sagte sie bestimmt. Um Himmels willen, sie durfte nicht vergessen, daß er sie nur als Miss Ellison kannte! Sie hätte sich um ein Haar als Mrs. Pitt melden lassen. Diese Lüge würde sie erklären müssen, doch daran konnte sie im Augenblick nicht denken.

»Guten Tag, Miss Ellison«, sagte der Diener höflich. Falls er ihre einfache Kleidung oder ihre nassen Stiefel bemerkt haben sollte, ließ er sich nichts anmerken. »Ihre Ladyschaft ist momentan außer Haus, doch der General ist daheim, und Miss Christina ebenfalls.« Er hielt wortlos die Tür für sie auf.

Charlotte nahm das Angebot bereitwillig an, in der Hoffnung, er werde ihre Eile dem schneidenden Wind und dem heftigen Schneetreiben zuschreiben und nicht ihrem unschicklichen Besuchseifer.

»Vielen Dank«, sagte sie und versuchte, statt dessen wenigstens ihrer Stimme eine gewisse ausgleichende Würde zu verleihen. »Ich wäre sehr dankbar, wenn ich mit dem General sprechen könnte, wenn dies genehm ist.« Sie hatte sich bereits eine gute Erklärung zurechtgelegt. »Es handelt sich um die Briefe aus dem Krimkrieg, die er mir geliehen hat.«

»Selbstverständlich, Ma'am, wenn Sie mir bitte folgen wollen.« Er schloß die Tür vor dem Schneegestöber und der einsetzenden Dämmerung und führte sie in das Herrenzimmer. Es war leer, doch im Kamin brannte prasselnd ein Feuer. Höchstwahrscheinlich befand sich der General in der Bibliothek, und Christina leistete ihm Gesellschaft. Mit dieser Möglichkeit hatte Charlotte nicht gerechnet. Es wäre ihr sehr unangenehm, in Christinas Gegenwart zu sprechen. Christina würde sie nur allzu schnell verstehen, und sie war sehr eifersüchtig, wenn es um ihren Vater ging. Charlotte würde gezwungen sein, ihren Besuch viel kürzer ausfallen zu lassen, als es sich schickte, und die Begegnung würde zu einem unangenehmen Machtkampf ausarten. Sie würde versuchen müssen, Christina so lange mit allen möglichen Einzelheiten des Soldatenlebens, die ihr gerade einfielen, zu langweilen, bis sie sich zurückzog!

Der Diener ließ sie allein. Wenige Minuten später kehrte er zurück und führte sie in die Bibliothek. Gott sei Dank war Christina bereits gegangen, vielleicht weil sie allein den Gedanken an Charlotte und ihre Briefe für so ermüdend hielt, daß sie sich dem nicht aussetzen wollte.

General Balantyne stand mit dem Rücken zum Feuer im Raum. Er war angespannt, die Augen erwartungsvoll auf die Tür gerichtet.

Der Diener zog sich diskret zurück und ließ sie allein.

»Charlotte!« Er war unschlüssig, ob er ihr entgegengehen sollte oder nicht. Plötzlich war er unbeholfen, seine Gefühle lagen so offen, daß es ihm unangenehm war, daß es ihm sogar Angst machte.

Sie hatte sich einen verworrenen Kommentar über die Briefe zurechtgelegt. Das war jetzt überflüssig, sie hatte keinen Grund mehr, Ausflüchte zu machen. Ihr Mund fühlte sich trocken an, ihre Kehle zugeschnürt.

»Der Diener sagte, Sie wollten mich wegen der Briefe sprechen.« Er versuchte, ihr zu helfen. »Haben Sie etwas Neues entdeckt?«

Sie mied seinen Blick und schaute auf das Feuer.

Er bemerkte plötzlich, daß sie fror und ganz durchnäßt war und daß er ihr die Wärme des Feuers nahm. Er trat schnell zur Seite, und sein Gesicht nahm einen zärtlichen Ausdruck an. »Kommen Sie, wärmen Sie sich auf.«

Sie lächelte. Zu jedem anderen Zeitpunkt hätte diese Geste ihr viel bedeutet. Ihr ganzes Leben lang war sie daran gewöhnt, daß Männer den Platz direkt am Kaminfeuer immer für sich in Anspruch nahmen.

»Vielen Dank.« Sie ging hinüber zum Kamin und spürte, wie die Hitze angenehm auf ihrer Haut brannte. Bald würde sie durch ihren nassen Rock und die Stiefel dringen und ihre tauben Füße wieder beleben.

Es gab keinen Grund, es länger hinauszuschieben. »Ich bin nicht wegen der Briefe gekommen.« Sie hielt den Blick fest auf die Flammen gerichtet, betrachtete sie, schaute ihn nicht an. Er stand nahe hinter ihr, und sie wollte auf keinen Fall, daß ihre Blicke sich trafen. »Ich bin wegen der Mordfälle in Devil's Acre gekommen.«

Sie schwiegen beide. Einen Augenblick lang hatte sie vor lauter Angst Pitt ganz vergessen. Balantyne mußte angenommen haben, daß ihre Ehe gescheitert war, da Emily sie wieder als Miss Ellison vorgestellt hatte. Sie hatte es nie richtiggestellt. Jetzt fiel es ihr wieder ein, und sie empfand brennende Scham. Sie wandte sich um.

Er schaute sie immer noch an, sein Gesicht verriet seine verzweifelte Zärtlichkeit, die ihn so verwundbar machte. Aber ihm jetzt nicht die Wahrheit zu sagen, wäre unentschuldbar. Jedesmal, wenn sie herkam, machte sie alles nur noch schlimmer. Sie konnte nichts tun, um den Schmerz zu lindern, den sie ihm zufügen mußte. Alles – Freundlichkeit, Scham, Mitleid – würde ihn nur erniedrigen oder in Verlegenheit bringen.

Sie begann einfach zu sprechen, bevor sie Zeit hatte, sich anders zu besinnen. »Es gibt keine Entschuldigung für das, was ich getan habe, außer daß mir die Aufkärung der Morde in Devil's Acre sehr am Herzen liegt, und das ganze System der Prostitution und ...«

»Mir auch!« sagte er heftig, doch dann bemerkte er die Verzweiflung in ihrem Gesicht. »Charlotte? Was ist denn passiert?« Er blieb regungslos stehen, doch sie hatte das Gefühl, daß er nähergekommen war, so intensiv war seine Konzentration, seine Aufmerksamkeit ihr gegenüber.

»Ich habe Sie angelogen.« Sie wählte bewußt das härteste, schroffste Wort. Es wäre feige, ihn dabei nicht anzusehen. Sie wollte sich selbst nicht schonen. Ihre Blicke trafen sich. »Emily hat mich als Miss Ellison vorgestellt, weil sie wünschte, daß Sie mich für eine alleinstehende Frau halten sollten. Und ich habe ihr dies erlaubt, da Max früher in diesem Haus gearbeitet hat und wir annahmen, wir könnten hier etwas in Erfahrung bringen.« Sie sagte nichts über den Verdacht, den sie und Emily gegen Christina hegten.

Langsam stieg neuer Schmerz in ihm auf, und er verspürte eine tödliche Verlegenheit. Er hatte den Gedanken an Pitt, an ihre Ehe überhaupt, gänzlich aus seinem Kopf verbannt. Er hatte sich nach etwas gesehnt – oder von etwas geträumt? Jetzt zerbrach seine ganze Welt.

»Ich bin immer noch mit Thomas Pitt verheiratet«, flüsterte sie. »Und ich bin glücklich mit ihm.«

Sein Gesicht brannte. Er wandte sich einen Moment lang von ihr ab, hätte sich am liebsten ihren Blicken entzogen.

Sie hatte ihn nur benutzt. Jetzt verspürte sie eine bittere Scham, weil sie ihn wirklich gern hatte. Es war ihr überaus wichtig, was er von ihr dachte. Wenn er sie dafür verachtete, würde sie die Narbe spüren, solange sie lebte.

»Es ist mir sehr unangenehm«, sagte sie leise. Sollte sie so tun, als wisse sie nicht, daß er sie liebte? Würde sein Stolz weniger verletzt sein, wenn sie ihm ermöglichte, sich zurückzuziehen, als sei nichts zwischen ihnen vorgefallen? Oder würde es ihn nur noch mehr beleidigen, weil sie ihre Offenheit, das größte Geschenk, das man einem anderen Menschen machen konnte, damit abwertete?

Sie versuchte, in seinem Gesicht zu lesen, doch alles, was sie sehen konnte, war die Zärtlichkeit, die Fassungslosigkeit in seinen Augen. Das Licht der Wandlampe fiel auf seine Wangenknochen. Sie wollte ihn berühren, ihn umarmen – doch das wäre lächerlich gewesen! Er würde sich beleidigt, wenn nicht sogar abgestoßen fühlen. Er würde nicht verstehen können, daß sie für ihn trotz ihrer Liebe zu Pitt etwas empfand, das einmalig und tief war. Er könnte es vielleicht sogar als Mitleid auslegen, und das wäre sicherlich unerträglich für ihn.

»Ich habe gelogen, indem ich nicht alles gesagt habe«, fuhr sie fort, um das bleierne Schweigen zu brechen. »Aber das, was ich gesagt habe, war die Wahrheit!« Es klang wie der Versuch einer Entschuldigung.

»Sie brauchen sich nicht zu rechtfertigen.« Endlich fand er wieder Worte, doch seine Stimme klang ein wenig heiser. Er atmete tief ein und aus. »Ich mache mir auch Gedanken wegen der Morde – und Devil's Acre. Ich habe mir schon gedacht, daß Sie nicht wegen der Briefe gekommen sind. Warum sind Sie gekommen?«

»Aber die Briefe bedeuten mir sehr viel!« Jetzt klang sie wie ein Kind, und die Tränen strömten ihr aus den Augen. Sie schniefte und suchte nach ihrem Taschentuch. Sie putzte sich die Nase und wandte den Blick wieder von ihm ab. »Ich habe etwas sehr Beunruhigendes herausgefunden. Ich – ich dachte, Sie sollten es unbedingt wissen.«

»Ich –?« Er spürte sofort, daß ihm ein neuer Schicksalsschlag bevorstand. Instinktiv entfernte er sich ein wenig von ihr, so daß sie sich hinsetzen konnte, ohne ihm gegenüber unhöflich sein zu müssen. Noch nie zuvor hatte er ein so sensibles Gespür für einen anderen Menschen gekannt. »Was haben Sie herausgefunden?« fragte er rasch.

»Max hatte zwei Häuser.« Sie wollte das Wort »Hure« nicht benutzen. Es war zu häßlich, momentan viel zu grausam.

Er schien nicht zu begreifen, was sie damit sagen wollte. »Tatsächlich?« Seine Stimme verriet seine Verwirrung. Sie verhielten sich förmlich, als ob die Intimität der vergangenen Augenblicke nie dagewesen wäre. So war es für beide leichter.

Sie sprach so rasch weiter, daß für Emotionen keine Zeit blieb. »Eins war ein gewöhnliches Haus, wie alle anderen in Devil's Acre auch. Das andere war nur für vornehme Kunden.« Sie lächelte bitter, obwohl sie ihr Gesicht weiterhin dem Feuer zugewandt hatte. »Droschkenkundschaft. Dort haben gelegentlich Damen aus vornehmen Familien, sehr vornehmen Familien, für ihn gearbeitet.«

Er schwieg. Sie versuchte sich vorzustellen, was sich in seinem Kopf abspielte: Ungläubigkeit, Entsetzen – Begreifen? Schmerz.

Sie atmete langsam aus. »Adela Pomeroy ist eine dieser Frauen gewesen.«

Er schwieg immer noch.

»Pomeroy war Päderast. Ich nehme an ...« Sie hielt inne. Sie war dabei, die Frau in Schutz zu nehmen. Warum tat sie das?

Um auch Christina vor ihm zu entschuldigen? Er verdiente ein derartig herablassendes Verhalten nicht. Wieder verspürte sie ein übermächtiges Bedürfnis, ihn fest in ihre Arme zu nehmen, behutsam seine unerreichbare Wunde zu berühren – als ob es etwas geben könnte, womit sie seinen Schmerz lindern konnte! Ein törichter Wunsch. Sie würde sich damit nur in seine Kränkung und seinen Schmerz drängen, auf anmaßende Weise die Gefühle überschätzen, die er für sie empfunden hatte, die sie vielleicht durch ihr falsches Spiel – oder die Ankündigung einer weiteren Enthüllung, die ihn noch mehr treffen würde – schon längst zerstört hatte.

»Es tut mir sehr leid«, sagte sie, den Blick immer noch auf das Feuer gerichtet.

»Was ist mit den anderen?« fragte er. Sie konnte seiner Stimme nichts entnehmen.

»Dr. Pinchin hat Abtreibungen bei Prostituierten vorgenommen – nicht immer erfolgreich. Er hat sich in Naturalien bezahlen lassen. Mrs. Pinchin war sehr verbittert und sehr ehrbar.«

»Und Bertie Astley?« insistierte er. Er versuchte, objektiv zu bleiben und seine Gefühle für sie, vielleicht auch seine Gefühle für Christina oder sonstwen dadurch zu bewältigen, daß er versuchte, die Tatsachen zu verstehen.

»Ihm gehörte eine Häuserzeile auf dem Acre – Mietskasernen, Sweat-Shops, eine Kneipe. Es könnte natürlich sein, daß Beau Astley ihn wegen des Geldes umgebracht hat. Die Häuser werfen eine Menge Geld ab.« Sie schaute ihn an.

»Glauben Sie das tatsächlich?« Er wirkte äußerst ruhig, aber die Muskeln in seinem Gesicht waren angespannt und seine linke Hand verkrampft. Bevor sie wieder wegsah, bemerkte sie einen Moment lang den Glanz in seinen Augen.

»Nein«, sagte sie mühsam.

Die Tür wurde aufgerissen, und Christina kam herein, mit weißem Gesicht und glänzenden Augen. Sie trug ein Cape und hielt ein großes, elegantes Retikül in der Hand.

»Was für eine Überraschung, Miss Ellison! Wie nett, Sie wiederzusehen!« sagte sie ein wenig zu laut. »Ich muß schon sagen, Sie sind die fleißigste Person, die ich je getroffen habe. Es dauert sicher nicht mehr lange, dann sind Sie in der Lage, vor einem gelehrten Publikum Vorträge über das Leben der Soldaten im Krimkrieg zu halten. Darüber haben Sie doch sicher gerade mit meinem Vater diskutiert, nicht wahr?«

Die Lüge, die Charlotte sich zurechtgelegt hatte, kam ihr ganz leicht über die Lippen. »Ich kann zu diesem Thema nur wenig sagen, Mrs. Ross. Aber ich habe einen Verwandten, der sich sehr dafür interessiert. Ich würde ihm gern die Briefe des Generals zeigen, doch vorher wollte ich natürlich das Einverständnis des Generals einholen.«

»Wie gewissenhaft von Ihnen, persönlich herzukommen.« Christina ging hinüber zum Schreibtisch und öffnete eine der Schubladen, den Blick immer noch auf Charlotte gerichtet. »Eine weniger pflichtbewußte Frau hätte sicher einen Boten geschickt! Ganz besonders an einem so scheußlichen Tag wie heute. Die Straßen sind schon ganz weiß, und das Schneetreiben wird immer heftiger. Auf Ihrem Heimweg werden Sie sicher frieren!« Ihr Gesicht zuckte ein wenig. Sie nahm etwas aus der Schublade, legte es in ihr Retikül und ließ den Verschluß zuschnappen.

Der General war so erbost über die Kränkung, die seine Tochter Charlotte zugefügt hatte, daß er sich nicht die Mühe machte, sie zu fragen, was sie genommen hatte. »Ich werde natürlich dafür sorgen, daß Miss Ellison mit der Kutsche nach Hause fährt«, fuhr er sie an. »Du hast zweifellos deine eigene mitgebracht und brauchst keine von meinen, oder sollte ich mich irren?«

»Natürlich, Papa! Hast du etwa angenommen, ich würde den öffentlichen Omnibus nehmen?« Sie ging zur Tür und öffnete sie. »Guten Tag, Miss Ellison. Ich hoffe, Ihr – Verwandter – genießt den Krimkrieg ebensosehr, wie Sie es zu tun scheinen.« Sie verließ das Zimmer und schloß die Tür hinter sich. Kurz darauf hörte man auf dem Pflaster vor dem Haus zuerst Hufe klappern und dann eine Kutschentür zuschlagen.

»Ich glaube, sie hat etwas von Ihnen geborgt«, bemerkte Charlotte, nicht weil sie es für besonders wichtig hielt, sondern weil sie das Schweigen nicht länger ertrug.

Balantyne ging zu seinem Schreibtisch und öffnete die Schublade, aus der sie den Gegenstand genommen hatte. Zunächst schien er verwirrt zu sein. Dann spiegelte sein Gesicht Spuren des Schmerzes, sein Mund verriet einen tiefen Stich mitten durch's Herz.

Christina war eine von Max Burtons Frauen gewesen. Charlotte wußte jetzt, daß Balantyne es entweder auch gewußt oder zumindest geahnt hatte. Und Alan Ross?

Balantyne stand kerzengerade, mit weit aufgerissenen Augen, aus seinem Gesicht war alle Farbe gewichen. »Sie hat meine Pistole genommen.«

Sekundenlang war Charlotte wie gelähmt. Dann sprang sie auf. »Wir müssen ihr folgen«, forderte sie. »Finden Sie einen Hansom. Sie ist gerade erst fort. Es gibt sicher Spuren im Schnee - wir können ihr nachfahren. Was immer sie auch vorhaben mag, vielleicht kommen wir noch rechtzeitig, um sie daran zu hindern - oder - oder, falls alles gut geht, um ihr zu helfen!«

Er eilte mit großen Schritten zur Tür und rief nach dem Diener, riß dem Mann Charlottes Mantel aus der Hand und ließ seinen eigenen Mantel unbeachtet. Er packte ihren Arm und schob sie durch die Tür. Im nächsten Augenblick standen sie draußen im Schneetreiben, geblendet von der Dämmerung und dem matten Schein der Lampen, im eisigen, stechenden Wirbel der Schneeflocken.

Balantyne rannte über die Straße auf das schneebedeckte Gras unter den Bäumen. Christinas Kutsche war am anderen Ende des Squares noch zu sehen, sie bremste gerade ab und bog um die Ecke. Auf der Westseite bewegte sich ein Hansom von einem Lichthof zum nächsten.

»Droschke!« schrie Balantyne und fuchtelte mit den Armen. »Droschke!«

Charlotte stolperte durch Büsche und Gras, bis auf die Knöchel durchnäßt, um mit ihm Schritt halten zu können. Ihr Gesicht war naß und taub vor Kälte, und obwohl sie ihre Handschuhe in ihrem Retikül bei sich trug, waren ihre Finger so kalt, daß sie nicht einmal fertigbrachte, die Tasche zu öffnen, um nach ihnen zu suchen. Sie mußte ihre ganze Kraft zusammennehmen, um mit ihm Schritt zu halten.

Sir Robert Carlton saß bereits in der Droschke.

Balantyne riß den Schlag auf. »Ein Notfall!« schrie er gegen den Wind. »Tut mir leid, Robert! Ich brauche die Droschke!« Da er seiner Freundschaft und Großzügigkeit sicher sein konnte, streckte er die Hand aus und zog ihn beinahe gewaltsam aus der Kutsche, faßte dann Charlotte um die Taille und hob sie hinein. Dann befahl er dem Kutscher, die Straße hinunterzufahren, in der Christinas Kutsche verschwunden war. Er warf dem verblüfften Mann eine Handvoll Münzen zu und wurde beinahe zu Boden geschleudert, als sich der Fahrer beim Anblick des Goldes in einen wahren Teufelskutscher verwandelte.

Charlotte, die unsanft auf einem der Sitze gelandet war, setzte sich aufrecht hin und klammerte sich an den Haltegriff. Es wäre sinnlos gewesen zu versuchen, ihre Röcke zu ordnen, nur um den Anstand zu wahren. Die Droschke jagte gerade um die Ecke des Squares, und Balantyne hatte den Kopf aus dem Fenster gesteckt und versuchte zu erkennen, ob Christina immer noch vor ihnen herfuhr oder ob der wirbelnde Schneesturm sie bereits verschluckt hatte.

Die Pferdehufe waren auf dem weichen Schneeteppich kaum zu hören. Die Kutsche schwankte von einer Seite zur anderen, als die Räder rutschten, wieder neuen Halt fanden und erneut herumgerissen wurden. Zu jedem anderem Zeitpunkt hätte dies Charlotte in Todesfurcht versetzt, doch jetzt dachte sie nur an Christina, die sich irgendwo vor ihnen befinden mußte und die Pistole des Generals in der Hand hielt. Ihr wurde übel vor lauter Angst, und sie vergaß ihre eigene Sicherheit völlig, während ihr Körper von einer Seite zur anderen geschleudert wurde, als die Droschke durch die weiße Wildnis schlingerte. Wollte sie Alan Ross umbringen? War er doch derjenige gewesen, der zuerst Max und dann die anderen ermordet hatte – und Christina hatte es schließlich erfahren? Würde sie ihn erschießen? Oder ihm vorschlagen, sich selbst umzubringen?

Balantyne zog den Kopf wieder zurück ins Innere der Kutsche. Der peitschende Wind hatte seine Haut gegerbt, der Schnee sein Haar verkrustet.

»Sie ist immer noch vor uns. Der Himmel weiß, wohin sie fährt!« Sein Gesicht war so kalt, daß seine Lippen ganz erstarrt waren und man seine Worte kaum verstehen konnte.

Sie wurde gegen ihn geschleudert, als die Droschke um eine weitere Kurve bot. Er fing sie auf, hielt sie einen Augenblick lang fest und richtete sie dann vorsichtig wieder auf.

»Ich weiß nicht, wo wir sind«, fuhr er fort. »Ich sehe nichts weiter als Schnee und hin und wieder eine Gaslaterne. Ich kann nichts anderes erkennen.«

»Dann fährt sie nicht zu sich nach Hause?« fragte Charlotte. Sofort wünschte sie, sie hätte es nicht gesagt.

»Nein, wir scheinen in Richtung Fluß zu fahren.« Hatte auch er an Alan Ross gedacht?

Sie taumelten durch eine stumme Welt, mit gedämpftem Hufschlag, in der selbst das Surren der Räder nicht mehr zu hören war. Nur das Knallen der Peitsche und die Schreie des Droschkenkutschers zerrissen die Stille. Zu sehen war nichts - nur der Wirbel der weißen Flocken in den Lichtinseln der Laternen, die bis zum nächsten Mond auf seinem eisernen Pfahl sofort wieder von der tobenden, eisigen Dunkelheit abgelöst wurden. Da die Kutsche um immer mehr Ecken biegen mußte, konnten die Pferde nur noch traben. Anscheinend hatten sie Christina noch nicht verloren, denn der Kutscher fragte kein einziges Mal nach weiteren Instruktionen.

Wohin fuhr sie? Wollte sie Adela Pomeroy warnen? Wovor? Hatte sie einen Wahnsinnigen bezahlt, damit er ihren Mann umbrachte?

Unzählige Antworten drängten sich ihr auf, doch keine davon konnte zutreffen. Immer wieder versuchte sie, die eine Antwort, von der sie tief in ihrem Inneren wußte, daß sie wirklich der Wahrheit entsprach, zu unterdrücken. Christina fuhr zurück nach Devil's Acre. Zu einem der Hurenhäuser - um jemanden zu töten.

Balantyne sagte nichts. Mit welchen Schreckensbildern er auch kämpfen mochte, er mußte sie allein bezwingen.

Noch eine Kurve, eine andere schneebedeckte Straße, eine Kreuzung, und endlich kam die Kutsche zum Stehen. Der Kopf des Kutschers tauchte plötzlich auf.

»Ihre Person ist da reingegangen!« Er fuchtelte mit dem Arm, und Balantyne stieß die Tür auf, sprang heraus und überließ es Charlotte, sich hinter ihm durch das Unwetter zu kämpfen. »Da drüben.« Der Kutscher wies auf ein Gebäude. »Das Hurenhaus der Dalton-Schwestern. Weiß allerdings nich', was sie da will, wenn Sie mich fragen. Wenn ihr Mann da drin is', sollte sie besser so tun, als ob sie's nich' weiß - statt wie 'ne Furie hinter ihm herzurasen! Das schickt sich nich'. Außerdem hat's keinen Sinn! Aber Frauen wollen ja nie hören, wenn man ihnen was sagt! He, Sie! Am besten, Sie lassen die Lady hier in der Kutsche! Gott im Himmel! Sie können sie doch nich' mit da reinnehmen, Mann!«

Doch Balantyne beachtete ihn überhaupt nicht. Er lief über die glitzernde Straße und eilte die Stufen hoch, auf denen Christinas Fußabdrücke im frischen Schnee noch zu sehen waren.

»He!« Der Kutscher versuchte es noch einmal. »Miss!«

Doch Charlotte war schon fort, rannte hinter Balantyne her, mit nassen Röcken, die durch den Schnee schleiften, und holte ihn schließlich auf der Treppe ein. Niemand verstellte den Weg. Die Tür war nur eingeklinkt, und sie rissen sie gemeinsam auf.

Im Inneren des Hauses sahen sie dieselbe Empfangshalle mit roten Plüschmöbeln, bunten Glaslampen und warmen Rosatönen, die auch Pitt von seinen Besuchen kannte. Es war noch früh am Abend, noch waren keine Freier da, keine üppigen, sanftäugigen Mädchen. Nur Victoria Dalton in ihrem braunen Teekleid und ihre Schwester Mary mit einem blauen Kleid mit breiter Spitzenverzierung. Und vor ihnen stand Christina und hielt die Waffe in der Hand.

»Ihr seid wahnsinnig!« Christinas Stimme klang erstickt, ihre Hände zitterten. Doch sie hielt den Lauf der Waffe weiter auf Victorias Brust gerichtet. »Es hat euch nicht gereicht, Max umzubringen, ihr mußtet ihn auch noch verstümmeln – und dann habt ihr all die anderen umgebracht! Warum? Warum? Warum habt ihr die anderen getötet? Das habe ich nie gewollt – damit habe ich euch nie beauftragt!«

Victorias Gesicht war merkwürdig ausdruckslos, glatt wie das eines Kindes. Doch in ihren Augen funkelte Haß. »Wenn du als Prostituierte verkauft worden wärst, als du erst neun Jahre alt warst, würdest du mir diese Frage nicht stellen! Du hurst herum, weil es dir Spaß macht – du gibst dich Bestien wie Max hin. Aber wenn sich Männer an dir vergangen hätten, seit du ein Kind auf dem Schoß deiner Mutter warst – wenn du im Bett gelegen hättest und durch die dünne Wand hättest mitanhören müssen, wie deine siebenjährige Schwester schrie, weil sie mit ihren riesigen, nackten, ekelhaften Schwänzen in sie hineingestoßen hätten – lüstern, keuchend und schwitzend, ihre Hände überall auf deinem Körper – hättest du sie auch mit Freuden erstochen und ihnen die ...«

Christinas Finger schlossen sich fester um die Waffe, und sie zielte ein wenig höher. Charlotte machte einen Sprung nach vorn und trat nach ihr. Sie war zu weit entfernt, um die Waffe zu erreichen, doch brachte sie Christina aus dem Gleichgewicht, und die Waffe fiel zu Boden, bevor sie schießen konnte.

Charlotte hörte einen Wutschrei und spürte, wie starke, krallenartige Hände sie packten und an ihr zerrten. Sie wurde umgerissen und schlug mit der Hüfte auf den Boden und wurde dann unter Stoffmassen begraben, die sie beinahe erdrückten. Sie griff blind um sich, um etwas zu finden, womit sie zuschlagen oder woran sie ziehen konnte. Ihre Hände bekamen Haare zu fassen, umklammerten sie und zerrten mit aller Kraft daran. Ein Schmerzensschrei ertönte. Ein anderer Körper warf sich auf sie, sie fühlte noch mehr Röcke, Stiefel an ihrer Hüfte, schmerzhafte Tritte.

Wieder ertönten Schreie, und Christina fluchte. Charlotte lag unter einem Berg von Stoff, das Gewicht mehrerer Körper über sich, und konnte sich nicht regen. Ihr Haar hatte sich gelöst und strömte ihr über Rücken und Gesicht. Eine Hand griff hinein und zerrte daran. Schmerz durchzuckte ihren Kopf. Sie schlug zurück mit geschlossenen Fäusten. Wo war bloß die Waffe!

»Aufhören!« Balantynes Stimme übertönte das Getöse. Doch keiner kümmerte sich darum.

Christina kroch auf Händen und Füßen und schrie Victoria Dalton mit wutverzerrtem Gesicht an. Mary Dalton holte aus und schlug Christina, so hart sie konnte, das Klatschen war deutlich zu hören. Christina taumelte und versuchte sie zu treten. Sie traf Mary an der Schulter, und ihre Gegnerin fiel stöhnend rückwärts auf den Boden.

Victoria sprang zu der Waffe, doch Charlotte warf sich auf sie und zerrte mit aller Kraft an ihren Haaren und riß Victorias Kopf nach hinten. Charlottes Rock war bis zur Taille zerrissen, man konnte ihre Unterwäsche und einen langen Streifen von ihrer weißen Hüfte sehen. Sie merkte gar nicht, daß sie laut schrie, während sie verzweifelt nach der Waffe suchte.

Plötzlich ging die Pistole mit einem ohrenbetäubenden Knall los. Alle erstarrten, als sei jede einzelne von ihnen getroffen worden.

»Aufhören!« befahl Balantyne wutschnaubend. »Alles aufstehen! Ich erschieße jeden, der mir nicht gehorcht!«

Ganz langsam rappelten sie sich auf – zerkratzt, mit zerrissenen Röcken und unordentlichen Haaren. Charlotte versuchte, ihren Rock zusammenzuhalten, um ihre Blöße zu verhüllen.

»O mein Gott!« Balantyne hielt die Waffe in der Hand, sein Gesicht war so bleich, daß seine Wangenknochen scharf hervortraten und seine Kieferpartie ganz weiß war.

Christina machte einen Schritt nach vorn. »Stehenbleiben!« Seine Stimme klang schneidend wie ein Messer.

Charlotte spürte, wie ihr die Tränen in die Augen schossen. Sie erriet nun alles, und es gab nichts, was sie jetzt noch tun konnte: nichts für Balantyne, nichts für Victoria und Christina – nichts für Alan Ross.

»Haben diese Frauen Max Burton getötet?« Er sprach mit Christina, als seien die anderen gar nicht da.

»Ja! Sie sind wahnsinnig! Sie ...« Sie hielt inne, rang nach Luft, entsetzt über sein Gesicht.

Er wandte sich an Victoria Dalton. »Und warum jetzt? Warum haben Sie so lange damit gewartet?«

Victorias Gesicht war hart, ihre Augen funkelten. »Sie hat mich dafür bezahlt«, sagte sie ganz ruhig, mit brutaler Offenheit. »Zuerst hat sie's selbst mit Max getrieben, dann hat sie mit anderen Männern für Geld herumgehurt ... Dann, als er anfing, immer habgieriger zu werden, und versuchte, sie zu erpressen, hat sie es mit der Angst zu tun bekommen. Sie wollte ihn unbedingt loswerden.« Ihr Gesicht verzog sich vor Mitleid – Mitleid mit Ross – und vor Verachtung für Christina. »Sie hat befürchtet, ihr Mann könnte dahinterkommen, der arme Kerl! Sie hat nur noch einen Liebhaber behalten: Beau Astley.«

Charlotte starrte Balantyne an. Sein Gesicht war weiß vor Schmerz. Doch er schien nicht dagegen anzukämpfen, nicht zu versuchen, die Wahrheit zu leugnen. »Und warum Dr. Pinchin?« fragte er, immer noch die Pistole auf sie gerichtet.

»Er hatte den Tod verdient«, antwortete Victoria brutal. »Er war ein Metzger!«

»Und was hat Bertie Astley getan, daß Sie ihn hingerichtet haben?«

Victorias Mund verzog sich verächtlich. »Ihm hat die Straße gehört. Er hat reichen Männern und ihren Huren Zimmer vermietet, wenn sie ungestört sein wollten. Er hat Mieten kassiert. Seine Familie hat sich ihre feinen Salons und ihre weißen Damen leisten können, weil sie aus unserem Elend Geld gemacht hat!«

»Und sein Bruder hätte dankbar sein sollen! Er hätte uns dafür bezahlen sollen ...« begann Mary, doch Victoria wirbelte herum und schlug ihr so fest mit der Hand ins Gesicht, daß ein roter Striemen zurückblieb.

In diesem Augenblick machte Charlotte eine Bewegung nach vorn und griff nach der Pistole, ihre Hände umklammerten die von Balantyne und schwangen die Waffe herum, um auf Victoria zu zielen.

Victoria riß einen Gegenstand von einem Beistelltisch, Messer blitzten auf, und Sekunden später stieß sie eine Schere in Christinas Brust, aus der sofort das Blut herausschoß. Die Pistole ging los, und die Kugel schlug in die Decke.

Balantyne fing seine Tochter auf, als sie langsam in die Knie ging und in sich zusammensackte. Er hielt sie in seinen Armen.

Charlotte packte einen Hocker und schlug damit nach Victoria so hart sie konnte, brachte sie zu Fall und ließ sie bewußtlos auf dem roten Teppich liegen. Sie stand in der Mitte des Zimmers, den Hocker immer noch in der Hand. Mary, die sah, daß sie jetzt ganz allein war, wurde plötzlich von Angst überwältigt, beugte sich über Victoria und weinte wie ein verlorenes Kind.

Wo war Pitt? Es war alles zu viel für sie. Sie war so erschöpft, daß sie nur noch Mitleid verspürte, ihr ganzer Körper schmerzte. Tränen rannen ihre Wangen herab, sie war zu ausgebrannt, um zu schluchzen.

Balantyne ließ Christina sanft zu Boden gleiten. Ihre Augen waren geschlossen, der Spitzenbesatz ihres Kleides blutgetränkt.

Charlotte streckte die Hand aus und berührte Balantynes Kopf, spürte seine Haare unter ihren Finger. Sie strich einmal ganz kurz darüber, dann noch einmal, ganz leicht. Sie wandte sich ab und sah einen Polizeibeamten in der Tür stehen, und hinter ihm erkannte sie die hagere, hünenhafte Gestalt ihres Mannes. Natürlich - die Schüsse! Pitt mußte einen Polizisten draußen abgestellt haben. Er hatte es auch ohne sie herausgefunden - all dies war gar nicht nötig gewesen.

Er kam langsam ins Zimmer und schob den Constable zur Seite, der in seinen Taschen nach Handschellen für Mary und Victoria suchte. Er sprach nicht mit Balantyne. Es gab keine Worte, die er jetzt sagen konnte, die seinen Schmerz und sein Entsetzen lindern konnten - und Christina war für immer verloren.

Zärtlich legte er die Arme um Charlotte und hielt sie fest an sich gedrückt. Er berührte ihre Hände, ihre Arme, strich ihr das Haar aus dem Gesicht.

»Du siehst schrecklich aus!« sagte er schließlich, als er festgestellt hatte, daß sie unverletzt war, sich nichts gebrochen hatte und die Wut die Überhand gewann. »Mein Gott - du siehst wirklich furchtbar aus! Geh nach Hause! Und wage ja nicht, so etwas noch einmal zu tun! Hörst du mich, niemals! Halt dich verdammt nochmal an meine Anweisungen! Hast du mich verstanden?«

Sie nickte, zu sehr von Mitleid und Entsetzen überwältigt und auch von der Gewißheit, in seiner Liebe geborgen zu sein, um noch etwas sagen zu können.

Nachwort

Eugène Sue hat 1842 mit dem Welterfolg seiner »Mystères de Paris« ein Thema angeschlagen, das Europa und Amerika im 19. Jahrhundert nicht mehr zur Ruhe kommen ließ. Mitten in Paris, so verkündet er gleich auf der ersten Seite, leben Wilde, die uns so unbekannt und fremd sind wie die Indianer Nordamerikas. Sie haben ihre eigene Sprache, ihre eigenen Kriegsnamen, ihre eigenen, zum Teil barbarischen Bräuche. Ihre Wohnquartiere grenzen an die unseren und sind doch so weit entfernt, als lägen sie auf einem andern Kontinent. Sie ins Bewußtsein einer Gesellschaft zu bringen, die vor ihnen die Augen verschließt, ist das Ziel seines Riesenwerks.

Es gelang ihm über die Maßen: Von St. Louis und Philadelphia bis hin zu Altenburg in Thüringen bekam jede Stadt ihre »Geheimnisse«; noch der junge Emile Zola debütierte mit »Les mystères de Marseille«. Daß auch das rasch wachsende Berlin Elendsquartiere und damit gleich mehrere »Geheimnisse« bekam, versteht sich von selber. Nach der Sanierung von Paris unter Napoleon III. durch den Präfekten Haussmann war es aber vor allem London, dessen berüchtigte Slums in Literatur und Wirklichkeit weltweit Aufmerksamkeit fanden. Von den Romanen Charles Dickens' bis zu den Thrillern eines Edgar Wallace sind sie ein beliebter Schauplatz, und in der Wirklichkeit haben die Morde ›Jack the Rippers‹ mit ihrer geradezu mythischen Qualität die viktorianischen Slums in unser aller Bewußtsein unauslöschlich eingegraben.

Mit »Tod in Devil's Acre« (»Death in the Devil's Acre«, 1985) setzt Anne Perry ihre Romane über die Nachtseite der viktorianischen Gesellschaft fort. In den vorangegangenen Werken (»Der Würger von der Cater Street«, »Callander Square«, Paragon Walk«, »Rutland Place«, DuMont's Kriminal-Bibliothek Nr. 1016, 1025, 1033, 1044) waren Geheimnisse der Gegenstand, über die

die Zeit, der die selbst im Ehebett äußerst prüde Victoria ihren Namen gab, nach breitestem Konsens nicht sprach: die als dunkel und tief rätselhaft empfundene Triebseite des Menschen. Daß Männer unaussprechliche Bedürfnisse haben, wurde noch akzeptiert, darauf durfte zumindest unter Männern angespielt werden, und manche Ehefrau war sogar dankbar, wenn ihr von einem Dienstmädchen oder einer ausgehaltenen Geliebten die für Frauen als unangenehm geltenden ehelichen Pflichten abgenommen wurden. Daß aber auch Frauen sexuelle Wesen sind, die außereheliche Affären haben, daß junge Mädchen sich von Dienern verführen lassen – an dieses Tabu rührte niemand, und selbst Mord erschien als adäquates Mittel, um es aufrechtzuerhalten.

In Anne Perrys neuem Roman scheint nun zum ersten Mal nicht das aufgedeckt zu werden, was die respektablen und makellosen Fassaden der Nobelstraßen Londons zu verbergen haben. Die Morde, die dieses Mal die Ermittlungen Inspector Pitts, ihres Serienhelden, auslösen, geschehen dort, wo der Tod, sei es durch Hunger, Seuche, Totschlag oder Mord, an der Tagesordnung ist. »Des Teufels Morgen«, wie man »the Devil's Acre« auf Deutsch übersetzen könnte, ist ein Slum der übelsten Sorte, Elendsquartier, Bordell- und Verbrecherviertel in einem, und die vornehme Gesellschaft zieht es vor, wie zu Sues Zeiten davor die Augen zu verschließen, auch wenn dieses üble Viertel im Schatten von Westminster Abbey und Big Ben liegt. Aber leider gibt es Verbindungen, die die Morde im Slum doch vor die Türen der vornehmen Häuser mit den noblen Adressen legen könnten. Zum einen ist es der brutal-grausige Charakter der Morde, der sie völlig von der üblichen Slumkriminalität abhebt und sie als das Werk eines einzigen Serienverbrechers erscheinen läßt: Alle Opfer sind Männer, wurden von hinten erstochen, dann brutal entmannt und an sichtbarer Stelle plaziert. Weitere Gemeinsamkeiten über das Geschlecht hinaus, dessen sie zugleich so demonstrativ beraubt werden, scheint es nicht zu geben. Das erste Opfer ist ein Bordellkönig, das zweite ein mittelmäßig erfolgreicher Arzt, das dritte ein junger, reicher und liebenswürdiger Adliger, das vierte ein Privatlehrer. Für jedes Verbrechen läßt sich ein Motiv denken, aber welches könnte alle vier miteinander verbinden?

Charakteristikum aller Anne-Perry-Romane unserer Serie ist die Doppelung des Detektivs. Im ersten Roman, »Der Würger von der Cater Street«, hatte im Verlauf der Ermittlungen bei ihrer

Familie Charlotte Ellison den Police Inspector Thomas Pitt kennen und lieben gelernt. Obwohl die Ellisons zum gehobenen Mittelstand gehören und ihre Tochter Emily einen reichen Adligen heiraten kann, während ein Inspector kaum über einem Domestiken rangiert, sind die Eltern froh über diese Mißheirat. Charlotte hat nämlich die unangenehme Eigenschaft, zu sagen, was sie denkt, und auch sonst von Konventionen wenig zu halten, was sie als Heiratskandidatin unmöglich macht.

So ist vom Ende des ersten Romans an die merkwürdige Situation gegeben, daß die Frau des gering geachteten Polizisten über ihre Schwester Emily Zugang zu höchsten Kreisen hat. Während ihr Mann den Routineermittlungen und -befragungen bei den Dienstboten nachgeht, sitzen Charlotte und ihre gleichermaßen an Verbrechen und Geheimnis interessierte Schwester im Salon bei den Herrschaften und spüren im leichten Konversationston den Leichen im Familienschrank nach, wie die englische Redewendung lautet. Und das hat sich in der Vergangenheit stets als ergiebiger erwiesen als Pitts offizielle Polizeiarbeit; versteht sich doch gerade die Oberschicht geradezu verschwörerhaft darauf, ihre Leichen im Keller zu behalten, wo sie nach allgemeinem Konsens hingehören, und ihre schmutzige Wäsche nie in Gegenwart Fremder, noch dazu aus der Unterschicht, zu waschen. Diesmal aber ist Inspector Pitt sicher: Dies ist kein Familienverbrechen, bei dem seine Frau hilfreich sein könnte. Zudem ist es so schaurig und schmutzig, daß eine Dame, und sei sie die Frau eines Polizisten, nicht damit in Berührung kommen kann.

Die erfolgversprechendsten Aspekte tun sich beim ersten der Ermordeten auf. Pitt erkennt ihn sofort wieder – bei den Morden am Callander Square war Max Burton Diener im Hause General Balantynes, wo er die Tochter verführt hatte. Sie wurde daraufhin beschleunigt, aber dennoch sehr erfolgreich verheiratet und er diskret entfernt. In den drei Jahren, die seitdem vergangen sind, hat er sich zum Bordellkönig von Devil's Acre gemausert, und seine Spezialität ist das diskrete Arrangieren von Treffs zwischen seinen reichen Kunden und Damen aus der besten Gesellschaft. Daß Gentlemen Freude am »Slummen« haben, war auch den Zeitgenossen bekannt – der aus der Zeit stammende Spezialausdruck deckt das breite Spektrum von der Freude am Pittoresken von Elend und Armut bis zu den Vergnügungen ab, denen man sich in Kneipen und Bordellen hingeben konnte. Nun erfahren wir, daß auch Frauen sich diskret im Slum holen, was ihre älteren oder ungeliebten oder gar homosexuellen Männer ihnen nicht bieten können. Eine Spur, der Pitt nachgeht, ist deshalb die Suche nach einem Ehemann, der seine von der eigenen Frau geschändete Ehre an deren Partnern rächt, was die besondere Aufmerksamkeit erklären würde, die der Mörder gerade dem spezifischen Tatwerkzeug widmet.

Ganz andere Möglichkeiten tun sich beim dritten Opfer auf: Der ebenso reiche wie uraltadlige wie liebenswürdige Bertie Astley wird, entmannt wie die anderen, vor den Stufen eines Homosexuellen-Bordells gefunden. War er ...? Niemand spricht es aus, aber denkbar ist es schon, und die Presse, die schon damals die Affären des Prinzen von Wales gerne aufgriff, wird diesen Umstand nicht unerwähnt lassen. Oder liegen die Dinge viel einfacher: Durch den Mord wird sein jüngerer Bruder Beau mit einem Schlag Erbe des Titels und des beträchtlichen Familienvermögens. Wäre es daher nicht denkbar, daß er – ein beliebtes Verfahren im Detektivroman – diesen höchst plausiblen Mord an seinem Bruder schlicht unter den andern versteckt und die grausigen Verstümmelungen nur verschleiernde Zutat sind?

Max Burtons frühere Verbindungen zu den Balantynes und deren gute Bekanntschaft mit Bertie und Beau Astley eröffnen Charlotte Pitt und ihrer Schwester Emily wider Erwarten doch noch eine Möglichkeit, auch in dieser Serie grausiger Slum-Morde zu ermitteln. Sie bedienen sich der List, die sie schon bei den Morden am Callander Square benutzt haben: Emily hatte Charlotte unter ihrem Mädchennamen Miss Ellison bei den Balantynes eingeführt, wo sie dem ehemaligen General bei seinen militärgeschichtlichen Studien half. Diese Verbindung nutzt sie nun wieder und macht dabei einen unverzeihlichen Fehler, den sie selbst als tiefe Schuld empfindet: Zwischen ihr und dem fünfzigjährigen General, der trotz seiner zwei Kinder und seiner allseits geachteten formidablen Ehefrau tief einsam ist, entwickelt sich, ohne daß ein Wort oder eine Geste es direkt andeutete, eine hoffnungslose, tragische, leise und unendlich traurige Liebesgeschichte. Bei Charlotte, die glücklich verheiratet ist, ist es die tiefe Zuneigung zu dem verschlossenen, intelligenten und aufrechten Mann, für Brandon Balantyne aber ist es die ganz große, ganz unmögliche Liebe, die Ahnung eines Glücks, das er sich versagen muß und das ihn noch einsamer als zuvor zurückläßt.

Als sich dann am Schluß die Ereignisse überstürzen, kommt Charlotte an der Seite des Generals beim überraschenden physischen Showdown wie in einem Actionkrimi wieder einmal ihrem Mann zuvor. Entlarvt wird dabei, wie stets bei Anne Perry, weniger der Täter als die Gesellschaft, als deren Opfer er sich erweist. Diese Gesellschaft duldet nicht nur Slums, sondern hält sie sich geradezu, um dort gegen Geld ihre Bedürfnisse zu befriedigen, denen sich Ehefrauen oder Ehemänner verweigern oder die dieselbe Gesellschaft streng sanktioniert, wie Kinderschändung und Päderastie.

Volker Neuhaus

DUMONT's Kriminal-Bibliothek

»Knarrende Geheimtüren, verwirrende Mordserien, schaurige Familienlegenden und, nicht zu vergessen, beherzte Helden (und bemerkenswert viele Heldinnen) sind die Zutaten, die die Lektüre der DUMONT's ›Kriminal-Bibliothek‹ zu einem Lese- und Schmökervergnügen machen.

Der besondere Reiz dieser Krimi-Serie liegt in der Präsentation von hierzulande meist noch unbekannten anglo-amerikanischen Autoren, die mit repräsentativen Werken (in ausgezeichneter Übersetzung) vorgelegt werden.

Die ansprechend ausgestatteten Paperbacks sind mit kurzen Nachbemerkungen von Herausgeber Volker Neuhaus versehen.«

Neue Presse/Hannover

Band 1001	Charlotte MacLeod	**»Schlaf in himmlischer Ruh'«**
Band 1002	John Dickson Carr	**Tod im Hexenwinkel**
Band 1003	Phoebe Atwood Taylor	**Kraft seines Wortes**
Band 1004	Mary Roberts Rinehart	**Die Wendeltreppe**
Band 1005	Hampton Stone	**Tod am Ententeich**
Band 1006	S. S. van Dine	**Der Mordfall Bischof**
Band 1007	Charlotte MacLeod	**»... freu dich des Lebens«**
Band 1008	Ellery Queen	**Der mysteriöse Zylinder**
Band 1009	Henry Fitzgerald Heard	**Die Honigfalle**
Band 1010	Phoebe Atwood Taylor	**Ein Jegliches hat seine Zeit**
Band 1011	Mary Roberts Rinehart	**Der große Fehler**
Band 1012	Charlotte MacLeod	**Die Familiengruft**
Band 1013	Josephine Tey	**Der singende Sand**
Band 1014	John Dickson Carr	**Der Tote im Tower**
Band 1015	Gypsy Rose Lee	**Der Varieté-Mörder**
Band 1016	Anne Perry	**Der Würger von der Cater Street**
Band 1017	Ellery Queen	**Sherlock Holmes und Jack the Ripper**
Band 1018	John Dickson Carr	**Die schottische Selbstmord-Serie**

Band 1019	Charlotte MacLeod	**»Über Stock und Runenstein«**
Band 1020	Mary Roberts Rinehart	**Das Album**
Band 1021	Phoebe Atwood Taylor	**Wie ein Stich durchs Herz**
Band 1022	Charlotte MacLeod	**Der Rauchsalon**
Band 1023	Henry Fitzgerald Heard	**Anlage: Freiumschlag**
Band 1024	C. W. Grafton	**Das Wasser löscht das Feuer nicht**
Band 1025	Anne Perry	**Callander Square**
Band 1026	Josephine Tey	**Die verfolgte Unschuld**
Band 1027	John Dickson Carr	**Die Schädelburg**
Band 1028	Leslie Thomas	**Dangerous Davies, der letzte Detektiv**
Band 1029	S. S. van Dine	**Der Mordfall Greene**
Band 1030	Timothy Holme	**Tod in Verona**
Band 1031	Charlotte MacLeod	**»Der Kater läßt das Mausen nicht«**
Band 1032	Phoebe Atwood Taylor	**Wer gern in Freuden lebt . . .**
Band 1033	Anne Perry	**Nachts am Paragon Walk**
Band 1034	John Dickson Carr	**Fünf tödliche Schachteln**
Band 1035	Charlotte MacLeod	**Madam Wilkins' Palazzo**
Band 1036	Josephine Tey	**Wie ein Hauch im Wind**
Band 1037	Charlotte MacLeod	**Der Spiegel aus Bilbao**
Band 1038	Patricia Moyes	**». . . daß Mord nur noch ein Hirngespinst«**
Band 1039	Timothy Holme	**Satan und das Dolce Vita**
Band 1040	Ellery Queen	**Der Sarg des Griechen**
Band 1041	Charlotte MacLeod	**Kabeljau und Kaviar**
Band 1042	John Dickson Carr	**Der verschlossene Raum**
Band 1043	Robert Robinson	**Die toten Professoren**
Band 1044	Anne Perry	**Rutland Place**
Band 1045	Leslie Thomas	**Dangerous Davies . . . Bis über beide Ohren**
Band 1046	Charlotte MacLeod	**»Stille Teiche gründen tief«**
Band 1047	Stanley Ellin	**Der Mann aus dem Nichts**
Band 1048	Timothy Holme	**Morde in Assisi**
Band 1049	Michael Innes	**Zuviel Licht im Dunkel**
Band 1050	Anne Perry	**Tod in Devil's Acre**